절대
검
감

4

절대검감

4

絶對 劍感

한중월야

장편소설

시공사

소운휘

호남성 삼대 명문 무가인 익양 소가의 삼남. 어릴 적 주화입마를 입고 혈교에 납치되어 삼류 첩자의 삶을 살다가 허무한 죽음을 맞았다. 〈검선비록〉과의 기연으로 다시 태어난 삶에서 '검'과 교감할 수 있는 능력을 얻게 되고, 회귀 전과는 다른 삶을 만들어 나가기 위해 노력한다.

송좌백

조항 송가의 자제이자 쌍둥이 형제의 형. 소운휘와 함께 사존 해악천의 제자가 된다.

송우현

조항 송가의 자제이자 쌍둥이 형제의 동생. 소운휘와 함께 사존 해악천의 제자가 된다.

조성원

소운휘 산하의 대주. 개방의 방주 직계 문하 출신.

사마영

소운휘 산하의 대주. 중원 사대 악인 월악검 사마착의 외동딸.

북영도성 곽형직

한때 남천검객과 더불어 차세대 중원 팔대 고수로 각광받던 절세고수.

장명

북영도성 곽형직의 제자.

백혜향	전대 혈마의 직계로, 현 혈교에서 정점에 가까운 여인.
백련하	전대 혈마의 직계로, 혈교주 후보 중 한 사람.
파혈검제 단위강	혈교의 사존자 칠혈성 중 일존.
난마도제 서갈마	혈교의 사존자 칠혈성 중 이존.
혈사왕 구제양	혈교의 사존자 칠혈성 중 삼존.
기기괴괴 해악천	혈교의 사존자 칠혈성 중 사존.
뇌혈검 장룡	혈교의 사존자 칠혈성 중 일혈성.
수라도 유백	혈교의 사존자 칠혈성 중 이혈성.
도장호	혈교의 사존자 칠혈성 중 사혈성.
권퇴혈우 황강	혈교의 사존자 칠혈성 중 오혈성.
혈수마녀 한백하	혈교의 사존자 칠혈성 중 육혈성.

차
례
—

일러두기

- 무협 자체의 재미와 개성을 살리기 위해 의도적으로 속어, 비속어, 은어 등의 표현이나 일부 한글 맞춤법 규정에 어긋나는 표현도 그대로 실었습니다.

- 검의 대화의 경우 앞에 '─' 표기를 넣었고, 전음은 앞뒤 [ ] 표기, 검선의 말은 앞뒤 [ ]를 표기하되 고딕으로 서체를 달리하여 표기하였습니다. 또한 본문 내 강조나 인용 등으로 들어가는 내용은 고딕체로, 본문에 나오는 대화 중 과거형은 다른 명조체로 구분하여 표기하였습니다.

- 한 장짜리 비서는 홑꺾쇠표(〈 〉), 서책의 경우 겹꺾쇠표(《 》)로 구분하여 표기하였습니다.

망령

"거추장스럽군."

소운휘가 묶고 있던 머리카락을 풀었다. 길게 늘어진 붉은 머리카락이 목선을 따라 하늘거리며 내려왔다. 평소 그의 모습과는 전혀 다른 분위기였다. 늘 격을 갖춰 자신을 낮추는 모습이었다면 지금은 오만하면서도 패기 넘치는 모습에 가까웠다.

"마음에 들어."

선홍빛 안광을 보이는 두 눈이 가늘어지며 눈웃음을 짓고 있었다.

"쿨럭."

갑자기 들리는 사마영의 기침 소리에 조성원이 걱정스러운 듯이 물었다.

"내상이 심한 겁니까?"

영문을 알 수 없지만 지금 최악의 사태가 벌어졌다. 그런 와중에 사마영이 내상으로 움직일 수 없게 된다면 수습하기 어려워진다.

"마영?"

대답이 없어서 쳐다보니, 사마영이 소운휘를 바라보며 살짝 상기된 얼굴로 묘한 표정을 짓고 있었다.

"마영! 뭐 하는 겁니까?"

"뭔가 되게 색기….'"

"뭐요?"

"아, 아니에요.'"

　사마영이 다급히 얼버무렸다. 그때 북영도성 곽형직이 심각해진 목소리로 소운휘에게 말을 걸었다.

"소 형제, 아직 제정신이라면 검을 내려놓게.'"

　말은 이렇게 했지만 도병을 잡은 곽형직의 손에 힘이 들어가고 있었다. 소운휘에게서 느껴지는 불길한 기운과 지독한 살의는 그와 관련이 멀었다. 오히려 먼 옛날에 경험했던 그것과 흡사했다.

"사형!"

　사마영도 그를 불렀다. 그리고 조심스럽게 손짓해가며 말했다.

"검의 요성에 사로잡히면 안 돼요. 부디 검을 내려놓으세요.'"

"검에 굴복하시면 안 됩니다!"

　조성원도 긴장된 목소리로 말을 덧붙였다. 한데 소운휘는 그들 말에 전혀 귀를 기울이지 않고 숨을 깊게 들이마시며 뭔가를 음미하는 듯한 표정을 짓고 있었다.

"이런 육신이 있을 줄이야. 직계보다도 괜찮군.'"

　무슨 소리인지 전혀 알아들을 수 없는 말을 혼자 중얼거리고 있었다. 곽형직이 도를 겨냥하며 외쳤다.

"소 형제, 검을 내려놓게!"

　이에 소운휘가 고개를 돌려 그를 쳐다보더니 입을 열었다.

"내려놓게 해보거라."

오만함이 가득한 목소리에 곽형직이 인상을 찡그리며 기수식을 취했다. 그런 그에게 사마영이 말했다.

"설마 사형에게 해코지를 하시려는 건 아니죠?"

"자네도 검을 들게. 자네 사형을 보면 모르겠나? 지금 검의 요성에 사로잡혔네."

"어쩌시려고요?"

"검을 손에서 놓게 해야 할 것 아닌가."

사마영이 미덥지 못하다는 듯이 쳐다보며 물었다.

"정말이죠?"

"제자에 대한 빚을 졌는데, 내가 자네 사형에게 해코지라도 할 것 같은가. 그리고 지금 그럴 상황이….'"

스륵! 말이 미처 끝나기도 전에 눈앞으로 인영이 아른거렸다.

'…?!'

곽형직이 다급히 도를 위로 들어 올렸다. 그 순간 도 날로 묵직함이 실린 검이 내려왔다. 채애애앵!

'이게 무슨!'

굉장히 가볍게 내리친 것 같았는데, 곽형직이 그 힘을 이기지 못하고 무릎을 굽혔다. 만약 오른팔만 있었어도 일 장이나 일 권을 날려 견제했겠지만, 지금의 그로서는 내려치는 힘을 견디는 것만으로도 벅찼다. 그를 검으로 내려친 자는 다름 아닌 소운휘였다.

"소… 소 형제! 정신 차리게!"

"한 팔로 제법이군."

"소 형제!"

"뭐라고 하는 것이냐?"

소운휘가 그대로 그의 가슴을 걷어찼다. 한 시대를 풍미했던 고수답게, 그 찰나에 들고 있던 도를 놓고서 과감하게 뒤로 몸을 젖혔다. 그 상태에서 뒤로 손을 짚어 공중제비를 돌며 발로 도의 손잡이 부분을 낚아챘다. 그와 동시에 곽형직의 발이 슬쩍 움직였다. 슉! 그러자 도가 회전하며 소운휘의 옆으로 날아들었다. 당연히 피할 거라 여겼지만…. 콰직!

'…?!'

물구나무를 서서 위를 쳐다보던 곽형직의 두 눈이 커졌다. 회전하는 도를 소운휘가 잡아냈다. 그것도 모자라 손가락들이 도 날을 뚫고 나와 있었다.

"기발하구나. 외팔을 이런 식으로 극복한 것이냐?"

소운휘가 흥미롭다는 듯이 말했다. 한데 그 칭찬이 전혀 달갑지 않았다. 왜냐하면 몸을 바로 일으켜 세우려는 그의 심장부로 소운휘의 피처럼 붉게 물든 혈마검이 찔러 들어왔기 때문이다. 하지만 아슬아슬한 순간에 소운휘가 검의 경로를 바꿨다. 그리고 누군가의 일 검을 막아냈다. 채앵!

"윽!"

뛰어올라 검을 내리쳤던 사마영의 신형이 도리어 위로 밀려났다. 사마영은 깃털이라도 된 것처럼 밀려난 상태에서 몸을 회전시키더니 다시 한 번 소운휘를 향해 검초를 날렸다. 정확하게 말하면 검을 잡고 있는 손목을 노리고 있었다.

"계집이 제법 검을 다루는군."

'…?!'

사마영이 순간 흠칫했다. 그러는 찰나, 그녀의 검을 소운휘가 검지와 중지로 잡아냈다.

"그 속에 감춰진 얼굴을 봐볼까?"

혈마검이 그녀의 얼굴로 날아왔다. 놀란 사마영이 검병을 놓고 피하려 들었지만, 검이 너무 빨랐다.

"나를 잊은 것이냐!"

그 찰나에 곽형직이 왼쪽 다리로 소운휘의 손목을 휘감으며 그대로 오른발로 번개처럼 걷어찼다. 퍽!

'이런…'

물러나게 하려고 걷어찬 것인데, 그대로 맞고 말았다. 운이 없으면 목이 꺾일 수도 있었다. 한데 소운휘는 멀쩡했다.

"다 했나?"

굵은 통나무라도 된 것처럼 소운휘의 목 근육이 단단해져 있었다. 곽형직이 어처구니없어하는데, 소운휘 뒤로 누군가 달려와 굉장한 기세로 손으로 양장을 날리고 있었다. 소운휘가 피식 웃었다. 그러고는 다리를 감고 있는 곽형직을 그대로 들어 올려 뒤로 던져버렸다.

"아닛?"

팟!

"헉!"

조성원이 다급히 양장을 거뒀지만 곽형직과 부딪치는 것은 피할 수 없었다. 부딪친 두 사람은 서로 엉켜서 몇 바퀴나 바닥을 굴렀다.

"그 사이에 피한 것이냐?"

소운휘가 고개를 돌리며 열 보 이상 떨어진 사마영에게 말했다. 사마영의 눈동자가 떨렸다.

'장명이랑 달라.'

폭주한 장명은 살의로만 움직였다. 한데 지금 소운휘는 완전히 다른 사람이 되어 있었다. 겉모습만 같은 괴물을 상대하는 기분이었다.

'…제압할 수가 없어.'

묶어두려고 해도 세 명이 어찌할 수가 없었다. 처음 장명을 제압했을 때보다 지쳐 있었고, 설사 멀쩡하다고 한들 불가능해 보였다.

"벌써 전의를 상실한 것이냐?"

소운휘가 실망스럽다는 듯이 말했다. 이에 사마영이 떨리는 목소리로 물었다.

"…당신 대체 누구예요?"

단순히 검에 사로잡혀 미쳤다기에는 사람이 달라졌다. 이에 소운휘가 입꼬리를 올리며 답했다.

"나는 망령이다."

"망령?"

"피로 세상을 물들일 망령이지."

스륵! 소운휘의 신형이 흐릿해지며 어느새 사마영 앞으로 나타났다. 사마영이 다급히 검초를 펼치며 뒤로 몸을 날리려고 했지만 소운휘의 검이 뱀처럼 그녀의 검에 얽히더니, 이내 손에서 검을 떨어뜨려버렸다.

"검은 이런 식으로 놓게 하는 것이다, 계집."

팍!

"악!"

소운휘가 왼손으로 그녀의 목을 움켜쥐었다. 고통스러워하며 그녀가 발버둥 치는데, 소운휘가 비릿하게 웃으며 말했다.

"나는 죽여도 죽지 않는다. 내가 누군지 알겠느냐, 계집?"

"컥컥…."

그녀의 얼굴이 붉게 달아올랐다.

"고통스럽느냐? 그게 죽음의 순간이란…."

"개…."

"개?"

"개…소…리… 좀 지껄이지 마!"

획! 그녀가 자신의 목을 움켜쥐고 있는 소운휘의 왼쪽 팔목을 두 다리로 휘감았다. 그리고 십성 공력으로 소운휘의 팔목을 꺾어버리려고 했다.

"아으으으!"

사마영이 안간힘을 쓰며 꺾으려 했지만 꿈쩍도 하지 않았다. 오히려 소운휘의 팔목에 매달린 꼴만 되었다.

"어리석구나. 살수를 펼쳐도 나를 막을 수 있을까 말까인데."

"으으으."

"검을 떼어내면 이 몸의 주인을 원래대로 돌려놓을 수 있을 것 같으냐?"

그때 소운휘가 피식 웃더니 갑자기 쥐고 있던 혈마검을 손에서 놓았다.

'…?!'

혈마검이 손에서 떨어졌는데 소운휘는 전혀 변함이 없었다. 여전히 강렬한 살기를 내뿜고 있었다. 사마영은 이 상황을 전혀 이해할 수가 없었다.

"어, 어째서?"

"이 몸은 이미 내 것이다. 검을 떼어낸다고 해도 변할 것은 없다. 그리고…."

팍! 소운휘가 발로 떨어져 있는 사마영의 보검을 위로 튕겨냈다. 그러고는 손으로 검병을 뒤로 쳐냈다. 슉! 검이 엄청난 속도로 날아갔다. 왜 그러는가 싶었는데 곽형직이 뒤를 노리고 있었다.

"젠장!"

곽형직이 날아오는 사마영의 보검을 다급히 막아냈지만, 그렇지 않아도 소운휘의 손가락에 반쯤 금이 가 있던 도가 완전히 부서지고 말았다. 쩽그랑! 여파로 뒤로 밀려난 곽형직이 비틀거렸다. 그의 입가로 피가 흘러내렸다. 내상을 입은 것이다.

'낭패다.'

곽형직은 이 상황에 절망스러워할 수밖에 없었다. 혈마검을 손에서 놓았는데도 저런 모습이라면 소운휘를 되돌릴 방법이 없다는 의미였다. 연거푸 이어지는 싸움으로 내력도 삼 할가량밖에 남지 않았다. 곽형직이 입술을 질끈 깨물었다.

'동귀어진의 수밖에 없나.'

그의 예상이 맞다면 소운휘는 그저 혈마검에 사로잡힌 정도가 아니었다. 한없이 그 존재에 가까워졌다. 차라리 자신을 희생해서라도 이 자리에서 죽이는 것이 답일 수도 있었다. 그때 어디선가 기척이 느껴졌다.

'아!'

곽형직은 지푸라기라도 잡는 심경으로 외쳤다.

"누군지 모르겠지만 도와…."

하지만 그는 말을 이을 수 없었다.

'…?!'

수풀을 뚫고 나타난 세 명의 모습에 오히려 당혹감을 감추지 못했다. 근육질로 된 거구의 세 사내였다. 특히 한 명은 굉장히 체구가 컸는데, 털북숭이의 야인 같은 모습을 보는 순간 곽형직은 단번에 알아볼 수밖에 없었다.

'기기괴괴!'

혈교의 존자들 중 한 사람이 아닌가. 이십여 년 전의 정사 대전에서 그와 몇 번이나 부딪쳤었다.

'최악이다.'

하필 나타나도 기기괴괴라니. 상황이 어떻게 돌아갈지 전혀 알 수 없게 되어버렸다.

그때 기기괴괴 해악천이 소운휘의 변한 모습을 발견하더니 놀라움을 감추지 못했다.

"어떻게 이런 일이…"

소운휘 역시도 그를 쳐다보더니 흥미롭다는 표정으로 말했다.

"호오. 본 적이 있는 얼굴이구나."

'…!!'

그 말이 끝나기가 무섭게 해악천이 한쪽 무릎을 꿇고서 예를 갖췄다. 그리고 고개를 숙이며 황급히 외쳤다.

"혈마이시여!"

붉은 머리카락을 뒤로 쓸어 넘기는 중년의 남자. 남자가 술잔을 들고서 말했다.

"마시게."

"교주, 제가 어찌…."

"소싯적에는 자주 겸상을 하지 않았던가. 천하의 기기괴괴가 고작 같이 술을 마시는 걸로 눈치를 보는 겐가."

남자의 맞은편에 앉아 있는 거구의 중년인은 기기괴괴 해악천이었다. 해악천이 겸연쩍은 듯한 얼굴로 머리를 긁적였다.

"이제는 교주가 아니십니까?"

"오늘은 옛 벗일세."

"이거 참…. 클클."

교주라 불린 중년인의 눈치를 보던 해악천이 이내 특유의 웃음소리와 함께 탁자 위의 술잔을 들어 한 번에 들이켰다. 그렇게 술을 마시고 서로 아무 말이 없던 두 사람. 그때 해악천이 조심스럽게 입을 열었다.

"교주… 정녕 내일 도평선에서 그들과 일전을 치르실 겁니까?"

"불안한가? 자네답지 않군."

"…불안하다니요! 저는 그런 것 따위 모릅니다."

해악천이 보통 사람의 배나 되는 큰 주먹으로 자신의 가슴을 쿵쿵 쳤다. 그런 그를 바라보면서 교주가 피식 웃으며 말했다.

"존자들 중에서 자네가 가장 물러서지 말라고 간언하지 않았나?"

"…상황이 다릅니다. 무쌍성이 참전하지 않았습니까?"

"무쌍성… 그렇지."

"놈들이 비월영종을 그런 식으로 쳐낼 때 알아봤어야 했는데, 저희들 불찰입니다."

"그게 어찌 자네들 탓이라고 할 수 있겠나."

"교주…."

"천하의 기기괴괴가 이리 교주를 약하게 만들 셈인가."

"교주께서만 살아남으면 본교를 다시 추스르는 것은 어려운 일이 아닙니다. 때로는 피하는 것도 상책입니다."

"그리된다면 본좌에게 집중된 놈들의 시선이 다른 곳으로 돌아가 겠지."

"…그건."

"위에 있는 자는 누리기 위함만이 아닐세. 책임을 져야 하지."

"교주께서 살아남는 것도 책임입니다."

그 말에 교주가 옅은 미소를 지었다. 기기괴괴가 답답했는지 이를 참지 못하고 술병을 들어 왈칵 들이켰다. 쉬지 않고 한 번에 술을 전부 들이켠 그가 병을 거칠게 내려놓았다. 그리고 입을 열었다.

"옛 벗이라고 하셨지 않습니까? 하면 벗으로서의 이야기로 들어주 시면 안 되겠습니까?"

"이보게, 악천."

"네, 교주."

"본좌는 혈교의 얼굴이자 기둥일세. 아무리 불리할지언정 본좌가 먼저 일신의 안위를 찾는다면 본교를 믿고 따르는 교인들에게 어떤 믿음을 줄 수 있겠나."

무엇 하나 틀린 말이 없었다. 그렇기에 해악천은 쓰라린 얼굴이 될 수밖에 없었다.

"위에 선다는 것은 그런 것일세."

그 말과 함께 교주가 뒤에서 무언가를 꺼내 들었다. 그것은 검이 었다. 검집 전체에 붉은 글씨가 빼곡하게 새겨져 있고, 손잡이인 검병에는 검은색 천에 붉은 글씨가 새겨진 천이 감겨 있었다. 이를 본 해악천이 당혹스러운 목소리로 말했다.

"설마 그분의 힘을 빌리실 생각입니까."

"할 수 있는 건 해봐야지."

"위험합니다, 교주! 선대께서도 섣불리 그분의 힘을 빌렸다가 돌아가신 것을 잊으신 겁니까?"

해악천이 결사반대를 했다. 이에 교주가 검집에 손을 얹으며 묵직함이 담긴 목소리로 말했다.

"망령의 힘을 빌리면 그 대가를 치르겠지."

"망령이라니요."

그분은 혈교의 전신이었다. 그런 그분을 망령이라 표현하는 것은 설사 피를 이었다고 해도 불경이나 마찬가지였다. 당황해하는 해악천에게 교주가 고개를 절레절레 흔들더니 손가락으로 위를 가리켰다.

"그분의 혼(魂)은 저곳에 있지."

"하나 혈마검은 그분의…."

"원한과 광기만 가득한 백(魄)이 어찌 그분이라고 할 수 있겠나. 정녕 그분이라면 혈손들까지도 앗아가려 하겠나."

"…."

"그런 것은 그저 망령일 뿐일세."

"교주…."

"하지만 이번만큼은 그 망령의 힘을 빌려야겠군."

교주의 목소리는 씁쓸하기 그지없었다. 안타깝게 쳐다보는 해악천에게 교주가 빙그레 웃으며 말했다.

"망령도 쓰이기 나름 아니겠는가."

＊　＊　＊

'이럴 수가….'

해악천은 이십 년도 넘게 지난 과거를 떠올렸다. 소운휘의 손에 들려 있는 선홍빛으로 물든 혈마검과 변한 모습을 보는 순간, 그는 곧바로 알아차렸다. 혈마의 넋이 그 몸을 차지했음을 말이다. 검병을 보니 백을 누르는 주술이 적힌 천이 감겨 있지 않았다.

'어찌 이런 일이….'

도무지 이해할 수 없었다. 보통 사람은 혈마검 자체를 감당할 수 없다.

"아흑."

고통의 신음 소리에 해악천이 고개를 들어 올렸다. 소운휘의 손에 목이 잡혀 있는 사마영이 당장에라도 죽을 것만 같았다. 송좌백이 어처구니없어하며 나서려 했다.

"씨발, 소운휘 너 이 새끼야. 미친 거…."

"아서라!"

"네? 하지만 스승님….'

"나서지 말라고 했느니라!"

해악천의 다그침에 송좌백이 안절부절못하며 사마영을 쳐다보았다. 매달려 있는 그녀의 몸에서 점점 힘이 빠져나갔다. 해악천이 공손한 목소리로 소운휘에게 말했다.

"혈마이시여, 지금 손에 쥐고 계신 아이는 본교의 교인입니다."

"교인?"

이에 소운휘가 눈썹을 치켜올리며 사마영을 쳐다보았다. 사마영을 물끄러미 쳐다보던 소운휘가 피식 하고 웃더니, 사마영을 물건을 다루듯이 송좌백에게 획 하고 집어던져 버렸다.

"헉!"

송좌백이 이를 받았다가 사마영의 몸에 실린 공력에 뒤로 넘어지고 말았다. 그가 넘어지면서 힘을 받아주지 않았다면 사마영은 다쳤을 것이다.

'이 새끼가 정말? 하!'

도저히 소운휘가 할 만한 행동이 아니었다.

'정말 검의 요성에 사로잡힌 건가?'

그것도 그렇지만 해악천이 왜 요성에 사로잡힌 저 녀석에게 혈마라 하는 건지 이해할 수가 없었다.

그때 소운휘가 뒷짐을 지고 오만하게 쳐다보며 말했다.

"네놈은 보아하니 쓸 만한 듯한데 누구지?"

"신은 본교의 존자를 맡고 있는 해악천이라고 합니다."

"역시 존자였군."

그들의 대화를 지켜보는 북영도성 곽형직의 속내는 바짝 타들어가고 있었다. 소운휘를 상대로 동귀어진을 하려 했지만 그것도 무리였다. 그의 시선은 절로 쓰러져 있는 제자 장명에게로 향했다.

'저 아이를 데리고 도망갈 수 있을까?'

상대는 혈교의 기기괴괴였다. 다른 자라면 모를까 기기괴괴 해악천은 자신과 동세대에서 명성을 날리던 노괴였다. 남은 힘만으로 저 노괴를 상대하는 것은 무리였다.

'…나와 제자 녀석의 운명이 여기까지였단 말인가.'

팔을 잃었을 때조차 누구를 원망한 적이 없었다. 그런데 지금 이 순간만큼은 하늘이 무심하게 느껴졌다.

'장명아, 장명아, 못난 스승을 만나서 이렇게 가게 되는구나. 미안하구나.'

곽형직이 이를 꽉 물었다. 어차피 죽을 운명이라면 이 한 몸 불태워서 정도의 기상이라도 세워야 하지 않겠는가. 곽형직이 굳은 결의로 몸을 일으키려 할 때였다. 해악천이 머리 숙여 소운휘에게 말했다.

"혈마이시여, 지금 계신 그 육신 또한 본교의 교인입니다."

"그래서?"

"제 제자이옵니다."

그런 해악천의 말에 소운휘가 활짝 웃으며 말했다.

"영광이겠구나. 교인이 어찌 이런 순간을 맞이할 수 있겠느냐. 받들어 모셔야 할 존재를 직접 몸으로 받았으니 말이다."

그런 소운휘의 말에 해악천의 인상이 굳었다. 우회적으로 돌려 말했으나, 혈마는 저 몸을 차지하고서 나올 생각이 없어 보였다. 해악천이 고개를 들어 주변을 가리키며 말했다.

"이곳은 무림연맹에서 멀지 않은 곳입니다. 그렇게 강림하셔서 계시면 일신에 위협이 도사릴 수 있습니다."

이에 소운휘의 입꼬리가 올라갔다.

"일신의 위협? 누가 감히 본좌에게 위협을 줄 수 있단 말이더냐?"

"혈마이시여, 자그마치 수만입니다."

"잘됐구나. 건방지게 이십여 년 동안 본좌를 가둬둔 피의 대가를 치르게 해줄 기회가 생겼구나."

"혈마이시여!"

"어리석구나. 본좌를 거스르지 말거라."

"후우…"

해악천이 깊은 한숨을 내쉬었다. 그런 그의 태도에 소운휘의 눈매가 가늘어졌다. 해악천이 중얼거렸다.

"망령… 그래, 망령이구나."

"뭐라고 지껄이는 것이냐?"

소운휘의 물음에 해악천이 말없이 몸을 일으켜 세웠다. 그러고는 우악스럽게 큰 주먹을 움켜쥐었다.

"지금 그 태도는 무엇이냐?"

소운휘가 천천히 바닥에 꽂혀 있는 혈마검의 검병을 손에 쥐었다. 분위기가 심상치 않았다. 동귀어진의 수를 펼치려고 했던 곽형직 또한 뭔가 이상한 낌새를 알아차리고는 공격하려던 것을 멈췄다.

"네놈의 태도가 거슬리는구나, 존자여."

소운휘의 그 말에 해악천이 두 주먹을 쥐고서 특유의 기수식을 취했다. 그러자 해악천의 몸이 구릿빛으로 물들며 근육이 들썩거리더니, 이내 몸에서 수증기가 피어올랐다. 그의 독문 수법인 진혈금체였다. 소운휘가 그 모습에 싸늘해진 목소리로 말했다.

"어리석구나."

이에 해악천이 묵직한 목소리로 주먹을 겨냥하며 말했다.

"제자 녀석의 몸을 내놓아라."

"하!"

소운휘가 기막혀했다.

"본좌의 뜻을 정녕 거스르는 것이더냐?"

"나는 망령의 명을 듣지 않는다."

"뭐?"

"내게 명을 내릴 수 있는 자는 오직 15대 교주 백무영뿐이다."

해악천의 그 말에 소운휘가 고개를 절레절레 흔들었다.

"그럼 그리하거라."

그러더니 이내 신형이 흩어졌다. 사라진 신형은 순식간에 해악천 앞에 나타났다. 찰나의 순간 해악천이 두 주먹을 교차하며 위로 올렸다. 쿠쿠쿠쿠쿠! 해악천의 발이 땅으로 한 움큼 파고들었다. 그의 두 주먹 사이에는 검을 내리치고 있는 소운휘의 손목이 있었다.

"제법이구나. 내 검을 막아내다니."

퍽! 촤르르르! 말이 끝남과 동시에 소운휘의 발길질이 해악천의 가슴에 적중하며 그의 신형이 뒤로 열 보 넘게 밀려났다. 송좌백이 그 모습에 얼이 빠지고 말았다. 저 거구의 노괴 해악천이 힘으로 밀리는 모습은 처음 보았다. 정말 저게 자신이 알고 있는 소운휘가 맞는지 알 수 없었다.

'젠장!'

송좌백이 동생 송우현을 쳐다보며 말했다.

"스승님을 돕자!"

그리고 진혈금체를 펼치려고 했다. 그때 해악천의 다그침 소리가 들렸다.

"아서라! 너희들이 끼어들 수 있는 자리가 아니다!"

"스승님!"

해악천이 이렇게 웃음기를 쫙 빼고서 심각하게 말하자, 아무리 송좌백이라고 해도 상황이 얼마나 심각한지 인지할 수 있었다.

소운휘가 혀를 차며 말했다.

"늦었다, 존자여. 제자를 아끼는 마음이 있었다면 본좌를 거슬러

선 안 되었다."

소운휘에게서 엄청난 살기가 뿜어져 나왔다. 평범한 이가 있었다면 뿜어내는 살기만으로 심장이 덜컥 멈춰질 정도였다. 한데도 해악천의 얼굴은 담담하기 그지없었다. 해악천이 말했다.

"진혈금체의 최종 단계를 보여주마. 두 눈 크게 뜨고 보거라."

그것은 소운휘에게 한 말이 아니었다. 쌍둥이 형제들에게 한 말이었다.

두득! 두득! 슈우우우우! 해악천의 몸에서 흘러나오는 수증기의 양이 급속하게 늘어났다. 그러자 구릿빛이었던 피부가 더욱 선명해지더니 이내 윤기 있는 핏빛을 띠었다.

"이게 적혈금신이다."

팟! 그 말이 떨어지기 무섭게 해악천의 신형이 소운휘에게로 뻗어갔다. 소운휘가 황소처럼 돌진해오는 해악천을 향해 검을 휘둘렀다. 혈마검과 해악천의 주먹이 부딪쳤다. 차아아아앙! 그 순간 두 사람의 신형이 동시에 뒤로 튕겨 나갔다. 서로의 힘이 거의 비등해진 것이다.

열 보 정도 튕겨 나간 소운휘의 눈에 이채가 띠었다.

"본좌에게 피를 보게 하다니. 네놈… 특이한 신체 능력을 가지고 있구나."

검을 쥔 소운휘의 손바닥에서 피가 흘러내리고 있었다. 그 모습을 지켜보던 조성원이 혀를 내둘렀다.

'기기괴괴, 정말 대단하다.'

괴물처럼 강해진 소운휘를 상대로 비등한 힘을 발휘할 줄은 몰랐다. 하지만 맨주먹으로 혈마검과 부딪친 대가는 확실히 받았다. 오

26

른손 주먹이 갈라져서 피가 흘러내렸다.

"오른손으로 주먹질은 힘들겠구나."

"흥!"

해악천은 이를 개의치 않는지 주먹을 더욱 세게 움켜쥐었다. 그러고는 소운휘를 향해 달려들었다. 해악천의 주먹이 수십 개의 권영을 만들어내며 폭풍처럼 소운휘를 뒤덮었다. 그것은 말 그대로 적풍(赤風)이었다. 촤촤촤촤촤!

이에 소운휘가 혈마검으로 궤적을 그렸다. 검이 교묘하게 권영들의 경로를 방해하며 해악천이 만들어낸 폭풍을 꿰뚫었다.

'이런!'

놀라울 정도의 검 솜씨였다.

"빈틈이 있구나."

혈마검이 정확하게 가슴 정중앙을 찔러 들어왔다. 그 순간 누군가 소운휘의 손목을 발차기로 위에서 내려찍었다.

"네놈?"

그는 바로 곽형직이었다. 궤적이 뒤틀린 것이 거슬렸던 소운휘가 번개처럼 왼손으로 지공을 날렸다. 푹! 곽형직이 몸을 뒤틀어 이를 피하려다 허벅지를 찔리고 말았다. 하지만 덕분에 해악천에게 기회가 생겼다.

"흐압!"

픽! 해악천의 일 권이 소운휘의 가슴에 적중하며, 그의 신형이 포탄처럼 뒤로 튕겨 나가고 말았다. 소운휘를 날려 보낸 해악천이 거칠게 곽형직에게 따졌다.

"북영도성, 네놈이 끼어들 자리가 아니다."

이에 곽형직이 다급히 허벅지를 지혈하며 말했다.

"기기괴괴, 네놈 혼자의 힘으로 막을 수 있는 자가 아니잖느냐."

"흥! 괜한 참견이다."

"네놈을 돕는 게 아니다."

"뭐?"

"네놈의 제자에게 빚을 졌다. 그 빚을 갚으려는 것뿐이다."

"웃기는 놈이로구나."

해악천이 끌끌거리며 혀를 찼다.

그런 해악천에게 곽형직이 진지하게 물었다.

"검을 놓아도 검의 요성에서 벗어나지 않았다. 네 제자를 원래대로 만들 방법이 있느냐?"

그런 그의 물음에 해악천이 크게 숨을 내쉬었다. 해악천이 가슴에 제대로 일격을 당하고도 멀쩡하게 일어나는 소운휘를 보더니, 이내 곽형직에게 전음을 보냈다.

[…정말 도울 것이냐?]

[그렇다.]

[좋다. 그럼 돕는 것을 허락하마.]

[뭐?]

도와준다고 하는데 생색을 내니 황당했다. 그러거나 말거나 해악천이 전음을 이어갔다.

[머리 쪽에 귀문이라 불리는 두 혈이 있다.]

[천령? 뇌해?]

[무식하진 않구나.]

[…내 살다 살다 네놈에게 그런 소리를 듣다니.]

곽형직이 어처구니없다는 표정을 지었다. 하지만 그것도 오래가지 않았다. 소운휘가 자신들을 향해 신형을 날리고 있었기 때문이다. 안력에 집중하고 있는데도 흐릿하게 보일 만큼 굉장한 속도로 신형을 뻗어오고 있었다.

[본좌가 몸을 묶고서 천령을 노리겠다. 네놈이 뇌해를 노려라.]

[천주….]

뇌해혈은 후뇌 침골 아래에 있다. 곽형직의 눈동자에 긴장감이 묻어났다. 해악천이 이야기한 귀문이라 불린 두 혈 자리는 잘못 건드리면 죽을 수도 있다.

[공력은 십 년 수준의 내공을 넘어서면 안 된다.]

[알겠다.]

[그리고 동시에 공력을 가해야 한다. 잊지 말거라.]

그 말이 끝나기가 무섭게 해악천이 바닥을 향해 일 권을 내리쳤다. 쾅! 바닥에 반 장 가까이 구덩이가 파이며 돌 파편들이 위로 튀어 올랐다. 뻗어오던 소운휘가 비웃음을 흘리며 검을 휘둘렀다. 그러자 파편들이 닿기도 전에 가루처럼 흩날리며 사라졌다.

"눈속임을 하는구나."

소운휘가 뒤로 몸을 돌리며 앞으로 검을 찔러 넣었다. 푹! 혈마검이 해악천의 오른 손바닥을 관통했다. 검은 일직선으로 뻗어가 해악천의 얼굴을 정확하게 노려왔다. 그때 해악천이 고개를 옆으로 젖히더니, 관통된 손을 더욱 깊이 집어넣어 그대로 소운휘의 손을 움켜쥐었다.

"네놈?"

해악천이 씨익 하고 웃었다.

"잡았다."

"어리석구나."

소운휘가 그의 가슴에 왼손으로 지공을 날렸다. 한데 지공은 해악천의 가슴을 뚫지 못했다.

'…?!'

한없이 금강불괴에 가까운 적혈금신은 아무리 혈마의 백이 씌워진 소운휘라고 해도 맨손으로 뚫을 수 없었다.

"검을 못 쓰면 망령에 불과하구나. 클클."

"이놈!"

소운휘가 공력을 일으켜 반탄력으로 그를 튕겨내려 했다. 그러나….

"지금이다!"

"하압!"

꽝! 꽝!

해악천의 왼손 엄지가 천령혈, 그리고 곽형직의 왼손 검지가 뇌해혈을 동시에 찔렀다.

"크헉!"

소운휘의 입에서 비명이 터져 나왔다. 위험한 두 혈 자리를 동시에 타격받자, 얼굴로 핏줄이 불룩불룩 튀어나왔다. 이윽고 입에서 피가 뿜어져 나왔다.

'성공인가?'

곽형직이 해악천을 쳐다보았다. 해악천 또한 반신반의한 방법이라 성공했는지 확신할 수 없었다. 이 방법은 혈마검의 요성에 사로잡힌 자들에게서 검을 놓게 하기 위해 만든 방법이었다. 그때 고개를 드는 소운휘의 두 눈에서 붉은 안광이 짙어졌다.

"이놈들, 죽여버리겠다!"

"이런!"

파앙! 그와 동시에 엄청난 반탄력이 일어나며 해악천과 곽형직이 동시에 튕겨 나갔다. 뒤로 날아가며 겨우 신형을 바로잡은 두 사람의 표정이 어두웠다. 유일하게 원래대로 돌릴 방법이 수포로 돌아갔다. 소운휘가 그들을 노려보았다.

"곱게 죽을 생각은 버리거라."

더욱 강렬한 살기가 그에게서 뿜어져 나왔다. 심지어 붉은 아지랑이가 몸에서 흘러나왔는데, 그 기운이 심상치가 않았다. 소운휘가 검을 위로 치켜올렸다. 그러자 혈마검에서도 붉은 아지랑이가 퍼지며 날카로운 기운이 유형화되어갔다.

"이, 이기유형!"

곽형직이 경악을 금치 못했다. 기운이 유형화되는 것은 팔대 고수들이나 가능한 절세 기예였다.

"이번 육신에 익숙해질 때까지 힘을 아끼려 했으나, 네놈들이 자초한… 억!"

그때 소운휘가 몸을 비틀거렸다.

"통한 건가?"

해악천과 곽형직이 놀라서 그를 쳐다보았다. 소운휘의 표정이 굳었다. 육신이 뜻대로 움직이지 않았다.

"어째서?"

당혹스러워하고 있는데 그의 머릿속에 목소리가 울려 퍼졌다.

'이건 내 몸이다, 망령.'

―이놈!

육신뿐만이 아니라 혼백까지 차지했다고 확신했던 그였다. 한데 원래 혼백이 존재감을 드러내자 당혹스러울 수밖에 없었다.

―네놈의 몸과 혼은 내 것이다!

'내 몸이라고 했다.'

그때 머릿속에서 전혀 다른 목소리가 들려왔다.

[염(念)조차 이치가 통하면 통제할 수 있을지니. 천권(天權)이 열렸도다.]

'이게 대체?'

화르륵! 그 순간 소운휘의 오른 손등에서 푸른 불꽃이 일렁였다. 불꽃은 이내 손등에 있는 북두칠성 형태의 점들 중 네 번째 점인 천권으로 스며들어 푸른색으로 바뀌어갔다.

"끄아아아아아악!"

그와 동시에 소운휘가 비명을 질렀다. 기이한 일이 벌어졌다. 소운휘의 몸에서 흘러나오던 붉은 아지랑이가 소용돌이를 치더니, 이내 심장부로 스며들어갔다.

핏빛 세상에 잠식된 이후 나는 육신을 빼앗겼다. 의식도 점차 침식되어 몽롱한 상태가 되어가고 있었다. 그때 천령혈과 뇌해혈에 동시에 충격이 가해졌고, 핏빛 세상에 금이 갔다. 그와 동시에 머릿속을 울리는 목소리들.

―운휘! 정신 차려라!

―야, 한 번 죽었다가 살아난 놈이 그깟 망령한테 질 거야?

그깟 망령이라니. 그러기에는 너무 강한 원념이다. 혈교의 시초라 불리는 혈마의 광기를 이겨내는 게 쉬운 일인 줄 아나?

―들리는구나!

―운휘!

순간 정신이 번쩍 들었다. 녀석들의 목소리도 뚜렷하게 들리고, 의식이 되살아난 것이다. 참 신기한 일이었다. 의식이 되살아나자 나의 육신이 내 의지가 아닌 다른 강한 염에 의해 움직이는 것이 느껴졌다. 심지어 이 지독한 염은 나의 육신을 제멋대로 다루고 있었다. 내가 끌어낼 수 있는 힘 이상을 말이다. 한 번도 겪어본 적이 없는 이 힘은 내공이나 선천진기와는 전혀 다른 힘이었다.

―빨리 네 몸을 되찾아.

소담검이 불안한지 나를 재촉했다. 어떻게 하면 내 몸을 되찾을 수 있을까? 나를 차지한 이 망령은 지독한 원념만으로 내 육신을 마음대로 다루고 있었다. 그렇다면 이 모든 게 의지에 달린 것일까? 해보자. 이 망할 망령도 한 것을 내가 못 할 이유가 어디 있는가.

나는 혈마의 염이 간섭하는 것에 모든 감각을 집중했다. 이 강한 염을 이해하고 다룰 수 있다면 똑같이 간섭하는 일이 가능할 거다. 아아! 알 것 같다. 천령혈과 뇌해혈의 충격 덕분에 그 흐름이 보인다. 그렇다면 나 역시도 이 흐름을 따라 녀석의 행동을 제지하면….

'이건 내 몸이다, 망령.'

―이놈!

성공이다. 녀석의 움직임에 간섭했다. 당황한 녀석이 염으로 나를 억누르려고 했다. 소용없어. 덕분에 나도 그 '염'이라는 힘을 이해할 수 있게 되었으니까. 염은 중단전의 선천진기나 하단전의 내공과 달리, 생각과 의지의 힘에 보다 가까웠다. 그 강한 염이 백이 된 것이다.

―네놈의 몸과 혼은 내 것이다!

'내 몸이라고 했다.'

그때 머릿속에서 전혀 다른 목소리가 들려왔다.

[염(念)조차 이치가 통하면 통제할 수 있을지니. 천권(天權)이 열렸도다.]

아! 예의 그 목소리가 들렸다. 그런데 전과 다르게 복잡한 염이 머릿속으로 파고들었다. 추상적이었지만 그것은 내게 천권이 무엇인지, 염이 무엇인지를 알려주고 있었다.

천지인(天地人) 중의 천(天).

염은 상단전의 힘이다. 이것을 깨닫자 정확히 보였다. 광기와 원한, 피로 잠식된 혈마의 거대한 원념이.

'꺼져. 이건 내 몸이다!'

"끄아아아아아악!"

염을 일으키자 푸른 불꽃이 혈마의 원념을 감쌌다. 그러자 놈이 고통으로 괴로워했다. 그때 기이한 일이 벌어졌다. 푸른 불꽃에 휩싸인 녀석의 원념이 점차 푸른 불꽃에 동화되어갔다. 그러더니 이윽고 푸른 불꽃이 소용돌이를 치며 이번에는 나의 염으로 몰려오는 것이 아닌가. 헉! 푸른 불꽃이 나를 휘감았다. 그러더니 이내 모든 것들이 머릿속으로 파고들었다. 이것은 혈마의 기억이자 염 그 자체였다.

"으아아아아아아아!"

그 순간 나는 꿈에서 깨어난 것처럼 정신을 차릴 수 있었다. 핏빛으로 물들었던 세상은 사라지고 눈앞에 스승님인 해악천과 북영도성 곽형직이 긴장한 얼굴로 기수식을 취하고서 나를 쳐다보는 모습이 보였다.

'아아아!'

놈에게 빼앗겼던 몸을 되찾았다. 하마터면 혈마의 망령에게 제멋대로 휘둘리다 죽을 뻔했다. 내 몸은 무사한 것일까?

'엇?'

본능적으로 선천진기를 운기하며 몸 상태를 살핀 나는 당혹감을 감추지 못했다. 놈이 강제로 내 역량 이상의 힘을 끌어내서 당연히 몸에 무리가 갔을 거라 여겼는데, 전혀 아니었다. 오히려 몸 상태가 전보다 좋아졌다. 환골탈태라도 한 것처럼 가볍게 느껴졌다.

'이럴 수가….'

심지어 중단전의 선천진기가 원래보다 삼 할 이상 더 늘어나 있었다. 어안이 벙벙할 지경이었다.

─해방되었다! 크하하하하하!

그때 머릿속에 광오한 웃음소리가 울려 퍼졌다. 인상을 찡그리며 소리가 들려오는 방향을 쳐다보니 손에 쥐고 있는 혈마검이었다.

'…네가 혈마검이구나.'

─엇? 뭐야? 인간, 너 이 몸의 목소리가 들리는 것이냐?

이제야 녀석의 목소리가 들리다니. 그런데 생각보다 건방진 녀석이었다. 스스로를 이 몸이라 칭하다니.

─뭐 건방져? 네깟 인간 놈이 감히 이 몸에게 그딴 소리를 지껄이다니. 혈맥을 폭주시켜 콱 죽게 해버릴까?

'하!'

─하지만 오늘은 기분이 좋은 날이므로 봐주마, 인간.

'뭐가 어쩌고저째?'

─그 지독한 원념과 한 몸에서 지내는 지옥 같던 나날을 인간 네가 탈출시켜주었으니 말이다.

녀석의 말을 들어보면 혈마의 백과 함께 지냈던 것이 힘들었던 모양이다. 아주 신이 난 목소리였다.

―한데 너 정말 신기하구나.

'뭐가?'

―그 원념조차 내 목소리를 듣지 못했는데 한낱 인간인 네가 내 소리를 듣다니.

'검의 소리를 들을 수 있으니까.'

―호오. 그것 참 신기한 능력이구나. 좋다.

'뭐가?'

―네게 빚진 것도 있고 너 같은 인간을 찾아보기도 힘드니, 이 몸의 부하로 받아주마.

'…헛소리 좀 하지 말아줄래.'

검들마다 제각기 다른 성격을 지니기는 했다. 한데 이 녀석은 생각보다 오만하면서도 건방지기 짝이 없었다.

―야, 네가 뭔데 운휘를 부하로 받고 말고야. 주인으로 받들어도 모자랄 판국에.

소담검 녀석도 짜증이 났는지 녀석에게 한소리 했다. 그런데 녀석도 만만치 않았다.

―뭐야? 너 단검이냐? 조그마한 놈이 어르신이 말씀하시는데 어디서 끼어들어.

―뭐얏!

녀석들이 싸우는 소리로 머릿속이 혼란스러웠다. 한데 신기하게도 염을 깨닫고 나서 머릿속에 울리는 녀석들의 소리를 내가 원하는 대로 조절할 수 있게 되었다. 들리지 않는다기보다는 무의식으로 넘길 수 있다고 할까.

"망령이냐? 아니면 운휘더냐?"

해악천의 목소리에 나는 그를 쳐다보았다. 두 주먹을 쥐고서 긴장된 눈으로 언제라도 출수할 준비를 하고 있었다. 나는 그런 해악천에게 말했다.

"스승님, 접니다."

"하아."

이에 해악천도 긴장이 풀렸는지 안도의 숨을 내쉬었다. 곽형직 또한 마찬가지였다. 그는 바닥에 주저앉기마저 했다.

"성공했구나."

참 공교로운 일이었다. 나 한 사람을 원래대로 만들기 위해 혈교의 존자와 정파의 거성이라 할 수 있는 두 고수가 힘을 합치다니.

"이놈아, 정신을 차렸으면 차렸다고 말해야 할 것 아니냐!"

해악천이 내게 신경질을 냈다. 저리 퉁명스럽게 말하면서도 나를 위해 목숨까지 걸었다. 엉망이 된 저 주먹이 그 증거였다.

'하아…'

뭔가 가슴이 뭉클했다. 저 미친 노친네가 나를 위해서 이렇게까지 해줬다는 게 말이다. 나는 포권을 취하며 고개 숙여 감사를 표했다.

"감사합니다. 스승님과 곽 대협 덕분에 원래대로 돌아올 수 있었습니다."

"흥! 별게 고맙구나."

해악천이 콧방귀를 뀌었다. 곽형직은 그저 쓴웃음만 짓고 있을 뿐이었다.

"야!"

그때 익숙한 목소리가 들렸다. 소리 난 곳을 바라보니 송좌백이 보였다. 녀석이 나무에 기대어 기절해 있는 사마영을 가리키며 말했다.

"네가 저지른 짓이다, 인마!"

"…."

내가 아니지만 그녀에게 미안한 마음이 들었기에 아무 대답도 할 수 없었다. 사마영이 나를 구하려다 죽을 뻔한 것을 떠올리니 신경이 쓰였다. 욱신! 그때 머리가 지끈거리는 것이 느껴졌다. 손등을 바라보니, 북두칠성의 네 번째 점인 천권이 붉어졌다가 푸르게 색이 변하고 있었다.

─괜찮아?

'괜찮아.'

왜 이런 것인지 알고 있었다. 받아들인 혈마의 염을 천권이 유지하고 있기 때문이었다. 계속 유지하면 극도의 염이 소모돼 정신을 잃을지도 모른다. 스르륵! 정신을 집중하자 천권의 점이 완전히 푸르게 바뀌었다. 그러자 송좌백 녀석이 휘둥그레진 눈으로 말했다.

"너… 머리색이?"

"뭐?"

무슨 소리를 하는 건지 알 수 없었다. 해악천 또한 이채를 띤 눈으로 쳐다보고 있었다.

─운휘, 네 머리카락의 색이 다시 원래의 검은색으로 돌아왔다.

그 이유를 남천철검이 말해주었다.

─맞네? 그 시뻘겋던 눈도 원래대로 돌아왔는데.

소담검도 내게 말했다.

설마 혈마의 원념에 사로잡혔을 때 그렇게 변했던 건가. 백혜향처럼 바뀌었던 모양이다.

'하!'

내가 알기로 혈천대라공을 오성 이상 익히면 그런 현상이 일어난다고 한다.

―응? 그걸 네가 어떻게 알아?

소담검이 신기해하며 물었다. 그런데 그 대답은 내가 아닌 혈마검이 했다.

―멍청하긴. 그 원념이 가득한 백을 통째로 흡수했으니 알겠지.

이 녀석 봐라. 요검은 요검인가 보다. 내가 혈마의 백을 흡수한 것을 알고 있었다. 녀석의 말대로 혈마의 백을 통째로 흡수하자, 신기하게도 그 염이 가졌던 사무치는 기억과 무공에 관한 것들이 머릿속에 스며들었다.

―오오! 그게 천권의 힘이야?

'아니야. 조금 달라.'

―그게 무슨 소리야?

네 번째 점인 천권의 능력은 검에 남아 있는 염을 통제하는 것이다. 기억을 읽어내는 천기보다 어떤 의미에서는 상위에 있는 능력인데, 그 검에 남아 있는 검의 궤적, 즉 검술을 천권을 통해 구현할 수있게 된다.

―완전 대박인데?

한데 이것은 천권의 능력을 썼을 때만 가능하다. 그리고 한시적으로만 가능하다. 천기도 그 횟수가 늘어날수록 무리가 가듯 천권또한 제약이 있는 것이다.

―그래도 좋은 거 아냐? 익히지 않아도 검술을 구현할 수 있다면.

좋긴 한데 검술을 구현해내는 정도에 불과하다. 내 원래 무위에서 벗어날 수는 없다. 한데 이 현상은 달랐다. 단순한 염이 아니라 수백 년이 넘는 원념 가득한 혈마의 백을 흡수해서일까?

'설마 천권으로 혈천대라공이나 혈마의 힘을 쓸 수 있는 건가.'

궁금했다. 의아해하고 있는데 해악천이 이해할 수 없다는 듯이 물었다.

"네놈, 정말 괜찮으냐?"

그의 시선이 내가 쥐고 있는 혈마검에 향했다. 검을 쥐고 있는데도 더 이상 요성에 빠지거나 어떠한 변화도 없기에 그런 모양이었다.

"괜찮습니다."

검을 쳐다보던 해악천의 시선이 내게로 향했다. 그 눈빛이 묘했다. 그러던 차에 곽형직이 나와 해악천을 교대로 쳐다보며 말했다.

"떠나라."

"뭐?"

"떠나라고 했다. 지금 가지 않는다면 위험할 거다."

뜻밖의 제안에 해악천이 인상을 찡그리며 곽형직을 쳐다보았다.

곽형직이 고개를 절레절레 흔들며 말했다.

"나 혼자서 기기괴괴 네놈과 저 녀석들을 무슨 수로 붙잡아둔다는 것이냐? 그저 그 검을 빼앗긴 게 염려될 뿐이구나."

그렇게 말한 곽형직은 몸을 수그려서 제자 장명의 혈을 짚었다. 미처 살피지 못한 상태를 확인하는 듯했다. 곽형직의 표정이 어두웠다.

'아아….'

역시나 상태가 나쁜 것 같았다. 혈마검에 사로잡혀 자신의 능력

이상의 힘을 억지로 끌어냈다. 게다가 혈관도 전부 파열되어 내공조차 제대로 쓸 수 없는 몸이 되었을지도 몰랐다. 기연을 맞이한 나와는 전혀 다른 결과였다.

"흠."

해악천이 심드렁한 얼굴로 고민하고 있었다. 왜 저러는지 알 것 같았다.

—왜?

왜긴 왜겠나. 나를 위해 일시적으로 손을 잡았지만 그는 적이었다. 곽형직이 우리를 보내준다고 해도 무림연맹에 이 사실을 발설한다면 추적대를 보낼 것이 틀림없었다.

'그리고…'

나에 관한 것도 알려지겠지. 위기를 넘기고 나니 또 다른 문제에 봉착한 셈이었다. 이대로 헤어지고 싶지만 나 역시도 이성적으로 생각하면 이 자리에서 곽형직을 죽이는 게 가장 현명한 선택이란 것을 알고 있었다.

그때 내가 말했다.

"스승님, 제게 맡겨주시겠습니까?"

"네게?"

나를 물끄러미 쳐다보던 해악천이 콧방귀를 뀌며 고개를 끄덕였다. 뭘 어떻게 하나 보자는 식인 듯했다. 나는 곽형직에게 다가갔다.

"곽 대협."

그런 나의 말에 곽형직이 말했다.

"가라, 소 형제. 자네가 걱정하는 일은 없을 거다."

아아, 화통하기 그지없었다. 내가 협상을 시도하기도 전에 먼저 우려하는 일은 없을 거라 약조하는 곽형직이었다. 참 대협이라는 칭호가 이보다 어울리는 사람이 있을까?

"나를 못 믿겠나?"

"아닙니다. 제가 어찌 목숨을 구해주신 곽 대협을 믿지 못하겠습니까?"

"하면 왜 가지 않는 건가? 꾸물거리면 위험할 텐데 말일세."

"괜찮으시겠습니까?"

"무엇이 말인가?"

"저희를 발설하지 않는다고 해도 곤란해지시지 않겠습니까?"

나는 눈짓으로 죽어 있는 정파 후기지수들을 가리켰다. 그들 중에는 무림연맹에서 요직을 맡고 있는 황보 세가의 후기지수 황보동현도 있었다.

"내가 감당할 일일세."

이럴 것 같았다. 그의 곧은 성품상 분명 제자인 장명이 요성에 사로잡혀 저지른 짓임을 밝힐 것이다. 거짓말을 할 수도 있을 텐데 말이다.

나는 장명을 쳐다보며 말했다.

"책임을 물을 수도 있습니다."

설사 장명의 잘못이 아니더라도 죽은 후기지수들의 문파나 무가에서는 이 일을 곱게 넘어가지 않을 것이다. 어쩌면 장명의 목숨을 대가로 요구할지도 몰랐다. 그런 내 말에 곽형직이 입술을 질끈 깨물고서 아무 대답도 하지 않았다. 그런 그에게 나는 말했다.

"단도직입적으로 말씀드리겠습니다."

"뭐?"

"저와 함께하시죠."

곽형직이 어처구니없다는 표정을 지었다.

"내가 보내준다고 했더니 못 하는 소리가…."

그의 말이 끝나기도 전에 나는 조용히 품속에서 무언가를 꺼내서 넘겼다.

곽형직의 두 눈이 커졌다. 그것은 바로 만사신의의 각패였다. 떨리는 눈으로 각패에서 시선을 떼지 못하는 곽형직에게 나는 넌지시 말했다.

"제자분을 치료하셔야죠."

피

    결론부터 이야기하자면, 북영도성 곽형직은 내 제안을 받아들였다. 그가 얼마나 제자를 아끼는지 알 수 있었다. 다만 조건을 걸었다.

    곽형직은 전음으로 내게 말했다.

    [내게 자네만의 길을 걷겠다고 했지? 만약 자네가 정말로 중도의 길을 걷는다면 나는 이유를 불문하고 자네를 돕도록 하겠네.]

    곽형직은 혈교를 도울 수는 없다고 선을 그었다. 정파인으로서의 자존심이었다. 나 역시도 그것을 굽혀가면서까지 강제할 수는 없다. 지금은 이 정도로 충분했다. 곽형직과 협상을 마친 우리는 서둘러 무한시를 벗어나는 중이었다. 무한시는 정파의 성지나 다름없으니까. 이곳에서는 혈마검을 가지고 있는 것 자체가 위험을 초래하는 일이었다.

    —이 몸을 모시는 것만으로 감사히 여겨야지.

    '…'

    혈마검, 이 녀석은 그야말로 통제 불능이었다. 오만하고 건방진

성격은 둘째치더라도 정말로 제멋대로였다. 원래 나의 계획은 스승님인 해악천에게 검을 맡긴 후 무림연맹에 얼굴을 비쳐서 의심의 여지를 완전히 없애는 것이었다. 한데 그 계획이 이 녀석 덕분에 틀어졌다.

혈마의 원념인 그 백을 흡수했기 때문에 더 이상 다른 누군가가 검을 만진다고 해도 큰 무리가 없을 거라 여겼다. 그런데 그게 아니었다. 송좌백 녀석에게 혈마검을 줬더니 녀석의 혈맥이 폭주하려고 했다.

—어디서 버러지 같은 것이 내 몸에 손을 대는 게냐.

그리 말하며 난리를 치는데, 놈이 저지른 짓임을 알 수 있었다. 혈마의 백이 사라졌다고 해도 녀석은 여전히 요검이었다. 자아가 먹힌다거나 하진 않지만 혈마검 녀석은 누구도 자신의 몸에 손을 대지 못하게 했다. 나를 제외하고는 말이다.

—다른 자에게 이 몸을 넘길 생각은 꿈도 꾸지 마라, 인간.

이런 식으로 협박해대는 통에 별수 없었다. 잠시 검을 숨겨두는 방안도 있겠지만, 무림연맹뿐만이 아니라 백혜향 측에서도 우리가 혈마검을 손에 넣은 것을 알게 되면 어떤 수작을 부릴지 모르기에 검을 서둘러 옮기자는 해악천의 말도 일리가 있었다. 이에 나는 만약을 대비하여 북영도성 곽형직에게 몇 가지 부탁을 한 후에 무한시를 떠나게 되었다.

송좌백과 송우현을 보좌하는 하문찬과 이규 등이 미리 준비해둔 말이 있어, 그것을 타고서 사흘 밤낮을 쉬지 않고 이동한 결과, 홍호현 근방까지 도달할 수 있었다. 호남성을 넘어가기 위해서는 장강을 건너야 한다. 홍호현의 남쪽으로 내려가면 여러 부두가 있는데, 사전에 퇴로로 준비해둔 부두가 있었다. 갈 때는 석문을 통해 북상하여 강을 건넜지만 올 때는 장강을 타고 내려가 동정호를 통해 익양시 쪽으로 거쳐갈 예정이었다.

'잘 맞췄구나.'

그렇지 않아도 말들이 많이 지쳐 있었다. 중간중간 걸었다가 달렸다가 하며 조절했지만 사흘을 쉬지 못했다. 말들이라고 버틸 리가 만무했다.

"어우. 드디어 쉴 수 있겠네."

송좌백이 고개를 절레절레 흔들며 말했다. 말 위에서 사흘 밤낮을 지내니 사람도 지치기 마련이었다. 아무리 내공으로 몸을 보호해도 엉덩이가 배겨나지 못했다.

"뭐야?"

"아, 아닙니다."

해악천의 한 마디에 녀석이 입을 다물었다. 사실 이곳까지 오면서 거구의 해악천 무게를 이기지 못한 말이 다리가 부러져 쓰러지고 말았다. 덕분에 해악천은 반나절 가까이 쉬지 못하고 경공을 펼쳐야만 했다. 그 앞에서 우리는 투덜거릴 처지가 아니었다.

"아쉽다."

뒤에서 사마영의 중얼거리는 목소리가 들렸다. 내상을 입은 그녀는 혼자서 말을 몰 수 없어서 나와 같이 말을 탔다. 그녀를 태우고 오는 동안 뒤에서 몸을 기대고 얼굴을 등에 비비적거리는 바람에 상당히 곤란했었다.

—좋았으면서 뭘.

'크흠.'

이것 때문에 송좌백 녀석이 오는 내내 나를 어찌나 노려보던지.

―부러워서 그러는 거지.

소담검이 키득거리며 웃었다.

―쯧쯧. 유치하긴.

그런 소담검을 혈마검이 혀를 차며 비웃었다.

―뭐? 인마!

―조그마한 게 어디서 어르신한테 인마야.

아우, 시끄러워. 요 근래엔 이런 식이었다. 소담검이 제대로 임자를 만났다. 녀석이 무슨 말만 하면 혈마검이 툭툭 비아냥대는 바람에 오는 내내 둘이서 얼마나 말싸움을 했는지 모른다. 눈치 빠른 남천철검은 입을 꾹 닫고 있었다.

그래. 그게 현명한 거지.

"그나저나 배를 띄울 수 있을지 모르겠군요."

부대주 이규의 말에 해악천도 심드렁하게 멀리 장강을 바라보았다. 날이 저물어 어두운 장강에는 안개가 끼어 있었다.

"배를 띄우는 것보다 배가 안 준비되어 있을까 봐 걱정이구먼."

송좌백의 말에 나 역시 동의했다. 원래 일정보다 훨씬 빨리 이곳에 왔다. 배가 준비되어 있지 않다면 이곳에 발이 묶이거나 일반 배편을 알아봐야 할 수도 있었다.

"여기서 떠든다고 바뀔 것은 없다. 가자."

해악천을 따라 우리는 부두의 작은 마을로 향했다. 이곳에 대장간도 있었으면 좋겠다. 혈마검과 남천철검 두 자루를 천으로 감싸고 다니니까 절로 눈이 갈 수밖에 없었다. 검집을 구해야 했다.

안타깝게도 저녁 무렵이라 작은 객잔들만 불이 켜져 있었다. 대장간 하나가 있기는 했는데, 불이 꺼졌고 사람도 없었다. 그래서 우리는 곧장 목적지로 향해야만 했다. 촌락에 가까운 마을 집들 중 서까래 위쪽이 붉게 칠해진 집이 있었다. 이곳이 미리 준비해둔 안가였다.

똑똑! 똑똑! 똑똑! 일정한 간격으로 문을 두드리자 안에서 사람이 부리나케 나왔다. 한 중년인이었는데 우리를 보자마자 작게 묵례를 했다. 그리고 우리를 집 안으로 들여보냈다. 대문을 닫고 나서 그가 해악천에게 예를 갖춰 인사하려 했다.

"사존을 배알…."

"됐고, 배는 준비되었나?"

그런 해악천의 말에 중년인이 난처한 표정을 지었다.

"어르신, 지금은 배를 띄울 수가 없습니다."

"안개 때문인가?"

"그렇습니다. 낮에도 이렇게 안개가 심하면 배를 띄우기 힘든데, 밤에는 불을 밝혀도 조타를 잡기가 힘듭니다."

"흠. 배가 준비되기는 했나?"

"그게… 이렇게 일찍 오실 줄은 몰라서 남은 배가 있는지 확인해 봐야 합니다. 아마 한두 척 정도는 있을 겁니다."

"언제쯤 띄울 수 있나?"

"서두른다면 이른 아침에는 가능할 겁니다."

결국 지금 출발하는 것은 무리란 소리였다. 해악천에게 송좌백이 조심스럽게 말했다.

"스승님, 아직까지 연맹이나 저쪽의 추적과 조우한 적이 없는데, 잠깐이라도 쉬고 출발하는 게 어떠실지?"

저쪽의 추적은 백혜향을 의미했다. 우리 쪽에서 진짜 혈마검을 얻었기에 도주 과정에서 그들의 방해나 추적이 있으리라 여겼는데 예상과 달리 아직까지 그들과 부딪친 적이 없었다. 턱수염을 쓰다듬던 해악천이 말했다.

"흥. 별수 없군. 오늘은 이곳에서 쉬고 내일 출발한다."

그 말에 송좌백이 기쁜 내색을 감추지 못했다. 다른 이들도 마찬가지였다. 사흘 밤낮을 제대로 쉰 적이 없으니 이해는 됐다.

"배가 있는지 확인해라."

안가를 지키는 중년인이 고개를 끄덕이며 물었다.

"한데 어르신, 저녁 식사는 하셨는지요?"

그 물음에 모두가 동시에 고개를 흔들었다. 사흘 밤낮 동안 가죽 통 안에 있는 물로 목을 적시고, 육포로 허기를 달랜 것이 다였다. 우리는 정말 배고픈 상태였다.

해악천이 그에게 물었다.

"술도 있느냐?"

"여부가 있겠습니까?"

간단하게 식사거리를 내준 중년인은 배를 알아보러 나갔다. 볶은 돼지고기와 마른 밥, 그리고 고량주뿐이었지만 배고픈 우리들에게는 진수성찬이나 다름없었다. 모두가 말없이 허겁지겁 식사에 열중했다. 허기가 가시고 술도 들어오니 피로가 확 몰려왔다. 그러던 차에 해악천이 내게 말했다.

"검을 쥐보거라."

"네?"

해악천이 손으로 가리킨 것은 다름 아닌 혈마검이었다.

"괜찮으시겠습니까?"

나의 물음에 해악천이 손을 내밀었다. 잔말 말고 내놓으란 소리였다. 송좌백 녀석이 검을 쥐자마자 봉변을 당한 것을 보았을 텐데, 괜찮을지 모르겠다.

"스승님, 위험합니다. 저거 완전 요검입니다."

"확인하는 것뿐이다."

"알겠습니다."

나는 해악천에게 천을 벗기고 나서 혈마검을 넘겼다. 해악천이 왼손으로 혈마검의 검병을 쥐었다. 그 순간 해악천의 손등이 불끈거리며 혈관들이 불룩불룩 튀어 올라왔다.

"스승님!"

팟! 해악천이 강제로 검을 손에서 놓았다. 그러자 다시 손등의 핏줄이 가라앉았다.

'혈마검!'

—이 몸의 경고를 무시하는 거냐? 인간, 나를 아무에게나 넘기지 말라고 했지?

정말 제멋대로인 녀석이다. 검 주제에 사람이 쥐는 것을 허용조차 하지 않는다. 이래서야 백련하가 이 검을 제대로 쥘 수 있을지나 모르겠다.

"네 녀석이 검병을 쥐어보거라."

"네?"

"쥐어보래도?"

"…알겠습니다."

해악천의 말에 나는 떨어진 혈마검을 주워 들었다. 그런 내 모습에 송좌백이 중얼거렸다.

"아니, 왜 저 녀석만 요검을 만질 수 있는 거지?"

모두가 이해할 수 없어했다. 차마 내 입으로 이 망할 검이 제멋대로라고 말할 수는 없는 노릇이었다. 사마영이 히죽거리는 얼굴로 말했다.

"멋있지 않나요, 요검을 유일하게 만질 수 있다는 게? 꼭 검한테 선택받은 것 같잖아요."

"네에? 그게 멋있다고요?"

송좌백이 혀를 내둘렀다.

혈마검이 의기양양한 목소리로 내게 말했다.

—그래. 이 몸이 특별히 부하로 받아줬지. 영광으로 알아라.

헛소리하지 말라고 했지. 그냥 네가 까탈스러운 것뿐이잖아.

그때 해악천이 혈마검을 물끄러미 쳐다보더니 내게 말했다.

"본좌에게 숨긴 것이 있느냐?"

뜬금없는 물음에 나는 반문했다.

"그게 무슨 말씀이신지?"

갑자기 이런 질문을 하는 의도가 무엇일까? 의아해하고 있는데, 해악천의 입에서 예상치 못한 말이 나왔다.

"정말로 익양 소가의 소생이 맞느냐고 묻는 게다."

'…?!'

순간 나는 말문이 막혔다. 무엇 때문에 해악천이 내게 이런 말을

하는지 알 수가 없었다. 내가 익양 소가의 소생이 아님을 아는 자는
오직 가주와 나뿐이었다.

그때 송좌백이 끼어들었다.

"스승님, 이 녀석이 가문에서 망아지 소리를 듣기는 했어도…."

"너는 끼어들지 말거라!"

송좌백이 놀라서 입을 다물었다. 해악천이 다시 내게 말했다.

"네 모친이 정말 시종 출신이 맞느냐?"

"…스승님, 저는 어째서 그것을 묻는지 도통…."

"혈마검은 본교의 신물이다."

그걸 모르는 이가 어디 있겠는가. 해악천이 말을 이어갔다.

"혈마검이 왜 요검이라 불리는 줄 아느냐?"

"검에 요성이…."

"아니다. 혈마검은 오직 그분의 피를 이은 자만이 다룰 수 있기
때문이다."

그 말에 모든 사람들의 시선이 내게로 향했다. 해악천이 한 말이
무슨 의미인지 알아들었기 때문이다. 이것 참 난감하기 그지없었
다. 내가 혈마검을 다루고도 무사한 것은 천권의 힘으로 혈마의 백
을 흡수하고, 혈마검 녀석이 부하로 받아준다느니 뭐니 하며 만지
는 것을 허락했기 때문이다. 이걸 말로 설명하기도 참 애매했다. 하
지만 해명하지 않으면 해악천이나 다른 사람들이 오해할 것 같았다.
그때 혈마검의 목소리가 머릿속을 울렸다.

─뭐가 오해라는 거야. 왜 네놈에게 이 몸을 쥘 수 있게 허락한
것 같으냐?

'…뭐?'

어안이 벙벙했다. 너 지금 무슨 소리를 하는 거야? 내 모친은 비월영종과 관련이 있을지언정 혈교와는 무관하다.

그런 내게 혈마검이 피식거리며 말했다.

—재밌는 놈이네. 자기 피에 뭐가 섞여 있는 줄도 모르고.

'대체 그게 무슨 소리…'

"어르신!"

그때 부대주 이규가 당혹스러운 목소리로 해악천을 불렀다. 그런데 그뿐만이 아니었다. 다른 사람들도 자리에서 벌떡 일어나 어쩔 줄 몰라 했다.

"다, 단전의 내공이!"

'…?!'

조성원의 그 말에 나는 운기를 일으키며 하단전의 내공을 살폈다. 그런데 내공이 계속 단전에 집중되지 않고 흩어졌다. 해악천이 인상을 찡그리며 중얼거렸다.

"산공독!"

해악천의 입에서 나온 산공독이라는 말에 모두가 당혹감을 감추지 못했다.

산공독(散功毒). 독이라 불리지만 실질적으로는 약에 가깝다. 약기운에 의해 일시적으로 내공을 자유롭게 다루지 못하게 된다. 내공이 얼마나 심후하냐에 따라서 그 효과의 지속 여부가 달라지는데, 막 약 기운이 퍼졌을 때는 고수들조차 그 영향을 받지 않을 수가 없다.

조성원이 심각한 목소리로 말했다.

"함정입니다!"

"젠장!"

송좌백이 의자를 박차고 일어섰다. 녀석도 단전의 내공이 흩어지는지 표정이 심각했다.

그때 사마영이 말했다.

"저는 괜찮은데요?"

"괜찮다고요?"

모두가 산공독에 당했는데 그녀는 멀쩡하다고 했다. 잠깐만, 그렇다면?

"사마 소저, 혹시 먹지 않은 음식이 있나요?"

"이 술은 냄새가 별로라서 안 마셨어요."

"아!"

그 말에 모두의 시선이 절로 술병으로 향했다. 이곳에 있는 모두가 술을 마셨다. 음식이 아닌 술에 산공독이 들어 있었던 모양이다.

"술을 안 마신 사람이 또 있느냐?"

해악천이 물었다. 하지만 이 중에서는 사마영을 제외하고 술을 마시지 않은 자들이 없었다. 서로 술잔에 술을 따라줬으니 그건 알고 있었다. 최악의 상황이었다.

"스승님, 일단 여기서 벗어나야 할 것 같…."

말이 미처 끝나기도 전이었다.

―….

주변에서 이명 소리가 들려왔다. 검에서 들리는 소리였는데, 검을 가지고 있는 자가 스무 명이 넘었다. 이 정도면 그 이상의 숫자일 확률이 높았다.

"늦은 것 같네요."

사마영이 검을 뽑으며 말했다. 그녀도 집 주변을 기척들이 포위하고 있음을 알아차렸다.

그때였다. 쾅! 문이 부서지며 누군가 안으로 들어왔다. 이마에서 턱까지 흉터가 길게 이어진 거친 인상의 중년인이었다. 중년인 뒤로 복면을 쓴 자들이 함께하고 있었다.

중년인을 보는 순간 해악천이 인상을 찡그리며 중얼거렸다.

"연부생?"

중년인이 해악천을 향해 포권을 취하며 공손히 예를 표했다.

"광마단주 연부생이 사존을 배알합니다."

'연부생?'

—왜, 알아?

모를 리가 없었다. 존자와 혈성을 제외하고도 혈교에서는 명성이 높은 고수들이 몇 있다. 그중 한 사람이 광마단주 연부생이었다. 그는 무림에서 광마도라는 별호로 악명이 높은데, 혼자서 종남파의 검객 스무 명을 도살할 만큼 뛰어난 무공 실력을 지녔다. 사실상 단주급을 넘어서는 자라고 할 수 있었다.

'그가 나타났다는 건…'

무림연맹이 아닌 백혜향 측에서 벌인 짓인 것 같았다. 이곳 안가를 지키던 그자는 아무래도 백혜향 측에 포섭된 게 틀림없었다. 지친 것도 있었지만 이쪽에서 준비한 사람이라 너무 안심했던 모양이다.

'불찰이다.'

끝까지 경계를 늦춰선 안 됐다. 해악천이 불쾌함 가득한 목소리로 말했다.

"하다 하다 별짓을 다 하는구나."

"송구합니다. 이렇게 하지 않고는 어찌 사존 어르신을 모실 수 있 겠습니까?"

"뭐가 어쩌고저째?"

"아가씨께서 편히 모시라고 하셨습니다."

역시 예상대로였다. 백혜향이 보낸 자들이었다. 그녀가 우리를 그 냥 순순히 놓아줄 리가 만무했다. 역시 천년 묵은 여우처럼 만만치 않은 여자였다.

"누가 어르신의 제자인 소운휘인지?"

광마단주 연부생의 물음에 송좌백이 무의식적으로 나를 힐끔 쳐 다보았다. 멍청아, 그냥 티를 내지 말아야지. 이를 본 연부생이 입꼬 리를 올리며 말했다.

"자네로군. 다치지 않게 주의해라."

"충!"

그 와중에 나도 끌고 오라고 명령한 모양이다. 그때 연부생의 시 선이 내 손에 들려 있는 혈마검으로 향했다.

'칫!'

놈들이 들어오기 전에 검을 천으로 감싸놓을 걸 그랬다. 나를 집 중적으로 노리게 생겼다. 그런데 생각했던 것과 전혀 다른 반응이 나왔다. 연부생이 피식 웃더니 해악천에게 말했다.

"고생하셨는데 모조 검을 가져오셔서 어떡합니까, 어르신?"

'응?'

모조 검이라는 말에 모두가 의아함을 감추지 못했다.

그러거나 말거나 연부생은 말을 이어갔다.

"어르신, 이미 무의미한 싸움입니다. 진짜 신물은 저희 아가씨의 손에 들어왔습니다."

"뭐?"

"혈마검은 아가씨께서 직접 손에 넣으셨습니다."

이게 무슨 뚱딴지같은 소리지? 진짜 혈마검은 지금 내 손에 있었다. 그때 해악천이 나를 힐끔 쳐다보며 눈을 좌우로 돌렸다. 사실을 밝히지 말라는 소리였다. 어찌 된 영문인지 모르겠지만, 상대편에서 이게 진짜 혈마검인지 모른다면 굳이 알려줄 이유가 없었다.

연부생이 다시 포권을 취하며 말했다.

"어르신, 더 이상 내부 싸움으로 본교의 전력을 깎는 것은 무의미한 일입니다. 부디 결단을 내리셔서 새로운 혈마가 되실 아가씨를 도와주십시오."

"흥! 도와달라는 놈들이 이런 짓거리를 하느냐?"

해악천이 노기 섞인 목소리로 다그쳤다. 산공독을 쓴 시점에 이미 해악천의 심기를 제대로 건드린 셈이었다. 이에 연부생이 빙그레 웃으며 말했다.

"쓸데없는 희생을 막기 위함입니다. 저희가 불경을 범하지 않도록 해주십시오."

"싫다면 어찌할 것이냐?"

"그렇다면 강제로라도 모셔야죠."

"하!"

해악천의 얼굴이 무섭게 일그러졌다. 산공독에 당하지 않았다면 당장에라도 연부생의 몸에서 저 머리를 뽑아버렸을지도 모른다. 그를 죽일 듯이 노려보던 해악천이 말했다.

"네놈들뿐이더냐?"

저들의 전력이 어느 정도인지 확인해볼 심산인 듯했다. 이에 연부생이 고개를 절레절레 흔들며 답했다.

"어르신을 모시는 일인데 고작 이 정도일 거라 생각하십니까? 단념해주십시오. 이곳을 빠져나가는 것은 불가능합니다."

이곳을 포위한 자들이 전력이 아니란 소리였다. 정말 최악의 상황이라 할 수 있었다. 해악천이 한숨을 내쉬었다.

"후우."

이에 해악천이 포기했다고 확신한 연부생이 웃으면서 말했다.

"감사합니다. 이 무례는 본단으로 가서 다시 사죄토록…."

그 순간이었다.

"개소리 집어치우거라!"

'…?!'

해악천이 넓은 탁자를 움켜쥐더니 그들을 향해 황소처럼 돌진했다. 저 우람한 근육은 그저 허세가 아니었다. 내공이 없어도 굉장한 힘으로 밀어붙이는데, 갑작스러운 돌격에 연부생을 비롯한 복면인들이 순간 뒤로 밀려나 버렸다.

"큭! 어르신!"

그들을 밀어붙인 해악천이 우리에게 소리쳤다.

"도망쳐라! 사마영, 네가 책임지고 앞을 뚫거라! 이들은 본좌가 막겠다."

'하….'

자신을 희생하려 하는 해악천이었다. 그가 어떤 결단을 내릴 거라고는 생각했지만 설마 산공독에 중독된 상황에서 자신을 희생하여 모두한테 도망치라고 할 줄은 몰랐다.

그때 해악천의 양옆으로 두 사람이 달라붙었다.

"뭐 하는 짓이야!"

"스승님 혼자 무슨 수로 이걸 막는단 말입니까? 돕게 해주십쇼!"

"나… 나도 돕는다!"

그들은 송좌백과 송우현 쌍둥이였다. 근육질의 세 사람이 힘으로 달라붙자 내공이 없는데도 탁자가 뒤로 더 밀려났다. 송좌백이 나와 사마영을 번갈아 쳐다보며 소리쳤다.

"뭐 해? 씨발, 빨리 안 도망치고! 소저, 어서!"

사마영이 입술을 질끈 깨물고 망설였다. 누군가가 희생을 자처하는 것을 그녀 역시도 처음 겪는가 보다.

"가라!"

해악천의 다그침에 그녀가 결국 움직였다.

"부단주님!"

자신만이 활로라고 여긴 그녀가 결의에 찬 눈으로 나를 부르더니, 하나뿐인 창문을 향해 검을 휘둘렀다. 창문을 베어내 사람이 지나갈 수 있을 만큼의 공간이 생기자 그녀가 나를 재촉했다.

"제가 앞장설게요. 따라오… 아!"

한데 바깥에도 복면인들이 집을 포위하고 있었다. 어떤 식으로든 부딪칠 수밖에 없었다.

"칫! 오지 마세요!"

복면인들이 안으로 밀고 들어오려 하자 그녀가 그들을 향해 검초를 펼쳤다. 사면초가라는 말이 딱 들어맞는 상황이었다. 그때였다. 촤악!

"빌어먹을!"

송좌백의 외침 소리에 뒤를 돌아보니, 탁자가 반으로 쪼개졌다. 연부생이 도를 뽑아 탁자를 갈라버린 것이다. 놈은 거기서 그치지 않고 탁자를 횡으로도 베어서 밀어붙이지 못하게 만들었다. 탁자를 베어버린 연부생이 험악한 표정을 지으며 말했다.

"결국 무례를 범하게 하시는군요."

"무례는 이미 저질렀다, 이놈아."

해악천이 그를 향해 주먹을 휘둘렀다. 내공은 없었지만 외공의 극에 이른 그답게 몸짓이 경쾌하기 그지없었다. 연부생이 보법을 펼치며 그의 주먹을 피해낸 후 도 날의 뒷면으로 해악천의 머리를 내리치려고 했다.

"무례를 용서하…."

퍽!

"끄억!"

해악천의 무릎이 그의 국부를 때렸다.

"방심했지, 이놈아?"

해악천이 씨익 하고 웃었다. 아무리 내공으로 몸을 보호한다고 해도 그곳만큼은 취약할 수밖에 없었다. 국부를 맞은 연부생이 고통스러워하다 이내 표정이 무섭게 일그러졌다.

"이… 이런 비겁…."

그 순간이었다. 슉! 연부생의 이마에 검이 날아들었다. 화들짝 놀란 연부생이 몸을 뒤로 젖히며 도초를 펼쳤다. 채앵!

"헛?"

그 순간 연부생의 도가 뒤로 튕기며 그의 신형이 뒤로 밀려 나갔다. 연부생이 당혹스러운 눈으로 나를 쳐다보았다. 녀석에게 검을 찌른 자는 바로 나였다.

"아니, 너?"

해악천을 비롯한 송좌백과 송우현이 휘둥그레진 눈으로 나를 쳐다보았다. 같이 술을 마셔서 산공독에 중독되었을 거라 여긴 내가 연부생과 같은 고수를 공력으로 밀어내자 놀란 것이었다.

―들켜버렸네.

'그렇네.'

물론 나 역시 산공독으로 하단전은 쓸 수 없었다. 그러나 중단전은 아니었다. 선천진기는 원기에 가까워서 내공과는 완전히 궤를 달리한다. 스승님이기는 하지만 비장의 수로 숨겨두려고 했는데, 전혀 그럴 상황이 아니었다. 여기서 싸울 수 있는 자는 오직 사마영과 나뿐이었다. 나는 뒤돌아보지 않고 말했다.

"함께하시죠. 어차피 활로는 없습니다."

"싸울 수 있는 것이냐?"

"네."

그런 내 말에 해악천이 호흡을 깊게 들이켜더니 인상을 쓰고서 말했다.

"일각만 버틸 수 있겠느냐?"

"그 말씀은?"

"일각 안에 몰아내 보겠다."

역시 내공이 심후하긴 했다. 산공독의 기운을 몰아내는 시각을 내게 이야기한 것이었다. 일각이라…. 짧은 시간이었지만 이곳을 포위한 수많은 고수들을 상대하기에는 굉장히 긴 시간이었다. 송좌백 녀석이 내게 말했다.

"할 수 있겠어?"

"신경 끄고 너희들은 스승님의 호법을 서!"

"젠장! 알겠다."

해악천이 가부좌를 틀자 송좌백과 송우현, 조성원, 이규, 하문찬이 주위를 둘러섰다. 최대한 안으로 아무도 들어가지 못하게 할 테지만, 어떤 식으로든 그들은 집 안으로 들어오려 할 것이다. 저들이 마지막 보루였다.

화가 잔뜩 오른 연부생이 내게 도를 겨냥하며 말했다.

"기어코 피를 보게 하는구나."

"저를 다치게 하지 말라고 하셨잖습니까?"

"사지만 멀쩡히 데려가면 그만이다!"

그 말이 끝나기가 무섭게 연부생이 나를 향해 신형을 날렸다. 채채채챙! 연부생이 휘두르는 도를 나는 여유롭게 막아냈다. 그가 인상을 찡그렸다.

"이놈, 보기보다 검을 잘 다루는구나."

그런 그에게 내가 말했다.

"상황이 상황인 만큼 저는 죽여도 상관없겠죠?"

"뭣?"

그 순간 나는 바닥을 향해 강하게 진각을 밟고서 검을 회전시켰다. 진성명검법 육초식 축아회검(逐亞回劍)이었다.

'…?!'

회오리치는 검세에 놀란 연부생이 도를 미친 듯이 휘두르며 도망(刀網)을 만들어냈다. 참 신기했다. 그의 도망은 촘촘하기 그지없었지만 그 허점이 너무도 훤히 보였다. 파옹사 나육형이나 북영도성 곽형직과의 대결이 내게 도움이 되었던 것 같다. 회오리치는 검세가 정교하게 빈틈을 파고들었다.

"아니?"

도의 그물망을 그대로 찢어버렸다. 그리고 회오리치는 폭풍과도 같은 기세로 앞으로 뻗어 나갔다. 촤촤촤촤촤촤촤!

"끄아아아아!"

검날에 전신이 갈가리 찢겨 나가듯이 베인 연부생이 뒤로 비명과 함께 튕겨 나갔다. 뒤에 있던 복면인들이 그를 받아내려다가 덩달아 튕겨 나가고 말았다.

"컥컥!"

온몸이 피투성이가 된 연부생이 울컥 피를 내뱉더니 이내 숨을 거두었다.

"단주!"

주위에 포진하고 있던 복면인들이 당혹감을 감추지 못했다. 명성이 자자한 광마단주가 내 손에 허무하게 죽어서일 것이다. 나는 입구를 막고 서서 그들에게 소리쳤다.

"꼭 저를 살려서 데려가십쇼!"

나는 죽일 거니까.

안개가 자욱한 장강. 그곳 부둣가에 정박해 있는 커다란 배 한 척.

배 위로 비치는 불빛 하나가 밤안개를 은은히 밝혔다. 그리고 선두의 갑판 위에서는 한 미남자가 앉아 술잔을 기울이고 있었다.

"받으십쇼."

맞은편에 앉아 있는 검은 두건을 쓴 중년인이 일어나 공손하게 술잔을 채우며 말했다.

"이런 곳까지 납셔주셔서 영광입니다, 사혈성."

미남자의 정체는 바로 사혈성 도장호였다. 그가 술잔을 들이켜며 입을 열었다.

"겸사겸사 오게 되었지."

"겸사겸사라면?"

"오랜만에 듣는 이름이 있어서 얼굴이나 볼까 해서 말일세."

그 말에 검은 두건의 중년인이 의아함을 감추지 못했다. 그런 그를 보고 도장호가 피식 웃으며 말했다.

"뭐, 별일은 아닐세. 그저 궁금한 소형제 한 명이 있어서 말이야. 아무튼 아쉽게 되었어. 오랜만에 황 형을 보려 했건만."

"오혈성께서도 아쉬워하실 겁니다."

오혈성 권퇴혈우 황강. 검은 두건의 중년인은 오혈성 산하의 파경단을 맡고 있는 문율이라는 단주였다. 단주 문율이 그에게 술잔을 채워주었다. 술잔을 받던 도장호가 넌지시 물었다.

"한데 자네는 가보지 않아도 괜찮나?"

"네?"

"상대는 다른 자도 아닌 사존 기기괴괴 어르신일세."

그 말에 문율이 씨익 웃으며 말했다.

"걱정하지 마십쇼. 아무리 어르신이라고 해도 산공독에 당한 이상 적어도 반 시진 이상은 꼼짝하실 수 없을 겁니다."

"과신하는 것 같군."

"광마단주와 대주 다섯 명, 상급 무사 열두 명, 중급 무사 육십여 명이 포진했습니다."

한 단의 주요 전력들이 투입된 상황이었다. 문율이 자신만만해하는 이유였다.

그런 그에게 도장호가 말했다.

"늘 변수란 게 있기 마련일세. 방심하지 말게."

계속되는 그의 경고에 결국 문율은 마지못해 이를 받아들였다.

"…명심하겠…."

그때 갑판 위로 누군가 헐레벌떡 뛰어 올라왔다. 복면을 쓰고 있는 무사였다.

"무슨 일이냐?"

"단주님, 문제가 생겼습니다."

"뭐?"

단주 문율이 자리에서 벌떡 일어났다. 그리고 물었다.

"설마 사존께서 산공독을 피하시기라도 한 것이냐?"

"아닙니다."

그 말에 문율이 순간 안도의 마음을 감추지 못했다. 다른 사람은 몰라도 기기괴괴 해악천이 산공독에 중독되지 않았다면 정말 변수가 일어날지도 모르기 때문이었다.

"그럼 뭐가 문제라는 게야?"

"광마단주께서 당하셨습니다."

"뭐야?"

놀란 문율을 보며 사혈성 도장호가 실망스러워했다. 오혈성 소속의 단주로서 수치스러운 일이 아닐 수 없었다.

"사존도 아니면 누가 그랬다는 거야?"

"사존의 제자입니다."

"소운휘?"

문율이 어처구니없어했다.

혈교에서도 명성이 높은 광마단주가 아무리 사존의 제자라고 해도 후기지수나 다름없는 애송이에게 당했다는 사실을 믿을 수가 없었다.

도장호의 눈에 이채가 띠었다.

"소운휘라고 했나?"

"그렇습니다. 사존의 제자와 듣도 보도 못한 녀석이 안가를 막은 채 지키고 있는데, 놈들을 생포하려다 보니 저희 쪽의 희생이 늘고 있습니다."

무사히 데려오라는 명이 발목을 붙잡은 것이었다. 안가를 지키고 있다는 것은 분명 기기괴괴가 내공을 회복하도록 지키고 있는 게 틀림없었다. 시간을 끌수록 위험해진다.

"멍청한 놈들! 당장…."

"잠깐."

'…?!'

문율이 다급히 나서려고 하는데, 사혈성 도장호가 자리에서 일어났다. 그리고 말했다.

"같이 가도록 하지."

사혈성이 대동한다는 말에 단주 문율의 표정이 밝아졌다.

* * *

채채채챙! 동시에 덤벼드는 두 복면인의 검을 받아낸 나는 그들의 심장과 목을 찔렀다. 심장을 노린 복면인은 단말마의 비명과 함께 쓰러졌다. 그러나 다른 복면인이 검을 위로 쳐내는 바람에 목을 노렸던 복면인은 이를 아슬아슬하게 피할 수 있었다. 팍! 나는 검을 쳐낸 복면인의 가슴을 발로 차냈다. 그러고서 놈의 미간을 찔렀다.

"킥!"

미간이 찔린 복면인이 비틀거리다 뒤로 쓰러졌다.

뒤로 피한 다른 복면인도 처리하려 했는데, 세 명의 복면인이 동시에 다른 방위로 요혈들을 노려오는 바람에 보법으로 피할 수밖에 없었다. 파파팍!

'까다롭다.'

벌써 열 명이 넘는 복면인들이 내 손에 죽자, 다른 복면인들도 더욱 신중하게 덤벼들고 있었다. 이들이 생포가 아닌 죽일 각오로 덤볐다면 더 힘들었을 것이다.

'…아직 멀었나?'

시간조차 제대로 가늠되지 않았다. 일각이 이렇게 길게 느껴지기는 처음인 것 같다.

─운휘, 건물 위로 올라간다!

"어딜!"

팟! 남천철검의 목소리에 나는 재빨리 경공으로 뛰어올라 건물 위를 향해 은연사로 고정한 소담검을 날렸다. 암기처럼 날아간 소담검이 건물 위로 오르던 복면인의 허벅지를 관통했다. 푹!

"킥! 젠장!"

그 상태에서 나는 은연사를 잡아당겼다.

안가 건물의 천장 위로 잠입하려 했던 복면인이 기와를 잡고 버티려 했지만, 애초에 공력에서 밀렸기 때문에 그대로 기와와 함께 끌려 내려오고 말았다.

"흐압!"

나는 은연사의 줄을 회수함과 동시에 복면인들을 향해 줄을 매단 추를 던지듯이 소담검이 박혀 있는 복면인을 휘둘렀다. 부웅!

"피해라!"

받아줄 만도 했는데, 복면인들은 그를 포기했는지 그대로 피해버렸다. 단주급이 아니라서 그런가? 냉정한 녀석들이다. 덕분에 그대로 곤두박질친 복면인은 꿈틀거리다가 이내 움직임을 멈췄다.

"후우… 후우…."

호흡이 조금씩 거칠어졌다. 개인의 무위로 친다면 내가 저들보다 뛰어난 것은 확실하나, 인원이 너무 많았다. 합공으로 쉴 틈 없이 덤비는데 정신이 없을 정도였다.

'사마 소저는 괜찮을까?'

일단 반대편에서는 여전히 격렬한 쇳소리가 들려오고 있었다. 그걸 보면 아직까지는 사마영이 잘 막고 있는 듯했다. 그녀와 나 둘 중 한 명이라도 뚫리면 끝장나고 만다.

'서두르십쇼.'

해악천이 빨리 산공독을 몰아내야만 승산이 있었다.

팟! 복면인들이 또다시 세 명이서 동시에 신형을 날리며 덤벼들었다.

"곡지! 거골! 위중!"

어떻게든 제압하려고 난리구나. 우측 팔꿈치 관절, 왼쪽 어깨와 겨드랑이 사이, 무릎 쪽의 혈들을 노려왔다. 전부 움직임을 멈추게 하는 마혈들이다. 채채채챙! 나는 성명검법 삼초식 비추형검(泌鰍形劍)을 펼치며 이들의 공격을 동시에 정신없이 막아냈다.

―머리 젖혀!

변초를 써서 가운데에 있는 복면인의 미간을 노리는 순간, 다급히 들려오는 소담검의 외침에 고개를 뒤로 젖혔다. 슉! 푸푸푸푸푹! 바늘 같은 암기 다섯 개가 안면 위로 스쳐 지나가 안가의 벽에 꽂혔다. 암기를 날린 복면인이 어처구니없어했다.

"눈이 여기저기 달린 것도 아니고!"

여기저기 달렸다. 그 덕분에 어떻게든 너희들이 안가로 진입하는 것을 막고 있는 거고. 그런데도 정신이 분산될 것 같았다. 차라리 여기저기 활개 치며 적들을 쓰러뜨리는 것이라면 나을 듯했다.

'지키는 게 곤욕이구나.'

차륜전으로 합공하면서 안가를 노려대니 지키는 사람 입장에서는 혀가 바짝 말랐다. 이 자리를 조금도 벗어날 수가 없었다. 반면 놈들은 조금이라도 시선이 벗어나면 여러 방위로 안가로의 진입을 노리고, 나를 다양한 방법으로 제압하려 들었다. 그때마다 놈들을 한 명씩 줄여 나가는 것 외에는 답이 없었다.

'조금만 더… 조금만 더 버티…?!'

날카롭게 찔러오는 기운이 나를 자극했다. 명백하게 나를 노리고 있었다. 복면인들과는 확연히 다른 강렬한 감각이 다가왔다. 그때 포위하고 있던 복면인들이 양쪽으로 갈라지며 복면을 쓰지 않은 두 명의 사내가 모습을 드러냈다. 그 뒤로 더 많은 복면인들마저 나타났다.

하지만 내 시선은 오직 한 곳으로만 향했다.

'…!!'

검병 끝에 묶인 흰 가죽 장신구를 보는 순간 나는 놀랄 수밖에 없었다. 중년의 미남자가 입꼬리를 올리며 내게 말했다.

"소 형제, 참으로 오랜만이로군."

'…사혈성.'

그는 바로 사혈성 도장호였다. 회귀 후에 처음으로 대면했던 존성들 중 한 사람이었다. 여전히 그 존재감은 여느 존자들이나 혈성들 못지않을 만큼 강렬했다.

'혈성까지 나타나다니.'

제대로 낭패였다. 아직까지 스승님인 해악천이 회복하지 못했다. 그런 와중에 현 혈교의 최고수들 중 한 사람이 나타났다.

"…사혈성을 뵙습니다."

나는 그에게 검 끝을 밑으로 향하게 한 후 손을 모아 약식으로 예를 갖췄다.

도장호가 내게 웃으면서 말했다.

"자네를 보고 싶었다네."

미안하지만 나는 전혀 아니었다. 도장호가 흥미롭다는 목소리로 말을 이어갔다.

"참으로 놀랍군. 고작 한 해 하고도 몇 달 사이에 무공조차 펼칠 수 없던 몸이 사촌 어르신의 제자가 된 것으로도 모자라 이렇게 장성하다니."

그는 진심으로 내게 감탄하고 있었다.

"과연 아가씨께서 탐낼 만하군."

"…과찬이십니다."

잠깐만, 차라리 이 상황을 이용해서 조금이라도 시간을 끌어볼까. 그렇게 생각하던 찰나였다. 사혈성 도장호가 옆에 서 있는 중년인에게 말했다.

"문 단주, 여기는 본좌에게 맡기고 자네는 어르신을 모시게."

"넵! 가자!"

"충!"

문 단주라 불린 자와 복면인들이 버젓이 나를 제치고 들어가려 했다.

'젠장!'

역시나 시간을 끌게 내버려둘 리가 만무했다. 여기서 사혈성과 겨루게 되면 다른 자들을 막을 수 없게 된다. 그럼 모든 것이 끝난다. 머릿속이 복잡해져 있는데, 허리춤에 차고 있는 혈마검의 웃음소리가 들렸다.

─참 재밌게 돌아가는구나.

'…!!'

그 순간 머릿속으로 번개처럼 한 가지 생각이 스쳐 지나갔다. 어차피 해악천이 제압되면 이보다 최악일 수는 없었다.

"잠깐!"

나의 외침에 그들이 잠시 발걸음을 멈칫했다. 나는 허리춤에서 혈마검을 빼냈다.

"이게 무엇으로 보입니까?"

"그건…."

이를 본 사혈성 도장호의 눈매가 가늘어졌다. 내 손에 쥔 혈마검을 보던 그가 문 단주라 불린 자에게 시선을 돌렸다. 이에 문 단주가 피식 웃더니 말했다.

"모조 검입니다. 진짜 신물은 아가씨께서 탈취하셨다고 전갈을 받았습니다."

그 말에 도장호가 내게 웃으며 말했다.

"그렇다는군, 소 형제."

나는 문 단주를 쳐다보며 말했다.

"그게 가짜라면요."

"하하하하하핫. 사존의 제자라 대우해주려고 했더니, 얼토당토않은 소리를 해대는군. 그게 진짜 혈마검이라면 네까짓 것이 들고 있을 수나 있을 것 같으냐?"

"그래요?"

나는 문 단주를 향해 혈마검을 획 하고 던졌다. 문 단주가 무심결에 그것을 받았다.

"이걸 왜 내게…."

그 순간이었다.

"억!"

문 단주의 오른 손등에서 핏줄이 불룩불룩 튀어나왔다. 당황한 문 단주가 손에서 검을 떼어내려고 했지만 그러기도 전에 손등의 핏줄이 터지면서 피가 뿜어져 나왔다. 푸슉!

'…?!'

갑작스럽게 벌어진 기이한 현상에 복면인들 모두가 눈이 휘둥그레졌다. 심지어 사혈성 도장호조차 눈살을 찌푸렸다.

"끄아아악! 이, 이게 대체!"

문 단주가 왼손으로 검을 억지로 떼어냈다. 바닥에 내팽개친 혈마검을 향해 나는 황급히 왼손을 내밀어 은연사를 발사했다. 그러자 은연사의 줄에 묶인 검이 내 손으로 빨려 들어왔다. 문 단주가 창백해진 얼굴로 내게 소리쳤다.

"이, 이놈! 무슨 수작을 부린 것이냐?"

"수작이라뇨. 진짜 혈마검을 손에 쥐는 영광을 누려놓고도 그런 소리가 나오십니까?"

"뭐?"

웅성웅성! 복면인들이 술렁였다.

나는 그들이 왜 저러는지 알고 있다. 진짜 혈마검이라면 내가 쥘 수 없기 때문이다.

"혈마검을 쥘 수 있다는 게 무얼 의미하는지 다들 아실 거라 생각합니다. 사혈성께서도 그렇지요?"

모두의 시선이 혈마검으로 향했다. 사혈성 도장호가 앞으로 한 발짝 걸어 나오며 날카로워진 눈매로 입을 열었다.

"검병에 가령 독을 묻히는 등 수작을 부리지 않은 것인지 어찌 안다는 겐가."

이런 식으로 나오겠다 이거지. 그렇다면 마지막 방법밖에 없구나. 나는 혈마검을 쥐고서 상단전의 염에 집중했다. 그 순간 손등에 있는 북두칠성의 네 번째 점인 천권이 붉게 물들었다.

'돼라. 돼라.'

반신반의하고 있는 그때였다. 복면인들이 이구동성으로 중얼거리기 시작했다.

"머, 머리카락이?"

"붉게 변하고 있어."

변화는 그것으로 그치지 않았다. 혈마검의 검신이 점점 선홍빛으로 바뀌어갔다. 방금 전까지 냉철함을 잃지 않았던 사혈성 도장호의 눈동자가 빠르게 떨리고 있었다. 그가 믿기 힘들다는 목소리로 중얼거렸다.

"그… 그분의 피를 이었다고?"

나의 변화에 복면인들이 술렁거리고 난리가 났다.

"머, 머리카락이 붉어졌어!"

"저 눈…."

"아가씨와 같잖아."

반신반의했지만 다행히도 혈천대라공의 경지에 올랐을 때와 같은 현상이 발현되었다. 확신할 수 없지만 이것은 혈마의 원념이 담긴 백을 흡수해서일지도 몰랐다.

―운휘, 너 괜찮아?

머릿속에서 소담검의 목소리가 울렸다.

'괜찮아.'

―놀랐잖아. 또 망령에게 몸을 빼앗겼나 싶어서.

―나도 놀랐다, 운휘.

녀석들도 갑작스러운 내 변화에 놀랐나 보다.

어찌 되었든 예상대로 혈마의 염을 일으키면 외적인 변화가 생겼다. 그 덕분에 복면인들이 놀라면서도 당혹스러워하고 있었다. 다른 자들의 반응은 중요하지 않았다. 오직 단 한 사람, 이들을 모두 통제할 수 있는 사혈성 도장호가 어떻게 나오느냐가 중요했다.

"저는 혈마검을 다룰 수 있습니다, 사혈성."

그런 나의 말에 사혈성이 인상을 찡그린 채 아무 말도 하지 않았다. 떨리는 눈을 보면 분명 흔들리고 있었다.

'어떻게든 속여 넘겨야 해.'

솔직히 나 역시도 이 현상을 이해할 수 없었다.

—재밌는 놈이네. 자기 피에 뭐가 섞여 있는 줄도 모르고.

혈마검 녀석이 내게 했던 말이 떠올라서 순간적인 기지로 저지른 짓이었다. 어머니와 비월영종에 어떤 비밀이 있는지는 모르겠지만, 위기를 타개하려면 무엇이든 써먹어야 하지 않겠는가. 그때 다른 복면인들과 마찬가지로 놀라워하던 문 단주가 입술을 뗐다.

"흔들리지 마라! 그분의 피를 이은 것은 우리 아가씨와 백련하 아가씨뿐이다."

술렁이는 분위기를 잡으려 들었다. 그의 외침에 복면인들이 어쩔 줄 몰라 했다.

나는 그런 복면인들을 향해 외쳤다.

"보고도 믿지 못하시는 겁니까? 두 사람만 남았다고 어떻게 확신하십니까?"

에라, 모르겠다. 어차피 저질렀는데 여기서 더 못 할 게 어디 있겠나. 나는 문 단주를 쳐다보고서 밀어붙였다.

"당신의 잣대로 그걸 확신할 수 있습니까? 설마 이걸 보고도 본교의 율법을 무시하는 겁니까?"

"그건…."

문 단주는 순간 말문이 막혔다. 율령까지 들먹이니 당황스럽겠지. 신물인 혈마검의 주인이야말로 차기 교주이자 혈마가 된다. 내 입으로 말하면서도 참 대담하다 싶었다. 어찌 보면 지금 나는 혈교인들 앞에서 내가 새로운 혈마라고 이야기한 것이나 다름없었다.

─하하하핫. 좋은 마음가짐이로군. 이 몸의 부하로 삼은 보람이 있구나.

'입 다물어.'

전부 너 때문에 벌어진 일이잖아.

그때 무겁게 입을 꾹 닫고 있던 사혈성 도장호가 입을 열었다.

"볼 때마다 본좌를 놀라게 하는 재주가 있군."

"…인정하지 않으실 겁니까?"

"그분의 피를 이은 또 다른 후계자라….'

스릉!

'…?!'

어라, 이건 의도한 상황이 아닌데. 사혈성 도장호가 검집에서 검을 뽑아 내게 겨냥했다. 이를 본 문 단주의 화색이 돌아왔다.

"사혈성!"

그런데 사혈성 도장호는 그에게 손을 내밀며 가만히 있으라는 신호를 보냈다. 문 단주가 의아해하는데, 그가 내게 말했다.

"보여주게. 정말 그분의 진전을 이었는지."

팟! 말이 떨어지기 무섭게 도장호의 신형이 내게로 뻗어왔다. 그의 검이 동시에 여덟 방위로 검영이 갈라지더니, 바깥에서 안쪽으로 좁혀 들어왔다. 직접 검을 섞어 나를 시험하려는 건가. 그렇다면 보여주는 수밖에 없다.

'후우.'

정신을 집중하자 손등에 있는 천권의 점이 더욱 진하게 붉은빛을 냈다. 시험해보고 싶었지만 이런 식으로 쓰게 될 줄이야. 상단전의 염이 반응하면서 마치 오래전부터 무공을 써왔던 것처럼 내 몸이 저절로 움직였다. 혈마검이 붉은 궤적을 그리며 물 흐르듯이 원을 그렸다. 채채채채채챙! 그러자 여덟 방위로 좁혀오던 도장호의 검영이 바깥으로 튕겨 나갔다. 그 상태에서 나는 검을 앞으로 내질렀다. 도장호가 빠르게 검면으로 막아냈다. 챙! 막힘과 동시에 혈마검의 검 끝이 진동이라도 일으키는 것처럼 빠르게 떨렸다. 그와 함께 검면에 충격이 가해졌다. 파팍! 팡!

"흡!"

도장호의 신형이 뒤로 튕겨 나가 다섯 보 정도 밀려났다. 우우우웅! 도장호의 검이 검명을 내며 검신 전체가 떨리고 있었다. 그의 눈에 이채가 띠었다. 나 역시도 내 손으로 직접 펼쳤지만 내심 놀랄 수밖에 없었다.

'이게 혈천대라검.'

혈마의 비전 검법이었다. 혈천대라검 삼초식 경원무혈(勁原武血). 검 끝에 기운을 집중하여 발경(發勁)이나 침투경(浸透勁)같이 경력의 효과를 내는 검초였다. 최상승의 검예라고 할 수 있었다.

"과연. 그렇다면 이건 어떤가."

도장호가 보법으로 다섯 보 정도 물러나며 느슨하게 검병을 움켜쥐었다. 그러고는 바닥에 검 끝을 닿게 내려놓았다.

"받아보게."

그 말과 함께 도장호가 바닥에 검을 끌면서 앞으로 달려왔다. 치치치치치! 바닥에 끌리는 검 끝에서 마찰로 푸른 불꽃이 튀었다. 그 상태에서 도장호가 검으로 독특한 궤적을 그리자 검초에 푸른 불꽃이 달라붙으면서 눈이 부셔 뜰 수가 없었다.

"오오오!"

"검뇌!"

복면인들의 입에서 탄성이 흘러나왔다. 이게 그 유명한 사혈성의 검뇌(劍雷)인가 보다. 어찌하여 검초에 '뇌'라는 말이 붙었나 했는데 과연 명성대로였다.

―제법이군. 보여줘라, 혈우만천을.

혈마검의 목소리가 들려왔다. 그런데 녀석의 말처럼 도장호의 검초를 보는 순간 머릿속에서 혈천대라검 오초식 혈우만천(血雨萬穿)이 떠올랐다. 나는 발검술을 펼치듯이 검을 왼쪽으로 끌어당겨 허리를 최대한 틀었다. 그리고 검을 내질렀다. 촤촤촤촤촤촤촤! 그 순간 몸이 팽이처럼 빠르게 회전하며 무수한 붉은 검의 궤적들이 폭우가 쏟아지듯 사혈성 도장호의 검뇌를 향해 폭사되었다. 채채채채채채챙!

빗속을 뚫듯이 도장호가 앞으로 억지로 파고들었다. 그러나 푸른 불꽃이 이윽고 그 빛을 잃으면서 도장호의 신형이 뒤로 밀려났다. 촤르르르르! 미끄러지듯이 뒤로 밀려 나간 도장호의 곳곳에 검흔이 남았다. 그래도 대단한 게 주요 요혈들은 전부 막아냈다. 한데 주변은 정적으로 물들었다. 주위를 슬쩍 보니 복면인들이 어안이 벙벙해서 쳐다보고 있었다. 나와 도장호의 초식이 부딪친 곳에 폭우라도 몰아친 것처럼 수십 갈래의 검흔이 날카롭게 파여 있었다.

'하!'

나 스스로도 믿기지가 않았다.

중단전의 힘만으로 겨뤘다면 사혈성 도장호의 무위가 나보다 한두 수 위였을 것이다. 그런데 혈마의 백의 힘을 끌어내자, 오히려 내가 그보다 우위를 점했다. 다만 상단전의 염의 소모가 컸다. 지금으로서는 천권으로 혈마의 힘을 유지하는 건 길어야 반 각이 한계로 보였다.

—쯧쯧, 한참 모자라군.

혈마검이 혀를 찼다. 그건 나도 안다. 직접 연마한 힘이 아니라 온전히 혈마의 수준에 이르는 초식을 구현할 수 없었다. 그래도 지금은 이 정도로 충분했다.

사혈성 도장호가 바닥을 향해 진각을 밟았다. 쿵! 그러자 그의 발바닥을 타고서 바닥에 수 갈래의 금이 생겨났다. 몸으로 파고든 예기를 몰아낸 것이었다.

'역시 사혈성.'

혈교의 최고수 중 한 사람답다. 모두가 긴장한 얼굴로 그와 나를 번갈아 쳐다보았다. 그때 도장호가 호흡을 가다듬더니 검 끝을 밑으로 향하게 하고는 내게 포권을 취했다.

'…?!'

갑작스럽게 예를 갖추는 모습에 복면인들이 놀랐다. 그러거나 말거나 도장호가 내게 말했다.

"사혈성 도장호가 공자께 인사드립니다."

모두가 술렁였다. 지금 갖춘 예는 나를 혈교의 후계자 중 하나로 인정하는 것이나 마찬가지였다. 혈교의 최고 간부들 중 한 사람인 그가 예를 갖추자, 복면인들이 머뭇거렸다. 이에 문 단주가 일그러진 얼굴로 소리쳤다.

"사혈성!"

도장호가 그에게 시선을 돌리며 말했다.

"보지 않았나? 혈천대라공을 익힌 게 틀림없네. 그렇다면 공자께서도 그분의 피를 이은 후계가 맞네."

그 말에 문 단주가 입술을 질끈 깨물었다. 사혈성마저 인정한 상황이기에 부정하기 어려워서일 것이다. 복면인들이 하나둘씩 예를 갖추려 했다.

"그만!"

그런 그들에게 문 단주가 소리쳤다. 그리고 내게 검을 겨냥하며 말했다.

"사혈성, 설사 그렇다고 할지언정 저희는 아가씨께 충성을 맹세하지 않았습니까? 그렇다면 저희가 할 일은 하나입니다."

"…."

"검을 빼앗아서 아가씨께 바쳐야 합니다!"

문 단주가 사혈성에게 반기를 들자 예를 갖추던 복면인들이 이를 멈췄다. 그들이 난처한 기색이 표했다. 나는 이를 흔들어야 한다고 생각했기에 사혈성과 문 단주, 복면인들을 향해 목소리에 힘을 주고서 외쳤다.

"율령을 어길 셈입니까? 검을 가진 이상 지금 저는 본교의 혈마입니다."

'…!!'

그 말에 사혈성 도장호의 눈매가 가늘어졌다. 무슨 생각을 하는지 알기 어려웠다. 그의 모호한 모습에 문 단주가 안 되겠다 싶었는지 복면인들에게 외쳤다.

"혈마검진을 전개하라! 우리의 혈마는 오직 아가씨뿐…."

그때였다. 쾅! 안가에서 굉음이 터져 나왔다. 뒤돌아보니 부서진 벽면에서 강렬한 기세를 내뿜으며 누군가 성큼성큼 걸어 나오고 있었다.

"스승님!"

그는 바로 기기괴괴 해악천이었다.

―오! 미친 노인네가 회복했어!

소담검이 신이 나서 내게 소리쳤다. 녀석의 말대로 해악천에게서 흘러나오는 기운을 보면 확실하게 회복한 상태였다. 본인이 호언했던 시간보다는 길어졌지만 산공독을 몰아내는 데 성공한 모양이었다.

"사, 사존…."

해악천이 나타나자 문 단주를 비롯해 복면인들 모두가 당혹감을 감추지 못했다. 거구의 그가 풍기는 기세에 압도당한 듯했다. 이제야 구색이 맞춰졌다.

[고생한 보람이 있군요.]

나는 해악천에게 반갑게 전음을 보냈다. 그런데 해악천이 나를 쳐다보며 묘한 표정을 짓더니 이내 전음을 보냈다.

[네놈의 의지는 잘 알았다.]

[네?]

의아해하고 있는데 해악천이 앞으로 나섰다. 그리고 복면인들을 향해 귀청이 울릴 만큼 쩌렁쩌렁한 목소리로 외쳤다.

"누가 혈마 앞에서 당당히 서 있는 것이냐! 꿇어라!"

'…?!'

지금 무슨 소리를 하시는 겁니까? 시간을 끌기 위해서 임시방편으로 저지른 짓인데.

그런데 해악천의 외침 소리가 끝난 지 얼마 되지 않아, 절반이 넘는 복면인들이 우르르 무릎을 꿇고서 예를 갖추기 시작했다. 이에 당황한 문 단주가 그들을 다그쳤다.

"네, 네놈들 지금 무슨 짓을 하는지 아는 것이냐? 당장 일어나라! 일어나지 못할까!"

그의 외침에도 무릎을 꿇은 복면인들은 조금도 미동이 없었다. 어쩔 줄 몰라 하고 있는데 사혈성 도장호가 입을 열었다.

"사존 어르신, 오랜만에 뵙습니다."

"흥! 오랜만이고 자시고 네놈은 무릎을 꿇지 않을 것이냐?"

해악천의 다그침에 도장호가 나를 쳐다보았다. 그리고 말했다.

"세상일은 참 알기 어렵군요. 제가 이곳에 오게 된 것도 운명이겠 지요?"

"무슨 개소리를 지껄이는 것이냐?"

"제 판단이 옳기를 바라야겠군요."

알 수 없는 말을 내뱉은 도장호가 시선을 문 단주에게로 돌렸다.

"문 단주, 본좌는 율령에 따라 지금부터 공자를 새로운 혈마로 모 실 걸세. 하나 자네는 그러지 않겠지?"

"사혈성! 어찌 아가씨를…."

촥! 그의 말이 미처 끝나기도 전에 도장호의 검이 문 단주의 목을 스치고 지나갔다. 곧이어 문 단주의 목이 갈라지더니 머리가 바닥 에 떨어졌다.

'…!!'

누구도 예상하지 못한 일이었다. 문 단주의 목을 벤 도장호가 내 게 한쪽 무릎을 꿇고서 예를 갖추며 말했다.

"혈마이시여, 명을 내려주십시오. 화근들을 제거하겠습니다."

도장호가 말한 화근들은 무릎을 꿇지 않은 복면인들이었다. 그러 자 그들 눈빛에 당혹감이 서렸다. 당연한 반응이었다. 화근을 제거

하겠다는 말은 곧 그들을 죽이겠다는 소리였다. 방금 전까지만 해도 믿음직한 우군이었던 사혈성이 한순간에 적으로 돌변했으니 황당하기마저 할 것이다. 한데 이 상황이 껄끄러운 것은 나 역시도 마찬가지였다.

'…생살여탈권을 넘기다니.'

서 있는 복면인들만 하더라도 마흔여 명이 넘었다. 허락만 떨어지면 저들은 죽는다.

—지금까지 네 손으로 저 녀석들을 죽여놓고 새삼 착한 척할 셈이냐?

혈마검이 비아냥거리는 목소리로 내게 말했다.

이봐. 나는 사람 목숨 취하는 걸 즐기는 성격이 아니라고. 상황이 여의치 않거나 필요에 의해서 살인을 한 것이지 아무 이유 없이 무차별적으로 사람을 죽여본 적은 한 번도 없었다.

—지금이 필요에 의한 상황이지 않나? 저들은 네게 충성을 거부했다.

'충성을 거부했으니 전부 죽여라?'

—그게 피의 길을 걸어가는 자의 숙명이다.

작작 좀 해라. 그것도 어느 정도 상황에 맞춰가면서 하는 거다. 저들은 충심을 지킨 자들이다. 원래 모시던 주군을 위해 혈교의 율령마저 어겨가면서 말이다. 나는 그런 충의를 나쁘게 보지 않았다.

—멍청한 놈. 그래서 봐주기라도 하겠다는 거냐?

—운휘가 선택하는 거다, 혈마검. 자네가 운휘에게 강요할 문제가 아니다. 그리고 충심을 지킨 자들을 따르지 않았다고 무작정 죽이는 것이 현명한 우두머리의 자질이라고 보나?

그동안 입을 다물고 있던 남천철검이 나를 두둔했다. 의(義)를 중시하는 남천검객의 검다웠다.

"명을 내려주십시오!"

무릎을 꿇고 포권을 취하고 있는 사혈성 도장호. 그의 눈빛은 내게로 향해 있었다.

'저 눈빛…'

그의 눈빛은 의미심장하기 그지없었다. 마치 혈교의 우두머리로서의 자질을 시험해보려는 것만 같았다. 선택지를 고작 하나만 주고서 내 입으로 저들을 전부 죽이라고 명하는 결단력을 보여주길 원하는 것인가.

'…그러시겠다 이거지.'

나는 피식 웃었다. 그리고 허락을 구하는 도장호를 지나쳤다.

"혈마이시여?"

의아해하는 그를 뒤로한 채 나는 큰 소리로 무릎을 꿇지 않은 복면인들을 향해 말했다.

"그대들의 충의에 진심으로 경의를 표합니다."

'…?!'

뜻밖의 말에 그들의 눈빛이 흔들렸다. 이런 반응들만 봐도 혈교의 후계자로서 백혜향이 지금껏 어떤 모습을 보여줬는지 짐작할 수 있었다.

"나는 그대들의 충심을 높이 삽니다. 그렇기에 그대들에게 기회를 드리고 싶습니다."

충심을 지킨 복면인들뿐만 아니라 복종한 복면인들도 술렁거렸다.

"지금 무슨…."

뒤에서 사혈성 도장호의 당혹스러운 목소리가 들려왔다. 기대한 것과 다르다면 미안하지만 난 백혜향이 아니다. 그리고 백련도 아니다.

"그대에게 묻겠습니다."

나는 서 있는 복면인들 중 한 사람을 지목하여 말했다.

"그대는 본교의 교인입니까, 아니면 백혜향 아가씨의 심복입니까?"

그런 내 말에 복면인의 눈동자가 떨려왔다. 나는 일부러 대주급 인사를 지목했다. 중급 무사들까지는 혈고에 의해 억지로 끌려다니는 감이 있기 때문이었다. 잠시 머뭇거리던 복면인이 힘겹게 입을 뗐다.

"…교인입니다."

"본교 안에서 아가씨를 모시는 것이겠지요."

"…그렇습니다."

"그렇다면 어찌하여 개인을 향한 충심을 사사로이 내세우는 겁니까?"

"그건…."

"당신이 모시는 자를 교주로 추대하고 싶어서이겠지요. 안 그렇습니까?"

그 말에 복면인은 부정하지 않았다. 다른 복면인들도 수긍하는 눈치였다.

"한데 혈마는 무엇입니까?"

"그, 그것은…."

"율령에 의하면 혈마야말로 혈교 그 자체가 아닙니까?"

"…그렇습니다."

"신물이 내 손에 들어왔고, 신물이 나를 선택한 이상 지금의 나는 혈마입니다. 율령대로 혈교 그 자체이겠군요. 하면 그대는 지금 혈교의 교인이기를 포기하는 겁니까?"

"어찌 그런!"

역시 대주급 인사다웠다. 평생 동안 혈교를 위해 살아왔는데 그 것을 부정당하면 얼마나 모독감을 느끼겠는가. 그들 정도 되면 혈교의 교인으로서의 자부심도 높다.

―뭘 어쩌려고 자극하는 거야?

'어쩌긴 어째. 이러려고 하는 거지.'

나는 무릎을 꿇지 않은 복면인들과 하나하나 눈을 마주치며 말했다.

"그대들은 교인이기를 포기하고 죽을 겁니까?"

절반 정도 되는 이들이 흔들리는 게 보였다. 그만큼 혈교 자체에 충성심이 높은 자들도 있다는 것이었다. 나는 계속 말을 이어갔다.

"이렇게 같은 교인들끼리 뜻이 어긋날 때마다 하나하나 배척해간 다면 남아날 사람이 있겠습니까? 목숨을 끊고 아가씨를 향한 충심을 지킨다? 난 그걸 원하지 않습니다. 그대들 하나하나가 모였기에 혈교가 있는 것입니다."

"우리가… 모였기에 혈교가?"

웅성거림이 여기저기로 번져 나갔다. 지금껏 이런 식으로 얘기했던 혈교의 수장은 없었겠지. 왜냐하면 강요나 협박에 의해 시작됐으니까. 위에서 시작한 자들 눈에 이런 일반 교인들은 언제든 희생시킬 수 있는 장기 말에 불과하다. 나는 그런 밑바닥에 있는 자들의 불안함을 누구보다 잘 알았다. 언제든 희생당할 수 있다는 압박감. 그것에 시달리게 되어 있다.

"나도 그대들처럼 밑바닥부터 시작했습니다. 그런 내게는 그대들도 혈교 그 자체입니다."

—하!

혈마검이 기막혀했다.

—언변술… 아니 말솜씨가 능구렁이처럼 기가 막히는구나, 인간.

—운휘의 특화된 능력이지.

뭐가 특화되었다는 거냐. 오랫동안 첩자 생활을 하면서 늘은 게 있다면 이것뿐이다. 술렁거리면서 흔들리고 있는 지금이 적기였다. 이제 쐐기를 박아야겠다.

"누구를 모셨든 개의치 않겠습니다. 여러분이 도와주셔야 혈교가 다시 부흥할 수 있습니다. 함께합시다!"

마지막 어조는 일부러 강하게 내뱉었다. 마치 영웅의 풍모를 풍기듯이 말이다. 그 말이 떨어지고 얼마 있지 않아 내가 지목했던 대주급 복면인이 무릎을 꿇었다.

"혈마… 혈마께 충성을 맹세합니다!"

분위기라는 것은 무시하기 힘들었다. 쿵! 쿵! 그것을 기점으로 파장이 퍼져 나가듯 복면인들이 무릎을 꿇었다.

"충성을 맹세합니다."

"충성을…."

끝끝내 버틴 자는 일곱 명에 불과했다.

"명예를 지킬 기회를 드리겠습니다."

나는 그들에게 자결을 권했다. 살려둘 수는 없었다. 이들을 보낸다면 백혜향에게 정보가 넘어가 후환이 될 것이다.

"…배려에 감사드립니다."

그들은 그 자리에서 말없이 스스로 목숨을 끊었다. 백혜향도 우두머리로서 난 사람이긴 한가 보다. 아무리 잔인하고 제멋대로인 성정을 지녔어도 저렇게 목숨마저 던져가며 따르는 자들이 있는 것을 보면 말이다.

"뜻을 달리했어도 본교의 교인들입니다. 저들의 시신을 잘 수습해주기 바랍니다."

"충!"

나를 보는 복면인들의 시선이 완전히 달라졌다. 호의로 가득했다. 나는 뒤돌아서 사혈성 도장호에게 다가갔다. 그리고 그에게 말했다.

"이게 제 방식입니다."

그런 내 말에 도장호가 묘한 미소를 지었다. 이것조차 마음에 들지 않았다. 나는 그에게 경고했다.

"정말 혈마로 모실 생각이면 저를 시험하지 마십쇼."

그 말을 마지막으로 나는 사마영이 무사한지 확인하러 안가의 반대쪽으로 돌아갔다.

* * *

"흔적을 남기지 마라."

"충!"

사혈성 도장호는 주변을 수습하도록 복면인들에게 명을 내렸다. 그들이 바쁘게 움직일 때 도장호에게 해악천이 다가왔다.

"어이, 도장호."

"어르신, 오랜만에….."

그의 말이 끝나기도 전에 해악천의 주먹이 도장호의 안면을 강타했다. 철퇴를 맞은 것처럼 도장호의 몸이 한바탕 바닥을 뒹굴었다.

도장호가 시뻘겋게 부은 얼굴을 만지며 말했다.

"여전히 손부터 움직이시는군요. 어르신의 주먹을 무방비 상태로 맞으면 저라 해도 위험합니다."

"닥치거라! 혈마 이전에 본좌의 제자다. 누가 네놈 멋대로 녀석을 시험하라고 했느냐?"

그런 해악천의 말에 도장호가 미소를 지었다. 그리고 옷을 털면서 자리에서 일어났다.

"심기가 불편하셨다면 송구합니다."

"본좌의 심기를 건드리지 마라."

"여부가 있겠습니까? 다만 어설프게 분위기에 휩쓸려서 혈마가 되는 것이라면 그 자질을 확인해봐야 하지 않겠습니까?"

그런 도장호의 말에 해악천이 인상을 찡그렸다.

"제가 모를 거라 생각했습니까? 정말 혈마로서의 포부를 가졌다면 처음부터 그 정체를 밝혔겠지요. 놀라는 기색이 서로 입을 맞추지 않은 것 같더군요."

"네놈이야말로 여전히 속이 시꺼멓구나."

"통찰력이 깊다고 해주시지요."

"흥!"

해악천이 마음에 들지 않는다는 듯 콧방귀를 뀌었다. 그러다가 물었다.

"그래서 시험해본 결과는 어떻더냐?"

도장호가 안가 건물의 뒤편을 바라보며 말했다.

"예상 밖이더군요. 답을 정해놓고 하느냐 하지 않느냐로 가늠하려 했더니, 오히려 저들을 설득할 줄은 몰랐습니다."

"잔머리와 입으로는 입신의 경지에 오른 녀석이지. 클클."

해악천이 웃음을 흘렸다. 그 역시도 소운휘가 어찌 나올지 궁금하긴 했다. 사실 그 상황에서는 백혜향이 되었든 백련하가 되었든 같은 결론을 내렸을 것이다. 내분의 끝은 숙청이다. 그녀들이라면 불복하는 자들을 남김없이 죽였을 것이다.

"인정할 수밖에 없더군요."

만약 후환거리를 남겼다면 어설프게 입만 놀린다고 생각했을 것이다. 하지만 소운휘는 세 치 혀로 후환이 될 자들조차 스스로 자결하게 만들고서 그것으로 다른 교인들의 호의마저 샀다. 정말로 천성에 의한 것인지 아니면 의도한 것인지는 모르겠지만 말이다.

'의도한 것이라면⋯.'

여태까지의 혈마들과는 전혀 다른 유형의 혈마가 탄생한 걸지도 모른다는 생각이 들었다.

'심계마저 갖춘 혈마라⋯.'

하지만 도장호는 이를 입 밖으로 내뱉지 않았다. 아직은 좀 더 지켜볼 필요가 있었다.

* * *

배의 후미에 걸터앉아 안개만 넋을 놓고 바라보고 있었다. 캄캄

한 어둠과 안개로 인해 아무것도 보이지가 않았다.

—왜? 네 미래 같아?

'…'

소담검의 익살스러운 목소리에 대꾸할 기운도 없었다.

"하아…."

절로 한숨이 나왔다. 인생이라는 것이 원래 뜻하는 대로 되는 것이 아니라지만 해도 너무했다. 한 치 앞을 가늠하기조차 어려웠다.

—영광스러워해라. 다 이 몸이 너를 선택했기 때문에 가능한 일이다.

혈마검의 말에 짜증이 치밀어 올랐다. 누가 너더러 선택해달라고 부탁한 적이라도 있냐.

—은혜도 모르는 녀석.

은혜는 무슨 은혜야. 네 녀석 덕분에 내가 원래 계획했던 것과 완전히 멀어졌다.

—웃기는 녀석이로군. 뭐가 계획이라는 거냐?

'넌 몰라도 돼.'

—그래, 몰라도 돼!

소담검이 내 편을 들었다.

—조그마한 게 성질만 곤두서서는. 쯧쯧.

—뭐가 어쩌고저쩌?

또 이런다. 한시도 싸우지 않으면 덧이라도 나는 거냐. 아무튼 원래 계획대로 백련하를 교주로 만들고, 그 울타리 안에서 목표로 하는 힘을 얻어 자립하는 것은 물 건너갔다. 그걸 위해서 백련하에게 면죄부까지 얻어냈는데 헛수고가 되었다. 이래서야 백혜향뿐만이 아니라 백련하와도 척을 지게 생겼다.

'내가 미쳤지.'

살아남자고 기지를 발휘한 게 발목을 붙잡았다. 그렇게 앞으로의 일을 걱정하고 있을 무렵이었다. 누군가 옆으로 다가와 걸터앉았다.

"사마 소저?"

옆에 앉은 자는 사마영이었다. 나와 달리 그녀는 기분이 괜찮은 지 생각보다 표정이 밝았다.

"…기분이 좋아 보이는군요, 소저."

그런 나의 물음에 그녀가 활짝 웃으며 말했다.

"네. 헤헤. 가지고 싶은 것을 뜻하지 않게 독점한 기분이랄까요."

'…?!'

피의 근원

독점이라니…. 설마 내가 백련하와 백혜향과 척을 지게 생긴 것을 두고 말하는 건가?

─그렇겠지. 네 입으로 '내가 혈마입니다'라고 선언했는데, 그 계집애들이 멍청하지 않고서야 너를 좋아할 것 같아? 모르긴 몰라도 잘근잘근 씹어 먹으려고 안달일걸. 사마영만 어부지리한 거지.

소담검의 말에 한숨이 절로 나왔다. 백련하는 오매불망 혈마검을 탈취하기만 기다리고 있을 것이다. 그런데 가져오라는 검을 내가 먹은 셈이지 않나.

─어쩌냐, 우리 운휘. 고생을 사서 하네.

'…약 올리지 마라.'

안 그래도 상황이 제대로 꼬여서 심란해 죽겠는데. 혼자서 머리라도 식히고 싶었건만 그 와중에 사마영이 나타나서 생각도 정리가 안 됐다.

"배를 타고 이렇게 장강을 내려가니까 정취 있고 좋은 것 같아요."

사마영이 배시시 웃으며 내게 말했다.

정취를 찾기에는 안개와 어둠으로 물이 흐르는 것도 보이지 않습니다만. 물살을 가르는 소리만 귓가를 간지럽힐 뿐이었다. 나는 사마영을 힐끔 쳐다보았다. 그녀는 웃고 있었다. 그저 이 순간을 즐기고 있는 것 같았다. 그때 남천철검의 목소리가 머릿속을 울렸다.

―여인은 좋아하는 이와 함께 있는 것만으로도 모든 것이 아름답게 보인다고 전 주인께서 말씀하셨다.

'…'

가끔 남천검객 호종대 대협을 만나보고 싶다는 생각이 든다. 그분이 만사에 모르는 것이 있었는지 정말 궁금하다.

"부단주님, 아니 이제 혈마님이라고 불러야 할까요?"

"…그거 빼고 다 괜찮습니다."

"다 괜찮다고요?"

"네."

"그럼 공자님이라고 불러도 되나요?"

"그게 낫겠군요."

안 그래도 배 위의 교인들이 눈만 마주치면 혈마, 혈마, 해대는 통에 부담스러웠다. 부단주님까지는 기분 좋게 들을 수 있었는데.

―그래도 출세했네.

'출세?'

―그래. 너 회귀 전에는 집에서 버림받았지, 혈교에 납치되어 하급 첩자로 살다가 죽었잖아. 근데 혈마면 혈교의 정점 아냐?

―그래, 인간. 이 몸이 선택해준 것을 늘 영광스럽게 여겨라.

그놈의 영광은 무슨. 혈마검 때문에 화딱지가 나려고 하는데, 사마영이 내게 말했다.

"그거 아세요?"

"뭐를요?"

"공자님은 늘 혼자서 시시각각 표정이 바뀌어요."

'…?!'

아차 싶었다. 검들과 대화를 나누면서 표정이 얼굴에 전부 드러났나 보다. 최대한 내색하지 않았다고 생각했는데, 당혹스러웠다.

"막 혼자 화나는 표정을 지었다가 실실 웃기도 하고 얼마나 재미있…"

"소저! 그건 제가 생각이 많아서 그런 겁…"

변명을 하느라 고개를 돌렸는데 그녀와 얼굴을 마주하게 되었다. 내 쪽으로 얼굴을 향하고 있을 줄은 몰랐다. 인피면구를 벗은 그녀의 새하얀 얼굴은 어두운데도 이목구비가 뚜렷하게 보였다. 정말 아름답기는 했다. 바로 옆에 앉아 있는데 서로 시선을 마주하니 숨소리가 크게 들렸다. 그녀의 홍조 띤 얼굴과 흔들리는 눈망울이 보였다.

"공자님."

그녀의 목소리를 듣자 이상하게 심장이 뛰었다. 이렇게 쳐다보면 아무리 감정을 추슬러도 남자라면 흔들릴 수밖에 없잖아. 나도 모르게 침을 꿀꺽 삼켰다. 그때 그녀가 입술을 실룩거리며 미소 짓더니 말했다.

"지금 긴장하신 거 맞죠?"

"기, 긴장이라뇨? 아무 생각도 없습니다."

"피이, 거짓말."

"거짓말 아닙니다!"

"침까지 삼키셨으면서 긴장 안 하기는요."

"침은 그냥 생리적인 현상일 뿐입니다. 입에 침이 고이면 삼켜…."

"입에 침은 왜 고이는데요. 제가 무슨 음식인가요. 절 보면서 입에 침이 왜 고이나요?"

젠장, 제대로 말려들었다. 어떻게 말해야 하나 머리가 복잡해지려는데 그녀가 피식 웃으며 말했다.

"저희 아버지 말씀이 거짓말인가 봐요."

"…무엇이 말입니까?"

"저랑 이렇게 가까이 마주 보고 있으면 누구라도 저한테 빠져들 거라고 하셨거든요. 그런데 공자님은 저어어어언혀 긴장하지 않으셨다니 거짓말인가 보네요."

살짝 비꼬는 느낌이었다.

음. 소저, 아버님 말씀이 백번 지당하십니다. 그런데 뒤에 한 말씀을 빼놓으신 거 같네요. 아버님의 존함이나 정체를 알고도 그런 대담함을 지닐 수 있는 자가 과연 있을까, 라는 것도 얘기해주셨어야죠.

―앤 모르잖아.

아, 그렇네. 그녀의 입장에서는 내가 특이할 수도 있겠다. 대놓고 호감을 표현하는데도 스스로 절제하는 모습을 보이니까 말이다.

―절제는 무슨. 그냥 무서운 장인이 생길까 봐 겁을 먹어서 그런 거지.

망할 소담검. 그렇게 정곡을 찌르고 싶냐?

―무서운 장인? 누구기에 그렇게 눈치를 보는 거냐?

혈마검이 궁금했는지 물었다. 이에 소담검이 답해줬다.

―사대 악인 중 한 사람이 쟤 아빠야.

—이 시대에 유명한 무인인가 보군. 이 몸의 선택을 받은 인간이 고작 그런 것에 쫄아서 오는 여자를 마다하는 것이냐? 한심한 녀석, 딱 내 여자다 싶으면 박력 있게 뒷목을 잡아당겨서 그 인간들이 좋아하는 입술 박치기도 하고, 분위기를 봐서 설왕설래도….

　넌 좀 닥치는 게 좋을 것 같다. 변론을 주고받는 말을 그런 식으로 외도하다니, 소담검보다 더한 녀석이네.

　"공자님, 갑자기 왜 당황하세요?"

　그녀의 말에 나는 화들짝 놀랐지만 내색하지 않고 답했다.

　"아무것도 아닙니다."

　그렇게 말했는데 나도 모르게 혈마검의 말을 의식해서 그런지 사마영의 분홍빛 앵두 같은 입술로 시선이 쏠렸다. 혈마검의 목소리가 머릿속을 울렸다.

　—명심해. 설왕설….

　나는 염으로 녀석의 목소리만 들리지 않게 차단해버렸다. 진즉에 목소리를 닫아버릴 걸 그랬다. 그때 사마영이 나를 물끄러미 쳐다보며 말했다.

　"아니라는 분이 왜 제 입술을 보는 건가요?"

　"아니, 그게 아니라….'

　슉! 그때 그녀가 갑자기 내 뒷목을 감싸듯이 잡았다.

　"이게 무슨 짓입니까, 소저?"

　"괜찮아요. 저도 공자님 입술을 보고 있었거든요."

　"네?"

　반문하기가 무섭게 그녀가 내 뒷목을 끌어당기고서 입술을 갖다 댔다. 사마영의 촉촉하면서 부드러운 입술이 느껴졌다. 순간 멍해지면서 얼굴이 화끈 달아올랐다. 그녀가 입술을 쪽 하고 떼고서 뜨거운 호흡을 내뱉더니, 더욱 홍조가 짙어진 얼굴로 말했다.

"하아, 이러면 공자님이 저한테 빠질까요?"

나는 말문이 막혀서 그녀를 물끄러미 쳐다보았다.

─이야, 당했네, 당했어.

─적극적인 여자도 나쁘지 않다, 운휘. 전 주인께서도 부러워… 아니, 기특하게 여기셨을 거다.

머릿속에 녀석들의 목소리가 왁자지껄 울리는데 들리지가 않았다. 이렇게 기습적으로 입맞춤을 당해본 건 처음이었다. 회귀 전에도 경험해보지 못했다.

"소…저, 이게…."

"왁왁왁왁왁!"

그녀가 막 이상한 말을 내뱉으며 자신의 귀를 틀어막았다. 무슨 짓인가 싶어 인상을 찡그렸더니….

"안 들을래요. 안 들을 거예요."

내가 하는 말을 듣지 않으려고 했다. 순간 나도 모르게 그 모습이 귀여워서 피식 웃음이 튀어나왔다. 그런 나를 쳐다보던 그녀가 홍시처럼 얼굴이 달아올라서 후다닥 뛰어가 버렸다. 본인도 부끄러우면서 일을 저지른 건가.

─솔직히 흔들리지?

소담검의 물음에 차마 답할 수가 없었다. 부정할 수 없었기 때문이다. 그런데 기척이 느껴져서 뒤를 쳐다보니 송좌백이 몸을 부들부들 떨면서 서 있었다. 기습 입맞춤 때문에 혼이 나가긴 했나 보다. 녀석이 저만치 가까워질 동안 기척을 감지하지 못한 걸 보면 말이다.

"…언제 온 거냐?"

"방금."

나는 헛기침을 하면서 녀석에게 물었다.

"…어디까지 본 거냐?"

"전부 다! 전부 다라고, 인마!"

녀석이 폭주한 사람처럼 울분을 토해냈다. 다 봤다는 말에 나도 당황해서 녀석과 시선을 마주치기가 어려웠다.

"갑자기 뜬금없이 그분의 피를 이어받았다고 혈마로 받들어지질 않나. 사마 소저랑 어! 이, 입술을 그렇게! 아오!"

전자보다 후자가 엄청 열 받았나 보다. 하긴 사마영에게 한눈에 반해서 호감을 엄청 보였던 녀석이었다. 송좌백이 몸을 부들부들 떨면서 중얼거렸다.

"좋은 건 혼자 다 처먹네. 이기적인 새끼."

"야, 송좌백."

"계속 혼자 다 처먹고 배불뚝이처럼 다니다가 배나 터졌으면 좋 겠다."

정신 나간 사람처럼 저주를 퍼붓고 있었다.

"사람 앞에다 두고 못 하는 소리가 없네."

"씨팔. 너 같으면 내가 찜해둔 여자를 눈앞에서 낚아갔는데 좋은 소리가 나오겠냐!"

"혈마한테 그런 식으로 말해도…"

"씨팔, 그럼 죽으라고 명을 내려, 새끼야. 죽으면 될 거 아냐!"

어지간히 사마영이 좋았나 보다. 스승님인 해악천이 내게 공대하 라고 했는데 막 퍼부어대는 걸 보면 말이다. 하긴 나한테 공대하는 걸 죽어라 싫어하는 녀석이다. 오히려 변함없이 구는 게 내 마음이 편하긴 하다. 한바탕 퍼붓더니 김이 빠졌는지 시무룩해진 녀석이 한숨을 내쉬었다. 달래줄까 하는 마음에 말을 붙였다.

"남녀의 감정은 내가 어찌해볼 수 있는 문제가 아니잖아. 너무 그렇게 시무룩해하지 마라. 그리고 내가 혈마가 된다고 해도 인연이라는 게 있는데 널 무시하겠어? 네가 오른팔처럼 도와주면 될 일이고…."

"호법."

"뭐?"

"호법 자리 만들어줘."

"…진심이냐?"

녀석의 입에서 호법이라는 말이 나올 줄은 몰랐다. 혈교에는 애초에 호법이라는 직위가 없다. 호법을 달라….

"아직 내가 혈마가 될지 안 될지도 모르는데…."

"야, 네 입으로 네가 이제부터 혈마라고 했다면서. 그럼 스승님부터, 너를 돕겠다고 나서는 사람들은 뭐가 되는 거냐?"

"…."

녀석의 입에서 이런 말이 나오다니, 정말 의외였다. 녀석을 물끄러미 쳐다보던 나는 속내를 털어놓듯이 말했다.

"솔직히 어떻게 해야 할지 모르겠다. 내가 생각했던 건 그런 게 아니었어. 그저 위기를 타개하려고 한 것…."

"네 의도와 상관없이 벌어진 일이라고 등한시할 거냐?"

"그런 게 아니라…."

"그게 그렇게 복잡하게 생각할 일이냐?"

"복잡?"

"마음에 안 드는 게 있으면 네가 혈마가 돼서 원하는 대로 다 뜯어고치면 될 거 아냐?"

이 녀석 굉장히 쉽게 생각하네. 높은 자리에 있다는 게 뭐든 마음대로 되는 거라 여기는 건가.

"…너 내가 혈마가 된다는 게 어떤 의미인지 알고 하는 소리야? 백련하 아가씨와 부딪칠 수도…."

"그럼 처음부터 그 말을 꺼내지 말았어야지."

맞는 말이라 할 말이 없었다. 송좌백 녀석이 한숨을 푹 내쉬더니 내게 진지하게 말했다.

"이왕 벌어진 일이라면 약한 모습 보이지 마라. 어차피 겪어야 할 일이라면 시원하게 부딪쳐라. 씨발, 그놈의 잔머리 굴린다고 될 문제도 아니잖아."

녀석의 그 말에 갑자기 답답했던 속이 뚫리는 기분이었다. 살다 살다 이 녀석한테 조언을 듣는 날이 올 줄이야. 유년기를 함께 겪어온 동무라는 게 이런 건가.

"너 정말 송좌백 맞냐?"

"그럼 내가 우현이라도 될까 봐? 나 머리털 있거든."

녀석이 성큼성큼 다가와 숱 많은 머리카락을 들이밀었다. 나는 그것을 밀쳐내며 말했다.

"…하나도 재미없다."

"미친놈. 너 재밌으라고 한 소리 같으냐?"

녀석이 고개를 절레절레 흔들더니 말했다.

"스승님께서 하실 말씀이 있다고 너 혼자 선실로 오란다. 혈마께 사존 어르신의 말씀을 전해드렸으니 소인은 이만 물러갑니다."

송좌백 녀석이 고개를 숙이며 몸을 돌렸다. 나는 그런 녀석을 불렀다.

"야."

녀석이 발걸음을 멈추자 나는 말했다.

"지금 실력 가지고는 호법을 거론하기에는 턱도 없는데."

녀석이 뒤돌아보지 않고 내게 말했다.

"어느 정도 실력이면 되는데?"

"명색이 교주를 지키는 자리인데 혈성급은 되어야 하지 않을까?"

"…그 말 꼭 지켜라."

"호오."

녀석이 고개를 돌리더니 전의가 넘치는 목소리로 내게 선언했다.

"혈교의 좌우호법 자리는 나랑 우현이가 가져간다."

대담한 선언인데. 쌍둥이 녀석들이 호법 자리를 전부 차지하겠다라. 의지가 더욱 샘솟게 해줘야겠다.

"네가 호법이 된다면 단둘이 있을 때는 지금처럼 반말로 막 대할 수 있게 해줄게."

"진짜냐?"

관심을 보이는 녀석을 향해 씨익 웃으며 말해줬다.

"그때까지는 꼬박꼬박 존칭 써라. 반말 쓰다가 스승님한테 걸리지 말고."

송좌백의 얼굴이 급격히 일그러졌다.

호북성을 벗어나 북상하게 되면 신야(新野)에 이른다. 신야에서 동북쪽으로 이십 리 정도 올라가면 야북현이라는 작은 마을이 있다. 마을 북쪽에 자리한 한 장원. 장원 내 별실 상석에서 탁자 위로 하얗게 드러난 다리를 올리고서 부채질을 하고 있는 붉은 머리카락의 여인이 있었다. 그녀는 혈교의 교주 후보 중 한 사람인 백혜향이었다.

백혜향의 우측 옆에는 뇌혈검 장룡이 탁자 위에 펼쳐진 중원 전도를 손으로 짚으며 열심히 무언가를 설명하고 있었다. 이를 백혜향이 지겹다는 듯이 부채질을 하며 듣고 있는데, 누군가 별실의 문을 두드렸다. 똑똑!

"누구지?"

일혈성 장룡의 물음에 밖에서 목소리가 들려왔다.

"백혈단주 나심형입니다."

"들어와라."

문이 열리고 나심형이 들어와 백혜향에게 예를 취했다. 그녀가 귀찮아하며 손을 휙휙 젓자 나심형이 난처하다는 목소리로 보고했다.

"문제가 생겼습니다."

"문제?"

"장강 쪽에서 올라왔어야 할 전서구가 끊겼습니다."

보고를 듣는 둥 마는 둥 하던 백혜향이 부채질을 멈췄다. 그리고 나심형에게 물었다.

"장강이면 홍호현 근방의 부두?"

"네, 파경단주 문율이 임무를 맡은 곳입니다. 그쪽의 전서구만 도착하지 않았습니다. 속단하기는 이르지만 보고를 드려야 할 것 같아서…."

그 말에 일혈성 장룡이 중얼거렸다.

"공교롭군."

단 한 번 날아오지 않은 전서구. 그것이 의미하는 바는 오직 두 가지뿐이었다. 도중에 전서구로 쓰는 비둘기에 문제가 생겼거나, 보내는 쪽에서 문제가 생긴 것이다. 속단하기 어렵다는 것은 그런 의미에서 한 말이었다.

"보고는 그것뿐인가?"

"아닙니다. 무림연맹에서 무림 대회 당시 사망한 자들을 공표했는데… 그중에 제일군사도 포함되어 있습니다."

'…?!'

장룡이 놀라서 되물었다.

"제일군사, 아니 제갈원명이 죽었다고? 그게 정말이냐?"

"틀림없습니다."

"아가씨?"

장룡이 고개를 돌리자 백혜향의 인상이 무섭게 굳어졌다. 이에 장룡이 나심형에게 말했다.

"그 외에 다른 소식은 있나?"

"무림연맹의 본단에 각 파의 장로급 이상 인사들이 모여들고 있습니다."

"…본교와 관련된 어떠한 공표도 없었나?"

"그렇습니다."

"…알겠다. 나가 있게나."

"충!"

나심형이 포권을 취하고서 별실 바깥으로 나갔다. 기척이 완전히 멀어지자 장룡이 입을 열었다.

"아가씨, 우려했던 게 현실이 되었습니다."

"…제갈원명이 살해당했다라…."

이것은 그들이 저지른 짓이 아니었다. 하지만 무림연맹에 있는 첩자들을 통해 제일군사 제갈원명의 행방이 묘연하다는 소식은 이미 접해서 알고 있었다. 이때 장룡은 그녀에게 우려를 표했었다. 만약 제갈원명이 살해당했다거나 하는 일이 생긴다면 진짜 혈마검은 백련하 쪽에서 탈취했을 수도 있다는 가설을 제기했었다.

"부두 쪽의 상황도 그렇고 아귀가 맞아떨어집니다. 아무래도 대비하셔야 할 것 같습니다."

진짜 혈마검이 백련하 쪽에 들어가면 사태가 어떻게 변할지 예측할 수 없게 된다. 존자들과 혈성들 중에는 율령을 더 우선시하는 이들도 있었다. 그들은 신물을 손에 넣은 자를 추대하려 할 것이다.

"재밌네. 아주 재밌게 돌아가."

사태가 심각해졌는데도 백혜향은 오히려 담담한 모습을 보였다. 이런 점 때문에 장룡이 그녀를 따르는 것이기도 했다. 백혜향이 부채로 전도를 가리키며 말했다.

"이탈 확률이 있는 자가 누구지?"

"육 할 확률로 칠혈성입니다. 그는 누구보다 율령을 우선시하는 자입니다."

"그놈의 율령. 흥! 나머지는 믿을 수 있나?"

그런 백혜향의 물음에 장룡이 미소 지었다.

"애초에 그럴 거였다면 정통성에 더 가까운 백련하 아가씨를 지원했을 겁니다. 지금의 본교는 보다 강한 혈마를 원합니다."

백련하의 무위는 백혜향에 미치지 못한다. 설사 혈마검을 얻어 검에 숨겨진 무공 비전을 얻는다고 해도 백혜향을 따라잡기에는 성장 속도나 재능의 격차가 너무 컸다.

'아가씨라면 가능하다. 팔대 고수와 사대 악인의 아성에 다가갈 수 있다.'

초인의 영역에 다가서고 있는 일존마저도 그녀의 천부적인 무재를 인정했었다.

백혜향이 물끄러미 지도를 쳐다보다 두 곳을 가리켰다.

"관건은 삼존과 이혈성이로군."

"그렇습니다."

삼존 혈사왕 구제양, 이혈성 수라도 유백. 구제양의 명성이야 널리 알려져 있는 사실이고, 수라도 유백 역시도 일혈성과 마찬가지로 존자급에 비견된다고 할 정도의 뛰어난 무공 실력을 지녔다. 문제는 두 사람이 제의한 것이었다. 삼존 구제양은 신물을 손에 넣는 이를 모시겠다고 했고, 이혈성 유백은 자격을 갖춘 자를 따르겠다고 했다. 그들 두 사람이 만약 백련하의 산하로 들어간다면 전세는 순식간에 역전되고 만다. 열한 명의 존성들 중 일곱 명이 백련하에게 붙는 사태가 벌어지는 것이다.

"대책은?"

"두 가지가 있습니다."

"말해."

"첫 번째는 검이 백련하 아가씨의 손에 들어가기 전에 강탈하는 수가 있습니다. 안 그래도 사혈성이 근방에 있을 테니 동원할 수 있지요. 하지만 강탈하는 것은 기기괴괴 어르신이 지키고 있어서 힘들 겁니다."

사실 장룡의 머릿속에는 한 가지 수가 더 있었다. 수단과 방법을 가리지 않고 사존 해악천과 소운휘를 죽인다면 혈마검을 빼앗을 수 있다. 하지만 이미 광마단주와 파경단주를 보낼 때에도 그들을 생포하라고 했었다. 백혜향의 유일한 단점.

'…욕망.'

가지고 싶은 것에 대한 집착이 남달랐다. 벌써 한 번 소운휘를 죽이려고 시도했기 때문에 이번에도 거스른다면 그녀의 분노를 피하기 어려울 것이다.

"둘째는…."

그때 그녀가 입을 열었다.

"검을 빼앗는 게 가장 상책이야?"

"…그렇습니다."

"좋아. 그럼 빼앗아. 수단과 방법을 가리지 말고. 단, 소운휘는 살려서 데려와."

"네?"

"한 사람만 살리라고."

뜻밖의 명에 어안이 벙벙했던 장룡이 그녀의 마음이 바뀌기라도 할까 봐 얼른 답했다.

"명대로 하겠나이다."

전부를 생포하는 것은 어떤 식으로든 어렵다. 하지만 단 한 사람 소운휘만 살려서 데려오는 거라면 문제가 달라진다. 백혜향이 계속 말을 이어갔다.

"삼존이 있는 곳이 섬서성 낙천이지?"

"그렇습니다."

"가깝네. 좋아, 구제양과는 내가 담판을 짓겠어."

"아가씨께서 직접 말입니까?"

"그 아이의 산하로 들어가게 내버려두란 것이냐?"

"…옳으신 말씀입니다!"

그녀가 직접 나선다는 말에 장룡은 속으로 대견하게 여겼다. 혈사왕 구제양이 그런 제안을 했다고 해도 혈교의 교주 후보가 직접 찾아간다면 상황이 달라질 수도 있다.

"이혈성의 근거지가 안휘성에 있다고 했나?"

"안휘성에는 제가 직접 다녀오겠습니다."

"말귀는 어둡지 않군."

장룡이 빙그레 웃으며 답했다.

"여부가 있겠습니까."

가장 상책은 검을 빼앗는 것이지만 그것이 실패할 때를 대비해 삼존과 이혈성을 어떻게든 설득할 수 있다면 전세는 여전히 그들이 앞서게 된다. 백혜향이 자리에서 일어나 새초롬한 목소리로 말했다.

"할 일이 정해졌으면 움직여."

"장룡이 명을 받듭…."

쾅!

"끄악!"

그의 말이 미처 끝나기도 전이었다. 바깥에서 커다란 굉음과 함께 비명이 터져 나왔다. 시끄러운 소리가 연달아 터져 나오자, 누가 먼저랄 것도 없이 두 사람 모두 별실 밖으로 뛰어나갔다. 백혜향이 고운 미간을 찡그리며 말했다.

"이게 어찌···."

장룡은 눈앞에서 벌어진 일에 당혹감을 감추지 못했다. 별실 앞을 지키던 교인들이 하나같이 피투성이가 되어 쓰러져 있었고, 백혈단주 나심형이 정체 모를 누군가에게 목을 붙들려 있었다. 나심형이 힘겹게 입을 열었다.

"컥컥··· 모, 모른다고··· 했···."

"모른다?"

콰직!

"끄아아아아악!"

나심형의 왼팔이 무를 뽑듯 강제로 뽑혀 나갔다. 그의 말이 끝나기가 무섭게 벌어진 일이었다.

"네놈 대체 누구야!"

장룡은 생각할 겨를도 없이 정체를 알 수 없는 괴인을 향해 신형을 날렸다. 흑포를 뒤집어쓴 괴인이 나심형을 바닥에 내팽개쳤다. 그러고는 발검술을 펼치는 장룡을 향해 손을 뻗었다.

'어리석은 놈! 그대로 베어주마.'

장룡이 단숨에 놈의 팔을 베려고 했다. 그 순간 믿기지 않는 일이 벌어졌다. 팅! 괴인의 손에 닿은 검이 휘어지더니 이내 튕겨 나가고 말았다.

"큭!"

손바닥이 찢겨 나가는 고통이 느껴졌다.

'말도 안 되는 공력이다.'

속으로 많이 놀랐지만 장룡은 침착하게 괴인의 머리를 향해 각법을 펼쳤다. 발차기가 잔영을 만들어냈다. 그런데 그런 그의 발을 괴인이 아무렇지도 않게 잡아버렸다. 팍!

'헛?'

"잔재주가 많군."

아차 하는 순간, 그의 가슴에 괴인의 검결지가 닿아 있었다. 날카로운 예기가 가슴의 요혈들을 파고들었다. 파파파팍! 장룡이 다급히 경신법을 펼치며 검결지가 파고드는 것을 피하려 했지만, 괴인의 신형도 따라붙고 있었다.

'어찌 이런 괴물이 있단 말인가?'

장룡은 초절정에서도 극에 가까운 고수였다. 그런 그를 마치 아이 다루듯이 상대는 몰아붙이고 있었다. 촥! 그 순간 붉은빛의 궤적이 그들 사이를 갈랐다.

'아가씨!'

백혜향이 나선 것이었다. 괴인이 자리에서 멈춰 섰다. 덕분에 장룡은 위험을 피할 수가 있었다.

"예기를 몰아내."

"아, 알겠습니다."

오장육부를 찢어놓으려는 날카로운 예기 때문에 이를 몰아내기 위해 전력으로 운기를 해야만 했다.

"너 뭐야?"

백혜향이 선홍빛으로 물든 모조 혈마검을 괴인에게 겨냥하며 물었다.

흑포를 머리에까지 뒤집어써서 코밑 부분만 희미하게 보이는데, 풍기는 기운이 심상치가 않았다. 괴인이 입을 열었다.

"혈마의 후인이 살아 있을 줄이야."

그 말에 백혜향의 붉은 눈동자에 살기가 어렸다. 백혜향의 손이 번개처럼 움직이자 검이 복잡하게 궤적을 그리며 괴인을 뒤덮었다. 이에 괴인이 뒷짐을 진 채 발을 움직였다.

'이럴 수가!'

이를 지켜보는 장룡이 경악을 금치 못했다. 백혜향이 펼치는 검초를 괴인은 그저 다섯 보 내의 거리 정도로만 발을 움직이면서 유유히 피하고 있었다. 최소한의 움직임만으로 말이다.

'서, 설마…'

백혜향이나 자신을 상대로 이 정도 무위를 보여줄 자는 세상에 많지 않았다. 무림에서 초인의 영역에 들어섰다고 불리는 열두 명의 괴물들. 그들만이 저런 신기가 가능했다.

'대체 누구지?'

얼굴이 잘 보이지 않아 정체를 가늠하기가 어려웠다. 괴인이 백혜향의 검을 피하며 입을 열었다.

"굉장한 재능을 지녔구나. 이 나이에 극에 이르다니."

너무도 쉽게 검을 피하면서 이런 말을 하는 것은 그녀를 자극하고 말았다.

"죽인다, 너!"

백혜향의 눈동자에 서린 붉은 안광이 강해졌다. 그 순간 그녀의 검이 지금까지의 속도보다 훨씬 빨라지기 시작했다. 이에 괴인이 뒷짐 지던 손 중에 하나를 풀었다. 그러고는 펄럭이는 흑포 자락으로 백혜향이 휘두르던 검을 휘감았다. 퍽! 검이 묶이자 괴인이 쾌속한 손놀림으로 그녀의 손목을 움켜잡았다. 백혜향이 인상을 찡그렸다. 공력을 아무리 가해도 손을 움직일 수가 없었다.

'나보다 공력이 강하다고?'

믿을 수가 없었다. 그녀는 일존마저 인정할 만큼 괴물 같은 내공을 지니고 있었다. 그런 자신이 공력으로 밀린 것이다.

"혈마의 후예라면 네가 이곳의 수장인가? 그렇다면 잘 알겠구나."

"…무슨 헛소리를 지껄이는 거야!"

백혜향이 검에서 손을 떼고 지공을 펼쳤다. 그녀의 왼손 검지가 한 자루의 투창처럼 강렬한 기세로 괴인의 미간을 노렸다. 너무도 가까웠기에 피하기 어려운 거리였으나, 그녀의 검지가 괴인의 검지와 중지 사이에 걸려버리고 말았다. 팍!

"괄괄하고 호전적인 것이 누구와 빼닮았구나."

괴인이 고개를 절레절레 흔들며 손가락을 비틀었다. 이와 함께 그녀의 몸이 빙글빙글 회전하며 이내 바닥에 곤두박질쳤다. 백혜향이 비틀거리며 몸을 일으키려 하자, 괴인이 그녀의 목을 수도로 내리쳤다. 픽! 그러자 그녀가 실이 끊어진 인형처럼 바닥에 쓰러지고 말았다.

"강단이 있군. 비명조차 지르지 않다니."

괴인이 혀를 차더니 이내 그녀의 머리 위로 발을 올렸다.

"안 돼에에에!"

예기를 완전히 몰아내지 못한 장룡이 그녀의 위기에 운기를 포기하고서 신형을 날렸다.

"멈추는 게 좋을 거다."

'…?!'

백혜향의 머리 위에 있는 괴인의 발에 힘이 들어가는 것을 보고서 멈춰야만 했다.

"끄윽!"

장룡이 피를 한 움큼 게워냈다. 공력을 일으키면서 날카로운 예기가 속을 뒤집어놓았기 때문이다. 장룡이 힘겹게 입을 열었다.

"…멈추시오. 대체 귀하께서는 누구시기에 이러는 것이오?"

"그건 네놈이 알 바 아니다."

괴인이 이와 함께 품속에서 서지 하나를 꺼냈다. 그것을 펼치자 그 안에 상당한 미남의 얼굴이 그려져 있었다. 놀랍게도 그 얼굴은 사마영의 인피면구 얼굴이었다. 장룡이 눈살을 찌푸렸다.

'누구?'

처음 보는 얼굴이었다.

"이자의 흔적을 따라 광동성과 광서성 사이에 있는 산봉우리들이 지천인 곳으로 갔더니, 그곳을 무림연맹의 문파들이 습격했다고 하더군."

'습격? 설마….'

무슨 말인가 싶어 곰곰이 생각하던 장룡의 머릿속에 육혈곡이 스쳐 지나갔다. 최근에 본교와 관련되어 무림연맹과 부딪친 곳은 오직 그곳뿐이었다.

"이 얼굴을 아느냐, 모르느냐?"

"모르오."

안타깝게도 그는 저 얼굴을 본 적이 없었다.

만약 등정 객잔에 있었다면 짐작이 가능했겠지만, 백혜향에게도 마음에 드는 계집이 있다는 식으로만 전해 들었기에 더욱 짐작하기 어려웠다.

"대체 누구기에 이렇게…."

"네놈들이 있을 만한 흔적을 뒤쫓다 보니 이곳까지 오게 되었다. 전서구의 암호가 생각보다 간단하더구나."

'하!'

장룡은 어처구니가 없었다. 그 말인즉 자신들이 쓰고 있는 전서구를 잡아다가 암호를 해독하고서 추적했다는 소리가 아닌가. 괴물 같은 무공만큼이나 머리가 굉장히 좋은 자였다.

'…!!'

그때 그의 머릿속에 두 명이 떠올랐다. 팔대 고수와 사대 악인 중에서 뛰어난 두뇌를 지녔다고 알려진 두 사람이 있었다. 만박자 두공과 월악검 사마착. 그중에 검을 쓰는 자는 단연 후자였다.

'워, 월악검?'

장룡은 그가 월악검 사마착이라 확신했다. 제갈 세가와 더불어 사마 세가의 두뇌는 무림도 인정할 수밖에 없지 않았는가.

'사대 악인이라니…'

최악의 사태였다. 월악검 사마착의 악명이나 잔인한 손속을 무림 인치고 모르는 이가 누가 있겠는가. 한동안 무림에서 자취를 감췄던 괴물이 하필 이곳에 나타난 게 어이없을 지경이었다.

'그럼 저 그림 속의 젊은이가 월악검의 분노를 샀단 말인가?'

그렇지 않고서야 이 악명 높은 괴물이 이렇게까지 뒤쫓을 리가 만무했다. 흑포의 괴인이 발밑을 쳐다보며 말했다.

"이 아이를 살리고 싶겠지? 그럼 어디에 있는지 찾아내라."

장룡은 머리가 멍해졌다. 한 번도 본 적이 없는 얼굴을 찾으라니 답답할 지경이었다.

저자가 누군지는 모르겠지만 하필 사대 악인의 분노를 사고서 본교에 숨어들어와 이렇게 곤란한 상황을 만드는지, 오히려 자신이 놈을 찾아내 응징하고 싶은 심경이었다.

'아!'

그 순간 장룡은 좋은 생각이 떠올랐다.

'육혈곡으로 향했다면 어차피 저쪽에 있지 않겠는가.'

그렇다면 사실을 알려주면 된다. 단 한 가지 사실을 덧붙여서 말이다.

"계속 숨기겠다면 어쩔 수 없군. 나는 성미가 급한 사람이다."

"잠깐! 기다리시오. 뭔가 오해가 있는 듯하오."

"오해?"

"본교는 정사 대전 이후 오래전에 파벌이 나뉘었소."

"파벌이 나뉘어?"

"육혈곡에서 그자의 흔적을 찾았다면 우리 쪽에서 데리고 있는 자가 아니오."

"허튼수작 부리지 마라."

괴인의 발에 힘이 들어가려 했다. 장룡이 다급히 외쳤다.

"정말이오! 원한다면 그들의 소재를 알려줄 수 있소. 그들이 귀하가 찾는 자를 숨겼을 거요."

"…그걸 내가 어찌 믿지?"

"내 주군의 목숨이 달려 있는데 어찌 거짓을 말하겠소. 증거를 원한다면 얼마든지 댈 수 있소."

이에 괴인이 고민하는 듯이 턱을 쓰다듬더니 말했다.

"그놈들이 어디에 있지?"

그 말을 들은 장룡이 속으로 쾌재를 불렀다. 전화위복이라는 말

115

이 이럴 때 쓰이는 것만 같았다.

'손도 대지 않고 코를 풀 수 있겠구나.'

* * *

안개가 짙은 장강의 배 위. 선실에 들어가자 해악천이 혼자서 술을 따라 마시며 나를 기다리고 있었다. 산공독으로 그렇게 데이고서 또 술을 마시다니 어찌 보면 대단했다.

"클클. 앉으십시오."

아… 이상하게 말투가 불편하게 느껴진다. 백련하에게 존대할 때도 어색하게 느꼈었는데, 나한테 하니까 더욱 그렇다. 맞은편 자리에 앉자 해악천이 내게 말했다.

"그간을 생각하면 노부가 참 무례하게 굴었던 것 같습니다."

'…'

순간 머릿속으로 그가 절벽에 나를 거꾸로 매달았던 것과 구타를 비롯해 여러 지옥 같은 나날들이 스치고 지나갔다.

―좋네. 이럴 때 갚아줘.

소담검이 내게 말했다.

뭘 갚으라는 건지? 그때는 왜 그러셨어요?, 하고 따지기라도 하란 말인가. 아직 내가 정말로 혈마의 피를 이었는지도 정확히 알 수 없는데, 그런 말은 언감생심 입 밖으로도 안 나왔다.

"…스승님, 그냥 편하게 대해주십쇼."

해악천이 내게 커다란 손바닥으로 손사래를 치며 말했다.

"노부가 어찌 혈마께 그런 우를 범하겠습니까? 불편해하시지 말기 바랍니다."

굉장히 불편했다. 굉장히 어색하고.

"둘만 있을 때는 편하게 대해주십시오. 그게 편할 것 같습니다."

그래도 스승으로 모시는데 한 번 더 권하는 게 맞겠지. 그러자 해악천이 씨익 웃더니 말했다.

"클클. 알겠다, 이놈아."

'하!'

어떻게 조금도 망설이지 않고 받아들이지?

어처구니가 없었지만 미친 노인네답다는 생각이 들었다. 그때 해악천이 내 바로 앞에 있는 잔에 술을 따라주며 말했다.

"돌려서 말하기는 그렇고 단도직입적으로 물으마. 혹시 네 조부나 모친이 무쌍성의 비월영종과 관계가 있느냐?"

'…!!'

순간 나는 말문이 막혔다.

분명 혈마에 관한 이야기를 할 거라고 짐작했었다. 그런데 해악천의 입에서 무쌍성의 비월영종이 곧바로 거론될 줄은 꿈에도 몰랐다.

―뭐야? 비월영종이 혈교와 관련이라도 있대?

소담검이 관심을 보였다. 그렇게 묻는다고 나라고 알 리가 있나. 심지어 비월영종조차 어떤 곳인지도 몰라 하오문에 의뢰를 넣지 않았는가.

해악천이 수염을 쓰다듬으며 말했다.

"네 반응을 보아하니 관계가 있는가 보구나."

"아닙니다. 솔직히… 모르겠습니다."

"모른다고?"

"…네."

"흐음, 전에 네 외조부가 본교의 교인 출신이라고 했었지?"

'아!'

한동안 잊고 지냈었다. 사혈성 도장호를 처음 만났을 때 위기에서 벗어나기 위해 지어낸 거짓말이었다. 일 년도 훌쩍 넘어서 까맣게 잊고 있었는데 큰일 날 뻔했다.

—네가 이걸 까먹었다고? 참 별일이네.

'그러게.'

같이 생사의 위기도 넘기고 나름 정이 들었다고 방심했다. 확실히 첩자 시절에는 늘 생사가 왔다 갔다 하는 상황인지라 항상 긴장해서 이런 실수를 하지 않았는데, 요즘 들어 지금의 나 자신에 맞춰서 변해가는 것 같다.

'긴장하자.'

방심은 금물이다. 나는 해악천을 보며 사연이 있는 듯이 어두운 얼굴을 하고서 말했다.

"…맞습니다. 어머니께서는 늘 그렇게 말씀하셨죠. 지금까지도 그렇게 알고 있었습니다. 하지만 지금은 모르겠습니다."

"뭐가 모르겠다는 게야?"

해악천이 의아해하며 물었다. 이에 잠시 고민하던 나는 품속에서 무언가를 꺼내 들었다. 그것은 바로 비월영종의 패라 짐작하는 어머니의 유품이었다.

—보여주려고?

'숨긴다고 될 문제도 아니잖아.'

나 역시도 알고 싶었다. 어머니가 비월영종의 사람이 맞는지. 그리고 비월영종이 혈교와 대체 무슨 관계인지 말이다.

옥패를 본 해악천의 눈이 가늘어졌다.

"이걸 어디서 난 것이냐?"

"임무로 익양 소가에 돌아갔을 때… 가주께서 어머님의 유품이라며 주셨습니다. 이때 알게 되었습니다. 제가 여태껏 알고 있던 가주는 제 친부가 아니었습니다."

나는 상심에 찬 표정을 지으며 살짝 눈시울을 붉혔다.

─너 억지로 눈물도 쥐어짤 줄 아냐?

연기의 기본은 감정을 통제할 줄 아는 거다. 이 정도는 식은 죽 먹기나 다름없다.

소담검이 혀를 내둘렀다.

"네 모친께서 아무래도 많은 것을 숨긴 듯하구나."

예전과 달리 나를 향한 믿음이 있었기에 큰 의심을 하지 않았다. 사실 그렇다기보다는 옥패로 관심이 쏠려 있었다. 이 옥패가 무엇인지 아는 것일까? 해악천이 옥패를 들고서 등불에 비추며 입을 열었다.

"허어… 오랜만에 보는구나, 비학월패."

"비학월패?"

"클클. 고작 갓 약관에 불과한 네가 어찌 이 패를 알겠느냐?"

나는 놀라서 그에게 물었다.

"스승님께서는 뭔가 알고 계시는 겁니까?"

"모를 리가 있겠느냐? 지금의 젊은 녀석들은 알지 못하는 이 패의 기원조차 알고 있느니라."

기원조차 안다고? 의아해하고 있는데, 해악천이 등불에 비친 옥패를 보이며 말했다.

"옥패 전체를 달로 보이게 할 만큼 정교하고 감각적으로 만들 수 있는 곳은 무림과 같은 곳이 아니지."

"그게 무슨 말씀이신지?"

"이 옥패는 황실에서 하사한 것에서 기원되었느니라."

'…?!'

황실이라니? 뜬금없이 나온 황실이라는 말에 나는 어안이 벙벙했다. 대체 비월영종은 어떤 곳이기에 해악천이 황실마저 거론한단 말인가?

"비월영종은 참으로 기구한 종파였다. 어디서부터 이야기해줘야 하나."

머리를 긁적이던 해악천이 이윽고 술잔에 손가락을 살짝 담갔다가 술 방울로 탁자에 글씨를 새겼다.

혈마(血魔)

"본교의 시초인 것은 네 녀석도 잘 알 것이다."

모르는 이가 세상에 있겠는가. 해악천이 그 밑에다 세로로 두 줄을 연결했다. 그리고 말했다.

"이것을 아는 이들은 본교에서도 몇 되지 않지. 혈마의 계보는 둘로 나뉜다."

"둘?"

정말 처음 듣는 이야기였다. 해악천이 술 방울로 글씨를 새겨 넣었다.

백천강(白天強), 백지웅(白地雄)

해악천이 그 두 이름 중 '백지웅'에 동그라미를 치며 말했다.

"이분이 이대 혈마이시다."

"이대 혈마?"

이상했다. 이름만 보면 분명 백천강이 장자인 것 같은데, 무림도 그렇고 관(官)도 그렇고 예전부터 어지간한 경우가 아니면 장자가 그 후임을 물려받지 않는가.

"의아한가 보구나. 클클."

"백천강이라는 분이 장자가 아니신지?"

"맞다. 네 짐작대로 백천강께서 장자이셨지. 하나 그분은 차기 교주가 아닌 관에 뜻을 두셨었지."

참으로 특이한 경우다. 무림과 관은 어찌 보면 전혀 다른 세계라 할 수 있다. 심지어 당대에 와서는 불가침 조약으로 서로가 간섭하지 않고 있다.

"무공도 그렇지만 학문에 조예가 깊었던 백천강께서는 당당히 장원급제 하여 벼슬길에 오르셨다. 높은 학문에다 고고한 학과도 같은 인품에 반한 당대 황상께서는 백천강께 비학(飛鶴)이라는 칭호와 함께 이 옥패를 하사하셨다."

'아…'

사파의 정점이라 할 수 있는 혈마의 자제가 관인이 되다니. 참으로 놀라운 비사였다.

"그분께서는 이대 혈마가 아닌 일대 비학월가의 시초가 되셨지. 참으로 존경스러운 일이라 할 수 있지 않느냐?"

'비학월가?'

아직까지는 한 가문의 명칭을 쓰고 있었다. 한데 의문이 들었다. 혈마는 무림을 피로 물들이고자 하는 광기를 지닌 위인이었다. 만약 황실에서 백천강의 부친이나 그의 정체를 알게 된다면 과연 어떻게 나왔을지 말이다. 그 의문을 해악천이 풀어주었다.

"하나 그분의 태생, 즉 피가 비학월가의 발목을 붙잡게 되었다."

"…어찌 말입니까?"

"그분이 벼슬을 할 때는 문제 되지 않았다. 하지만 육대조까지 내려와 그 당대 황상인 금상제(金上帝)가 보위에 오르면서 비극이 시작되었지."

'금상제!'

─누구길래 놀라는 거야?

금상제 주양선. 연나라를 세운 태조 이래로 무림과의 전쟁을 선포한 황제이다. 무림과 관이 가장 최악으로 치달았던 시기라 할 수 있었다. 금상제 시절에는 조금이라도 무림과 관련된 단체는 삼족까지 멸하려던 시기였는데, 그때 최초로 정사가 손을 잡았다고 들었다.

"금상제의 무림 박해는 결국 황실에서 육대째 벼슬을 하고 있는 비학월가에까지 미치게 되었느니라."

"쫓겨난 것입니까?"

"금상제는 비학월가를 내치고 멸하려 했지. 하나 한 뿌리에서 난 비학월가가 난처해지는 것을 어찌 본교에서 지켜볼 수 있었겠느냐."

"비학월가를 도왔습니까?"

"그래. 본교에서는 모든 것을 동원하여 비학월가가 무사히 금상제의 손에서 벗어날 수 있도록 도왔다."

"…본교와의 관계가 무림에 드러났겠군요."

당연히 드러날 수밖에 없었을 것이다. 혈교에서 특정 가문을 도 왔는데 모를 수가 있겠는가.

"그럼 비학월가는 다시 본교로 돌아온 겁니까?"

"아니다. 선대인 백천강 시절부터 사파의 길을 벗어던지고 관을 택한 그들이 어찌 본교에 돌아오려고 하겠느냐."

"아! 그럼 그때 무쌍성에 들어간 것입니까?"

"클클. 그렇다. 무림에서 정사에 속하지 않고 중도의 길을 걷는 곳 이 바로 무쌍성이었지. 자신들을 보호해줄 울타리를 찾던 비학월가 는 무쌍성으로 들어갔느니라."

하긴 혈교의 비호를 받은 게 드러난 비학월가였다. 정파 무림연맹 에서는 그들을 아니꼽게 보았을 것이다. 그렇다고 다시 혈교로 돌아 가는 것은 비학월가에 있어서 선대조의 유훈을 어기는 셈이었을 것 이다.

'흠….'

그런데 한편으로는 이런 생각도 들었다. 아무리 비학월가가 사파 의 길을 벗어났다고 해도 금상제의 무림 박해 당시 도움을 받았는 데, 그 은혜를 가벼이 여겼을까? 어쩌면 혈교에서 그들을 받지 않았 을지도 몰랐다.

―응? 왜?

비학월가의 뿌리는 혈마에서 시작된다. 그 말인즉, 비학월가 역 시도 혈교의 교주를 계승할 수 있는 자격이 있다는 의미가 된다.

'아! 맞네? 받아줘야 경쟁자만 늘어나는 셈이네.'

아마 그 이유도 컸을 것이다. 그렇지 않았다면 혈교에서도 다시 돌아오기를 계속 권하지 않았겠는가. 무쌍성도 어찌 보면 무림의 패권을 다투는 단체이다. 그곳에 들어가면 부딪치는 관계가 될 수 있으니 말이다.

　―참 인간들은 복잡하게 산단 말이야. 쯧쯧.

　그러게 말이다. 권력과 재화 앞에서는 부모 형제도 없는 게 인간이다.

　"그렇다면 무쌍성에 들어간 비학월가가 비월영종이 된 것입니까?"

　"클클. 역시 잘 이해하는구나. 그렇다. 비월영종의 전신은 비학월가이고, 그 뿌리는 바로 본교인 것이다."

　"아아⋯."

　결국 비월영종의 근원은 혈교에서 비롯된 것이다. 그 말인즉, 어머니나 내 친부가 비월영종의 사람이라면 나는 혈마의 계보에 들어가게 된다.

　―흥. 이 몸이 말하지 않았느냐.

　혈마검이 혀를 차며 내게 말했다.

　네가 그렇게 말한다고 선뜻 내가 어떻게 믿나. 게다가 혈교의 첩자로 전생을 살아왔지만 여태껏 그 뿌리가 정파의 익양 소가인 줄로만 알고 있던 나였다. 뭔가 심경이 복잡해지려 하는데 해악천이 내게 말했다.

　"클클. 참으로 기쁜 일이 아닐 수가 없구나."

　"네?"

　"그분의 피를 이어받은 직계가 이렇게 살아남아 본교로 돌아왔다. 이것이야말로 운명이라 할 수 있지 않겠느냐."

운명? 정말 운명이란 말인가.

해악천이 기쁜 목소리로 내게 말했다.

"네 존재로 그분의 피가 무사히 이어나갈 수 있게 되었구나. 돌아가신 교주께 부끄럽지 않게 되었도다. 하하하하하핫."

"…스승님, 백련하 아가씨와 백혜향 아가씨도 있는데 어찌?"

"클클. 이놈아, 어찌 직계와 같을 수 있겠느냐."

아… 이래서 해악천이 기뻐했던 것이었나. 백련하나 백혜향이 혼인을 하여 아이를 낳는다면 그 아이는 직계라고 보기 어렵다. 남자가 대를 잇는 직계가 뒤집히게 되니 말이다.

"그런데 스승님, 제가 직계인지 아닌지 어찌 확신하십니까? 황실에서 하사했다는 비학월패 때문에 그러시는 거라면 속단하기 이르지 않습니까? 만약 저희 어머니께서 비월영종 출신이라면 저 역시도…."

피가 섞이긴 했어도 직계가 될 수 없다. 그렇다면 오히려 친부 쪽의 직계가 되는 것이다. 그 말에 해악천이 웃던 것을 멈추고 인상을 찡그렸다.

─좋다 말았다는 표정이네.

심경이야 이해가 간다. 혈마의 직계가 끊어지고 그 명맥을 백혜향과 백련하를 통해 겨우 이어나가려다가, 혈마의 직계일 수도 있는 내가 나타났다. 그런데 만약 직계가 아니라면 백혜향이나 백련하와 별 차이가 없지 않은가. 그때 해악천이 나를 뚫어지게 쳐다보더니 말했다.

"만약 그렇다면 백련하 아가씨나 백혜향 아가씨와 혼인을 해서라도 피를 더욱 견고하게 해야겠구나."

'…?!'

이건 또 무슨 소리야.

"…스승님."

나는 한숨을 푹 내쉬며 해악천을 불렀다.

"클클. 왜 싫으냐?"

그걸 말이라고 묻는 건가.

"제게 그분의 피가 조금이라도 섞여 있다면 같은 혈족이 아닙니까?"

"그게 무슨 상관이냐?"

"상관이 있지요. 먼 친척이자 먼 형제자매…."

"후대에서 둘로 나뉘어 촌수로 치면 수십 세대나 떨어졌는데 무엇이 문제라는 것이냐?"

"하나 시초가 같지…."

"이놈아, 예부터 가문의 혈속을 단단히 하기 위해 먼 혈계끼리의 결합은 종종 있는 일이다."

"…."

"황족도 그렇고 정파의 당가나 모용 세가만 하더라도 당가타나 연족 마을을 이뤄 직방계들끼리 맺어줘 피를 잇곤 하느니라. 무엇이 대수라고 정색까지 하느냐?"

구구절절 틀린 말은 없었다. 하지만 나는 그런 식으로 혈속을 강화하기 위해 정략혼인을 할 생각이 없었다. 더군다나 백련하나 백혜향이 그걸 받아들일 것 같은가.

―죽이려 들지 않으면 다행이지.

소담검이 키득거리며 말했다.

심각한 상황인데 너는 이게 재밌나 보네. 아무래도 해악천에게 여기에 따르는 문제들을 구체적으로 거론하는 편이 나을 듯했다.

"스승님."

"왜 또 할 말이라도 있느냐?"

"혈속을 강화하는 것을 논하기 전에 두 아가씨가 더 문제이지 않습니까?"

"아가씨들?"

"제가 혈마검을 얻었다고 그분들까지 선뜻 납득하실지 잘 모르겠습니다."

"이놈아, 율령이 괜히 있는 줄 아느냐?"

"그분들의 입장은 다르지요."

애초에 그들의 목표는 혈교의 교주, 즉 혈마가 되는 것이었다. 한데 갑자기 교주가 아니라 혈속 강화를 위해 교주 배필이 되라고 하면 그들 입장에서는 과연 어떻게 나올까?

"적이 되지 않는다고 확신할 수 있겠습니까?"

원래부터 호전적인 백혜향은 둘째 치고 백련하도 적이 될 공산이 너무 높았다. 그녀에게는 믿었던 이들에게 뒤통수를 맞은 것이나 다름없기 때문이었다.

"크흠."

그런 내 뜻을 알아들었는지 해악천이 수염을 쓰다듬으며 인상을 썼다. 상황의 심각성을 깨달았을까? 그때 해악천이 진지한 얼굴로 내게 말했다.

"그 정도 각오도 하지 않고 노부가 네 녀석을 선택했을 것 같으냐?"

127

"각오를 하셨다고요?"

"그래, 이놈아. 그럼 제자 녀석이 혈마의 길을 걷겠다고 공언하는데, 아가씨를 위한답시고 네놈을 내치기라도 하길 바랐던 것이냐?"

'…?!'

해악천의 본심에 나는 순간 말문이 막혔다. 나는 그가 혈교의 부흥을 더욱 우선시해서 그런 선택을 했다고 여겼다. 한데 그 역시도 척을 지는 것을 각오했다고 한다.

─…미친 노친네가 갈수록 의외네. 운휘 너를 진짜로 아끼는 것 같은데.

소담검의 말에 나는 아무 대답도 하지 않았다. 그 정도는 나도 느끼고 있었다. 그래서 흔들렸다.

'망할…'

혈교에 충성해서가 아니라 그가 나에게 진심으로 대하는 만큼 보답을 하고 싶어졌다. 해악천의 기대에 부응하고 싶어지는 것이다. 입을 다물고 있는데 해악천이 말했다.

"흥. 까탈스러운 녀석. 제자 시절 같았으면 혼꾸멍을 내주고 싶다만, 이제는 네 녀석 말을 무시할 수 없으니 서로 한 발 물러나자꾸나."

"그게 무슨 말씀이십니까?"

"노부가 네게 혼인 얘기를 꺼낸 것이 단순히 혈족의 피를 견고하게 하기 위한 것 같더냐? 네 말대로 두 아가씨와의 문제를 해결하기 위함이다."

"해결하기 위함이라뇨?"

"어차피 두 아가씨와는 부딪치게 되어 있다. 하나 가장 좋은 것은 어떠한 피도 흘리지 않고 너를 중심으로 혈교가 통합되는 것이지."

그건 맞는 말이었다. 이파전도 아니고 삼파전으로 나뉘어 내분이 벌어지면 결국 혈교 자체의 전력을 깎아 먹는 일이다. 그렇게 된다면 혈교의 재건도 힘들어질 수밖에 없다. 이는 백혜향, 백련하 측도 인지하고 있을 것이다.

"율령이 있다고는 하나, 네놈 말대로 백련하 아가씨 곁에 있는 혈수마녀나 백혜향 아가씨 곁에 있는 장룡 같은 놈들은 오래전부터 두 아가씨를 모셔왔기에 변수가 생길 수도 있다."

"부딪칠 수도 있겠지요."

"그렇게 된다면 현재로서 가장 불리한 것은 네 녀석이다."

해악천이 말하는 것은 각 파벌의 세력 구도인 듯했다. 현재 백혜향의 산하로 일존, 일혈성, 오혈성, 칠혈성 등이 따르고 있다. 그리고 백련하 아가씨의 산하로 이존, 삼혈성, 육혈성 등이 있다.

─네가 제일 불리하네.

당장에는 그렇다. 스승님과 사혈성 도장호가 있지만 세력에서 현저히 밀린다. 우리가 키운 전력의 대다수가 백련하 곁에 있기에 수적으로는 두 세력 어디에도 견줄 수가 없다. 이런 상황에 율령만을 믿고 안일하게 대처한다면 오히려 역습을 당할 수도 있다. 가령 혈마검을 빼앗아 반전을 노릴 수도 있기 때문이다.

"세력 구도를 맞춰야겠군요."

"그래. 지금 상황에서는 구제양 놈과 유백 녀석을 네 휘하로 끌어들여야만 어느 정도 격을 맞출 수 있지."

삼존 혈사왕 구제양, 이혈성 수라도 유백. 두 존성은 아직까지 누구의 밑으로도 들어가지 않았다.

"제 놈들 입으로 혈마검을 얻은 자를 따르겠다고 공언했으니, 녀석들과 접촉해서 산하로 거둬야 할 거다."

"…알겠습니다. 한데 서로 한 발짝 물러서자는 말씀은 무슨 의미입니까?"

무엇을 흥정하려는지가 궁금했다. 해악천이 비학월패를 내 쪽으로 내밀며 말했다.

"네 녀석이 직계인지 아닌지 알아내서 만약 직계라면 노부도 아가씨들과의 혼인을 통한 결속 이야기를 꺼내지 않으마."

"…그 말씀은?"

"만약 네 모친이 비월영종 출신이라면 네 녀석도 한 발 물러서도록 해라."

"한 발 물러서라는 게 혼인이라도 하라는 말씀입니까?"

"그래."

'하!'

너무 저를 바보로 아시는 거 아닙니까? 이건 조삼모사(朝三暮四)가 아니던가.

"스승님, 어차피 직계라면 굳이 아가씨들과 혼인하지 않아도 되는데, 스승님께서 한 발 물러서신다는 것은 어떤 연유에서인지?"

나의 말에 해악천이 심드렁한 표정으로 중얼거렸다.

"흥. 이래서 눈치 빠른 녀석들이 싫다니까."

'…?!'

하마터면 당할 뻔했다. 해악천이 아쉽다는 듯이 중얼거리더니 내게 말했다.

"좋다. 그렇다면 두 사람까지는 바라지 않으마. 한 사람이라도 시도해보자꾸나."

"시도요?"

"그래. 강제로 하라는 게 아니라 접촉해보자는 거다."

"…그 한 사람이 누구입니까?"

"백련하 아가씨다."

아아… 어떻게 짐작을 벗어나지를 않는 걸까?

"백련하 아가씨는 전대 교주님의 남은 혈육이다. 정통성을 가지신 분이다. 그리고 현 상황에서 가장 네놈에게 호의적이기도 하지."

"…어떤 점이 호의적이라는 거죠?"

"노부가 눈치도 없는 줄 아느냐? 아가씨가 네놈에게 대하는 태도와 쳐다보는 눈빛만 봐도 알 수 있느니라."

이렇게 눈치 빠른 분이 여태 혼자이신 이유가 궁금했다. 한데 여기에도 문제가 있지 않은가.

"스승님, 가져오라는 혈마검을 제가 취했는데, 백련하 아가씨가 저를 달갑게 여기실 것 같습니까?"

아까도 그리 이야기했건만. 그런데 해악천이 딱 잘라서 말했다.

"만약 아가씨께서 거절한다면 노부도 더는 말하지 않으마."

이 이상은 양보할 수 없다는 의지가 굉장히 강했다. 한숨이 절로 나오는 상황이었다.

백련하 아가씨가 만에 하나라도 해악천의 제안을 받아들이는 상황이 되면, 나는 꼼짝없이 그녀와 혼인해야 한다는 것이 아닌가.

—에구구. 우리 사마영이 어째? 그 불여우랑 백련하와 엮일 일이 없다고 좋아했는데.

소담검의 말에 나는 순간 좋은 생각이 떠올랐다. 해악천이 혼인에 관해서 더는 말을 꺼내지 않게 할 방법 말이다.

"스승님."

"받아들일 것이냐? 받아들이지 않을 것이냐? 그것만 얘기하거라."

"하나만 말씀드려도 괜찮습니까?"

"흥! 이놈아, 잔머리를 굴려도 소용없느니라."

"들으시는 편이 좋을 텐데요."

그런 나의 말에 해악천이 의아했는지 인상을 찡그리며 물었다.

"무엇을 말이냐?"

"사마 소저가 저를 좋아합니다."

"사마 소저? 사마영을 말하는 것이냐? 걔가 너를 왜 좋아… 뭣?"

해악천이 화들짝 놀랐다. 그도 그럴 것이 그녀의 정체를 아는 사람은 오직 나와 그뿐이었다. 사대 악인 중 하나인 월악검 사마착의 딸이라는 것을 알기에 해악천 역시도 그녀에게 조심스럽게 대했었다. 해악천이 어처구니없다는 듯이 호통을 쳤다.

"네놈이 제정신인 것이냐?"

"스승님, 목소리가 너무 크십니다."

그런 내 말에 선실 밖을 의식했는지 해악천이 속삭이는 목소리로 다그쳤다.

"이놈아, 사대 악인이다, 사대 악인! 그게 무엇을 의미하는 줄 아느냐?"

"…알고 있습니다."

"그들이 왜 어느 단체에도 속하지 않는 줄 아느냐?"

당연히 모를 리가 있나. 악인이라는 칭호가 괜히 생겨난 것이 아니었다. 그들은 수가 틀리면 사람 죽이는 일을 예사로 여기는 자들이었다. 누구에게도 통제되지 않고 제멋대로이기에 무림인들을 물론이거니와 중원인들 모두가 사대 악인을 두려워했다.

"뭘 했길래 그 아이가 너를 좋아한다는 게야?"

"…아무것도 하지 않았습니다."

그런 나의 대답에 해악천이 혀를 차며 말했다.

"그 아이는 사대 악인의 여식이야. 괜히 함부로 건드렸다간 무슨 사달이 날지 모른다. 지금이라도 정을 붙이지 않게 거리를 두거라."

"계속 거리를 뒀습니다."

"그런데 너를 왜 좋아하는 게야!"

"사마 소저의 마음을 제가 어찌 알겠습니까?"

"됐다. 아직까지 만난다거나 하는 교류가 없었다면 그 아이에게 괜히 여지를 주지…."

"스승님."

"…무슨 말을 하려고 그러는 게야?"

"사마 소저가 아까 전에 제게 입맞춤을 했습니다."

'…?!'

폭탄 같은 그 말을 듣자마자 해악천이 말로 형용할 수 없는 표정이 되었다. 두통이라도 난 것처럼 이마를 손으로 감쌌다. 사마영을 방패 삼아 미안하긴 하지만 이런 강경한 수라도 써야지, 해악천이 더는 혼인을 거론하지 않을 것 같았다.

해악천이 고개를 절레절레 흔들며 말했다.

"너란 녀석은 대체…."

그의 말이 미처 끝나기도 전에 여기저기서 우르르 뛰어가는 소리가 들렸다. 이윽고 선실로 누군가 다가와 문을 두드렸다.

"이야기는 뒤로 미루셔야 할 것 같습니다."

목소리의 주인은 다름 아닌 사혈성 도장호였다. 문을 열고 나가자 배에 승선했던 교인들이 갑판으로 전부 나가고 있었다.

해악천이 의아해하며 물었다.

"무슨 일이길래 그러나?"

"전방에서 커다란 배 세 척이 다가오고 있습니다."

"설마 수로채인가?"

해악천이 말한 수로채란 장강수로십팔채(長江水路十八寨)를 뜻할 것이다. 그들은 장강의 지배자라고 불리는 수적이었다. 무림인들로 이루어진 그들은 흑도의 무리들로 혈교가 없는 사파에서 녹림(綠林)과 더불어 가장 큰 규모의 세력을 자랑하는 단체 중 하나였다. 장강으로 이동하는 이상 그들과 조우할 수 있음은 어느 정도 예견한 상황이었다.

"안개가 많이 걷히긴 했지만 아직 잘 보이지 않습니다. 수로채일 수도 있으니, 만약을 대비하셔야 할 것 같습니다."

"일단 나중에 이야기하자꾸나."

"알겠습니다."

나와 해악천, 도장호는 급히 선실 바깥으로 나갔다. 갑판 위에는 이미 교인들이 무장하고서 대기하고 있었다. 사마영도 나와 있었는데, 나를 보고서 얼굴을 붉히더니 멀리 도망가버렸다. 후다닥!

—부끄러운가 봐. 귀엽네.

본인이 저지르긴 했어도 입맞춤을 한 것이니 저런 반응도 이해가 갔다. 의식하지 않으려 했지만 그녀가 저러니까, 괜히 나도 멋쩍어서 그녀를 쳐다보기 힘들었다. 해악천은 그런 나를 보고 혀를 찼다.

"이쪽으로 오십쇼."

선미 쪽으로 가보니 과연 멀리서 배로 보이는 그림자와 불빛 등이 보였다.

"배의 깃발은 보이나?"

"어두워서 돛대 위쪽은 보이지 않는군요."

돛대가 보인다면 깃발로 수로채인지 확인할 수 있다. 한데 아직까지 새벽이라 어두웠고 안개가 완전히 걷히지 않아 정확히 알기가 어려웠다. 도장호가 교인들에게 소리쳤다.

"북을 두드리고 대비하라."

"충!"

그 말에 교인들 중 일부가 배에 설치된 북을 두드렸다. 둥! 둥! 둥!

—왜 두드리는 거야?

상단의 배이거나 관련 없는 운송 배라면 부딪치지 말라고 표시하는 거다. 밤이나 안개가 짙을 때 주로 쓰이는 신호 수단이다. 안 그러면 배들끼리 부딪쳐서 위험할 수도 있다. 모두가 긴장한 얼굴로 멀리서 보이는 배를 쳐다보았다. 그때였다.

둥! 둥! 둥! 저쪽 배에서도 북을 두드리는 소리가 들렸다. 이에 도장호가 빙그레 웃으며 말했다.

"다행이군요. 수로채가 아닌 모양입니다."

수로채였다면 북을 두드리는 대신 뿔피리를 불고 전투 신호를 보냈을 것이다. 아니면 소리를 내지 않고 부딪치기 위해 다가오든가.

"흥! 그딴 수적 놈들이 뭐가 두렵다고."

말은 그렇게 했지만 해악천도 귀찮은 일을 피한 것 같아 표정이 한결 밝아 보였다. 배를 지휘하고 있는 선장이 교인들에게 소리쳤다.

"배를 우현으로 이동시킨다!"

"충!"

선장의 지휘하에 교인들이 일사불란하게 움직이며 돛의 방향을 바꾸었다. 얼마 있지 않아 배의 방향이 조금씩 우측으로 움직이기 시작했다. 맞은편에서 다가오는 배들도 마찬가지로 좌측으로 움직이며 서로가 부딪치지 않도록 떨어져 갔다. 그렇게 배가 점점 가까워지며 서로 갈 길을 가나 싶었다. 배가 양옆으로 교차하려는 순간이었다.

"사존!"

외침 소리가 들려왔다. 그 소리가 너무도 익숙했다.

"응?"

해악천이 인상을 찡그리고서 성큼성큼 갑판 옆쪽으로 걸어갔다. 나 역시도 따라갔다. 외침 소리가 들린 상대편의 배 위를 쳐다본 나의 눈에, 갑판 위로 흰 면사를 쓰고 있는 백색 경장의 여인들과 그 앞에 온통 시커먼 옷을 입은 한 여인의 모습이 보였다.

'아!'

여인은 다름 아닌 혈수마녀 한백하였다.

그때 한백하 옆으로 다가온 한 여인이 면사를 위로 걷어 올렸다.

'이런…'

그녀는 바로 백련하였다.

검의 주인

장강에서 배가 교차하기 전. 백련하를 비롯한 혈수마녀 한백하역시도 다가오는 배를 보고서 긴장하고 있었다. 안개가 남아 있는 상태라 저 배가 수로채의 수적들일지 아니면 일반 배일지 구분할수 없기 때문이었다.

"큰일이군요. 저들이 수적이라면 홍호현 부근으로 가는 것이 지연될 텐데요."

"걱정 마세요, 아가씨. 수로채의 배들은 적어도 두세 척 이상이 한꺼번에 움직입니다. 고작 한 척이라면 상단이나 운송선일 겁니다."

한백하가 우려하는 백련하를 달랬다. 그들이 이렇게 급히 홍호현근방의 부두로 향하는 이유는 무림연맹에서 벌어진 사건을 전서구로 접했기 때문이었다. 설상가상으로 퇴로로 정한 안가가 있는 부두에 백혜향 산하로 짐작되는 자들이 모여들고 있다는 정보를 접했기에 이렇게 조급해진 것이었다.

둥! 둥! 둥! 우려하고 있던 찰나, 앞의 배에서 북소리가 들렸다.

"아아!"

"보세요."

북소리는 서로 부딪치지 말고 가자는 신호였다. 이에 그들은 안심했다.

"다행이네요. 서두르지 않으면 사존과 공자들이 위험할 거예요."

아무리 사존 기기괴괴 해악천의 무공이 뛰어나다고 한들 다수가 파놓은 함정에 걸리기라도 한다면 위기에 처할 것이다. 물론 이것만이라면 직접 나서는 일이 없었을 수도 있다. 하지만 퇴로에 백혜향 측의 교인들로 짐작되는 자들이 나타났다는 정보를 입수한 후 그들은 해악천과 소운휘가 임무에 성공했다고 확신했다. 혈마검을 빼앗기면 안 되기에 이렇게 대규모 전력을 이끌고 온 백련하였다.

"우현으로 젖혀라."

선장의 명령에 백련하가 탄 배를 중심으로 남은 두 척의 배들도 우측으로 이동했다. 그렇게 배가 앞으로 나아가 교차하려고 할 때였다. 혈수마녀 한백하가 미간을 찡그렸다.

"왜 그러시죠?"

"아가씨… 저길 보세요."

갑판 옆으로 걸어간 그녀가 상대편의 배 위를 가리켰다. 그곳에 보통 사람들보다 훨씬 거구에 털이 덥수룩한 사내가 있었다.

"해 숙?"

이 정도 거리가 되니 저 모습을 확실히 구분할 수 있었다. 한백하가 내공을 실어 외쳤다.

"사존!"

쩌렁쩌렁한 목소리가 사방을 울렸다. 그러자 선미에 있던 거구의 사내가 갑판 옆으로 다가오는 것이 보였다. 그리고 그 옆에 같이 다가오는 자도 보였다. 그를 알아본 백련하가 면사를 걷어 올렸다.

"소 공자!"

거구의 사내 해악천 옆에 있는 자는 그의 제자인 소운휘가 틀림없었다.

"하아…."

그들의 모습에 백련하는 안도의 숨을 내쉬었다. 혹시나 백혜향의 함정에 걸려들어 어찌 되었을까 봐 노심초사했는데, 이렇게 공교롭게 장강에서 마주칠 줄 누가 알았겠는가.

"육혈성…?!"

백련하가 기쁜 얼굴로 한백하를 쳐다보다가, 그녀의 표정에 의아해했다. 한백하가 심각해진 얼굴로 다른 곳을 쳐다보았기 때문이다. 그녀의 시선을 따라 그곳을 바라본 백련하 역시도 당혹감을 감추지 못했다.

"…사혈성?"

배 위에는 뜻밖의 존재가 있었다. 바로 사혈성 도장호였다. 백혜향 산하로 들어간 것으로 알고 있는 도장호가 어째서 저 배에 있는 것일까? 설마 자신들이 늦게 도착하여 사달이 벌어진 것일까? 온갖 생각이 드는 백련하였다.

"아가씨, 아무래도 뭔가 이상합니다. 저 배에 있는 자들 전부 병장기를 소지하고 있습니다."

한백하의 말대로 배 위에 있는 자들이 하나같이 병장기를 들고 있었다. 저들은 평범한 배의 선원들이 아니었다. 분명 무장 세력이었다.

"저희 쪽… 사람들이 아니죠?"

해악천의 일행들은 소수 정예로 무림연맹에 잠입했다. 그런 그들이 저렇게 많은 무림인들과 함께 있을 리 만무했다.

"아무래도 문제가 생긴 것 같습니다."

"저 배를 나포해야겠어요. 다른 배들에게도 알려주세요. 서 숙도 불러주시고요."

"알겠습니다. 배를 나포한다! 모두 전투 준비!"

"충!"

한백하의 외침에 배에 있는 모든 교인들이 일제히 병장기를 빼들었다.

* * *

"아…."

갑자기 놀란 기색을 보인 저들이 황급히 전투 태세를 갖췄다. 그런 내 옆으로 사혈성 도장호가 다가와 말했다.

"저 때문인 것 같군요."

아무래도 그런 것 같았다. 나와 스승님인 해악천을 볼 때만 해도 반가운 기색을 표했는데, 도장호가 있는 방향을 한 번 쳐다보더니 상황이 바뀌었다. 아직까지 내게 충성을 맹세한 것을 모르기에 벌어진 일 같았다.

'미치겠네.'

참 공교롭기 짝이 없었다. 백련하에 대한 어떠한 대책이나 대처도 준비하지 못한 상황에서 이렇게 장강 위에서 마주치게 될 줄 누가 알았겠는가.

"스승님?"

해악천을 쳐다보니 복잡한 표정을 하고 있었다. 각오한 바라고 해도 그녀와 척을 지는 상황이 곧바로 이어지게 생겼으니, 그로서도 착잡한 심경일 것이다.

"사존, 최악의 경우를 대비해야겠지요?"

도장호의 물음에 해악천이 이내 고개를 끄덕였다. 그리고 내게 말했다.

"어차피 부딪쳐야 할 상황이었습니다. 그게 좀 더 빨리 온 것뿐입니다."

"싸워야 할 수도 있습니다."

도장호의 말에 해악천이 나를 쳐다보았다. 그리고 말했다.

"이제 혈마께서 우리의 수장이시네."

해악천이 하는 말의 의미는 분명했다. 지금부터 벌어지는 모든 일의 선택권은 자신이 아닌 내게 있다는 소리였다. 이에 도장호가 내게 고개를 숙이며 사죄했다.

"무례를 범했습니다. 혈마께서 결정해주십시오."

나의 선택에 따라 모든 결과가 달라지게 된다.

'…젠장.'

무게감이 확실히 달랐다. 선택을 할 수 있다는 것은 곧 벌어질 모든 사태에 대한 책임 역시 내가 지게 되는 셈이니 말이다.

끼이이이이! 옆을 지나가려던 배가 급격하게 방향을 틀면서 우리가 탄 배 쪽으로 가까워지고 있었다. 부딪친 후에 정박하고서 이쪽 배로 침투하려는 듯했다. 다가오는 배 위에 있는 백련하의 모습이 보였다.

"결정을 내려야 합니다."

검을 빼 드는 순간 최악의 경우 무조건 부딪치게 된다. 저들의 배는 우리 쪽에 가까워지고 있었다.

"스승님, 사혈성, 저를 믿으십니까?"

그런 나의 물음에 두 사람이 물끄러미 나를 쳐다보더니 이내 고개를 끄덕였다.

나는 그들 뒤에 있는 교인들을 바라보았다. 그리고 나를 바라보고 있는 사마영, 조성원, 송좌백, 송우현의 시선을 보았다. 이제부터 내가 이들을 이끌어야 한다.

끼이이이이! 배가 가까워지고 있었다. 이제 고작 오 장 거리에 불과했다. 백련하와 혈수마녀 한백하, 그리고 그들 곁으로 다가오고 있는 이존 난마도제 서갈마의 모습이 보였다.

'어차피 검을 취한 순간부터 백련하에게 난 호적수가 된 셈이다.'

마음을 확고히 잡았다. 나는 위로 손을 뻗어 올리며 외쳤다.

"전투 준비!"

"충!"

챙! 챙! 챙! 나의 외침을 들은 배 위의 모든 교인들이 병장기를 빼 들었다. 이에 점차 가까워지고 있던 상대편 배 위의 백련하 얼굴에 당혹감이 서렸다. 그것은 한백하나 서갈마 역시도 마찬가지였다. 쿠웅! 콰지직! 배와 배가 부딪치자 부서지는 소리와 함께 심하게 흔들렸다. 양측의 배가 그와 함께 동시에 닻을 내렸다. 부딪친 배가 한 몸뚱이가 되어서 장강 한복판에 섬처럼 멈춰 서게 되었다.

백련하가 나에게 말했다.

"공자… 방금 그게 무슨 의미죠?"

사혈성이 아닌 내가 "전투 준비"라고 외치니 많이 놀란 듯했다.

나는 그녀에게 포권을 취하며 인사를 올렸다.

"소운휘가 아가씨를 뵙습니다."

그런 나를 따라서 해악천과 사혈성 도장호도 포권을 취했다. 백련하를 비롯한 한백하와 서갈마는 영문을 알 수 없다는 표정이 되었다. 백련하가 사혈성 도장호를 힐끔 쳐다보더니 이번에는 해악천에게 말했다.

"해 숙, 대체 이게 어찌 된 일이죠? 어째서 사혈성과 함께 있는 건지 설명해주실 수 있나요?"

그런 그녀의 물음에 해악천이 고개를 숙인 채 답했다.

"노부가 아가씨의 기대에 끝까지 부응하지 못했습니다. 이에 사죄드립니다."

"하!"

백련하는 이 상황 자체가 어이없었는지 기막혀했다. 그런 해악천에게 난마도제 서갈마가 일갈을 내질렀다.

"해 형, 이게 대체 무슨 짓이오! 설마 아가씨께 맹세했던 충성을 저버리고 백혜향 아가씨의 곁에 서겠다는 말이오?"

그 말에 해악천이 고개를 저었다.

"아니다."

"뭐요? 그럼 지금 이 상황을 어찌 받아들이라는 것이오?"

서갈마가 분노를 토해내자, 그 옆에 있던 혈수마녀 한백하가 앞으로 나서며 말했다.

"사촌, 그게 아니라면 어찌 이러시는 겁니까?"

한백하의 표정이 좋지 않았다. 백혜향에게 충성을 맹세한 것도 아닌데 이렇게 나오니 냉철한 그녀로서도 답답한 모양이었다. 그녀가 사혈성 도장호를 노려보며 말했다.

"대체 무슨 짓을 한 거죠, 사혈성?"

의심의 화살이 그에게로 쏠렸다. 이에 도장호가 빙그레 웃으며 답했다.

"저는 그저 본교의 율령에 따랐을 뿐입니다."

"율령?"

이에 해악천이 나를 눈짓으로 가리키며 말했다.

"율령에 따라 우리는 당대 혈마를 모시기로 한 것뿐일세."

'…?!'

모두의 시선이 내게로 향했다.

백련하가 이해할 수 없다는 목소리로 말했다.

"혈마? 지금 무슨 말씀을 하시는 거죠?"

의아해하는 그녀에게 나는 허리춤에 꽂고 있던 천으로 감싼 검을 빼냈다. 그리고 천을 풀었다.

"아!"

천을 풀자 드러난 것은 다름 아닌 혈마검이었다. 그것을 보고서 탄성을 내뱉던 백련하의 눈동자가 이내 흔들렸다. 내가 검병을 쥐고 있는 모습을 보고서 말이다.

"어떻게 검을?"

혈수마녀 한백하 또한 꽤나 충격을 받았는지, 검을 쥐고 있는 나의 손과 얼굴을 연신 번갈아 쳐다보았다. 난마도제 서갈마가 떨리는 목소리로 내게 말했다.

"설마 그 검이 혈마검이란 말인가?"

"그렇습니다, 어르신."

"어찌 애송이 네가 그것을 쥘 수 있단…."

"갈!"

그의 말이 끝나기도 전에 해악천이 일갈을 내질렀다. 그리고 서갈마에게 말했다.

"서갈마! 당대 혈마이시다! 어찌 그런 무례한 언사를 보이는 게냐?"

"당대 혈마? 해악천 네놈이 제정신인 것이냐?"

"네놈이야말로 율령을 잊은 것이더냐! 혈마검의 선택을 받고 그것을 취한 자가 당대 혈마임을 모르는 것이냐!"

"…."

율령이라는 말에 서갈마의 입이 다물어졌다. 혈교의 최고 간부라 할 수 있는 사존자 중 일인인 그가 이를 모를 리가 없었다. 그때 혈수마녀 한백하가 입을 열었다.

"사존의 말에는 어폐가 있습니다. 그것은 그분의 피를 이은 혈손들에게 해당되는 이야기입니다. 또한 그것이 진짜인지 아닌지 어찌 압니까?"

"하! 진짜인지 아닌지라고?"

"무림연맹에서 벌어진 가짜 혈마검 사태는 이미 저희도 정보를 접했습니다. 지금 그 검은 가짜일 수도 있습니다."

이에 해악천이 특유의 웃음소리를 내며 말했다.

"클클. 가짜인 것 같으냐?"

그 말에 혈수마녀 한백하의 눈빛이 매서워졌다.

"확인해보면 알게 될 일이지요!"

팟! 그러더니 이내 그녀의 신형이 빠르게 나를 향해 뻗어왔다.

"어딜 감히!"

"괜찮습니다."

해악천을 비롯한 사혈성 도장호가 동시에 나서서 이를 제지하려 했지만, 나의 한 마디에 그들 모두가 멈췄다.

"못 본 사이에 많이 오만해졌군요, 공자."

혈수마녀 한백하는 냉랭한 목소리로 내게 소리치더니, 이내 붉게 물든 혈수옥으로 특유의 금나수를 펼치며 검을 빼앗으려 들었다.

"원하시면 가져가 보시죠."

"뭐요?"

나는 선뜻 검을 내줬다. 강제로 검을 빼앗으려 했던 그녀가 내가 던지는 검을 받아냈다. 그러고는 빠르게 경공을 펼치며 뒤로 날아가 자신들이 타고 왔던 배로 안착했다.

[검을 내주다니! 무슨 짓이냐?]

해악천이 놀라서 전음으로 나를 다그쳤다.

[직접 확인해보라고 준 겁니다.]

[검이 아가씨의 손에 들어가면 어쩌려고!]

백련하 역시도 혈마의 피를 이었다. 그렇기에 검을 쥘 수 있는 자격이 충분했다. 해악천은 이를 염려해서 검을 선뜻 내준 것을 나무란 것이었다.

[저를 믿어주십쇼.]

[이놈아, 아가씨의 손에 검이 들어가면 명분마저 빼앗기게 된다. 정녕 부딪칠 작정이냐?]

맞는 말이지만 내게도 생각이 있었다. 그때 혈수마녀 한백하의

146

입에서 신음성이 터져 나왔다.

"아흑!"

검을 쥐고 있던 그녀의 혈맥이 부풀어 오른 것이다.

"육혈성!"

백련하가 놀라서 외쳤다.

"아, 아가씨…."

심후한 내공과 혈수옥으로 견뎌보려 했지만 손을 타고 올라 팔 전체의 혈맥에 영향을 주자 그녀로서도 검을 쥐고 있을 수가 없었다. 팍! 한백하가 반대 손으로 혈수옥을 일으켜 강제로 검을 떼어냈다. 확실히 혈성급이라 그런지 단주들은 스스로 떼어내지 못했는데, 그녀는 자력으로도 검을 혼자서 떼어낼 수 있었다. 안 그래도 하얗던 얼굴이 더욱 창백해졌다. 한백하가 고개를 돌리며 말했다.

"…진짜 혈마검입니다, 아가씨."

검을 쥐고서야 한백하는 이것이 진짜임을 깨달았다.

"검이 진짜라고요?"

챙! 서갈마가 기다란 보도를 뽑더니, 누구도 다가오지 못하게 막고서 놀란 백련하에게 말했다.

"아가씨, 검을 쥐어보십쇼!"

"어이구."

이에 해악천이 혀를 차며 나를 쳐다보았다. 경고하지 않았냐는 눈빛으로 내게 말하고 있었다. 나는 이를 개의치 않고 백련하에게 말했다.

"검을 쥐어보셔도 괜찮습니다."

"뭐?"

해악천이 대체 무슨 생각이냐며 나를 노려보았다. 그러는 사이, 백련하가 선상 바닥에 떨어진 혈마검의 검병을 쥐었다.

"아아아!"

검을 쥔 그녀의 입에서 탄성이 흘러나왔다. 그렇게 고대하던 혈마검을 쥐게 된 것에 감회가 남다른 모양이었다. 서갈마 역시도 감격에 겨운 목소리로 말했다.

"역시 아가씨께서도 검의 선택을⋯."

바로 그 순간이었다.

"아악!"

백련하의 손등에서 핏줄이 불룩불룩 튀어나왔다. 전혀 예상치 못한 상황에 혈수마녀 한백하와 난마도제 서갈마 모두가 당혹스러워했다. 그녀는 유일하게 전대 교주의 피를 이은 혈육이었다. 그런 백련하마저도 혈맥이 폭주하려고 하니 그들의 저런 반응도 당연했다.

"이게 어찌?"

해악천 역시도 이런 상황을 예측하지 못했는지 눈이 휘둥그레졌다. 당연히 그녀 역시도 혈마검을 마음대로 다룰 수 있을 거라 여겼나 보다.

"검을 손에서 놓으십쇼!"

"아가씨!"

옆에 있던 한백하가 그녀를 도와서 강제로 혈마검을 떼어놓았다. 백련하가 고통도 잊은 채 바닥에 떨어진 혈마검을 보고서 어찌할 바를 몰라 했다.

"어⋯ 어째서?"

검이 왜 자신을 거부한 건지 모르겠지. 나는 왼손을 뻗었다. 슉!

은연사가 튀어나와 혈마검을 휘감았다.

"앗!"

이를 발견한 한백하가 다급히 은연사를 잡으려 했지만 내가 더 빨랐다. 은연사에 감긴 검이 내 손으로 빨려 들어왔다. 머릿속에 혈마검의 목소리가 들려왔다.

—흥, 아쉽군. 저 아이도 마음에 들지만 허락하면 네 녀석과 떨어지게 되겠지?

'원한다면 가도 되는데?'

—그러면 늘 심심하겠지. 네 그 특이한 능력에 감사해라, 인간.

검과 대화하는 능력. 나와 떨어지기 싫은 혈마검이 백련하의 혈맥을 강제로 폭주시킨 것이었다. 자신과 달리 검을 쥐어도 무사한 내 모습에 백련하가 이해할 수 없다는 듯이 중얼거렸다.

"대체 어째서?"

"검이 아가씨를 주인으로 원하지 않습니다."

"네?"

거짓말이 아니라 사실이었다. 나는 두 손으로 쥔 검 끝을 밑으로 향하게 한 후 염을 집중하여 네 번째 점인 천권의 힘을 일으켰다. 그러자 점이 붉게 변하며 내 모습에 변화가 일어났다.

"…머리카락이?"

핏빛으로 물들어가나 보다. 이를 바라보는 백련하와 혈수마녀 한백하, 난마도제 서갈마의 얼굴에 경악이 번져갔다. 저쪽 배에 타고 있는 교인들도 술렁거렸다. 나를 바라보는 저들의 시선만 봐도 어떻게 변했는지 알 수 있었다. 핏빛으로 변한 머리카락, 붉은 안광, 선홍빛으로 물든 혈마검의 검신.

—참 신기하단 말이야.

'연출이지.'

이것은 보여주기 위함이었다. 백번 설명하는 것보다 한 번 보여주는 것이 좀 더 효과적이지 않은가. 백련하가 떨리는 목소리로 입을 열었다.

"…혈천대라공!"

혈교의 개파조사이자 시초라 할 수 있는 혈마의 독문 신공이다. 특이한 운기법 때문에 특정 경지에 오르게 되면 신체에 영향이 가서 동공이라든가 체내의 모든 털이 붉게 물든다. 아마 눈썹조차도 붉어졌을 것이다.

"어떻게… 어떻게 공자가 혈천대라공을 익힌 거죠?"

혈수마녀 한백하가 믿을 수 없다는 듯이 내게 말했다. 이에 나는 사실대로 말했다.

"혈마검에게 배웠습니다."

"검에게?"

거짓은 없었다. 물론 좀 더 자세히 이야기하면 혈마의 백을 흡수했고 천권의 능력이기도 했다. 하지만 이 정도 대답으로도 혼란을 주기에 충분했다. 한백하와 서갈마의 떨리는 목젖을 보면 그들이 정신없이 전음을 나누고 있다는 사실을 알 수 있었다.

해악천이 앞으로 나서며 그들에게 말했다.

"보고도 못 믿겠느냐? 신물이 선택했다는 사실을 말이다."

혈교의 율령에서 이르길, 후계자들 중 신물인 혈마검의 선택을 받은 자가 당대 혈마다. 해악천은 이를 꼬집은 것이다.

"있을 수 없는 일입니다. 소 공자는 익양 소가의 소생이 아닙니까? 한데 어찌 신물인 혈마검의 선택을 받을 수 있단 말입니까?"

한백하의 그 말에 해악천이 나를 쳐다보았다. 자신이 말할지 내가 직접 이야기할지를 묻고 있는 듯했다. 이에 내가 직접 입을 열었다.

"저도 임무로 익양 소가에 가서야 알게 되었습니다."

"무엇을 말이죠?"

"…익양 소가의 가주는 제 친부가 아니었습니다."

'…?!'

한백하가 미간을 찌푸렸다.

"그게 무슨 소리죠? 그럼 양자라도 된다는 것인가요?"

"제 모친께서는 저를 가진 상태로 익양 소가의 첩으로 들어가셨습니다. 이 옥패는 어머니께서 남기신 유품입니다."

"대체 그게…."

"혈마께서는 비월영종의 피를 이으셨다."

한백하의 말을 끊고서 해악천이 말했다. 그 말을 듣자 난마도제 서갈마가 놀란 눈으로 나를 쳐다보았다. 표정을 보아하니 그 역시도 비월영종이 무엇인지 알고 있는 듯했다.

"…해 형, 그게 참말이오?"

"흥. 그렇다."

해악천이 쳐다보기에 그 의도를 알아차린 나는 비월영종의 패를 높이 들어 보였다. 그것을 보자 서갈마의 입에서 탄식이 흘러나왔다.

"어찌 이런 일이…."

"이존, 대체 저 패가 무엇이기에 그러는 거죠?"

"비학월패일세."

해악천의 말대로 혈교 내에서도 소수만 아는 사실이라고 하더니, 혈수마녀 한백하는 비월영종의 뿌리를 알지 못하는 듯했다.

"비학월패?"

"저 옥패는 비월영종의 후계자가 물려받는 패일세."

"한데 비월영종인 것이 어찌…"

한백하의 말을 끊고서 백련하가 말했다.

"비월영종은 시초인 그분의 피를 직계로 이은 계보예요."

그 말에 한백하의 두 눈이 커졌다. 전대 교주의 유일한 소생이라고 하더니 백련하 또한 진실을 알고 있었다. 혈마의 피를 이었다는 것은 후계의 자격이 있다는 의미였다.

"아가씨…"

난마도제 서갈마가 난처한 목소리로 그녀를 불렀다. 혈마검이 선택한 것도 모자라 비월영종의 피를 이었다는 것까지 알게 되자 그역시도 흔들리는 모양이었다. 하지만 해악천과 달리 충성을 맹세한 그녀를 바로 앞에 두고 있기에 이도 저도 못 하는 상황일 것이다.

─참 복잡해졌네. 싸우게 되면 어떡해?

그러면 최악의 상황이 될 것이다. 장강의 선상에서 피의 내분이 일어나는 셈이니까 말이다. 나는 백련하를 똑바로 바라보았다. 그녀의 선택에 모든 게 달려 있었다. 백련하가 깨끗하게 나를 혈마로 인정하면 내분 없이 모든 것이 깔끔히 정리될 것이고, 끝까지 인정하지 못한다면 전쟁이 시작될 것이다.

"모두들 잠깐 제 얘기를 들어주세요!"

혈수마녀 한백하가 앞으로 나서더니 해악천과 사혈성 등을 쳐다보며 말했다.

"비월영종은 정사 대전 때 무쌍성의 내분으로 멸문했습니다."

'내분?'

하오문의 본타인 만곡리 흑현정에서 들었던 이야기였다. 사실 나도 무쌍성에서 어떤 일이 있었는지 궁금하다. 그래서 의뢰한 것이기도 하고 말이다.

"여기 계신 존성분들께서는 전부 아시지 않습니까? 그때 비월영종과 관련된 모든 자들이 죽었다는 사실을 말입니다."

사혈성 도장호가 가늘어진 눈매로 입을 열었다.

"설마 육혈성께서는 혈마검의 선택이나 옥패를 믿지 못하시는 겁니까?"

"그런 의미가 아닙니다."

혈수마녀 한백하가 시선을 돌려 나를 쳐다보며 물었다.

"소 공자는 부친이 비월영종의 피를 이었는지, 모친이 피를 이었는지 알고 있습니까?"

"알지 못합니다."

한백하가 입꼬리를 올리며 말했다.

"그 말씀은 비월영종의 직계인지 아닌지 모르는 것이로군요."

이에 해악천이 험악해진 얼굴로 그녀를 다그쳤다.

"혈마검이 택했는데도 의심하는 것이냐?"

"의심이 아닙니다. 그런 식으로 따지면 백혜향 아가씨도 피를 이었습니다. 그분 또한 직계가 아니라는 것은 모두가 아는 사실이 아닙니까?"

"하면 무엇이 문제라는 것이냐?"

"저희가 백련하 아가씨께 충성을 맹세한 것은 아가씨께서 정통성을 가지셨기 때문입니다. 유일하게 전대 교주님의 피를 이으셨죠. 사혈성께서는 어째서 백혜향 아가씨를 선택하신 거죠?"

그 말에 사혈성 도장호가 선뜻 답했다.

"혈마로서의 재능 때문이오."

백혜향이 가진 혈마로서의 재능. 그것은 해악천마저도 인정할 만큼 천부적이라고 했다. 백련하가 정통성을 가졌는데도 모든 존성들을 고민하게 할 만큼 악마적인 성장 속도를 지녔다. 혈교 역시도 혈계를 중시하기는 하지만 그것 못지않게 힘을 중요히 여긴다. 왜냐하면 혈교의 부흥을 상징할 자가 당대 혈마이기 때문이었다.

"혈수마녀, 지금 이 녀석, 아니 당대 혈마께서 백혜향 아가씨에 비해 재능이 떨어진다고 말하고 싶은 것이냐!"

"그건 작은 이유일 뿐입니다."

"뭐야!"

해악천에게서 강렬한 기운이 뿜어져 나왔다. 당장에라도 출수할 기세였다. 그런 그의 기세에 대응이라도 하듯 한백하의 두 손이 혈수옥으로 붉게 물들었다.

"정녕 해보자는 것이로구나!"

"제 말은 끝나지 않았습니다."

"끝나지 않아?"

"율령을 그대로 해석한다면 사존의 말씀도 맞습니다. 하나 이런 경우가 있을 거라 누가 상상이나 했을까요? 시초이신 그분조차 예측하지 못한 상황일 겁니다."

"뭐?"

"그분께서 율령을 만드신 기준은 후계들끼리의 다툼을 최소화하

154

기 위해서였을 겁니다. 본교를 벗어나 무쌍성의 일원이 된 비월영종까지 염두에 둔 것이 아니란 겁니다."

그녀가 하는 말은 혈마로 인정하는 것 이전에 결국 비월영종 자체를 혈마의 직계로 인정할 수 없다는 소리였다.

쾅! 해악천이 세게 진각을 밟았다.

"개소리도 적당히 해야지. 결국 혈수마녀 네 말은 비월영종 출신은 혈마로서 자격이 없다고…."

"해 형, 육혈성의 말도 일리가 있소."

그때 난마도제 서갈마가 도중에 끼어들었다.

"뭐야?"

"비월영종은 그 옛날 무림 박해 시절 황실에서 쫓겨난 것을 본교가 도왔소. 그때 그들의 선택을 잊었소이까? 한데도 비월영종은 본교이기를 저버리고 무쌍성으로 들어갔소."

해악천이 인상을 찡그렸다. 이들이 이런 식으로 나올 줄은 몰랐나 보다. 한백하가 서갈마의 말에 살을 보탰다.

"그렇다면 확실하군요. 전대 교주께서도 그렇고 존자들께서도 그들을 같은 혈계로 인정했다면 무쌍성에서 내분의 조짐이 보였을 때 진즉에 도왔을 겁니다."

"하!"

해악천이 기막혀했다. 이에 혈수마녀 한백하가 쐐기를 박았다.

"감정적으로 임할 일이 아닙니다. 전대 교주께서도 인정하지 않은 것을 사존께서 멋대로 인정하실 겁니까?"

그녀가 의미심장한 눈빛으로 해악천을 쳐다보았다. 영악한 것은 알았지만 명불허전이었다. 이런 식으로 몰아붙이면 해악천은 전대 교주의 유지를 무시한 것이 되고 만다.

—필사적이네.

'어떻게든 막아야 하니까.'

율령대로 하면 백련하는 무조건 불리하다. 내가 혈마검의 선택을 받았으니 말이다. 그러니 이런 식으로 율령의 해석과 전대 교주를 걸고넘어지는 것이다. 한백하가 내게 말했다.

"안타깝군요. 본교가 당시 비월영종과의 관계가 조금이라도 원만했다면 공자의 혈족들도 여전히 무사하셨을 텐데 말이죠."

그녀의 말에 나는 속이 차가워지는 것을 느꼈다.

—지금 수작 부리는 거지?

맞아. 이제 알 것 같았다. 자신들의 불리함을 이겨내기 위해 이쪽에서 내분이 일어나도록 머리를 굴린 것이었다. 한백하가 한 말의의미는 이러했다. 혈교가 돕지 않아 비월영종이 멸문했는데, 그쪽후손이 혈교의 수장이 되면 어쩔 작정이냐고 돌려서 이야기한 것이었다.

—이간질하고 있는 거네.

맞아.

뻔한 이간질이지만 효과가 없지는 않았다. 순간 혈교가 비월영종을 도왔다면 무쌍성에서 무사할 수 있었을까, 하는 생각을 하게 됐으니 말이다. 그렇게 되면 나도 친부나 어머니 밑에서 전생처럼 그런비참한 삶을 살지 않았을 수도 있었다.

—너 설마 이간질에 넘어가는 건 아니지?

'내가 바보인 줄 알아.'

혈수마녀 한백하가 모르는 게 있었다. 회귀 전 오랜 첩자 생활을 한 나는 누군가의 말을 곧이곧대로 듣지 않았다. 쉽게 믿지 않는다는 소리였다. 나는 빙그레 웃으며 한백하에게 말했다.

"그랬다면 좋겠지만 제가 알기로 비월영종이 무쌍성 내부에서 문제가 생겼을 때, 본교도 무림연맹과 정사 대전을 치르지 않았습니까? 그들을 상대하기도 바빴을 텐데 무슨 여력으로 비월영종을 돕는다는 거죠?"

"그건…."

"그리고 무림 박해라는 사달이 벌어졌을 때 목숨을 보존하기도 어려웠을 비월영종이 무슨 능력이 있다고 혈교와 척을 지어가면서 무쌍성으로 들어갔는지도 의문이군요."

"이존께서 말씀하시지 않았습니까? 그들이 본교를 저버리고…."

"육혈성, 지금도 제가 비월영종의 피를 이었다고 하자 정통성을 운운하며 후계자로 인정하지 않으려고 하십니다. 하면 그때는 어땠겠습니까? 그분의 피를 이은 또 다른 직계가 본교로 돌아온다고 하면 받아들이실 수 있겠습니까?"

그런 내 말에 혈수마녀 한백하의 말문이 막혔다. 반면 해악천은 기특해 죽겠다는 얼굴로 입꼬리가 올라가 있었다. 그때 사혈성 도장호가 입을 열었다.

"육혈성께서 아까 제게 물으셨죠? 왜 백혜향 아가씨를 따랐는지 말이죠?"

"…그렇습니다."

"제가 소 공자님을 혈마로 모시는 것도 같은 이유입니다."

"네?"

도장호가 나를 눈짓으로 가리키며 말했다.

"그저 율령 때문에 생각을 바꾼 것 같습니까? 당대 혈마의 재능이 백혜향 아가씨를 훨씬 앞서기 때문입니다."

"재능이 앞선다고요?"

그녀가 가늘어진 눈초리로 쳐다보았다. 이에 도장호가 웃으면서 말했다.

"단전도 파훼된 몸이었는데 고작 일 년 하고 몇 달 만에 저를 상회하는 역량을 갖췄습니다. 이런 천부적인 재능이 어찌 백혜향 아가씨보다 낮다고 할 수 있겠습니까?"

그 말에 한백하뿐만이 아니라 서갈마조차 믿을 수 없다며 반문했다.

"불가능하네! 저 녀석은 이제 겨우 절정에 들어섰는데 어찌 초절정의 고수인 자네를 상회한단 말인가?"

"제대로 된 절정에 이른 지도 고작 한 달밖에 되지 않았습니다."

이들이 이런 반응을 보이는 것도 이해한다. 애초에 선천진기, 즉 중단전으로 오른 실력을 그동안 숨겨왔기에 내 성장 속도를 제대로 알 리가 없었다. 게다가 익양 소가에서도 그렇고 파응사 나육형, 무림연맹의 맹주 백향묵, 북영도성 곽형직 등과 대결을 하면서 나는 여러 깨달음과 기연을 얻으며 더욱 성장했다. 천권으로 혈마의 백을 흡수한 힘이 아니더라도 지금이라면 혈성들과 겨뤄도 어느 정도 버틸 수 있을 만큼 무위가 늘었다.

해악천이 특유의 웃음을 흘리며 두 사람에게 말했다.

"클클. 그리 믿지 못하겠다면 겨뤄보면 될 것이 아니겠느냐?"

"겨뤄보라고요?"

"혈수마녀 자네가 직접 해보는 게 어떻겠나?"

그런 해악천의 말이 한백하의 심기를 건드렸는지 표정이 싸늘하게 바뀌었다. 그녀가 앞으로 나서려는데, 누군가 손으로 가로막았다.

"아가씨?"

바로 백련하였다. 혈수마녀 한백하를 가로막은 그녀가 말했다.

"제가 하겠어요."

"아가씨! 어찌…."

"혈마를 가리는 자리에 어찌 누군가를 대신 내세울 수 있겠나요."

백련하가 앞으로 걸어 나왔다. 그러고는 날렵한 몸놀림으로 공중 제비를 돌며 우리 쪽 배로 넘어왔다. 백련하가 내게 말했다.

"공자와 저의 인연은 정말 깊고 질긴 것 같군요. 이런 식으로 마주하게 될 줄은 꿈에도 몰랐어요."

"송구합니다."

그녀에게는 미안한 마음이 있었다.

내 자신의 앞길을 위해 그녀의 꿈을 정면에서 막아섰기 때문이다. 하지만 나도 이제는 어깨에 걸린 것이 너무 많았다.

"확실하게 여기서 정하죠."

"무엇을 말입니까?"

"누가 혈마가 될지를요."

"저희들의 대결로 말입니까?"

"…저도 이것이 양측의 전쟁으로 번지길 원하지 않아요. 공자도 그렇지 않나요?"

"같은 마음입니다."

"하면 이 대결로 결정해요. 공자가 이기면 저를 비롯한 육혈성, 이존, 그리고 이 자리에 없는 삼혈성까지 전부 공자의 산하로 들어가겠어요."

"제가 지면 반대겠군요."

"양측 어디에도 피해가 가지 않는 깔끔한 방법이에요. 동의하나요?"

"동의합니다."

내 말이 끝나자 백련하가 주위 사람들 모두가 듣도록 소리쳤다.

"모두 들으셨겠죠? 지금의 대결로 모든 것을 결정합니다. 누구도 이견을 다는 것은 용서치 않습니다!"

"충!!"

백련하 측의 배에 있는 모든 교인들이 동시에 외쳤다. 과연 여장부답게 위엄이 넘쳤다. 이에 나 역시 혈마검을 높이 치켜들고서 소리쳤다.

"제가 지면 우리는 백련하 아가씨의 산하로 들어갑니다. 이견은 필요 없습니다."

"충!!"

이쪽 역시도 우렁차게 외쳤다.

"네 분도 동의하십니까?"

그런 나의 물음에 사혈성 도장호, 육혈성 한백하, 이존 서갈마, 사존 해악천 모두가 고개를 끄덕이며 동의했다. 그렇게 우리 두 사람은 서로를 마주 보고 대치하게 되었다. 누가 진정한 혈마가 될지 결정하는 대결을 위해서 말이다. 그녀가 지공의 기수식을 취했다. 그리고 내게 말했다.

"최선을 다하세요. 내공 없이 겨룰 때와는 다를 거예요."

경고였다. 제대로 실력 발휘를 하겠다는.

이에 나는 말없이 고개를 끄덕였다.

가운데서 사혈성 도장호가 손을 위로 들어 올렸다. 그리고 밑으로 내리며 소리쳤다.

"개(開)!"

그 말이 떨어지기가 무섭게 그녀가 내게 신형을 날리며 화려한 지공을 펼쳤다. 나는 천천히 검을 발검 자세로 취했다. 그리고 용천혈에 기운을 모으고서 앞을 향해 신형을 날렸다. 나의 신형이 매처럼 뻗어갔다.

'…?!'

백련하의 눈에 이채가 띠었다. 이것은 그녀가 내게 가르쳐줬던 경신법이었다. 그 파훼법을 아는지 그녀가 지공에 변초를 일으키려 했다. 하지만 이것은 진정한 완성형이 아니었다. 이 경신법은 이 검초를 위한 것이었다.

'혈라검천.'

촤아아아아악! 그 순간 크게 원을 그린 붉은 궤적이 백련하의 몸을 감싸며 그녀의 지공을 단숨에 관통하더니, 위로 솟구쳤다. 그녀의 눈동자에 당혹감이 서렸다. 하지만 늦었다. 그녀의 몸이 자신의 의지와 상관없이 순식간에 하늘로 치솟았다. 팍! 바닥으로 떨어지며 균형을 잡으려는 그녀의 목에 나는 검 끝을 갖다 댔다. 누구도 예상치 못한 결과에 정적이 몰려왔다. 단 일 초식 만에 결과가 나왔다.

"어떻게…"

떨리는 눈동자로 검 끝을 쳐다보는 그녀에게 말했다.

"이제 제가 혈마입니다."

와아아아아아아!! 뒤쪽에서 교인들의 우렁찬 함성이 터져 나왔다. 누구도 예상치 못한 결과였다. 고작 일 초식 만에 혈교의 정통을 이은 후계자 중 한 명인 백련하를 이길 거라고 누가 상상이나 했겠는가.

"혈마! 혈마! 혈마!"

교인 한 명이 이를 외치자 모두가 따라서 외쳐댔다. 반면 백련하 측의 배에 타고 있는 교인들의 얼굴은 침울하기 그지없었다. 백련하는 그들에게 있어 우두머리였다. 그런 그녀가 겨우 일 초식 만에 허무하게 패배했으니 사기가 저하되는 것은 당연한 일이었다.

"후우."

탄식을 내뱉고 있는 난마도제 서갈마의 얼굴이 보였다. 백혜향을 포기하면서까지 충성을 맹세한 지 한 달 만에 이런 사태가 벌어진 것이 착잡한 듯했다. 반면 혈수마녀 한백하는 차갑기 그지없었다. 그녀는 백련하가 어렸을 적부터 보모 역할도 맡아와서 그런지 분노가 더 커 보였다. 아마도 나에 대한 분노겠지.

"클클. 혈라검천을 보게 될 줄이야."

초식을 알아본 해악천이 턱수염을 쓰다듬으며 흡족한 목소리로 말했다. 사혈성 도장호는 말없이 고개를 끄덕일 뿐이었다. 백련하 측을 배려해서인지 일부러 크게 내색하지 않는 듯했다. 나는 백련하를 쳐다보았다. 그러자 그녀가 숨을 깊게 들이쉬었다 내쉬며 입을 열었다.

"…졌어요."

백련하의 입에서 패배 선언이 나왔다. 그 말에 나는 검을 거뒀다. 그녀가 한쪽 무릎을 꿇으며 두 손을 모아 예를 갖춰 말했다.

"소운휘 공자를 본교의 혈마로 인정합니다."

깨끗하게 인정했다. 우두머리인 그녀가 무릎을 꿇자 혈수마녀 한백하를 비롯해 난마도제 서갈마, 그리고 배에 타고 있는 백련하 산하의 교인들이 전부 무릎을 꿇었다. 그런 나의 눈에 백련하의 얼굴이 보였다.

'…….'

그녀의 얼굴에서 의외의 모습을 발견했다. 허탈감이나 분노의 감정보다는 오히려 후련하다는 표정에 가까웠다.

'역시인가.'

그런 나의 귓가로 혈마검의 목소리가 들렸다.

—저 아이, 여력을 남겼다.

'……알고 있어.'

—알고 있다고?

착지하면서 균형을 잡으려던 그녀의 눈동자가 순간적으로 붉게 물드는 것을 발견했다. 너무 짧아서 잘못 보았나 싶었지만 아닌 것 같았다.

—제대로 봤군, 인간. 저 아이의 혈천대라공은 오성에 이르렀다.

혈천대라공의 진가는 오성부터 발휘가 된다. 만약 그녀가 처음부터 혈천대라공을 오성으로 끌어냈다면 적어도 지금처럼 단 일 초식만에 결판이 나진 않았을 것이다. 물론 백련하의 무위는 배다른 언니인 백혜향은 물론이거니와 혈성급에도 미치지 못하기에 어떤 식으로든 내가 이겼을 테지만, 결과적으로 보면 승부를 시작하자마자 포기한 것이나 마찬가지였다.

—왜 그런 걸까?

소담검이 의아해하며 물었다.

'…일부러 포기한 것 같아.'

그녀의 후련한 얼굴만 봐도 알 수 있었다. 나는 그녀가 자신의 뒤통수를 친 것이나 다름없는 것에 대한 실망감으로 승부의 결과가 어찌 되든 전력을 다할 거라 여겼다. 한데 예상 외였다. 어째서 저런 얼굴을 하고 있는 것일까?

―운휘, 너를 도운 게 아닐까?

남천철검의 목소리가 머릿속을 울렸다.

'도와?'

―고수라면 무위의 격차는 일 초식만 겨뤄도 어느 정도 알 수 있지 않나. 애초에 상대가 되지 않는다는 것 정도는 그녀도 알았을 것이다. 내가 볼 땐 모두가 인정할 수 있도록 도운 것 같다.

'아….'

남천철검의 말이 맞는 것 같다. 후련한 표정을 짓던 백련하가 내게 옅은 미소를 보이고 있었다. 그 얼굴에는 조금의 원망도 담겨 있지 않았다. 그때 그녀의 목젖이 떨렸다.

[공자, 아니 혈마이시여.]

[공적인 자리가 아니면 평소처럼 공자라고 불러주십쇼.]

[스스로 혈마라 칭하셨고 그렇게 되셨는데 공사를 구분할 게 어디 있나요?]

그녀가 뾰로통한 목소리로 내게 말했다. 내색하지 않았지만 원망이 아예 없는 것은 아닌 모양이었다.

내가 아무 대답도 못 하자 그녀가 쓴웃음을 짓더니 다시 전음을 보내왔다.

[공자님이라고 부를게요. 정리가 되면 잠시 저와 이야기를 나눌

수 있을까요?]

　[…알겠습니다.]

＊　＊　＊

　유혈 사태는 일어나지 않았다. 우두머리인 백련하의 패배 선언을 그녀 산하의 모두가 받아들였다. 불만이 있다고 해도 결과에 승복할 수밖에 없었다. 그렇게 대치하던 두 무리는 하나로 통합하게 되었다. 장강의 한복판에 닻을 내리고서 정박했던 배들은 모두 뱃머리를 돌려서 강을 거스르지 않고 같이 내려갔다. 배를 강제로 부딪치면서 선체가 일부 파손되었지만 운항하는 데엔 큰 문제가 없을 정도였다. 하지만 만약의 상황에 대비하여 소운휘와 백련하를 비롯한 간부급들은 전부 다른 배로 옮겨 탔다.

　그들이 탄 배 내부의 한 선실. 그곳에 해악천을 비롯한 난마도제 서갈마, 사혈성 도장호 등이 모여 있었다. 해악천이 심드렁한 얼굴로 입을 열었다.

　"이야기 좀 하자 했더니 얼굴 보기가 힘들군. 아직도 삐쳐 있는 건가."

　"해 형이라면 쉽게 받아들이겠소?"

　서갈마가 혀를 차며 그를 나무랐다. 이에 해악천도 머쓱했는지 콧방귀만 뀌었다. 서갈마도 유쾌하지 못한 목소리로 말했다.

　"율령과 본교의 부흥을 위한 대의로 받아들였지만 솔직히 노부 역시 쉽게 납득하기는 어렵소."

　"무엇이 어렵다는 게냐?"

"두 아가씨와는 본질적으로 다르오."

"뭐가 말이지?"

"애송이, 아니 지금 혈마는 전대 교주의 피를 조금도 잇지 않았소이다."

해악천도 그랬지만 서갈마는 전대 교주에게 충성을 다했다. 한데 백련하가 아닌 소운휘를 율령에 의해 혈마로 인정하자니, 마음속 깊은 곳에서 납득하기가 어려웠던 듯했다.

"해 형은 교주님께 죄송스럽지 않소이까?"

"말은 바로 하자. 교주께 죄송스럽지 않은 자가 이 자리에 있긴 하더냐?"

그 말에 분위기가 숙연해졌다. 정사 대전 당시 전대 교주의 죽음은 그들 마음속에서 무거운 짐이었다. 주군을 끝까지 지키지 못했다는 족쇄이기도 했다. 서갈마가 한숨을 내쉬며 말했다.

"당장에 고비를 넘겼다고 해도 분명 노부나 혈수마녀처럼 생각하는 이들이 나올 거요, 해 형."

"제까짓 놈들이 받아들이지 않으면 어쩌겠다는 것이냐."

"여전히 막무가내이구려."

서갈마가 혀를 찼다. 그러고는 말했다.

"제자를 향한 신뢰는 좋지만 그러다 혈수마녀가 말한 것처럼 만약 혈마가 비월영종의 직계가 아니라면 어쩌실 거요? 백혜향 아가씨나 그 파벌이 그것으로 빌미를 잡으면 백련하 아가씨처럼 깨끗하게 물러날 것 같소이까?"

그런 그를 물끄러미 쳐다보던 해악천이 넌지시 말했다.

"네놈의 걱정을 덜 수 있는 방법이 있다면 어쩔 테냐?"

"그게 무슨 소리요?"

해악천이 씨익 웃으며 답했다.

"만약 혈마께서 직계가 아니라면 백련하 아가씨와 혼인하여 피를 견고히 하는 것이다."

그 말에 서갈마의 눈이 휘둥그레졌다.

"피를 견고히?"

"그래. 그리고 명분도 있지 않느냐. 정통성을 이은 백련하 아가씨와 신물의 선택을 받은 혈마가 결속한다면 그 후사는 피가 더욱 견고해진다."

"…허어, 그런 방안이!"

서갈마의 입에서 탄성이 흘러나왔다. 그로서는 당장에 닥친 일 때문에 심란해서 이런 방안은 전혀 생각지 못했었다. 충분히 납득이 갔다.

'클클. 이놈아, 노부의 방법이 먹힌다고 했지.'

해악천은 흥미를 보이는 서갈마를 보며 속으로 소운휘를 나무랐다. 그런데 서갈마의 입에서 예상치 못한 말이 튀어나왔다.

"직계이든 아니든 그럴 필요가 있겠소?"

"그게 무슨 말이지?"

"한 뿌리라고 하나 어차피 수백 년 전에 나뉘었소. 그렇다면 비월영종의 직계임이 밝혀진다고 해도 혈마께서 백련하 아가씨와 맺어지면 안 될 이유가 어디 있겠소?"

'…?!'

서갈마의 그 말에 해악천의 어안이 벙벙해졌다. 그러고 보니 서갈마는 전에도 자신보다 한 술 더 떠서 백련하를 통해 혈교의 대를 이을 후사를 보려고 했던 위인이었다.

"해 형이 고안한 그 방법은 명안이오."

'허어, 이것 참.'

소운휘에게 한 소리 제대로 듣게 생겼다.

* * *

'음.'

백련하와 선미에서 단둘이 보기로 했는데, 가는 도중에 뜻밖의 인물이 앞을 가로막았다. 바로 혈수마녀 한백이였다. 창백할 정도로 하얀 그녀의 얼굴은 냉랭하기 그지없었다. 그렇지 않아도 충성 맹세를 할 당시에도 바라보는 시선이 썩 달갑지 않다는 것은 알고 있었지만 이런 식으로 대면할 줄이야.

"무슨 일이십니까, 육혈성?"

"단도직입적으로 말하죠. 아가씨를 봐서 충성 맹세를 했지만 나는 당신을 믿을 수가 없습니다."

으음. 정말 단도직입적으로 말한다. 충성 맹세를 하고서 자신의 속내를 털어놓을 줄은 몰랐다. 그녀를 빤히 쳐다보던 나는 입을 열었다.

"무엇 때문에 말입니까?"

"전부터 당돌하게 아가씨께 뭔가를 얻어내려고 할 때부터 알아봤어야 했는데, 내 실수입니다."

"조금 당혹스럽군요. 저를 믿지 못하시는 겁니까?"

"아가씨와 그대는 가진 무게부터가 다릅니다."

"어떤 점이 말입니까?"

"아가씨께서는 모든 혈족을 잃은 후부터 혈교를 부흥시키기 위해 와신상담으로 갖은 노력을 해오셨습니다. 하지만 당신은 다릅니다."

늘 냉철한 모습만 보이는 그녀의 목소리에서 분노가 느껴졌다.

"신물인 혈마검이 당신을 어찌해서 선택했는지는 알 수 없습니다. 하나 신물의 선택을 받았다는 이유로 아가씨의 모든 것을 앗아간 당신을 나는 용서할 수 없습니다."

"…"

뭐라고 답변해야 할지 모르겠다. 그녀의 분노에는 나름의 타당함이 있었다. 나는 조심스럽게 입을 열었다.

"육혈성의 마음은 십분 이해합니다. 하나 저 역시도 가볍게 생각해서 혈마가 되려는 것이 아닙니다."

"가볍게 생각하지 않았다?"

"그렇습니다."

팟! 내 말이 떨어지기가 무섭게 그녀가 신형을 좁혀왔다. 그리고 내게 혈수옥으로 붉게 물든 손을 뻗었다. 예전 같았으면 감히 그녀의 공격을 막아볼 엄두도 내지 못했겠지만, 지금은 그녀가 공격해오는 것이 정확하게 보였다. 목을 노려오기에 나는 살짝 고개를 젖혀서 이를 피했다. 그녀의 눈에 이채가 띠었다.

"정말 말도 안 되는 재능이군요. 고작 한 달 만에…"

그녀가 감탄을 내뱉었다. 그러나 그것도 잠시였다.

"제대로 하지 않으면 안 되겠군요!"

그 말과 함께 현란하게 손을 움직이며 나를 노려왔다. 나는 뒤로 보법을 펼치며 한백하의 수공을 피했다. 하지만 그녀가 집요하게 따라붙으면서 마지막 수만큼은 직접 막아야만 했다. 팍! 두 팔을 교차하며 그녀의 손목을 잡아냈다. 혈수옥을 맨손으로 만지는 것은 위험했기 때문이다. 파르르르르!

'강하다.'

과연 혈성이었다. 천권의 힘을 빌리지 않고 순수한 중단전의 힘만으로는 나보다 공력이 한 수 위였다. 여차하면 천권의 힘으로 혈마화를 해야 할지도 몰랐다.

"이게… 무슨 짓입니까?"

"여기서 약조를 들어야겠습니다."

"약조?"

"그렇지 않다면 내 목숨을 걸고 그대와 함께 저승길로 갈 겁니다."

흔들림 없는 그녀의 눈빛을 보니 단단히 각오하고 나를 찾아온 듯했다. 나는 그녀에게 물었다.

"무엇을 약조하란 겁니까?"

"아가씨를 내치지 않고 끝까지 지키겠다고 말입니다."

그녀의 말에 나는 순간 말문이 막혔다. 혈마가 되면서 권력을 얻게 될 내가 그녀를 내치기라도 할까 봐 두려웠던 것일까? 이를 보면 혈수마녀 한백하에게 있어 백련하는 단순히 주군만이 아닌 것 같았다.

"내치지 않습니다. 같은 피로 이어진 친족이나 다름없는데 제가 어찌 아가씨를 내친단 말입니까?"

"예로부터 권력에 위협이 되는 자들은 육친이든 충신이든 토사구팽당하기 마련입니다. 나는 말로만 하는 약조를 믿지 않습니다."

"네?"

"확실한 약조가 필요합니다."

뭘 어떻게 하라는 말인지 알 수가 없었다. 피로 지장이라도 찍으란 소리인가.

그때 누군가의 외침 소리가 들려왔다.

"육혈성!"

그 외침 소리의 주인공은 다름 아닌 백련하였다.

"아가씨?"

선미 쪽에 나타난 백련하가 싸늘한 얼굴로 다가오며 말했다.

"지금 무슨 짓을 하는 거죠?"

그녀의 냉랭한 물음에 한백하가 입술을 질끈 깨물었다. 그러고는 굳은 얼굴로 말했다.

"아가씨, 저는 공자를 믿을 수가 없습니다. 혈마검의 선택을 받은 것만으로 아가씨를 향한 충성을 저버렸습니다."

"육혈성! 제 얼굴에 먹칠이라도 하실 건가요!"

"이 죄는 제 목숨으로 갚겠습니다. 하니 이번 일만큼은 저를 믿어 주세요."

한백하의 강경한 태도에 백련하가 인상을 찡그렸다. 그녀마저도 이런 모습은 처음 보는 듯했다. 한백하가 고개를 돌려 나를 쳐다보며 말했다.

"이 자리에서 약조하세요. 아가씨를 배필로 맞이하겠다고."

'…?!'

한백하의 그 말에 순간 나와 백련하 두 사람 모두가 당황하고 말았다. 대체 무엇을 약조하라는 건지 의아했는데 설마 그녀의 입에서 백련하를 배필로 맞이하라는 말이 나올 줄은 몰랐다.

"진심으로 하시는 말씀입니까?"

"진심이에요. 당신이 아가씨를 배필로 맞이한다면 나는 당신이 아가씨를 내치지 않을 거라 믿겠습니다."

그녀의 공력이 더욱 올라갔다. 이 자리에서 확답을 내리지 않으면 혈전이라도 벌일 기세였다. 뒷감당마저도 감수할 작정으로 보였다.

"육혈성."

"대답하세요."

"그저 아가씨의 신변을 지키기 위해 제 배필로 받아들이라는 게 말이 됩니까? 아가씨의 의사는 무시하실 겁니까?"

그런 내 말에 한백하가 잠시 고민하더니 입을 열었다.

"…아가씨께서도 당신을 좋아합니다."

한백하의 말에 나도 모르게 백련하에게로 시선이 갔다. 그녀의 얼굴이 홍시처럼 터질 듯이 붉어지고 있었다.

"고, 공자, 그게…."

그녀가 어쩔 줄 몰라 했다. 호의적이라고는 생각했지만 설마 정말로 백련하가 나에게 호감이 있었단 말인가. 당혹스러워하고 있는데 누군가의 외침 소리가 들렸다.

"안 돼요!"

모두의 시선이 그곳으로 향했다. 그곳에는 사마영이 다소 격앙된 얼굴로 서 있었다.

—산 넘어 산이네.

내가 하고 싶은 말이다.

사대 악인

옅은 안개가 낀 장강.

장강 한복판을 떠가는 네 척의 배가 있었다. 날개처럼 진형을 이루고 이동하는 배들 중 가장 우측에 있는 배 위.

"흐아아암."

배의 갑판에서 보초를 서던 교인 한 사람이 입을 쩌억 벌리고서 하품을 했다. 그런 교인의 옆에 있던 짙은 눈썹의 교인이 나무랐다.

"졸리면 허벅지라도 꼬집어. 괜히 졸다가 일 그르치지 말고."

"요 근래 쉬질 못했더니 너무 피곤하군."

"교대까지 반 시진밖에 남지 않았으니 좀만 버티라고."

"죽겠구먼. 배 위에서 이게 뭐 하는 짓인지 모르겠구먼. 어차피 수로채가 나타나도 선두나 선미일 텐데."

"군소리할 거면… 응?"

교인이 말을 하다 멈추고 어딘가를 쳐다보았다. 눈을 가늘게 뜨고 뭔가를 쳐다보자 이상하게 생각한 교인이 짙은 눈썹의 교인에게 물었다.

"왜 그래?"

"…저게 뭐지?"

"저거라니?"

교인이 가리킨 곳에는 배라든지 그런 것이 보이지 않았다. 그런데 물 위로 작은 파문이 일어나고 있었다. 두 장 거리마다 파문이 생겨나는데, 그때마다 흐릿한 그림자가 보였다.

"뭐야?"

이에 놀란 그들이 갑판 쪽으로 달라붙어 장강의 물 위를 뚫어지게 쳐다보았다. 그것이 점점 가까워지고 있었다. 물고기가 수면 위로 올라왔다고 하기에는 이상한 현상이었다.

"대체… 앗!"

그 순간 누구 할 것 없이 두 교인 모두가 눈이 휘둥그레졌다.

"…무, 물 위에 사람이…"

그림자가 가까워진 순간 그들은 그것이 사람 형태임을 알 수 있었다. 당황한 교인들 중 한 사람이 다급히 뿔피리를 불려고 했다. 바로 그때였다. 푹! 뿔피리를 입에 대는 순간 교인의 이마로 무언가가 관통했다. 놀라서 쓰러지는 교인을 붙잡았는데, 이마가 꿰뚫린 교인은 이미 숨을 거둔 상태였다.

"저…"

파파팍! 당황한 짙은 눈썹의 교인이 육성으로 외치려는 순간, 그의 아혈과 마혈로 무언가가 날아왔다. 죽은 교인과 몸이 엉켜 쓰러지려 하는데, 누군가 그들이 넘어지려는 것을 붙잡았다. 흑포를 입고 있는 정체 모를 괴인이었다.

'…!!'

얼굴이 귀신처럼 창백해서 소름이 끼칠 지경이었다. 당장에 적습이라고 외치고 싶어도 점혈을 당해서 아무 말도 할 수가 없었다. 그런 그에게 정체 모를 괴인의 목소리가 귀를 울렸다.

[기기괴괴와 소운휘란 놈이 이 배에 있나?]

'엇?'

* * *

"안 돼요!"

사마영의 외침에 모두의 시선이 그녀에게로 향했다. 난처하기 짝이 없는 상황이었다.

—어쩌냐?

소담검의 말에 나는 인상을 찡그렸다.

그렇지 않아도 상황이 복잡했는데, 그녀까지 나타나 더 혼란스러워졌다.

혈수마녀 한백하는 뜬금없이 나타나서 끼어든 사마영 때문에 심기가 불편했는지, 싸늘해진 목소리로 입을 열었다.

"사마 대주, 당장 물러나라. 네가 간섭할 일이 아니다."

보통의 대주급 교인들이라면 간부인 혈성의 경고에 기겁해서 따를 것이다. 하지만 사마영은 그렇지 않다는 게 문제였다.

"그럴 수 없어요."

'…?!'

당돌한 그녀의 말에 한백하의 한쪽 눈썹이 치켜 올라갔다. 심지어 백련하조차도 붉게 상기되었던 얼굴이 냉랭하게 변해가고 있었다. 한백하가 그녀에게 말했다.

"마지막 경고다. 일개 대주인 그대가 끼어들 일이 아니다. 당장 물러서지 않는다면 엄벌로 다스릴…"

"윗물이 맑아야 아랫물도 맑다는 말이 있죠."

"뭐?"

"본교의 수장이라 할 수 있는 혈마께 무례를 범하고 위협하는 건 육혈성이 아니신가요?"

순간 한백하의 말문이 막혔다. 사마영의 말에 한 점 틀린 것이 없었기 때문이다. 한백하와 나는 여전히 부딪친 채 대치 중이었다.

스릉! 사마영이 검을 뽑고서 대담하게도 한백하를 겨냥하며 말했다.

"당장 혈마로부터 멀어지세요."

—아하핫. 역시 사마영.

소담검이 신이 나서 그녀를 치켜세웠다.

네가 사마영을 좋아하는 건 상관없는데 지금 그럴 분위기가 아니다. 혈수마녀 한백하가 어처구니없다는 표정을 짓더니….

"끼어들지 말라고 경고했다."

그 말과 함께 이내 사마영을 향해 손을 뻗었다.

'앗!'

대치하고 있던 나는 찰나에 그녀의 손목을 발로 차올렸다. 팍! 덕분에 경로가 틀어지며 손이 위로 향하고 말았다. 그녀의 펄럭이는 검은 옷자락에서 날카로운 비수 같은 것이 튀어나갔다. 조금만 늦었어도 비수는 사마영에게로 향했을 것이다.

'살수를 쓰다니.'

어이가 없었다. 화가 나려고 하는데, 사마영에게 백련하가 다가가고 있었다.

"사마 소저, 혈마를 지키려 하는 충정은 충분히 알았어요. 이 사태는 제가 수습할 테니, 검을 거둬요."

이성적으로 말하고 있었지만 목소리는 차갑기 그지없었다. 일개 대주가 자신의 심복이라 할 수 있는 혈수마녀 한백하에게 당돌하게 구는 것으로도 모자라 검을 겨눈 것에 분노한 듯했다. 하지만 사마영은 검을 거두지 않았다.

"육혈성께서 손을 떼고 죄를 청하는 게 먼저예요."

백련하의 눈매가 날카로워졌다. 그 눈빛이 마치 예전 육혈곡에서 자신의 뜻을 거슬렀던 혈수마녀를 질책할 당시와 너무도 흡사했다.

"제 말을 우습게 여기는 건가요?"

"혈마를 보호하는 것이 아가씨의 말을 우습게 여기는 게 되나요?"

"당신!"

그런 그녀의 말에 백련하가 아랫입술을 질끈 깨물었다. 몸을 파르르 떨던 그녀가 고개를 돌리지 않고 혈수마녀 한백하에게 말했다.

"당장 떼요."

"아가씨!"

"당장 혈마께 손을 떼라고 했어요. 아니면 제 손으로 당신을 벌할 겁니다!"

분노한 백련하의 목소리에 한백하가 당혹스러워했다. 백련하가 다시 사마영에게 말했다.

"됐죠. 이제 검을 거둬요."

"아직 육혈성께서 손을 거두지 않으셨어요."

그 말에 백련하의 얼굴이 완전히 싸늘해졌다.

"기어코 선을 넘는군요."

팟! 말이 끝나기가 무섭게 백련하의 신형이 사마영에게로 좁혀들어갔다. 혈수옥으로 두 손이 붉게 물든 상태에서 백련하가 지공을 펼쳤다. 이에 사마영이 물러서지 않고 검초를 펼쳤다. 차차차차창! 순식간에 두 여자의 절초가 격렬하게 부딪쳤다. 혈수마녀의 독문 무공인 혈수옥으로 손을 보호한 백련하의 손가락은 검과 부딪칠 때마다 금속성과 비슷한 소리를 냈다. 백련하의 지공이 사마영의 검의 궤적을 파고들며 미간을 교묘하게 찔렀다. 팍!

당할 것만 같았다. 하지만 찰나에 사마영은 백련하의 무릎을 발로 차냈다. 백련하의 균형이 흐트러지자, 도리어 사마영이 그녀의 목 정중앙을 향해 검을 찔렀다. 파팍!

백련하가 지공으로 검을 위로 쳐내며 뒤로 몸을 날렸다. 짧은 순간에 두 초식가량을 부딪친 두 사람이 서로 신형을 벌렸다. 백련하의 표정이 굳었다. 자신과 붙어도 전혀 밀리지 않고 손색없는 솜씨에 놀란 모양이었다. 사마영이 그런 그녀에게 말했다.

"저를 공격하는 게 아니라 아가씨가 말한 대로 아직도 혈마께 무례를 범하고 있는 육혈성에게 벌을 내려야 하는 게 아닌가요?"

"당신이 끼어들 문제가 아니라고 했죠!"

백련하의 다그침에 사마영의 얼굴도 싸늘해졌다. 저 눈만 봐도 그녀가 얼마나 화가 났는지 알 수 있었다.

"끼어들 문제? 저는 혈마를 따르는 거지, 아가씨를 따르는 게 아니에요."

"하!"

그런 사마영의 말에 백련하가 기가 찬 듯 코웃음을 쳤다. 오히려 혈수마녀 한백하가 분노를 금치 못했다.

"감히 일개 대주 따위가 진정한 혈통을 이으신 아가씨께 무슨 망발을 하는 것이냐!"

그 말과 함께 한백하가 나와 대치하던 것을 풀고서 사마영에게 신형을 날리려 했다. 하지만 그녀의 앞을 내가 가로막았다.

한백하가 내게 말했다.

"당장 비켜요."

후우. 어지간하면 좋게 풀려고 했다. 한데 아무래도 안 될 것 같았다. 나는 싸늘한 어조로 그녀에게 말했다.

"육혈성께서 아가씨를 향한 충정으로 하시는 말씀이라 생각하여 간언 삼아 들으려 했지만, 저를 어지간히 우습게 여기시는군요."

"나는 당신을 혈마로 인정하지 않는…."

그녀가 뒷말을 잇지 못했다. 왜냐하면 염을 집중하여 천권의 능력을 발휘했기 때문이다. 혈마화가 진행되자 그녀의 눈동자가 떨려왔다.

나는 혈수마녀 한백하에게 말했다.

"지금 물러나시면 이번 일은 없던 걸로 하겠습니다."

"그 말씀은 아가씨를 받아들이지 않겠다는 건가요?"

"더 이상 그 이야기는 하지 않습니다. 마지막입니다. 물러나세요."

"물러나지 않겠다면요."

"마지막이라는 말을 간과하시는군요."

나는 말이 끝남과 동시에 허리춤에 차고 있던 혈마검을 뽑아 한백하에게 내리쳤다. 그 순간 한백하가 다급히 혈수옥을 펼친 두 손을 들어 올려 검을 잡아냈다. 그녀의 두 눈이 커졌다.

"흑!"

공력을 더욱 가하자 그녀의 무릎이 굽혀졌다. 그리고 이내 선상의 목판이 갈라지며 두 발이 밑으로 파고들었다.

"으으으!"

한백하가 안간힘을 써가며 내려치는 검의 방향을 틀어보려 했지만 소용없었다. 혈마화를 한 나는 사혈성 도장호조차 상대가 되지 못했다. 하물며 그보다 서열이 아래인 그녀라고 다르겠는가. 팍! 나는 망설이지 않고 그녀의 복부를 발로 걷어찼다.

"컥!"

복부를 맞은 그녀의 몸이 퉁겨 나가 뒤로 여섯 보 넘게 밀려났다. 그녀가 비틀거리다가 이내 신형을 제대로 잡았다. 그리고 체내로 파고든 나의 공력을 몰아냈다. 쩌저저적! 그녀의 발바닥 주위로 목판이 갈라졌다. 한백하가 나를 향해 혈수옥으로 붉게 물든 두 손을 앞으로 향하며 기수식을 취했다. 끝까지 해보겠다는 의지를 강렬히 보이고 있었다.

"별수 없군요."

자신의 고집만 내세운다면 나로서도 어쩔 수 없었다. 만약 이런 식으로 한백하가 하는 말을 들어준다면 필요할 때마다 혈마로서의 내 권위를 무시하려 들 것이다. 혈천대라공을 일으키자 혈마검이 선홍빛으로 물들었다.

"그만!"

그때 백련하가 가운데로 끼어들었다.

"두 분 모두 멈추세요."

사태를 진정시키려는 그녀에게 혈수마녀 한백하가 말했다.

"아직 확답을 듣지 못했습니다."

"육혈성!"

백련하가 그녀를 다그쳤다. 하지만 한백하는 전혀 물러설 생각이 없어 보였다. 그럴 거였다면 애초에 포기했을 거다.

"끈질기군요."

"무엇이 어렵다는 거죠? 아가씨도 당신께 마음이 있습니다. 서로 간의 신뢰를 위해서 혼인을 하는 게 싫으신 겁니까? 이 혼인을 통해 당신도 혈마로서 더욱 명분을 가질 수….."

"안 돼요!"

그때 사마영이 소리쳤다. 한백하가 무섭게 굳은 얼굴로 그녀를 노려보았다. 보통 사람이라면 기세에 억눌려서 말도 못 하겠지만 사마영은 오히려 당당했다.

"네년이 정녕!"

"왜 당신 멋대로 혈마께 혼인을 강요하는 거죠? 혼인을 해도 혈마 께서 원하셔서 해야 옳은 거지, 명분이니 신뢰를 갖다 붙인다고 그 게 당연하게 되는 건가요? 이건 감정의 문제가 아닌가요?"

격앙되어 있는 사마영의 모습에 백련하의 눈동자가 흔들렸다. 그 녀를 빤히 쳐다보던 백련하가 입을 열었다.

"…당신, 혈마를 좋아하는군요?"

그 말에 사마영의 얼굴이 새빨개졌다. 당당한 그녀도 다른 사람 앞에서 누군가를 좋아한다는 것이 거론되는 게 부끄러운 모양이다. 혈수마녀 한백하가 어처구니없다는 듯이 말했다.

"하! 일개 대주 따위가 정말 오만방자하구나. 아무리 내가 아가씨를 위해서 무례를 범했다고 한들, 고작 네까짓 것이 혈마의 배필로 어울린다고 여기는 것이…."

그때 한백하는 뒷말을 잇지 못했다. 누구도 예상치 못한 일이 벌어졌기 때문이다. 아무도 알아차리지 못한 사이, 그녀 뒤에 흑포의 사내가 서 있었다.

"네까짓 것?"

한겨울의 서리처럼 싸늘한 목소리. 소름이 끼칠 정도였다.

'…?!'

이에 당황한 혈수마녀 한백하가 뒤로 몸을 회전시키며 혈수옥을 날렸다. 그런데 뒤에 있던 흑포의 사내가 가볍게 그것을 잡아내고는, 한백하의 팔을 그대로 뽑아냈다. 콰직!

"아아아아아아악!"

그녀의 비명 소리가 장강 한복판을 울릴 만큼 크게 퍼져 나갔다. 그 소리가 어찌나 컸던지 선실에 있던 교인들부터 시작하여 해악천과 난마도제 서갈마, 사혈성 도장호 등이 황급히 튀어나왔다.

"이, 이게 대체 무슨…."

그들 모두가 이 상황에 당혹감을 감추지 못했다. 흑포를 입은 정체불명의 괴인이 혈수마녀의 팔을 뽑아 들고 있었기 때문이다. 해악천이 그에게 일갈을 내질렀다.

"네놈, 누구이기에 감히 이곳에 들어온 것이냐!"

그 말에 흑포의 괴인이 콧방귀를 뀌더니 이내 머리에 쓰고 있던 흑포를 벗었다. 새하얗고 창백한 얼굴에 콧수염을 기른 학사와 같은 얼굴이 드러났다. 그때 사마영의 외침 소리가 들렸다.

"아버지!"

'아버지?'

그 말을 듣는 순간 나와 해악천의 얼굴이 동시에 굳었다. 사마영이 아버지라 부를 이는 오직 단 한 사람뿐이었다. 사대 악인의 일인 월악검 사마착. 사대 악인, 무림을 아우르는 열두 명의 초인들 중 네 명을 일컫는 칭호다. 그들의 악명은 무림뿐만 아니라 중원 전체로 퍼져, 우는 아이조차 울음을 그치게 한다고 할 정도이다. 그들은 사람 죽이는 일을 예삿일로 여길 만큼 목숨의 무게를 가벼이 여겼고, 그 손속이 누구 하나 잔인하지 않은 이들이 없다고 한다. 실제로 그런 자를 눈앞에서 보게 되자 나 역시 순간적으로 말문이 막힐 정도였다. 사람의 팔을 그 자리에서 뽑아버리다니….

"아흑."

어떠한 일에도 눈 하나 깜짝하지 않을 것 같던 혈수마녀 한백하가 고통을 참지 못해 눈물까지 글썽이고 있었다. 그녀의 눈동자는 두려움으로 가득했다.

[월악검이다.]

나의 귓가로 해악천의 전음이 들려왔다. 그 역시도 사마영이 아버지라고 소리친 걸로 눈치챈 듯했다. 하지만 다른 이들은 아니었다.

"대체 그대는 누구이기에 이런 짓을 벌인 것이오!"

한백하의 모습에 분노한 난마도제 서갈마가 그를 다그쳤다. 그런데 월악검 사마착은 그에게 시선조차 주지 않았다.

"무시하는 것이냐!"

서갈마가 일갈을 내지르고는 그에게 신형을 날렸다.

"이보…."

옆에 있던 해악천이 만류할 틈도 없었다. 기다란 장도를 뽑은 서갈마가 벼락이라도 되는 것처럼 선상을 박차고 올라, 월악검 사마착을 향해 도를 내리쳤다. 촤악! 과연 현 혈교의 정점이라 불리는 사존자 중 한 사람다웠다. 그 기세는 산이라도 반으로 쪼갤 기세였다. 혈마화를 하고 전력을 다해도 막을까 말까 할 만큼 강렬했다. 한데 사마착은 그저 콧방귀와 함께 선상 바닥에 가볍게 진각을 밟았다.

"흥!"

그러자 바닥의 목판이 갈라지며 위로 튀어 올랐다. 쩌저저적! 파파팍!

이에 서갈마가 변초를 써서 튀어 오르는 목판들을 도로 갈라버리고 다시 그 기세를 이어나가려고 했다. 하지만 처음과 같은 기세가 나오지 않았다. 사마착은 가볍게 상체만을 옆으로 틀어 도를 피하더니, 이내 서갈마의 심장부로 검결지를 찔렀다. 경험 많은 노장답게 서갈마가 다급히 도를 틀어 도면으로 이를 막았다. 차아아앙!

"큭!"

그 순간 날카로운 금속성과 함께 서갈마의 신형이 부웅 날아서 이 장이 넘게 튕겨 나갔다. 서갈마의 장도가 경련이라도 일어난 것처럼 미친 듯이 떨리고 있었다. 도신을 내리는 서갈마의 얼굴이 긴장감으로 물들었다. 심지어 식은땀마저 흘리고 있었다.

'이게 사대 악인과의 간극인가.'

지켜보는 모두가 확연하게 그 압도적인 역량을 느낄 정도로 너무 강했다. 서갈마 혼자서 상대할 수 있는 자가 아니었다. 월악검 사마착이 뒷짐을 지고서 주위에 있는 자들을 천천히 훑어보았다. 그저 쳐다만 보았을 뿐인데, 심장이 격렬하게 뛸 만큼 위압감이 대단했다. 쿵! 쿵! 단 한 명의 절대고수로 인해 배 전체가 극한의 경각심과 긴장감으로 물들었다.

'이 정도일 줄이야.'

단 한 사람이 풍기는 기세가 좌중을 위압적으로 억누르고 있었다. 이걸 보니 확실히 알 수 있었다. 무림연맹주 백향묵이 나를 상대했을 때 얼마나 힘 조절을 했는지 말이다. 열두 초인들 중 한 사람이 작정하고 위압감을 가하니 공기 자체가 무겁게 느껴질 정도였다.

―강하군. 날카롭게 벼린 검 같네.

혈마검이 처음으로 누군가를 강하다고 평가했다. 녀석과 교감한 이후 처음 있는 일이었다. 이 배에서 다섯 손가락에 꼽히는 모든 고수가 월악검 사마착의 일거수일투족에서 눈을 떼지 못했다.

"아버지! 그만하세요!"

그때 사마영이 월악검에게 뛰어갔다. 뭘 하려는가 싶었는데 그의 품에 가서 안기는 그녀였다. 모두가 의아함을 감추지 못했다.

"아버지!"

그런데 바늘로 찔러도 피 한 방울 나올 것 같지 않던 차가운 인상의 사마착이 자신에게 안긴 사마영의 머리카락을 쓰다듬더니 인자하게 웃는 것이 아닌가.

"용석아."

"아버지… 저 때문에 계월곡을 나오신 거예요?"

"보면 모르겠느냐. 이 말괄량이를 잡으러 나오지 않았느냐."

사마영이 그렁그렁 눈물 맺힌 얼굴로 사마착의 가슴에 얼굴을 비볐다. 그리고 고개를 들어 올리며 고양이 같은 눈망울로 말했다.

"보고 싶었어요."

"누가 너더러 집을 나가라고 했느냐."

"핏. 아버지가 나가지 못하게 하니까 그렇잖아요."

"이 아비가 제사를 위해 무덤에 들어간 사이 검까지 훔쳐서 가출한 녀석이 못 하는 소리가 없구나."

아… 저 말수 없고 묵직한 보검이 월악검 사마착의 검이었구나. 그럴 수도 있다고 생각했는데 역시였다. 좌중을 압도하던 위압감이 사마영으로 인해 어느 정도 가시자 모두가 그들 부녀의 진정한 정체를 궁금해하는 눈치였다. 그런 와중에 백련하가 다급히 혈수마녀 한백하에게로 뛰어갔다. 그러고는 점혈법으로 출혈이 심한 한백하의 왼쪽 어깨 부근을 타혈해 지혈시켰다. 급한 불부터 끄고 보는 것이었다.

"아, 아가씨…."

"말을 아끼세요."

백련하가 그녀를 부축해서 옮기려 하자 월악검 사마착의 차가운 음성이 들려왔다.

"누구의 허락을 받고 그 계집을 옮기려는 것이냐?"

백련하의 등이 파르르 떨렸다. 그녀가 입술을 질끈 깨물고 용기를 내서 말했다.

"…사마 대주의 부친이라고 들었습니다. 하면 저희와 연이 없지 않으신데, 부디 선배의 아량을 베풀어…."

"흥!"

백련하의 말이 끝나기도 전에 월악검 사마착이 손가락으로 무언가를 튕겼다. 놀란 백련하가 한백하를 밀치고서 지공을 펼쳤다. 날아드는 무언가를 막았는데, 이어서 날아오는 것을 막지 못하고 가슴에 적중당하고 말았다. 팍!

"아흑!"

가슴을 맞은 그녀의 신형이 뒤로 밀려나 넘어지고 말았다. 바닥에 떨어진 것을 보니 다름 아닌 쇠구슬이었다. 탄지신통만 보아도 그의 공력이 얼마나 심후한지를 짐작하게 만들었다. 사마착의 손가락이 백련하의 머리로 향했다.

"내 딸을 능멸하고도 살아남을 거라고 생각했느냐?"

"아버지!"

"너는 가만히 있거라."

사마영의 만류에도 불구하고 사마착의 손가락이 움직였다. 그 짧은 찰나, 나는 신형을 날렸다. 그리고 날아오는 쇠구슬을 혈마검으로 쳐냈다. 채앵! 검에 쇠구슬이 부딪치자 엄청난 공력에 몸이 뒤로 휘청거렸다. 인간이 이런 공력을 지닐 수 있는가 싶을 만큼 괴물 같은 내공을 소유하고 있었다. 내 의지와 상관없이 발이 다섯 발짝이나 밀려났다.

―미쳤어? 왜 나선 거야?

나라고 사대 악인과 맞서고 싶은 줄 아냐. 나는 지금 혈마다. 수장이라 할 수 있는 내가 가만히 뒷짐 지고 지켜본다면 사마착이 어찌 생각하겠는가.

―뭐?

그렇지 않아도 사마영에게 들은 것이 있었다. 그녀는 자신의 아버지에 대해 종종 이야기했었는데, 월악검 사마착은 위선자나 비겁한 자, 격이 떨어지는 자를 극도로 경멸한다고 들었다.

수장인 내가 뒤에 숨어 있기만 한다면 오히려 그에게 밉보이게 될 것이다. 사태가 더 커지기 전에 수습해야 했다.

슥! 나는 검을 놓지 않고서 손을 모아 예를 취했다.

"말학 소운휘가 월악검 사마착 대선배님께 인사 올립니다."

'…!!'

그런 나의 말에 주위의 모든 사람들이 술렁거렸다. 보통 사람이
아닐 거라고는 다들 예측한 것 같지만 누구도 사대 악인이라고는
상상하지 못한 듯했다.

"월악검?"

"사, 사대 악인!"

해악천은 이미 정체를 눈치챘기에 당연히 놀라지는 않았다. 오히
려 내가 나선 것에 당혹스러워하는 듯했다. 나는 그런 그에게 전음
을 보냈다.

[스승님은 나서지 말아주십쇼.]

[뭐야?]

아무리 해악천이 강하다고는 하나 지금 한쪽 손도 여전히 부상
이 낫지 않았다. 괜히 부딪치면 필시 큰 부상을 입거나 목숨을 보전
하기 어려울 것이다.

"흠."

사마착이 한쪽 눈썹을 치켜 올리더니, 이내 품에 안겨 있는 사마
영을 내려다보았다. 그녀가 이야기한 건지 물어보는 눈치였다. 하지
만 사마영은 그녀대로 놀란 눈으로 나를 쳐다보고 있었다.

"…아셨던 거예요?"

그녀의 물음에 나는 작게 고개를 끄덕였다. 그러고는 사마착에게
말했다.

"제가 이들의 수장인 혈마입니다. 심기가 불편하신 것이 있다면 부디 제게 말씀해주십시오."

심장은 진정되지 않지만 최대한 내색하지 않고 당당하게 말했다. 과연 사마착이 어떻게 나올지 떨렸다. 그런데 사마착이 나를 쳐다보는 눈빛은 냉랭하다 못해 싸늘하기 그지없었다.

'젠장.'

왠지 불안하다.

그때 사마영이 아버지의 품에서 몸을 떼어내더니 말했다.

"아버지, 혈마께서는 제가 무림에 나왔을 때 도움도 주시고 잘 지낼 수 있도록 배려도 해주신 좋은 분이세요."

최대한 나를 좋게 이야기해주는 그녀였다. 어찌 보면 이 자리에서 월악검 사마착을 유일하게 통제하고 달랠 수 있는 사람은 오직 친딸인 그녀뿐이었다.

"아버지께도 꼭 소개해드리고 싶었…."

"외인에게는 관심 없다."

그런 사마영의 말을 사마착이 매몰차게 끊었다. 그리고 내게 말했다.

"네놈이 당대 혈마라고?"

"…그렇습니다."

"들은 것과는 다르군."

"네?"

의아해하는데, 사마착이 무섭게 쏘아보며 말했다.

"순진한 내 딸을 꼬드긴 것도 모자라 다른 여인을 상대로 혼담을 나눠?"

'…?!'

순간 나는 말문이 막히고 말았다. 어디서부터 지켜봤나 했더니 혈수마녀 한백하가 했던 말도 들은 모양이었다. 혼담은 내가 꺼낸 것이 아니었는데 저렇게 노기를 보이는 것이 당혹스러울 지경이었다.

―운휘, 딸을 가진 아버지만큼 사위한테 무서운 사람은 없다고 한다. 조심해라.

남천철검의 목소리가 머릿속을 울렸다.

안 그래도 심란해 죽겠는데 그런 소리는 왜 하는 거야. 아무래도 해명해야 할 것 같다.

"뭔가 오해가 있으신 것 같습니다. 혼담은….'

"흥!"

내 말이 끝나기도 전에 미간으로 쇠구슬이 날아들었다. 팍! 이를 막으려고 하는데, 누군가 앞을 가로막으며 쇠구슬을 잡아냈다. 슈우우우우우! 나의 앞을 가린 거구의 그림자는 바로 스승님인 해악천이었다. 그의 근육질 몸이 붉은 빛깔을 띠며 수증기 같은 것이 피어오르고 있었다. 진혈금체의 최종 단계인 적혈금신이었다.

"스승님."

"아무리 월악검 그대라고 할지라도 혈마께 무례하게 구는 것은 본좌가 용서할 수 없다!"

해악천의 모습을 본 사마착이 피식 웃었다. 그러고는 품속에 손을 집어넣었다가 손가락을 튕겼다. 쇠구슬이 엄청난 속도로 해악천을 향해 날아들었다. 해악천이 그 자리에서 움직이지 않고 한 손으로 날아오는 쇠구슬을 쳐냈다. 해악천이 쳐낸 쇠구슬이 포탄처럼 날아가 선실을 꿰뚫었다. 하지만 그게 시작이었다. 사마착이 손가락을 연달아 퉝기자 쇠구슬들이 무차별적으로 날아들기 시작했다.

"하압!"

해악천이 기합과 함께 주먹을 폭풍처럼 난타질했다. 그의 주먹에 닿은 쇠구슬들이 사방으로 퉝겨 나갔다. 파파파파파팍! 대단한 것은 한 발짝도 물러섬이 없다는 것이었다. 혈마화를 하고 쇠구슬을 막았는데도 밀려난 나와 달리 해악천은 절대로 밀리지 않았다. 쇠구슬을 전부 날렸는지 더 이상 날아오지 않았다. 사마착의 눈에 이채가 띠었다.

"기기괴괴의 진혈금체가 금강불괴에 필적한다는 말이 괜한 소리는 아니로군."

사마착의 입에서 칭찬이 흘러나왔다. 사대 악인 중 한 명인 그가 해악천의 무위를 인정한 것이다.

"하나 그 팔로 내 검도 버틸 수 있겠나?"

"흥! 원한다면 겨뤄보자꾸나."

해악천이 호쾌한 목소리로 외쳤다. 사마착이 손을 가볍게 놀리자 어느새 사마영의 허리춤에 있던 검집이 그의 손으로 들어왔다.

"앗!"

사마영 본인은 빼앗긴 걸 그제야 알았는지 놀라워했다.

'허…공섭물?'

살면서 처음 보았다. 분명 검집이 저절로 그녀의 허리춤에서 빠져나와 사마착의 손으로 들어갔다. 내공이 극에 이른 자는 진기만으로 사물을 다룰 수 있다는 말을 듣기는 했지만, 실제로 가능한 것일 줄은 몰랐다. 이 광경을 모두가 목격했기에 할 말을 잃고 말았다.

그때 사마영이 사마착의 앞을 가로막고서 양팔을 벌렸다.

"그만두세요, 아버지!"

"비키거라. 이들의 싹을 뿌리 뽑을 것이다."

사마착의 강경한 말에 사마영의 표정이 어두워졌다. 그녀 또한 아버지가 이렇게까지 나올 거라고는 생각지 못했나 보다. 사마영이 입술을 질끈 깨물더니 이내 뭔가를 결심한 듯이 외쳤다.

"그럼 저도 죽이세요! 저는 혈마와 함께 살고 죽기로 결심했으니까요!"

그런 그녀의 말에 사마착의 얼굴이 무섭게 일그러졌다. 그의 날카로운 시선이 내게로 향했다.

"저놈과 함께 살고 죽겠다고?"

…미치겠다. 불난 집에 제대로 부채질을 한 격이었다.

─기름을 콸콸 갖다 부었는데.

사마영이 화가 나면 눈이 돌아가는 게 누굴 닮았나 했더니 자신의 아버지를 쏙 빼닮았다. 학사 같던 얼굴이 저렇게 악귀처럼 물든 걸 보면 사달이 날 것 같았다. 숨을 깊게 들이쉬었다 내쉰 사마착이 입을 열었다.

"그렇다면 저놈을 필시 죽여야 네가 집으로 돌아가겠구나."

'…?!'

나를 죽이겠다고? 딸이 좋아한다고 말하니까 죽인다는 것은 대체 무슨 법도인지….

"아버지! 만약 그런 짓을 하면…."

그때 사마착의 손이 번개처럼 움직였다. 타타탁! 사마영의 혈도를 점한 것이다.

"읍읍!"

아혈과 마혈이 점해진 그녀가 그 자리에서 꼼짝하지 못했다. 사마영이 방해할 수 없도록 만든 사마착이 나를 바라보며 살기 어린 목소리로 말했다.

"내가 죽이고자 해서 못 죽일 자는 세상에 없다."

강렬한 기운이 사마착에게서 폭사되듯이 뿜어져 나왔다. 정말 나를 죽일 셈인 듯했다. 해악천의 전음이 귓가로 들려왔다.

[…도망쳐라. 배에서 뛰어내리든 무엇이든 하거라. 아무래도 저 괴물 같은 놈이 끝장을 보려는 모양이다.]

젠장! 해악천의 그 말에 나는 머릿속이 복잡해졌다. 회귀 전에 벌어졌던 일들을 생각해, 사마영이 있다면 사대 악인이라도 어느 정도 설득할 수 있으리라고 여겼다. 한데 이 정도로 호전적일 거라고는 생각도 못 했다. 조금의 대화할 여지도 주지 않았다.

'…별수 없나.'

장강의 배 위 한복판에서 무슨 도망을 친단 말인가. 나는 옷자락을 찢어 혈마검을 쥐고 있는 손을 꽉 동여맸다.

"뭐 하는 게야?"

해악천의 그 말에 나는 씨익 웃으며 말했다.

"스승을 버리고 가는 제자가 세상 어디에 있단 말입니까? 어차피 벌어진 일이라면 같이 감수해야죠. 죽더라도 원망하지 않겠습니다."

"이 녀석이…."

"전음도 아닌데 공대하셔야죠."

나의 말에 해악천이 혀를 내둘렀다. 하지만 그와 달리 입꼬리는 올라가 있었다.

나는 앞으로 나서며 말했다.

"사혈성, 이존, 같이 목숨을 걸어주시겠습니까?"

그런 나의 말에 사혈성 도장호가 한숨을 내쉬며 흰말 가죽의 장신구가 달린 검을 뽑았다.

"선택지가 없군요."

난마도제 서갈마 역시도 나처럼 천으로 도병과 손을 동여매며 말했다.

"제법 혈마다운 모습을 보일 줄도 아는군."

긴장된 얼굴이면서도 눈빛에는 전의를 보이고 있었다. 나는 사마착을 향해 검을 겨냥하며 말했다.

"그냥 죽어드릴 수는 없으니 후배도 목숨을 걸고 반항하도록 하겠습니다."

손끝부터 발끝까지 긴장감으로 물들었다. 월악검 사마착, 눈앞에 보이는 저 사내는 중원 무림에서 최강이자 최고라 불리는 열두 초인 중 한 사람이었다.

—상대할 수 있겠어? 그렇게나 강한데?

나도 모르겠다. 솔직히 확신이 가지 않는 승부다.

설사 합공을 한다고 해도 두렵기는 마찬가지였다. 월악검 사마착의 강함은 열두 초인 중에서도 다섯 손가락에 꼽히는 것으로 널리 알려져 있다.

—다섯 손가락에 꼽힌다고?

소담검이 놀라서 물었다. 무림에 관해서는 뭐 아는 게 없으니 당연한 반응이었다. 혈성들이나 존자들 간에도 무력의 격차가 있듯이 팔대 고수와 사대 악인 간에도 무력의 상하 관계가 있다. 사대 악인이 그 많은 악행을 저질렀음에도 정파 무림을 비롯해 관에서 쉽사리 건드리지 못하는 이유가 무엇이라 생각하는가. 그들 중 세 명이 상위 다섯에 속하는 괴물들이기 때문이다.

—괴물들 중의 괴물이라는 거네.

진기로 허공섭물까지 펼치는 걸 보면 모르겠나. 내공이 가히 인외의 경지에 이르렀다. 어찌 보면 무림의 정점에 이른 자와 대치하고 있다고 해도 과언이 아닌 상황이었다.

—그런 괴물이랑 왜 싸우려는 거야? 그냥 도망치지.

그럴 수 있다면 그랬을 거다. 애초에 그의 심사를 불편하게 한 존재는 나였다. 목표가 분명한 만큼 도망치려 한다면 당연히 나를 뒤쫓을 것이다.

그때 남천철검의 목소리가 머릿속을 울렸다.

—운휘, 차라리 네 본심을 이야기하는 게 낫지 않나?

'본심?'

—나나 소담검이 장난처럼 이야기했지만 언제까지 사대 악인의 여식이라 벽을 치고서 네 마음을 닫을 작정인가? 너 역시 사마영에게 마음이 있지 않나?

그런 녀석의 말에 나는 아무 대답도 할 수 없었다. 나는 믿었던 이들에게 배신을 당해 죽었다. 그리고 회귀 후 결심했었다. 누구에게도 정을 주지 않고 누구도 믿지 않기로 말이다. 그런 와중에 사마영과 만나게 되었다. 그녀는 어떤 의미에서 정말 위험한 여자였다. 사대 악인의 여식. 정체를 아는 것만으로도 두려워 쉽사리 접근하기 어려울 정도였다. 그래서 거리를 유지하고 최대한 그녀에게 선을 그으려고 했다. 하지만 아무리 선을 긋고 벽을 쳐도 열고 들어오는 사마영이다. 아혈과 마혈이 점해져서 옴짝달싹도 하지 못하고 걱정스러운 눈으로 나를 쳐다보고 있는 그녀가 보였다. 나를 저렇게나 좋아해주는 건가.

─운휘, 네게 두 번째 생이 주어진 것은 전의 삶을 토대로 조심스럽게 살라는 게 아니라, 네가 살고 싶은 인생을 살라는 의미가 아니겠나?

'…!!'

내가 살고 싶은 인생?

남천철검의 조언에 머릿속에 남아 있던 잡념이 사라졌다. 첩자 시절 매사에 조심스러워하던 본능이 여전히 나를 옭아매고 있었던 것 같다. 이제 정말로 하고 싶은 대로 살아야겠다.

"흥!"

스릉! 월악검 사마착이 검집에서 보검을 뽑아 들었다. 검을 뽑았을 뿐인데 날카로운 예기가 살갗을 베는 듯한 착각마저 들었다. 죽음을 코앞에 두고 있는 느낌이었다. 한데 마음이 오히려 차분해졌다.

슥! 앞으로 한 발짝 나선 나는 월악검 사마착을 똑바로 쳐다보며 말했다.

"시작 전에 한 말씀 드려도 괜찮겠습니까?"

그런 나의 말에 사마착은 아무 대답이 없었다. 허락하든 하지 않든 말할 생각이었다.

"저도 선배님의 따님을 좋아합니다."

'…?!'

그런 나의 말이 평지풍파를 일으켰다. 모두가 놀란 얼굴로 나를 쳐다보고 있었다. 다른 이도 아닌 사대 악인의 일인인 월악검 사마착을 상대로 대담하게도 그의 여식을 좋아한다고 선언했으니 말이다. 해악천이 어처구니없다는 표정으로 나를 쳐다보았다.

[이놈아, 일부러 자극하는 것이더냐? 저 정도 수준에 이르면 감정에 혼란이 와도 흔들리지….]

[정말입니다.]

[뭐?]

해악천의 미간에 주름이 갔다. 더 이상 내 감정을 숨기지 않기로 했기에 오히려 속이 시원했다. 사마영의 눈가에 눈물이 그렁그렁 맺혀 있었다. 슬퍼서가 아니라 내가 자신을 좋아한다고 밝힌 것에 기쁜 모양이었다. 반면 백련하의 눈빛은 착잡하기 그지없어 보였다.

바로 그 순간이었다. 촤악! 날카로운 예기가 기감을 자극했다.

"헛?"

마치 베일 것만 같은 예기에 나는 본능적으로 검신을 들어 앞을 가로막았다. 차아아앙! 그 순간 날카로운 예기가 검에 부딪치며 내 몸이 밀려났다. 이를 뒤에서 해악천이 붙잡아주었다. 기운이 해소되지 않았는지 손바닥이 아려왔고 혈마검의 검신이 미친 듯이 파르르 떨리고 있었다.

해악천이 내게 말했다.

"잘하는 짓이다. 제대로 타오르게 해줬구나."

그의 말에 월악검 사마착을 쳐다보니, 살기가 오르다 못해 나를 죽일 기세였다.

—딸을 시집보낼 생각이 없어 보이는데.

소담검의 말이 들리지도 않았다. 나의 시선은 사마착의 검에서 떨어질 수가 없었다. 이 정도 거리에서 예기를 날린다는 게 놀라울 지경이었다.

"새삼 놀라울 것도 없다. 전대 교주께서도 가능했던 일이니라."

난마도제 서갈마가 그 말과 함께 장도를 특이하게도 찌르는 형태로 기수식을 취했다. 긴장한 빛은 여전했지만 전의감은 고조되어 있었다.

"정사 대전 이후로 합공은 오랜만이군요."

사혈성 도장호 역시도 검병을 두 손으로 잡고서 오른쪽 귀 옆으로 향하게 했다. 자세들이 특이한 걸로 보아 처음부터 절초를 펼치려는 듯했다.

"준비하시게, 혈마."

해악천이 앞으로 주먹을 내밀며 말했다. 이에 나 역시도 혈마검의 검 끝을 앞으로 내밀며 기수식을 취했다.

"시건방지군."

짧은 한 마디와 함께 사마착이 먼저 움직였다. 합공을 당하는 입장이라 선공을 양보해준다거나 그런 건 없었다.

'아!'

처음부터 나를 노릴 줄 알았는데, 그의 목표는 다름 아닌 해악천이었다.

"크하하하핫! 좋구나."

막상 전투에 들어가니 해악천이 호쾌한 웃음과 함께 사마착을 맞이했다. 그가 주먹을 휘두르자 적혈금신으로 물든 주먹이 적풍이되어 앞으로 난사되어 날아갔다. 사마착의 검이 부드럽게 곡선을 그렸다. 촤악! 그림자처럼 수십 개의 잔상을 일으키는 주먹들이 검의궤적에 휩쓸렸다. 해악천의 신형이 자의와 상관없이 옆으로 쏠렸다. 그 찰나에 사마착이 왼손의 검결지로 해악천의 심장부를 찔렀다.

'위험해!'

그러나 그것은 닿지 못했다. 촤악! 서갈마의 장도가 위로 솟구치며 사마착의 검결지를 베려들었기 때문이다. 사마착이 뒤로 검결지를 빼더니, 위로 비껴 올라가는 서갈마의 도신을 사정없이 찔렀다.

"큭!"

서갈마의 신형이 뒤로 밀려나려 했다. 그러나 처음과 달리 서갈마 역시 이를 악물고 버텨냈다. 세 보 정도 밀려나자 입에서 피가 흘러내리는데도 장도의 궤적을 바꿔가며 사마착의 목을 향해 휘둘렀다. 챙! 이를 사마착이 검으로 막아냈다. 그 순간 도장호의 검이 사마착의 등을 노렸다. 사마착이 바닥에 진각을 밟았다. 쾅! 콰직! 선상의 목판이 갈라지며 목판 조각들이 위로 솟구쳐 도장호의 앞을 가렸다. 도장호가 이를 통째로 갈라버렸다. 그런데 그의 시선에서 사마착이 사라졌다.

"어디?"

"위네!"

서갈마의 외침에 도장호의 시선이 위로 향했다. 어느새 공중으로 솟구친 사마착이 그의 턱을 발로 차버렸다. 퍽!

"큭!"

그러고는 회오리를 치듯이 검을 사방으로 휘두르며 밑에 있는 서갈마와 해악천에게 예기를 흩뿌렸다. 보이지 않는 예기들이 그들을 뒤덮었다.

"젠장!"

채채채채챙! 서갈마와 해악천이 방어 초식을 펼치며 이를 막아냈다. 그 순간 사마착보다 높은 고지로 경공을 펼친 내가 아래로 검을 내리치며 성명검법의 검초를 펼쳤다.

진성명검법 오초식 유성낙검(流星落劍).

"흥!"

사마착이 콧방귀와 함께 왼손의 검지와 중지로 내려치는 검을 잡아냈다.

'무슨!'

혈마화를 한 상태로 십성 공력이었다. 그것을 맨손으로 잡아내다니. 꾸구구구! 사마착이 공력을 가하자 무시무시한 힘에 의해 혈마검의 검신이 휘어졌다. 검의 탄력을 이용해 나를 튕겨내려는 듯했다.

"크압!"

그때 해악천이 공중으로 날아올라 사마착의 우측 갈비뼈로 일격을 날렸다.

'이때다!'

나 역시도 그 찰나를 놓치지 않고 사마착의 머리로 발차기를 날렸다. 그 순간 사마착의 검이 궤도를 바꿔 자신을 노리는 나와 해악천의 주먹과 발을 동시에 베어내려 했다.

'칫!'

나는 혈마검의 검병을 지지대 삼아 발차기의 방향을 틀어 물구나무서듯이 두 발이 위로 향하게 했다. 하지만 해악천은 사마착의 검을 피하지 않았다. 촥! 사마착의 검이 해악천의 왼팔 근육을 파고들었다.

"스승님!"

그런데 살갗을 약간 파고들었던 검이 완전히 파고들지 못하고 멈춰버렸다. 사마착의 눈에 이채가 띠었다. 그 순간 해악천의 주먹이 사마착의 갈비뼈를 강타했다. 퍼억!

"제법이군."

그 말이 끝나기가 무섭게 해악천의 신형이 강한 반탄력에 의해 튕겨져 나갔다. 해악천이 거구의 몸으로 공중제비를 펼치며 밑으로 착지했다.

"손을 놓으시오!"

마침 도장호가 위로 날아올라 내 검을 잡고 있는 사마착의 손을 베려 했다. 챙! 이에 사마착이 밑으로 낙하하는 와중에 검을 휘둘러 도장호의 일 격을 가볍게 막아내고서 심지어 튕겨내기까지 했다. 채앵!

"크윽! 쿨럭!"

사마착의 검에 튕겨 나가는 도장호의 입에서 선혈이 솟구쳤다.

"노부의 도도 있다."

도장호가 튕겨 나가던 찰나, 서갈마의 장도가 사마착의 목을 노리고 있었다. 이에 결국 사마착이 혈마검의 검신을 놓고서, 번개처럼 장도를 밑으로 쳐냈다. 채앵! 장도가 밑으로 쳐내지자 떨어질 거라 생각했던 서갈마가 그 힘을 이용해 몸을 회전하며 그대로 사마착의 어깨를 발로 걷어찼다. 하지만 사마착의 검이 교묘하게 서갈마의 발목을 베려고 했다.

"하압!"

채앵! 이를 놓치지 않은 내가 사마착의 검을 막아냈다.

"귀찮은 녀석."

"헛!"

공력에서 밀렸기에 검을 막아냈지만 거꾸로 된 상태로 나의 신형이 튕겨 나가 이내 선실에 곤두박질치고 말았다. 쾅! 나무로 만들어진 선실이 박살 나버렸다. 속이 진탕이 되는 것 같았다.

　—완전 괴물이잖아.

　—전 주인과 비무를 했던 팔대 고수 중 한 사람인 무상도보다도 훨씬 강한 것 같다.

달리 괴물 중의 괴물이 아니잖아. 온몸이 부서질 듯이 아팠지만 이를 참아내고 일어나 부서진 선실에서 빠져나왔다. 밖에서는 해악천과 서갈마가 동시에 합공을 가하고 있었다. 맹렬한 초식의 대결. 파파파파팍! 파공음으로 뒤덮인 그들의 주변 바닥이 엉망진창이 되어갔다.

‘정말 인간이 맞나.’

초절정의 극에 이른 두 고수의 공격을 사마착은 한 발짝도 움직이지 않고 검으로 막아내고 있었다. 반면 해악천과 서갈마는 보법까지 펼쳐가며 정신없이 움직였다. 상승 고수들의 대결의 진수를 보여주고 있었다.

하지만 상대는 월악검이었다. 팍! 사마착의 검이 두 사람의 합공을 뚫고서 서갈마의 어깨를 찔렀다.

“큭!”

채앵! 도장호가 다시 달려들어 검을 위로 쳐내지 않았다면 그대로 관통했을 것이다.

“너부터 죽여주마.”

사마착이 한 손으로 해악천을 견제한 상태에서 도장호의 미간에 검결지를 날렸다. 때마침 근접한 내가 그를 뒤로 잡아당겼다. 덕분에 검결지가 빗나갔다.

"지금!"

나의 외침과 함께 도장호와 내가 동시에 사마착에게로 검을 찔렀다. 사마착이 먼저 찔러 들어온 도장호의 검을 중지에 고정했던 검지로 튕겼다. 티잉! 탄력으로 휘어진 도장호의 검이 뒤이어 들어온 내 검을 밑으로 쳐내버렸다. 덕분에 나와 도장호가 서로 얽히며 앞으로 신형이 고꾸라졌다. 그것을 놓치지 않고 사마착이 발로 도장호의 가슴을 걷어차 버리고 말았다. 퍽!

"크억!"

뒤에 있었던 내게는 여파가 미치지 않았지만, 도장호가 튕겨 나가면서 그를 안아 드느라 나 역시도 밀려나고 말았다. 그때 사마착이 해악천을 상대하다 말고 뒤로 몸을 날리더니, 겹쳐 있는 우리 두 사람을 향해 보검을 날렸다. 슉! 투창이라도 되는 것처럼 보검이 우리를 꿰뚫으려고 했다.

'죽는다.'

온몸의 신경이 예민해지며 죽음이 밀려드는 것이 오감으로 느껴졌다.

"크윽!"

도장호가 팔꿈치로 나를 밀어내려 했다. 하지만 검이 날아오는 속도를 피하기에는 역부족이었다.

'죽을 수 없어.'

찰나에 머리가 터져나갈 듯이 아파왔다. 염이 폭주하듯이 강해지며 천권의 점이 더욱 붉게 빛났다.

'혈정검세.'

나는 밀쳐내는 도장호의 어깨를 잡고서 서로의 위치가 바뀌게 회전하며 선홍빛으로 물든 혈마검을 목판 바닥에 내리꽂았다. 그 순간 선홍빛 예기가 바닥에서 파도가 범람하듯 허공으로 솟구쳤다. 붉은 예기의 파도에 투창처럼 날아오던 보검이 튕겨 나가고 말았다.

사마착이 날아가는 보검을 향해 손을 뻗었다. 그러자 보검이 살아 있기라도 한 것처럼 허공에서 사마착의 손으로 빨려 들어갔다. 파도처럼 퍼져 나가는 붉은 예기를 향해 사마착이 검을 휘둘렀다. 촥! 초승달 모양으로 아지랑이처럼 공기가 흔들렸다. 앞으로 퍼져 나가던 붉은 예기와 사마착이 휘두르며 날린 예기가 부딪치며 배의 한가운데가 반으로 갈라졌다. 쩌저저저적! 쿠구구구구!

"배, 배가!"

배가 기우뚱거리며 심하게 흔들거렸다. 떨어져서 지켜보던 교인들이 배의 난간을 붙잡았다. 이윽고 흔들림이 멈췄다.

두 예기가 부딪친 여파는 그야말로 장관이나 다름없었다. 선상 바닥이 나와 사마착을 중심으로 서로를 향해 부채꼴 모양으로 갈라져 있었다.

"하!"

"어찌…."

해악천을 비롯한 서갈마, 심지어 멀찌감치 떨어져 있는 백련하까지 놀란 눈으로 나를 쳐다보았다. 도장호가 고개를 돌리며 말했다.

"혈마이시여, 방금 그건 대체?"

"저도 잘…. 큭!"

대답하려던 찰나, 심장이 격하게 뛰고 머리가 터질 듯한 두통이 엄습해왔다. 쿵! 몸에 힘이 풀리며 바닥에 무릎이 닿았다.

"혈마!"

당혹스러워하는 도장호의 외침과 함께 머릿속에 소담검의 목소리가 울렸다.

—너 혈마화가 풀렸어. 코, 코피도 나!

"헉… 헉…."

녀석이 말하지 않아도 코밑으로 흘러내리는 뜨거운 물기로 알 수 있었다. 몸이 말을 듣지 않았다. 손을 쳐다보니 천권의 붉은 점이 어느새 푸르게 바뀌어 있었다. 염을 전부 소모한 것 같았다.

"괜찮은 겁니까?"

도장호의 물음에 나는 손을 획획 휘저었다. 솔직히 괜찮지 않았다.

—방금 그건 뭐지? 혈마에 필적하는 혈정검세였다.

혈마검의 목소리가 머릿속을 울렸다. 필적이고 자시고 그 초식을 발휘하고 나니, 염이 바닥난 것도 모자라 선천진기도 거의 소진해서 온몸에 힘이 들어가지 않았다.

—한계를 벗어난 힘을 발휘해서 그런 듯하군. 네가 오르지 못한 경지를 억지로 끌어내서 그럴 것이다. 어떻게 한 거지?

나도 모르겠다. 그저 죽기 싫다는 강한 일념과 함께 일어났다. 마치 천권의 힘이 그런 일념에 공명해서 나를 살리려고 한 것만 같았다.

'젠장….'

그런데 몸이 너무 무거웠다. 지금 이렇게 내가 빠지면 안 그래도 상대하기 힘든데 더욱 밀릴 게 뻔했다. 나는 고개를 들어 올려 사마착을 바라보았다. 그 역시도 나를 쳐다보고 있었는데, 눈을 가늘게 뜨고서 묘한 표정을 짓고 있었다.

"조금만… 회복하겠습니다."

나의 말에 도장호가 고개를 끄덕였다. 그가 나를 보호하기 위해 앞을 가로막고서 기수식을 취했다.

'후우… 후우….'

나는 눈을 감고서 선천심법을 운공했다. 심장에서 따스한 기운이 올라오며 몸 전체로 스며들었다. 어떻게든 조금이라도 회복해야만 했다.

* * *

"클클. 반드시 살려야 할 이유가 늘었구나!"

쿵! 쿵! 해악천이 다친 손을 개의치 않고 두 주먹을 움켜쥐고서 맞부딪쳤다. 그러자 그의 어깨부터 주먹까지 양팔이 붉다 못해 검붉게 물들어갔다. 슈우우우우! 해악천의 전신에서 수증기가 훨씬 많이 올라왔다. 아무래도 비기를 사용하려는 듯했다.

"하아… 좋소, 해 형. 끝장을 봅시다."

난마도제 서갈마가 도병을 두 손으로 쥐고서 사선이 되게 했다. 그러자 날카로운 예기가 장도에서 아지랑이처럼 스멀거리며 올라왔다. 초절정의 극에 이른 만큼 그 역시도 숨겨둔 한 수가 있었다.

"저도 한몫 거들게 해주세요."

그때 누군가 전투가 벌어지는 한복판으로 걸어왔다.

"혈수마녀?"

그녀는 혈수마녀 한백이였다. 한 팔뿐이였지만 혈수옥으로 붉게 물든 손으로 그녀가 수공의 기수식을 취했다. 부상으로 상태가 그리 좋지 않았지만 지금은 한 사람이라도 아쉬웠기에 해악천도 서갈마도 그녀의 참전을 말리지 않았다.

"월악검, 다시 해보자꾸나!"

해악천이 거구에 맞지 않게 번개처럼 신형을 날렸다. 그를 따라 서갈마와 한백하도 사마착을 향해 몸을 날리며 절초를 펼쳤다. 채채채채챙! 사마착의 손이 빠르게 움직이며 검광이 수를 놓았다.

'음?'

사마착의 눈에 이채가 띠었다. 그의 검이 서갈마의 가슴 위를 찔렀는데, 물러나기는커녕 오히려 검을 붙들고 덤볐다. 다른 이들도 마찬가지였다. 상처 따위는 전혀 개의치 않고 어떻게든 사마착에게 치명타를 날리려 했다.

'이놈들….'

세 고수가 동귀어진의 수에 가까울 만큼 목숨을 던질 각오로 작정하고 덤벼들자, 사마착 역시도 변수가 일어날 수 있기에 진지해질 수밖에 없었다. 사마착이 자신의 딸이 있는 곳을 힐끔 쳐다보았다.

'하!'

그 와중에 사마영은 자신이 아닌 소운휘를 쳐다보고 있었다. 딸자식 키워봐야 소용없다는 말이 새삼 이해가 갔다. 그런데 의외라는 생각이 들었다. 혈교 역시 사파였고 수단과 방법을 가리지 않는 족속들로 알고 있었는데, 누구 하나 점혈로 인해 움직이지 못하는 자신의 딸을 노리지 않았다.

'놈이 이야기한 것과는 다르군.'

사마착은 일혈성 장룡으로부터 들은 이야기가 있었다. 여식인 사마영이 이곳에 있는 것이라면 혈고를 먹고 반복된 세뇌 작업을 통해 묶여 있을 거라 하였다. 만약 그런 것이라면 오히려 사마영을 통해 협박을 해야 맞았다. 그런데 이들 중에는 누구 하나 그런 이가 없었다.

'이쪽 이야기도 들었어야 했나.'

사마착은 뛰어난 두뇌를 지녔지만 그에 못지않게 감정적이며 호전적이었다. 그런 성향 때문에 사대 악인의 일인이 된 것이기도 했다. 들은 이야기도 있는 데다, 자신의 딸이 모욕을 당하고 있다는 생각에 그 원흉인 이들과 사마영을 꼬드긴 소운휘를 죽여야겠다고 마음먹었었다. 한데 갈수록 그게 아니라는 생각이 들고 있었다.

'흠.'

뜨겁게 타올랐던 분노가 어느 정도 가라앉자, 곧 차가운 이성을 되찾았다. 하지만 이미 싸움은 격렬하게 진행되는 중이었다.

'그놈이 나를 속이고 이 녀석들이 딸에게 위해를 가한 것이 아니라면 굳이 죽여서 원한을 더할 필요는 없지 않겠나.'

그렇다면 이들을 제압한 후에 사마영만 데리고 가면 될 일이었다. 다만 아까보다 상대하기가 껄끄러워졌다. 한 사람 한 사람은 자신보다 약했지만, 합공도 모자라 동귀어진의 수로 덤벼드니 제압하는 것이 어려워지고 있었다. 특히 세 명 중에서 가장 강한 자는 해악천이었다.

'기기괴괴, 이놈이 제일 성가시군.'

그렇지 않아도 금강불괴에 가까운 몸을 지녔는데, 비기를 쓴 이후 양팔이 더욱 단단해지고 공력이 올랐다. 게다가 싸우면 싸울수록 전의가 올라 더욱 움직임이 날카로워졌다.

'벽을 눈앞에 두고 있군.'

사마착은 그를 높게 평가했다. 해악천은 절대고수로 들어갈 수 있는 경계에 선 자였다. 깨달음만 얻는다면 무림은 새로운 초인을 맞이해야 할 수도 있었다.

'먼저 제압하는 것은 무리겠군.'

그렇다면 답은 정해져 있었다. 상대적으로 실력이 떨어지는 한백하가 답이었다. 그녀는 초절정의 극에 가까운 고수였지만 팔 하나마저 잃어서 이들 중 제일 위태롭기 그지없었다.

'좋아.'

사마착이 가볍게 검결지를 놀리며 그녀의 수공을 무력화했다. 그리고 전광석화처럼 마혈을 노렸다. 다른 두 고수가 방해하지 못하도록 촘촘하게 검망을 만들어냈다. 그런데 변수가 생겼다.

"크아아압!"

해악천이 검망을 막거나 피하는 것이 아니라, 검에 베이든 말든 몸으로 부딪친 것이다. 해악천은 근육질의 두 팔을 방패 삼아 이를 기어코 뚫고 들어왔다. 그러고는 검붉게 물든 두 손을 깍지 끼고서 들어 올렸다.

"받아랏!"

해악천의 독문 비기인 금혈광압(金血狂壓)이었다. 태산과도 같은 압력이 짓눌러왔다. 콰드드득! 초식이 닿기도 전에 바닥이 갈라지며 반경 이 장이 넓게 밑으로 패였다.

'이건 막을 수밖에 없군.'

사마착이 검에 예기를 집중하며 위로 들어 올렸다. 검과 두 주먹이 부딪치는 순간, 굉음과 함께 누구도 예측하지 못한 일이 벌어졌다. 콰아아앙! 두 고수의 힘에 의해 배의 선미가 강하게 짓눌리며 반으로 갈라져 있던 부분을 중심으로 밑으로 내려앉아 버린 것이다. 쿠르르르!

"배, 배가 무너진다!"

"모두 뛰어내려!"

그것은 그저 두 사람이 부딪치면서 일어난 일이 아니었다. 계속된 싸움의 여파를 배가 견디지 못한 것이었다. 가장 주된 원인은 소운휘의 예기와 사마착의 예기가 부딪치면서 배의 위쪽이 반으로 갈라져 위태로웠던 것이 컸다.

* * *

쿠르르르!

─운휘야!

소담검의 외침과 더불어 앉아 있던 선축이 격하게 흔들리며 나는 운기하던 도중에 깨어났다. 너무 짧은 시간이라 선천진기가 정말 조금밖에 회복되지 않았다. 그러나 회복의 효능이 있었기에 굳었던 몸이 어느 정도 풀려 있었다.

콰르르르! 배가 쪼개지듯이 갈라지며 무너져 내리고 있었다. 균형을 잡기 어려울 만큼 위태로운 상황이었다.

─뛰어내려!

소담검의 말처럼 당장 강에 뛰어내리지 않는다면 배의 파편들과 함께 수장될 판국이었다.

'…!!'

그때 나의 눈에 누군가가 들어왔다. 바로 사마영이었다. 마혈이 점해져서 움직일 수 없는 그녀가 무너져 내리는 배의 파편들 사이로 미끄러지듯이 빨려 들어가고 있었다.

"젠장!"

나는 생각할 겨를도 없이 그곳을 향해 몸을 날렸다. 배가 갈라지고 무너져 내려서 발을 디딜 곳이 없었지만, 여기저기를 경공으로 내디디며 그녀에게 향했다.

풍덩! 이미 사마영의 몸이 배 갑판의 파편들과 함께 빠져버렸다. 나 역시도 그 뒤를 따라 물속으로 들어갔다. 물에서 눈을 뜨자 앞이 제대로 보이지 않았다. 혹시나 하는 마음에 조금이나마 남은 선천진기를 안력으로 집중하자, 조금씩 시야가 보이기 시작했다.

'이런!'

꼿꼿하게 고정되어 있는 사마영의 몸이 물 밑으로 내려앉고 있었다. 나는 발에 공력을 일으켜 빠르게 그 뒤를 쫓았다. 그녀가 고통스러워 보였다.

'조금만 참아요.'

나는 그녀의 허리를 낚아채서 있는 힘을 다해 물 위로 방향을 틀었다.

'점혈을 풀어야 하는데.'

탁! 탁! 점혈을 풀려고 선천진기를 집중해 혈도를 눌렀는데 오히려 반탄력만 일어났다. 월악검이 심어놓은 공력이 너무 강했다. 별수 없이 그녀를 안고서 헤엄쳐서 올라가야 할 듯했다. 꾸르르르! 그녀의 입에서 기포가 나오는데, 이러다 죽을 것만 같았다. 나는 미친 듯이 발을 찼다.

'망할 파편들!'

물 위에서 거대한 배의 파편들이 비처럼 쏟아져 내렸다. 물의 저항력 때문에 혈마검을 휘두르는데 평소의 속도가 나오지 않았다. 그래도 공력 덕분에 가를 수는 있었다.

—좌측 위쪽이 비어 있다.

남천철검의 목소리에 그곳을 보니 작은 파편들만 떨어지고 있었다. 그곳을 쓱 지나가 물 위로 올라왔다.

"푸아!"

물을 어찌나 먹었는지 그녀가 정신을 차리지 못하고 있었다.

"사마 소저! 사마 소저!"

빌어먹을! 선천진기가 온전했다면 점혈이라도 풀 텐데. 빨리 근처에 있는 배에 올라서 인공호흡이라도 해야 할 것 같았다. 그녀를 안고서 헤엄을 치려는데, 또다시 찢어질 것 같은 두통이 엄습해왔다.

"크윽!"

염(念)을 한계 이상으로 몰아붙인 후유증이었다. 고통 때문에 몸이 말을 듣지 않았다.

"제, 젠장!"

여기서 힘이 빠지게 되면 사마영도 그렇고 나도 위험하다.

'어떻게든 배까지 사마 소저를…'

급박한 위기의 찰나였다. 파파!

"억!"

머리에서 느껴지는 통증과 함께 이내 나는 정신을 잃고 말았다.

* * *

장강의 한복판.

그 물 위를 평지처럼 달리는 이가 있었다. 전설로만 알려진 등평

도수(登萍渡水)라는 경공술을 펼치고 있었다. 팡! 팡! 팡! 발끝이 물에 닿을 때마다 작은 파문이 일어났다. 이런 신기를 보이고 있는 이는 다름 아닌 월악검 사마착이었다. 그의 양팔 옆구리에는 여식인 사마영과 소운휘가 기절한 채 매달려 있었다.

"이노오오옴! 월악검! 당장 혈마를 내려놓거라!"

그의 뒤쪽에서 해악천의 쩌렁쩌렁한 외침 소리가 들려왔다. 이는 사마착이 두 사람을 옆구리에 끼운 채 배와는 전혀 상관없는 곳을 향해 달리고 있었기 때문이다.

"젠장!"

풍덩! 물 위에 떠 있는 판목에 아슬아슬하게 서 있던 해악천이 물로 뛰어들었다. 어떻게든 따라잡기 위해서였다. 하지만 헤엄을 치는 자가 어찌 물 위를 평지처럼 달리는 자를 따라잡을 수 있겠는가. 이미 한참 멀어진 지 오래였다.

물 위를 달리던 사마착이 심드렁한 얼굴로 소운휘를 힐끔 쳐다보며 중얼거렸다.

"네놈을 어찌하면 좋을까?"

삼대 금지

다그닥! 다그닥!

한밤중. 마차가 정신없이 달리고 있었다. 마차 안에는 탐스러운 붉은 머리카락을 공작처럼 활짝 펼치고 누운 여인이 있었다. 바로 혈교의 교주 후보 중 한 사람인 백혜향이었다. 그런 백혜향을 내려다보고 있는 이가 있었으니, 일혈성 장룡이었다.

한참을 달리고 있던 때였다. 아무리 마차가 덜거덕거리며 흔들려도 깨지 않던 백혜향이 눈을 떴다.

"아가씨! 정신이 드십니까?"

붉은 안광이 조금씩 살아나며 그녀가 입을 열었다.

"나 패한 거야?"

일어나자마자 그녀는 그것부터 물었다. 이에 장룡이 씁쓸하게 미소 지으며 고개를 끄덕였다. 그리고 위로하듯이 말했다.

"상대가 나빴습니다."

상대는 무림의 열두 초인 중 한 사람이면서 다섯 손가락에 꼽히는 괴물이었다. 아무리 천부적인 재능을 지닌 백혜향이라고 해도 그 격차는 너무 컸다.

백혜향이 다시 입을 열었다.

"누군지 알아?"

잠시 망설이던 장룡이 답해주었다.

"사대 악인 중 일인인 월악검 사마착입니다."

장룡은 내심 걱정스러웠다. 백혜향은 지는 것을 죽기보다 싫어한다. 혹 그것에 미련을 가질까 봐 우려되었다.

"그놈이 왜 습격한 거지?"

그녀의 물음에 장룡은 준비해둔 대답을 말했다.

"누군가를 찾는 것 같은데 그자가 저희에게 있다고 오해했던 것 같습니다."

"그래서?"

"없다는 것을 증명하니 물러났습니다."

그런 장룡의 말에 그녀의 고운 미간에 주름이 갔다. 불쾌함이 가득해 보였다.

"제멋대로 그 난리를 쳐놓고 봐줬다는 건가?"

그자로 인해 서른 명이나 되는 호위 일류 고수들이 몰살당했다. 심지어 자신조차 패했고 말이다. 그녀가 이런 반응을 보이는 것은 당연한 일이었다.

장룡이 조심스럽게 말했다.

"…너무 상심하지 마십쇼. 사대 악인 정도면 무림에서도 재해라 불리는 괴물들입니다. 그들의 행동은 범인의 상식으로 예측할 수가 없습니다. 그러니 어떤 단체에도 속하지 않고 안하무인으로…"

215

"세네."

"네?"

"세다고."

백혜향이 선뜻 상대를 인정하자 장룡이 의아해했다.

"놈은 강했고 나는 약했어. 그에 따른 결과인데 뭐 어쩌겠어."

"아…."

일존에게 그렇게 패해도 인정하지 않고서 비무를 하자고 아득바득 달려들던 그녀가 냉정하게 자신의 패배를 받아들였다.

"더럽게 세네."

"…달리 초인이라 불리는 것이 아니죠."

"이런 놈들을 그나마 일존이 상대할 수 있다고?"

일존은 명실상부 혈교 최고의 고수이다. 그리고 그들 중에 유일하게 열두 고수에 가장 근접한 실력을 가진 절세고수이다. 지금은 폐관에 들어가 있지만 다시 나왔을 때는 완전히 초인의 영역에 들어설 수 있을지도 모른다.

"그러고 보면 일존은 지금껏 봐주면서 날 상대했던 거네."

그녀의 말에 장룡은 부정하지 않았다. 혈교의 충성스러운 신하이자 그녀를 주군으로 받드는 일존이다. 백혜향을 상대로 사정을 봐주지 않고 월악검처럼 무자비한 손속을 보이는 게 더 이상한 일이다.

"그런 놈들이 공식적으로 열두 명이나 된다고? 아니, 일존까지 합하면 열세 명인가."

'…설마 본인보다 확실히 강하다고 생각되는 사람을 말하는 건가?'

그녀의 말투를 보면 그런 듯했다. 사실 이것에 관해서는 논하기가 어렵다. 백혜향은 초절정의 극에 도달했기에 또래에서는 상대가 없는 것이 분명하다. 심지어 무림을 통틀어도 상위 일 푼에 속하는 강자임이 틀림없다. 하지만 중원은 넓고 무림인은 수없이 많다. 늘 새로운 강자가 나타나기 마련이고, 숨겨진 은거 기인까지 친다면 몇 명이 내 위에 있다는 식의 수치는 무의미하다.

'그… 금안의 괴물 놈만 하더라도 그렇지 않은가.'

육존자 십이혈성 시절, 정사 대전 도중 갑자기 나타나 당대 일존을 죽였던 괴물. 이십여 년이 넘게 그자의 흔적을 찾으려고 했지만 발견하지 못했다. 누구도 그자에 대해 아는 이가 없었다. 그것을 떠올리고 있던 찰나….

"나 폐관에 들어가야겠어."

"네? 폐관이라뇨?"

"놈과 싸우면서 깨달은 게 있어."

"깨달은 게 있다고요?"

그 말에 장룡이 내심 놀라움을 금치 못했다.

끊임없이 성장하는 것은 알고 있었지만 패배를 당한 와중에 심득을 얻었다는 게 대단하다고 느껴질 정도였다.

"하나 아가씨 지금은…."

"보름, 아니 한 달 안에 나올 거야."

"…그 정도면 충분하시겠습니까?"

"내공의 문제가 아니잖아."

"알겠습니다. 하면 혈마검은….

"얘기했던 대로 진행해. 수단과 방법을 가리지 않아도 상관없어."

"삼존을 직접 설득하시겠다고 한 것은?"

"네가 맡아. 장자방 소리를 들으려면 그 정도는 해야지."

그 말에 장룡이 속으로 탄식을 내뱉었다. 결국 자신이 이 세 가지 일을 전부 맡아야만 했다.

'그래도 나쁘지 않군.'

다행히 그녀가 패배로 인한 각성 때문인지 모든 신경이 자신의 무위를 발전시키는 방향으로 쏠려 있었다. 혹 월악검과 다시 승부를 볼 거라며 행방을 캐물을까 봐 우려했던 그였다. 한데 굳이 변명할 필요가 없어졌다.

'월악검이 잘해주길 바라야겠구나.'

그가 자신들에게 와서 했던 것처럼 원하는 방향대로만 움직여줘도 모든 것이 원활하게 돌아가게 될 것이다.

* * *

보름 하고도 이틀 후. 사천성 계월곡.

험준한 산 중턱에 작은 초가가 있었다. 천연의 요새처럼 뒤에는 높은 절벽으로, 앞에는 우거진 수풀과 낭떠러지 계곡으로 가려져 있어 쉽게 찾기 어려운 위치였다. 초가 앞에는 기기괴괴 해악천과 난마도제 서갈마, 혈수마녀 한백하, 사혈성 도장호, 백련하 등이 있었고, 그 주변에는 송좌백, 송우현, 조성원 같은 대주들이 교인들을 데리고 인근을 수색하고 있었다.

심기 불편한 얼굴로 서 있는 해악천에게 난마도제 서갈마가 다가와서 말했다.

"정말 계월곡이 월악검의 은신처가 맞소이까, 해 형?"

"맞다고 하지 않나."

해악천이 신경질적으로 답했다. 그로서도 답답한 것은 다른 사람들보다 더하면 더했지 덜할 수가 없었다. 장강 한복판에서 제자인 소운휘가 납치되었다. 그 주변을 샅샅이 수색한 것도 모자라 결국에는 월악검 사마착의 근거지라 알고 있는 계월곡까지 오게 되었다. 한데 벌써 이틀째 계곡 전체를 수색하고 있지만 아무것도 나오지 않았다. 심지어 이 초가마저도 텅텅 비어 있었다.

'이 녀석아….'

해악천도 이 근거지에 관한 것은 소운휘에게 들었었다. 한데 아무런 흔적조차 발견할 수 없으니 답답하기 그지없었다. 사혈성 도장호가 입을 열었다.

"…거처를 옮겼을 가능성도 있지 않겠습니까?"

"거처를 옮겨?"

"아까 전에 아가씨도 그렇고 사존께서도 말씀하시지 않았습니까? 사마영이라는 월악검의 여식이 계월곡에서 왔다고 말했었다고 말입니다."

"그랬지."

"월악검처럼 똑똑한 자가 한 번 드러난 은신처를 계속해서 쓰겠습니까?"

그 말에 모두가 일리 있다고 여겼는지 고개를 끄덕거렸다. 하지만 해악천의 얼굴은 더욱 어두워졌다. 만약 은신처를 옮긴 것이라면 소운휘를 찾는 일은 말 그대로 모래 속에서 진주를 찾는 격이 되어버린다. 으득! 해악천이 이를 갈면서 말했다.

"설사 그렇다고 해도 무슨 수를 써서라도 반드시 찾아야 한다!"

중원을 전부 뒤집어놓는 한이 있더라도 찾을 작정이었다. 제자이
자 혈교의 중심이 될 혈마였다. 한데 다른 이들의 생각은 다른 것
같았다. 난마도제 서갈마가 난처한 얼굴로 입을 열었다.

"해 형, 우리 모두 그대와 같은 마음이오. 하나 마냥 이렇게 모든
전력을 동원해서 수색에 전념할 수는 없소."

"그게 무슨 소리더냐?"

"월악검을 상대할 수도 있는 상황이라 모든 전력이 함께 온 것이
지만 사천, 아니 중원 전역을 수색하기 위해 이 전력을 낭비할 수는
없소. 자칫하면 무림연맹을 비롯해 백혜향 아가씨 측에 우리가 노
출될 수 있소이다."

"그럼 제자, 아니 혈마를 포기하기라도 하겠다는 것이냐!"

"그런 말이 아니지 않소. 이런 식으로는 우리 모두가 위험해질 수
있다는 거요."

그 말에 화를 내던 해악천이 입을 다물었다. 부정할 수 없는 사실
이었기 때문이다. 이미 혈마검이 탈취된 사건으로 무림연맹에서도
혈교가 다시 일어서려는 낌새를 알아차렸을 것이다. 게다가 백혜향
측 역시도 혈마검을 이쪽에서 탈취한 것을 눈치챘을 것이기에 더욱
압박을 가해올 것이 틀림없었다.

"…첩첩산중이로군요."

도장호가 한숨을 내쉬며 말했다. 한참 빠르게 움직여 본교의 모
든 전력을 통합해도 모자란 판국에 정말 최악이나 다름없었다. 혈
마검도 혈마도 사라진 셈이었으니 말이다. 해악천이 노기에 차서 말
했다.

"그렇다면 노부가 혼자서라도 찾을 것이다!"

그 말에 혈수마녀 한백하가 조심스럽게 말문을 뗐다.

"사존… 만에 하나로 공자, 아니 혈마께서 이미 월악검의 손에 유명을 달리하셨다면 어떡하실 겁니까?"

"뭐얏!"

콱! 화가 난 해악천이 단숨에 그녀의 멱살을 잡고서 들어 올렸다. 당장에라도 사달이 날 것만 같았다. 그때 백련하가 입을 열었다.

"사존, 고정하세요."

"아가씨, 하나…."

"냉정하게 생각하셔야 해요. 저 역시 그런 상황은 원치 않습니다. 하지만 우리 모두의 운명이 걸린 일입니다. 모든 변수를 고려해야 합니다."

백련하의 말에 해악천이 이를 악물더니 이내 한백하의 멱살을 놓았다.

마음 같아서는 전부 때려 부수고 박살 내고 싶은 심경이었다. 하지만 냉정하게 받아들일 것은 받아들여야 했다.

"아가씨께서는 묘안이 있으십니까?"

그런 해악천의 말에 백련하도 아무 대답을 하지 못했다. 차라리 무림연맹에 납치당한 것이라면 그 행방이라도 찾을 텐데, 이것은 시간을 들여 전역을 수색하는 것 외에는 방법이 없었다. 답답해하고 있는 찰나, 도장호가 입을 뗐다.

"별수 없군요."

"네놈도 포기하자는 것이더냐?"

"포기는 아닙니다. 하지만 마냥 모든 인력을 수색에만 매달리게 하기에는 위험한 것을 부정할 수 없습니다."

"하면 어쩌자는 거냐?"

"상황에 맞게 대처해야지요."

"상황에 맞게?"

"백혜향 아가씨 측에서는 저희 쪽에서 혈마검을 탈취했다고 확신하고 있을 겁니다."

"그래서?"

"하나 누가 그 주인이 되었는지는 아직 모릅니다. 당연히 아가씨라고 생각할 겁니다."

그 말과 함께 도장호가 고개를 돌려 백련하를 바라보았다. 그리고 자신이 생각하는 해법을 이야기했다.

"이 상황을 이용하는 게 좋을 것 같습니다."

"그 말은 진짜 혈마의 존재를 숨기자는 것이더냐?"

"당대 혈마의 행방이 묘연해진 것이 알려져 봐야 유리해지는 것은 백혜향 아가씨 측입니다."

"…"

이 역시 부정할 수 없는 상황이었다.

"혈마에 관한 정보는 월악검의 행방을 찾을 때까지 숨기도록 하죠. 당분간은 아가씨를 중심으로 본교 통합을 이어나가도록 해야 합니다. 삼존 어르신과 이혈성을 포섭하는 것이 급선무입니다."

이견을 제기하기에는 딱히 묘수가 없었다. 그런 도장호의 제안에 서갈마와 한백하의 눈에 이채가 띠었다. 사실 그들도 이 방안을 떠올렸었다. 하지만 소운휘를 지지하는 해악천이나 도장호가 반대하여 전력이 분산되는 상황이 발생할까 봐 쉽게 입 밖으로 내뱉지 못했던 것뿐이었다. 모두가 해악천을 바라보았다. 이제 그의 결정만이 남았다.

팔짱을 끼고서 고민에 빠져 있던 해악천이 못마땅한 목소리로 말했다.

"혈마를 찾을 때까지만이다."

해악천이 하늘을 쳐다보며 속으로 중얼거렸다.

'이놈아, 살아 있거라. 죽으면 본좌가 용서치 않을 것이야!'

* * *

쏴아아아아아아아!

태어나서 이런 곳은 처음 본다. 반경 십 장 정도 되는 너비의 큰 구멍으로 계곡물이 폭포수처럼 떨어지고 있었다. 그 광경이 아슬아슬하게 그네 다리 밑에서 펼쳐지고 있었다. 폭포수처럼 떨어지는 물이 구멍 속으로 빨려 들어가는데 그 깊이가 가늠되지 않았다.

'대체 여기가 어디야?'

—섬서성의 어딘가라는 것밖에 모르겠다.

'섬서성?'

남천철검의 말에 나는 어처구니가 없었다. 도중에 건포나 주먹밥 같은 것을 주고 대소변을 가리기 위해 일각 정도씩 깼었다. 그것도 하루에 한 번꼴로 말이다. 그때마다 도망을 시도하고 싶었지만 팔과 다리, 척추에 박아놓은 장침으로 인해 몸을 움직일 수가 없었다.

'젠장. 보름씩이나 이러고 있었다니.'

지금도 목이 살짝 돌아가는 것 외에는 몸이 움직이지 않았다. 사마영이 그런 나를 안쓰럽게 쳐다보고 있었다.

─너 그러고 있는 동안 사마영이 여러 번 네 몸에 박혀 있는 장침을 빼내려고 했는데 죄다 실패했어. 저 괴물 같은 작자가 아주 귀신같이 깨더라.

소담검이 혀를 내두르며 말했다.

뒷짐을 진 채 나를 쳐다보고 있는 사마착이 보였다. 이곳에 오는 동안 사마착의 행동은 강압적이었고, 심지어 무슨 말을 해도 대답조차 해주지 않았다. 하지만 지금은 대답해줄 것 같았다. 적어도 식사와 대소변을 위해 깨운 것이 아니니까 말이다. 그래서 나는 조심스럽게 입술을 뗐다.

"…선배님, 어찌하여 저를 이곳으로 데려왔는지 여쭤봐도 되겠습니까?"

그런 나의 물음에 못마땅하게 쳐다보던 사마착이 입을 열었다.

"원래는 네놈을 죽일까 했다."

그건 이미 알고 있다. 그러지 않고서야 그렇게 배 위에서 죽일 듯이 몰아붙였겠는가.

"하나 뭐가 좋다는 건지 이 아이가 네 녀석을 끔찍이 여기더군."

사마영이 쑥스럽다는 듯이 눈을 마주치지 못했다. 사마착이 계속 말을 이어갔다.

"아내와 사별한 후 내게 남은 것은 오직 이 아이 하나뿐이지. 네놈이 그 소중함을 알겠느냐?"

"…"

괜히 잘못 말했다가 사달이라도 날까 봐 답변을 못 하겠다. 아무 대답도 못 하고 있는데, 사마착이 내게 다가오며 말했다.

"나 사마착이 평생 자유롭게 살아왔으나 보은을 모르는 것이 아니다."

"그게?"

"내 딸아이를 살리려고 목숨을 거는 것을 보았다."

아… 장강에서 사마영이 물에 빠졌을 때를 이야기하는 것 같다. 가까이 다가온 사마착이 심드렁한 목소리로 내게 말했다.

"그래서 네놈에게 내 아이와 맺어질 수 있는 기회를 주려고 한다. 그것을 받아들이겠느냐?"

'기회?'

사마착의 입에서 나온 '기회'라는 말에 나는 이상하게 불안해졌다. 적어도 이런 장소가 아니라면 오히려 솔깃했을 것이다. 나는 미심쩍은 생각에 사마영을 쳐다보았다. 그녀의 표정이 그리 좋지 않았다. 전음으로 언질이라도 주면 좋을 텐데, 말하지 못하는 걸 보면 사마착이 그녀에게 뭔가 조치를 취한 듯했다.

─점혈법으로 혈도를 짚어서 전음을 못 할걸.

예상대로였다. 나는 녀석들에게 물었다.

'너희들 뭔가 들은 게 있어?'

─아니.

─듣지 못했다.

─네놈만 뚝 떨궈놓고 말하는 걸 무슨 수로 듣나.

한 명, 아니 한 검만 이야기해라. 셋이 동시에 이야기하면 정신없으니까. 정신을 잃은 와중에도 내가 듣지 못하도록 했다라….

'시험인가?'

─시험?

사마착은 내게 기회를 준다고 했다. 그렇다는 것은 단순히 그녀와 만날 수 있는 기회를 준다는 게 아니라, 뭔가 숨겨진 의도가 분명 있을 것이다. 그게 무엇인지가 관건이었다. 머릿속이 복잡해져 있는데, 사마착이 옅은 미소를 지으며 내게 말했다.

"네게 두 가지 기회를 줄 것이다. 그것을 하고 하지 않고는 네 자유다."

"…제 자유라 하심은?"

"말 그대로다. 네놈에게 선택권을 주는 것이다. 기회를 잡겠다면 응하는 것이고 아니면 포기해도 좋다."

포기해도 좋다고? 의아해하는데 사마착이 말했다.

"단 그리된다면 내 딸아이와 다시는 만날 수 없을 것이다. 네놈 역시도 목숨을 걸고 맹세해야 한다."

아… 역시 대가가 있었다. 포기하면 사마영과 다시는 만날 수 없게 되는 것이다. 사마영이 어째서 저런 표정으로 쳐다보는지 이제야 이해가 됐다. 사마착은 지금 나를 시험하고 있는 것이었다. 여기서 내가 선뜻 포기한다면 사마영을 좋아하는 마음보다 자기 자신을 생각하는 마음이 더 크다는 것을 보여주게 되니 말이다.

"기회를 잡겠느냐? 아니면 포기하겠느냐?"

어떤 시험인지는 알려주지 않는 것인가. 정말 만만치 않은 사람이었다.

─괜찮겠어? 호락호락하게 딸을 만나게 해줄 것 같지도 않은데.

그렇겠지. 하지만 여기서 조금이라도 망설인다면 사마착의 의도대로 되는 거다. 몸을 움직일 수 있다면 더욱 좋겠지만 나는 호쾌한 목소리로 답했다.

"어찌 포기하겠습니까? 받아들이겠습니다!"

그런 내 말에 사마착의 웃음기가 사라졌다. 뭔가 아쉬워하는 눈빛이었다. 반면 사마영은 내가 자신을 포기하지 않는다는 말에 기뻤는지 입술이 실룩거리며 위로 올라가고 있었다.

'…첫 번째 고비는 넘긴 건가.'

적어도 사마영을 좋아한다는 각오는 보여준 것 같다. 그러니 저런 반응을 보이는 거겠지. 문제는 다음이었다.

콰콰콰콰콰콰콰! 지옥으로 들어가는 입구처럼 사방에서 밀려들어 온 폭포수가 빨려 들어가는 이 구멍. 보기만 봐도 온몸에 오한이 돋을 정도였다. 그 깊이가 헤아릴 수 없을 만큼 깊어 보여서 마치 나락과도 같았다.

"배짱이 없진 않구나. 좋다."

그 말과 함께 사마착이 뒷짐을 지던 손을 내밀었다. 그러자 허리춤에 끼워져 있던 혈마검이 저절로 움직이며 빠져나왔다.

―어엇?

그렇게 빠져나온 혈마검이 사마착의 손으로 빨려 들어갔다.

나는 다급히 외쳤다.

"검을 쥐시면 안 됩니다!"

하지만 이미 사마착의 손은 검병을 쥐고 있었다. 혈마검 녀석이 분명 난리를 칠 것이다.

―감히 누가 멋대로 이 몸에 손을 대는 것이냐! 혈관을 전부 터뜨려줄 테…. 응?

'…?!'

뭐지? 혈마검이 화를 내며 뭔가를 하는 듯한데, 사마착은 멀쩡했다. 아무런 반응도 없었다. 평범한 검을 쥐고 있는 것처럼 보였다. 한데 오히려 반응을 보이는 것은 사마착이 아닌 혈마검이었다.

—허억!

녀석이 고통스러워하는 목소리가 들리더니 혈마검의 검신이 파르르 떨려왔다. 사마착이 중얼거리며 말했다.

"요검이로군."

"…괜찮으신 겁니까?"

"요검 따위가 나를 어찌할 수 있을 것 같았더냐?"

—끄으으! 인간 놈이…. 어억!

사마착이 공력을 가할수록 혈마검은 옴짝달싹도 못 하고 괴로워했다. 제대로 천적을 만난 것이었다.

—세상에… 완전 멋진데.

소담검이 혀를 내둘렀다. 혈마검의 기가 한풀 꺾인 것에 기뻐하는 듯했다.

그런데 정말 대단했다. 육혈성 혈수마녀 한백하조차 검을 쥐고서 견디지 못했다. 초인이라 불리는 영역에 이른 것은 알고 있었지만 이 정도로 격이 다를 줄이야. 사마착이 아무렇지 않게 혈마검을 그네 다리 밑의 계곡물로 휘둘렀다. 촤아아아악! 그러자 날카로운 예기로 공간이 아지랑이처럼 일렁이더니, 이내 급류로 거칠게 내려오던 계곡물의 일부가 일순간이나마 갈라졌다. 놀라운 광경이었다. 예기로 이런 기예를 보여줄 수 있다는 게 말이다. 달리 초인이라 불리는 게 아니었다.

파르르르! 혈마검이 요동을 치며 검신을 떨었다.

사마착이 혀를 찼다.

"쯧쯧. 검심이 이리 강해서야…… 좋은 검은 아니로군. 이런 검의 힘에 의존하면 네놈한테도 그리 득이 되지 못할 게다."

챙그랑! 사마착이 혈마검을 손에서 놓았다. 검을 제압하는 것이 가능하지만 오래 쥘수록 공력을 소모해서 그런 듯했다.

―젠장! 망할 인간!

혈마검의 투덜거리는 목소리가 머릿속을 울렸다. 어지간히 분한 모양이었다. 그때 사마착이 내 곁으로 다가왔다. 그리고 손가락으로 내 심장 부근을 콕 하고 짚었다.

"특이한 운기법을 익혔더구나. 벽을 넘지도 못한 녀석이 원기를 이렇게나 단련하다니 말이야."

'…?!'

나는 순간 할 말을 잃고 말았다. 설마 내 심장, 즉 중단전에 있는 선천진기를 느낄 수 있는 것인가? 반신반의하고 있는데 사마착이 내게 말했다.

"모를 거라 생각했느냐?"

"…느껴지시는 겁니까?"

"원기를 이리 단련했는데 모를 리가 있겠느냐."

이것으로 확실해졌다. 사마착은 선천진기를 느끼고 있었다. 그 정도 되는 경지에 이르면 선천진기마저도 알아차릴 수 있는 건가? 사마착이 코웃음을 치며 말했다.

"정기신의 정조차 제대로 다루지 못하는 녀석이 원기만 이리 쌓아서야."

"그게 무슨 말씀이신지?"

"그런 불균형한 상태로는 절대 벽은커녕 지금의 한계도 뛰어넘지 못할 게다."

"네?"

의아해하는데 사마착이 갑자기 내 옷의 목덜미를 덥석 잡았다.

"선배님?"

목덜미를 잡고서 들어 올린 사마착이 그네 다리의 아래쪽으로 내 얼굴이 향하게 했다. 심연처럼 보이는 구멍으로 빨려 들어가는 폭포수. 언뜻 눈동자를 굴려서 보았을 때와는 비교도 되지 않는 압박감에 심장이 쿵쿵 뛰었다.

"이곳이 어디인 줄 아느냐?"

"…모릅니다."

"지금은 멸문했지만 한때 한 무가의 성지라 불렸던 곳이다."

'성지?'

이런 곳이 성지였다고? 뭔가 납득이 되지 않았지만 그네 다리까지 만들어놓은 것을 보면 분명 사람이 오간 흔적이 있는 곳인 것만은 확실했다. 사마착의 목소리가 계속해서 들려왔다.

"하나 그 무가가 멸망하고 오랫동안 방치되었던 것을 나라에서 쓰게 되었지."

"무슨 용도인지 여쭤봐도 되겠습니까?"

"감옥이다."

…이건 굉장히 납득이 가는 말이다. 무저갱과 같은 저곳에 빠지면 아무리 무림인이라 해도 빠져나올 수 없을 것이다. 폭포를 무슨 수로 거슬러 올라온단 말인가.

―이 괴물은 가능하지 않을까? 물 위도 뛰어다니던데.

물 위를 뛰어다녔다고? 그렇다면야 가능성이 있겠지만 나로서는 불가능하다.

사마착이 구멍 아래를 가리키며 말했다.

"외부에서 도움을 주지 않으면 절대로 나올 수 없는 곳이지. 한 번쯤은 들어봤을 게다. 이곳은 봉림곡이다."

"보… 봉림곡?"

그 말에 나는 소스라치게 놀랐다. 대체 여기가 어딘가 싶었다.

―왜 놀라는 거야?

소담검의 물음에 나는 기가 찬다는 듯이 답했다.

'…삼대 금지 중 하나야.'

―삼대 금지? 그게 뭐야?

중원 무림에는 여러 전설과 설화가 있다. 그중 하나가 바로 삼대 금지(禁地)이다. 말 그대로 들어서서는 안 되는 세 장소를 의미했다.

―여기가 그중 하나란 말이야?

'…그래.'

오래전부터 금지라 불렸던 혈로림이나 귀암석굴과 달리 봉림곡의 악명은 금상제의 무림 박해에서 비롯되었다. 봉림곡(封林谷)의 이름을 풀이하면 숲을 가둔 계곡이란 말이지만, 실상 '림(林)'은 무림을 의미한다.

―무림인들을 가두는 곳이란 말이야?

그래. 그런 용도로 사용된 곳이라 들었다. 수많은 무림인들이 당시 이곳에 갇혔었다. 그저 감옥에 불과하다고 느낄 수 있겠지만, 소문에는 이곳에 들어가서 살아나온 무림인이 전무하다고 들었다. 애초에 평범한 감옥처럼 살려서 내보내려고 이용한 곳도 아니었다.

―지금도 가두고 있는 거야?

그때가 수백 년 전의 일이다. 지금도 그런 일이 벌어지지는 않겠지만 한 가지 마음에 걸리는 게 있었다. 이 그네 다리를 보면 수백 년 전의 것으로 보기에는 보수가 잘되어 있었다. 그 말은 현재도 쓰이고 있다는 의미가 된다.

슥! 다시 나를 들어 올려서 내려놓은 사마착이 말했다.

"네놈이 얼마나 내 딸과 함께하고 싶은지 그 의지를 보도록 하마."

나는 침을 꿀꺽 삼키며 물었다.

"…설마 여기 들어가서 탈출하라는 말씀이신지?"

"온전한 몸으로 들어가도 나오지 못하는데, 네 실력에 탈출할 수 있을 것 같으냐?"

"네?"

그 순간, 사마착이 빠른 손놀림으로 내 몸에 타격을 가했다. 파파파파팍! 팔과 다리 부근에 손이 닿자, 혈에 박혀 있던 장침이 내공에 의해 빠져나왔다. 그리고 마지막으로 다른 부위와 달리 척추 쪽에 조심스럽게 손을 대더니, 작은 침 하나를 뽑아냈다. 두드득! 침 여덟 개가 뽑히자 근육이 풀리면서 굳어 있던 몸이 움직였다. 갑갑했는데 그나마 살 것 같았다. 그런데 문제가 있었다.

'이게….'

단전의 내공이 움직이지 않았다. 심지어 심장, 즉 중단전에 있는 선천진기마저도 뭔가에 막힌 것처럼 꼼짝하지 않았다. 대체 무슨 술법을 부렸는지 알 수 없었다.

"네 몸에 박아놓은 서른여섯 개 중에서 고작 여덟 개의 침만 뽑았을 뿐이다. 내공, 원기는 일절 사용할 수 없을 게다."

"그, 그 말씀은?"

"그 상태로 한 달 동안 봉림곡에서 버텨라."

'…!!'

이런 미친. 순간 입에서 욕이 튀어나올 뻔했다. 내공과 선천진기를 쓰지 못하는 상태로 봉림곡에서 한 달을 버티라니. 무방비 상태로 무저갱에 들어가라는 것이지 않나.

그때 사마영이 소리쳤다.

"너무해요! 내공을 봉하고서 여기에 들어가라는 건 공자더러 죽으라는 소리나 다름없잖아요! 이게 무슨 시험이라는 거예요!"

"불평하지 말거라. 너 역시도 기회를 달라고 하지 않았느냐."

"기회를 달라고 했지, 사지로 몰라고 한 적은 없어요!"

사마영이 악을 쓰고 대들었다. 그 모습에 속으로 그녀를 응원하게 되었다. 그녀가 어떻게든 사마착의 이 말도 안 되는 시험을 바꿔줬으면 좋겠다.

하지만 사마착의 완고함은 그녀 이상이었다.

"그렇다면 포기하거라. 고작 이곳에서 한 달도 버티지 못할 정도로 허약해빠진 녀석이라면 이 아비도 인정할 생각이 없느니라."

"그럼 차라리 내공의 금제라도 풀어주세요."

"기회를 주지 말라고 하지 그러느냐."

"사위가 될 수 있는 사람이 죽어도 좋다는 거예요? 이 시험, 저는 납득할 수 없어요. 차라리 다른 기회를 주세요!"

"그렇다면 이 아비를 꺾어라. 아비보다 강한 남자라면 인정하겠다."

'…'

할 말이 없었다. 팔대 고수 사대 악인 중에서 다섯 손가락에 꼽히는 괴물을 꺾으라고? 이건 절대 허락할 수 없다는 소리나 다름없었다. 그녀가 아무 말을 못 하고 입술을 질끈 깨물자 사마착이 콧방귀를 꾸며 말했다.

"맨몸으로 던지려 하다가 참았느니라. 검 한 자루와 단검 하나면 생존할 수 있는 기본 요건은 갖췄다."

남천철검과 소담검을 말하는 건가?

―휴.

―어우.

사마착의 그 말에 두 녀석이 안도의 숨을 내쉬는 게 들렸다.

―나는!

혈마검의 욕설이 머릿속을 울렸다.

그때 사마영이 울먹거리는 목소리로 말했다.

"너무해요."

"하면 포기하거라. 이 아비랑 평생 같이 살자꾸나."

"싫어요! 제가 평생 노처녀로 살다가 늙어 죽어도 좋단 말이에요?"

"…후우."

사마착이 머리가 지끈거렸는지 이마를 손으로 짚었다. 그러고는 이내 말했다.

"아비는 분명 이야기했느니라. 한 달이다. 이 녀석이 한 달만 버티면 너희가 만나든 만나지 않든 개의치 않겠다고 했다."

부녀가 서로 물러섬이 없었다. 울먹거리는 사마영을 바라보던 나는 깊은 한숨을 내쉬고서 두 손을 모았다. 그리고 포권을 취하며 말했다.

"선배님이 주신 기회를 달게 받겠습니다."

"공자님!"

"그 약조 꼭 지켜주시기 바랍니다."

나는 사마영에게 걱정하지 말라며 빙그레 웃어 보이고는 이내 몸을 돌렸다. 사마영의 두 눈이 휘둥그레졌다. 그녀가 당황해서 말했다.

"하지 마세요! 공자님, 이건 정말 아니에요. 그럴 거면 차라리 제가 포…."

"소저, 괜찮아요. 기다려주세요."

이 시험을 버텨내야만 사마착의 인정도 받고 사마영도 얻을 수 있다. 애초에 죽일 생각이었다면 이런 식으로 하진 않았을 것이다. 그렇다면 받아들이는 수밖에 없었다.

—야! 너 진짜로 할 거야?

그럼 별수 있나. 그나마 너희들이 함께하는 게 위로가 된다.

나는 앞으로 내달렸다.

"잠깐! 안 돼요! 안 된다고요! 공자니이이임!"

그녀의 외치는 소리가 고막을 울렸지만, 이를 참아가며 억지로 그네 다리 밑으로 몸을 던졌다. 콰콰콰콰콰콰콰콰! 쏴아아아! 사방에서 밀려드는 폭포 물이 튀며 앞이 물안개로 가려졌다. 그때 남천철검의 목소리가 들렸다.

—운휘, 위를 봐라.

이에 낙하하며 몸을 억지로 뒤집었는데….

'…!!'

사마영이 내 뒤를 따라서 뛰어내렸다.

'이런 미친!'

같이 뛰어내리면 어쩌자고.

"사마 소저!"

내 외침 소리가 폭포 소리에 묻혔다. 그런데 그 위에서 누군가의 그림자가 보였다. 바로 사마착이었다. 곧바로 그 뒤를 따라온 사마착이 그녀를 강제로 붙잡았다. 그리고 말도 안 되는 경공 실력으로 폭포수의 물을 박차며 다시 위로 올라가려 했다. 그녀가 발버둥 쳤지만 소용없었다.

'어쩌자고…'

그나마 곧바로 붙잡혀서 다행이었다. 그때 사마영이 내게 무언가를 던졌다. 획! 그건 바로 혈마검이었다. 공력이 실려 있었기에 혈마검은 아래로 떨어지는 내게로 정확하게 날아왔다.

'아!'

그녀가 뛰어내린 진짜 목적은 혈마검을 내게 주는 것이었나 보다. 혈관이 폭주해서 위험할 수도 있는데, 그런 짓을 하다니 뭔가 마음이 짠했다.

—그럴 줄 알고 참았다.

혈마검이 내게 봐줬다는 식으로 말했다. 멀리서 사마착이 고개를 절레절레 흔드는 모습이 보였다. 그러나 그것도 잠시였다. 내 몸이 점점 이 어두컴컴한 구멍 속으로 빠져들면서 그들의 모습은 점이 되어 사라졌다.

슈우우우우! 어두운 데다 폭포수가 튀면서 생겨난 물안개 때문에 앞이 보이지 않았다. 그야말로 무저갱 그 자체였다. 최대한 몸을 수직으로 세웠다. 폭포가 떨어진다는 것은 분명 밑에 물이 고여 있거나 흐른다는 소리였다. 내공이나 선천진기를 쓸 수 있는 온전한 상태로 떨어져도 충격이 꽤 클 텐데, 몸 전체로 수면에 부딪히면 크게 다칠 것이다.

—밑이 보인다!

충격을 버티기 위해 이를 악물었다. 이윽고 발끝이 물에 닿았다. 풍덩! 수면을 뚫고 들어가며 충격이 발끝을 따라서 위로 빠르게 올라왔다. 다행히 예전 계곡에 떨어졌던 경험 덕분에 미리 대비를 해서인지 전처럼 몸이 부서질 것 같거나 하진 않았다. 애초에 외공도 부단히 단련해서 그런 걸지도 몰랐다.

"푸!"

밑으로 쑤욱 하고 들어갔다가 발버둥을 치며 수면 위로 올라왔다. 폭포수가 떨어지면서 생겨난 물살에 몸이 저절로 어딘가로 쏠리기 시작했다.

—우리 놓치면 안 되는 거 알지?

—꽉 잡아라, 운휘.

—아으! 역대 혈마들 중에서 이 몸을 이렇게 고생시키는 건 네놈이 처음이다.

귀하게 살았네. 좋은 경험 했다고 생각해라. 나라고 이딴 곳에 오고 싶었겠나.

그나저나 앞이 너무 안 보인다. 계속 앞으로 쏠려서 내려가고 있는데, 어디로 향하는지 알 수가 없다. 선천진기로 안력에 집중한다면 뭐라도 보이겠는데….

—우린 보인다! 운휘 더 앞으로 가면 머리를 내밀 곳이 없다.

남천철검이 내게 말했다.

'그게 무슨 소리야?'

—물이 또 다른 구멍 같은 곳으로 들어가고 있다.

'젠장!'

여기서 또다시 어딘가로 떠내려간다고? 만약 저 통로가 깊기라도 하면 나는 숨을 쉬지 못해 죽을 수도 있다.

—우측으로 헤엄쳐! 우측 부근에 땅이 있어.

소담검의 외침에 나는 앞이 잘 보이지도 않는데, 억지로 물살을 헤치며 헤엄쳤다. 격류에 몸이 휩쓸리면서도 조금씩 옆으로 몸이 움직이고 있었다.

—얼마 안 남았어! 서둘러!

알고 있다고. 물살이 거세서 어려운 것뿐이라고.

—다 왔다!

—손 뻗어서 뭐라도 쥐어!

녀석들의 보챔에 나는 최대한 앞으로 손을 뻗었다. 그러자 돌덩이 같은 무언가가 잡혔다. 왼손에 쥐고 있던 혈마검을 앞으로 던진 후에 왼손으로 튀어나온 돌덩이를 움켜잡았다. 그리고 있는 힘을 다해 잡아당겼다. 물살에 떠내려가던 상반신이 위로 올라갔다. 다리를 올리자마자 몸을 옆으로 굴렀다. 녀석들의 말대로 땅이 있었다.

"헉… 헉… 헉!"

—같이 수장되는 줄 알았다.

—내 말이.

—…젠장. 그때 그 백련하라는 계집아이를 이 몸의 부하로 인정해줄 걸 그랬다.

말하는 거 봐라. 새삼 후회되나 보지.

그나저나 진짜 힘들다. 내공이나 선천진기 없이 회귀 전에는 어떻게 버텼는지 모르겠다. 몸 안에 박혀 있는 이것들을 빼낼 방법이 없을까? 누워서 숨을 돌리고 있는데 어디선가 웅성거리는 소리가 들려왔다.

'뭐지?'

나는 손을 더듬어 혈마검을 잡고서 몸을 일으켜 세웠다. 어둠에 익숙해졌어도 빛 한 점이 없어서 앞은 거의 보이지 않았다.

'소리 들리지?'

―들린다. 저쪽 동굴에서 들리는 것 같다.

'동굴?'

여기에 다른 동굴이 있는 건가? 그런데 앞쪽에서 희미한 빛이 보이기 시작했다. 노란 불빛이었는데, 바로 횃불이었다. 정말로 동굴 같은 곳이 있었는데, 그곳에서 횃불을 든 누더기 차림의 수염과 머리가 덥수룩한 남자 세 명이 나타났다.

'사람이 있었어?'

정말 예상하지 못한 일이었다. 그때 횃불을 비추며 나를 발견한 세 명의 남자가 동시에 뭔가를 외쳤다.

"신입이다!"

"옷!"

"무기다!"

'…?!'

뭔가 반가워할 상황이 아닌 것 같았다. 세 명의 남자가 탐욕스러운 눈빛으로 나를 향해 다가왔다. 그들 손에는 돌도끼를 비롯해 돌을 갈아 만든 창 같은 것을 쥐고 있었다. 어째서 사마착이 내게 남천철검이나 단검을 가지고 봉림곡 안에 들어가게 했는지 알 것 같았다. 이런 상황에서 살아남아 보라는 것이었나.

'후우.'

한데 사마착도 한 가지 모르는 게 있었다. 내게는 중단전과 하단전만 있는 게 아니었다. 호흡을 가다듬고서 상단전의 염을 일으켰다. 그 순간 오른 손등에 있는 일곱 개의 북두칠성 점들 중 하나인 천권이 붉은빛으로 물들었다. 혹시나 했는데 다행히 염이 회복되었다. 염과 같은 경우 선천진기나 내공과 달라 운기가 아닌 시간이 소요되거나 체력 상태에 따라 다시 차오르는 듯했다.

나는 천권을 일으키며 다가오는 누더기 삼인방에게 말했다.

"당신들 누구입니까?"

그런 나의 물음에 그들이 서로를 쳐다보고는 박장대소를 했다.

"푸하하하하핫!"

"웃기는 녀석인데. 누구냐니?"

"잡혀온 마당에 그딴 걸 알아서 뭐 하게. 크하핫."

잡혀왔다고? 이들이 하는 말에 나는 눈살을 찌푸렸다. 나를 죄수로 생각하는 건가.

─별 차이 없지. 강제로 들어왔잖아.

후우. 그야 그렇지. 생각해보니 잡혀 들어온 거나 다름없었다.

누더기에 덥수룩한 수염의 사내들 중 한 사람이 내게 돌도끼를 겨냥하며 목소리에 힘을 주고서 말했다.

"어이 신입, 알량한 목숨이라도 살리고 싶거든 가지고 있는 검을 내려놓고 옷까지 싹 벗어라!"

─완전 노상강도인데.

소담검이 혀를 찼다. 그런데 뭔가 이상했다.

─뭐가?

혹시 내 모습이 변하거나 그러지 않았어?

—아니, 그대론데?

나는 손등을 쳐다보았다. 붉게 물든 점을 보면 분명 천권을 일으켰다. 혈마의 염을 일으켰는데, 모습에 전혀 변화가 없다고? 어쩐지 저들이 아무런 반응을 보이지 않는 게 뭔가 이상하다고 생각했다.

—천권도 안 되는 거 아냐?

이러면 곤란한데. 나는 지금 침으로 주요 혈들이 막혀 있어서 운기가 되는지도 알 수 없었다.

그런 나의 말에 혈마검의 목소리가 울렸다.

—운기가 안 되는데 혈천대라공이 정상적으로 발휘될 리가 있나.

'설마?'

—빛 좋은 개살구란 말이지. 뭐겠나, 인간.

혈마검의 말에 나는 입이 바짝 말랐다. 그렇다면 천권을 발휘하든 하지 않든 간에 맨몸으로 싸우는 셈이 된다.

"이놈 보소. 대답이 없네."

"그냥 빼앗으면 되지."

"저 화려한 문양의 검은 내 거다!"

갑자기 그들이 나를 향해 달려들었다. 돌도끼를 휘두르고 돌창을 찔러오는데, 그냥 막 휘두르는 게 아니었다. 이자들 역시 무공을 익힌 자들이었다. 단지 휘두르는 속도를 보면 내공 없이 초식을 발휘하는 것과 별반 다를 바가 없었다.

'칫.'

별수 없었다. 천권이 제대로 안 된다면 자력으로라도 상대해야 하지 않겠나. 나는 가장 먼저 뻗어온 돌창을 검으로 쳐냈다. 촥! 그 순간 돌창이 검의 궤적을 따라 깨끗하게 갈라졌다.

"뭐, 뭐야?"

창을 찔러온 누더기의 사내가 당혹감을 감추지 못했다. 나는 그런 그를 향해 몸을 날려 가슴을 발로 걷어찼다. 퍽!

"끄억!"

가슴을 맞자 누더기 사내의 입에서 피가 뿜어져 나오며 뒤로 세 장이 넘게 튕겨 나갔다. 그 광경을 본 두 명의 사내가 기겁하며 공격을 멈췄다.

"이, 이놈?"

"내공이 금제된 게 아니야?"

—뭐야? 천권이 발휘된 거야?

나도 영문을 알 수 없었다. 모습에 변화가 없어서 혈천대라공이 운기되지 않는다고 여겼다. 한데 방금 그 일격을 보면 상대에게 내상을 입힌 게 틀림없었다.

'시험해볼까?'

나는 당황하고 있는 두 누더기의 사내들 중 한 사람을 향해 신형을 날렸다. 몸이 가볍게 날아가며 순식간에 상대의 앞에 도달했다. 이 정도라면 적어도 일류 고수의 수준에 육박하는 몸놀림이라고 할 수 있었다. 파곽!

"악!"

나는 단숨에 그의 팔을 뒤로 꺾어서 제압했다. 그리고 이자의 머리에서 마혈을 때리자 그대로 몸이 굳어졌다.

"제, 제기랄!"

—도망간다.

옆에 있는 자가 도망치려고 하자 그자 역시도 단숨에 따라잡아 뒷목을 쳐서 기절시켰다.

횃불을 떨어뜨리려는 것을 가볍게 잡아냈다.

"하아. 살 것 같네."

안 그래도 옷이 전부 젖어서 축축했는데 횃불 덕분에 따뜻해졌다. 이들을 전부 쓰러뜨리고 나니 영문을 알 수 없었다. 분명 천권이 발휘되고는 있었다.

'왜일까?'

혈마의 백이 담긴 염을 일으키면 초절정의 극에 이르는 수준까지 무위가 향상되었다. 하지만 지금은 일류 고수 수준에 불과했다. 심지어 혈마화도 불가능했다. 왜 이런 현상이 벌어지는지 짐작하기 어려웠는데, 그때 머릿속에서 남천철검의 목소리가 들렸다.

—혹시 이런 게 아닐까, 운휘?

'응?'

—전에 네가 혈마에 육박하는 힘을 내고서 탈진하지 않나?

'그랬었지.'

—그렇다면 그 천권이라는 것은 운휘 네가 현재 감당할 수 있는 수준까지만 힘을 끌어올릴 수 있는 것일 수도 있다.

내가 감당할 수 있는 수준? 일리가 있었다. 지금 나는 내공도 선천진기도 침에 의해 강제로 봉해졌다. 그런 상태에서 초절정에 이르는 힘을 낸다는 것은 불가능 그 자체였다.

'…그래서였나.'

확실하다고 단정을 내릴 수는 없지만 지금으로서는 맞는 말인 듯했다. 나는 서둘러 천권의 힘을 거둬들였다. 지금으로서는 내 몸을 지킬 수 있는 수단이 이것뿐이기에 염을 최대한 아낄 필요가 있었다.

—그것만이 문제가 아닌 것 같은데, 인간.

—횃불도 오래가지 못하겠는데.

녀석들의 말대로 횃불이 타는 속도를 보면 오래가야 일이각 정도가 한계로 보였다. 그렇게 되면 시야가 또다시 어두워질 것이다.

나는 쓰러져 있는 누더기의 사내들 중 한 사람을 흔들어 깨웠다.

"일어나시죠."

누더기의 사내가 깨어나자 당혹스러워하며 말했다.

"네, 네놈 뭐야? 어떻게 내공을 쓸 수 있는 거야?"

내공을 쓸 수 없다고 확신한 건가? 어차피 내가 대답해줄 의무는 없으니 궁금한 것만 묻자.

"그건 당신이 알 바가 아니고, 여기에 어째서 갇혀 있는 겁니까?"

그런 나의 물음에 누더기의 남자가 대답하지 않았다. 이에 협박을 가미했다.

"죽고 싶으신가 보죠?"

말귀를 알아들었는지 누더기의 사내가 황급히 답했다.

"워, 월악검에게 잡혀서 이곳에 갇혔다."

뭐? 사마착에게 잡혔던 건가.

—익숙하게 내모는 게 이상하다 싶었다.

그러게 말이다. 나는 주위에 쓰러진 두 명을 눈짓으로 가리키며 물었다.

"나머지도 말입니까?"

"저, 저기 저 친구는 나보다 한 달 늦게 들어온 녀석인데, 월악검의 손에 잡혀서 들어왔다고 들었다. 그런데 저 녀석은 아니다."

사내가 가리킨 자는 처음에 가슴을 맞고 내상을 입은 자였다.

"저 녀석은 무쌍성 풍영팔류종의 금옥에 갇혀 있다가 이곳에 내던져졌다고 들었다."

"풍영팔류종?"

무쌍성의 사대 무종 중 하나였다. 사마착만 이곳을 쓰고 있는 게 아닌 건가. 내가 의아하게 쳐다보자 사내가 말했다.

"이곳에 있는 자들 대다수는 무쌍성에서 강제로 떨어뜨린 것이나, 저 녀석과 나처럼 월악검의 손에 잡힌 자들도 있다."

"잠깐, 그 말은 이 안에 당신들 말고 다른 자들도 있단 말입니까?"

그런 나의 물음에 사내가 고개를 끄덕였다. 놀라운 일이었다. 삼대 금지 중 하나인 봉림곡 안에 생존자들이 이렇게나 남아 있을 줄이야. 대체 얼마나 많은 자들이 이곳에 있는 걸까?

"많습니까?"

"그리 많지는 않다. 우리를 포함하면 마흔네 명 정도다."

마흔네 명이 그리 많지 않다고? 생각보다 꽤 많은 자들이 생존하고 있었다. 그 말인즉, 이곳에 생존할 만한 최소한의 요건이 갖춰져 있다는 소리였다. 하긴 그렇지 않다면 사마착이 이곳에 떨어뜨릴 리가 없었다.

"이곳에 떨어진 자들 중 절반 가까이가 급류에 휩쓸려서 저 안으로 빨려 들어가 목숨을 잃었다."

사내가 가리킨 곳은 급류가 이어지는 구멍이었다. 나도 하마터면 저곳에 빨려 들어갈 뻔했다.

"…네놈은 어떻게 이곳에 들어온 거지? 월악검? 무쌍성?"

"알 바 아니라고 했죠."

사내가 입을 꾹 다물었다. 무림인 출신이라고 금세 기가 살아나는데, 조금만 틈을 보이면 달려들 위인이었다. 나는 다시 사내에게 물었다.

"얼마나 이곳에 있었던 겁니까?"

"…나는 넉 달 정도 됐고, 저 친구는 다섯 달, 저기 무쌍성에서 떨어뜨린 친구는 일 년 가까이 있었다."

그 말에 내심 놀라웠다. 생각보다 이들은 굉장히 오래 갇혀 있었다. 한 달을 버티라고 한 게 그저 요행을 바라서가 아닌 듯했다. 정말 가능하니까 하라고 한 것이었다.

"흐흐. 뭘 그리 놀라는 거냐? 이곳에서 이십 년이 넘게 버틴 노인네도 있는데."

"이십 년이 넘게 버텼다고요?"

이런 어두컴컴한 곳에서 이십 년이라니. 정말 삶을 향한 대단한 의지였다. 나갈 수 없는 감옥 같은 곳에서 그렇게 버티기란 쉽지 않은 일이었다.

"뭐… 그 노인네는 이제 얼마 살지 못하겠지만."

사내가 씁쓸한 목소리로 말했다. 노인네라고 이야기하는 걸 보면 노환이라도 온 듯했다.

―야, 그렇게나 오랫동안 갇혀 있던 걸 보면 진짜 나갈 수 있는 방법이 없나 봐.

소담검이 날카롭게 지적했다.

녀석의 말대로 이십 년 넘게 갇힌 사람이 있을 정도라면 이곳에서 탈출할 방법은 요원하다고 할 수 있었다.

'…죽으나 사나 버텨야겠네.'

그래도 다행이었다. 이렇게 먼저 들어와 갇혀 있는 자들이 있어서 말이다. 이들의 생존법을 전수받아야겠다.

"당신들은 여기서 어떻게 살아남은 거죠?"

이곳은 지하 동굴이다. 여기서 어떻게 먹을 것을 구했는지가 궁금했다. 물이야 격류가 내려오는 이곳에서 해결하면 되니 문제 되지 않겠지만…

"동굴에는 뿌리가 안쪽으로 파고드는 특이한 나무들이 있다."

아, 그래서 횃불이 이렇게 특이하게 생겼구나. 나무뿌리를 모아 만들어서 그런 것이었다.

"그것으로 불을 지폈다."

"먹는 거는 뭘로 해결하죠?"

"이 안에는 벌레나 쥐, 뱀 같은 것들이 득실거린다."

절로 눈살이 찌푸려졌다. 그럼 한 달 동안 그런 것들을 먹고 버텨야 한다는 건가.

─어우. 야인이 되겠네.

벌써부터 끔찍해진다. 그중에서는 그나마 뱀이 나아 보인다. 뱀이라면 예전 혈랑대에 있던 시절에 구워 먹어본 적이 있으니까. 그런데 쥐와 벌레는 도저히 못 먹을 것 같다.

─아쉬우면 먹게 될걸.

…그래, 살아남고자 하면 뭐든 못 먹겠나. 나는 들고 있는 횃불을 가리키며 물었다.

"이건 먹을 수 있나요?"

"그 나무뿌리는 너무 쓰고 먹으면 온몸에 발진이 올라와서 먹을 수가 없다."

아쉬움이 몰려왔다. 그럼 뱀이나 벌레, 쥐를 사냥해야 하는 건가. 벌써부터 한 달간 펼쳐질 생존의 향연에 속이 메스꺼워졌다. 나는 뒤돌아서 격류를 쳐다보며 중얼거렸다.

"저런 데 물고기 같은 건 없겠지."

그때 사내가 말했다.

"있다. 물고기를 잡을 수 있는 곳이 한 군데 있다."

"물고기?"

듣던 중 반가운 소리였다. 그렇지 않아도 배가 고팠는데 잘됐다.

"그곳으로 안내하세요."

* * *

사내를 앞세운 나는 그를 따라 동굴로 들어갔다. 혹시나 도망칠 수도 있으니 사내의 오른발을 부러뜨려버렸다. 그래서 절뚝거리며 안내하고 있었다.

생각보다 동굴은 굉장히 길고 미로처럼 얽혀 있었다. 잘 기억하지 않으면 길을 잃을 수도 있기에 소담검과 남천철검에게도 길을 외워 달라고 부탁했다. 혈마검 녀석이야 부탁해도 들어주지 않으니 포기했다.

─더 빨리 꺼지겠는데.

소담검의 말대로 횃불이 아슬아슬해 보였다. 얼마 있지 않아 꺼질 것 같았다. 차라리 나무뿌리의 여분부터 구하러 가는 게 나을지도 몰랐다.

"나무뿌리가 내려오는 곳부터 가죠."

"다 왔는데 돌아갈 거냐? 나무뿌리가 있는 곳까지 가려면 일각은 넘게 가야 하는데."

"다 왔다고요?"

"바로 앞이다."

뭐가 다 왔다는 거지? 앞의 동굴 벽은 막혀 있었다.

사내가 손가락으로 밑을 가리켰다. 그곳을 보니 동굴 벽 밑에 작은 구멍 같은 곳이 있었다. 거의 눕다시피 포복해서 들어가야 할 만큼 좁은 구멍이었다. 미심쩍은 눈으로 그를 바라보던 나는 동굴 바닥에 횃불을 내려놓고 그 구멍을 보았다.

'아!'

정말 사내의 말대로 안에 작은 못이 있었다. 아래서부터 올라오는 물이라고 했는데 그 말이 사실인 것 같았다. 나는 사내에게 말했다.

"먼저 들어가요."

그러자 사내가 잠시 머뭇거렸다.

"왜 그러는 거죠?"

"저 안에는 독충 같은 것이 많아서 우리도 한 번씩 물려 고생한 적이 많다. 심지어 죽은 사람도 있다."

"헛소리하지 말고 앞장서요."

"크흠."

뭘 믿고 당신에게 내 뒤를 맡긴단 말인가.

머뭇거리던 사내가 포복 자세를 취했다. 그리고 바닥을 엉금엉금 기어서 구멍으로 들어갔다. 나 역시 엎드려서 뒤따랐다.

안으로 들어오자 작은 공동이 모습을 드러냈다. 공동 끝에 보이는 못에서 그림자 같은 것들이 비쳤다. 나는 그곳으로 뛰어갔다.

"아!"

못에는 사내의 말대로 정말로 물고기가 있었다. 그것도 손바닥보다 큰 것이 말이다. 못 밑에 검은 구멍이 있었는데 그곳을 통해 물고기들이 올라오는 듯했다.

—다행이네.

—인간은 참 불편하구먼. 먹지 못하면 살지를 못하니.

투덜대지 마라. 내가 굶어 죽으면 너희들도 고생 아니냐.

—흥. 지금도 충분히 고생이다.

하여간 투덜대는 것이 소담검보다 심하구먼. 어쨌거나 물고기를 잡아서 구워 먹으면 한 달 동안 버티는 데엔 크게 문제가 없어 보였다. 따뜻하게 쬘 불, 식수, 식량이 해결된 셈이었다.

—그런데 주변에 독충 같은 것이 있다고 했는데 별로 안 보이는데.

소담검의 말에 밑을 내려다보았다. 못에 관심을 가지느라 미처 몰랐는데 바닥에는 특별히 독충 같은 것이 보이지 않았다. 뭔가 부서진 조각들이 널브러져 있었는데, 아무리 봐도 뼛조각으로 보였다.

'…뼛조각?'

나는 뒤돌아서 사내를 쳐다보았다.

"여기 왜 이렇게 뼛조각들이 널브러져…."

슈우우우. 말이 끝나기도 전에 횃불이 꺼져버렸다. 사방이 어두워졌다. 타다 남은 불씨가 미세하게 주변을 비추고 있는데, 이것으로는 앞을 구분하기가 어려웠다. 젠장. 이곳의 최대 단점이 이거구먼.

타타탁! 그때 달리는 소리가 들렸다.

—운휘, 저 녀석이 지금 기어서 나가려고 하는데.

이 상황에서 도망을 쳐보겠다고? 나는 소담검을 빼 들어 기억하고 있던 동굴의 출구 쪽을 어림짐작하여 던졌다. 깡! 돌바닥으로 소담검이 튕겨 나갔다.

—아! 안으로 들어갔어.

소담검이 내게 알려주었다. 이 틈을 노려서 도망치다니. 물고기 잡는 거는 나중에 하고 놈을 따라가야 할 것 같았다.

—앞으로 쭉 가라.

그 순간, 뒤에서 물이 범람하는 듯한 소리와 함께 차가운 물방울이 등 뒤를 적셨다. 촤아아아아! 남천철검의 목소리가 머릿속을 울렸다.

—운휘… 천권을 써라. 뒤에 그 괴물이 있다.

'그 괴물?'

나는 고개를 천천히 돌렸다. 물방울이 떨어지는 소리와 함께 공동 윗부분에 보랏빛 안광 네 개가 보였다. 너무도 익숙한 안광이었다.

'…젠장.'

인면자안사(人面紫眼蛇)였다. 이제야 알 것 같았다. 뼛조각은 무엇이며 사내가 왜 안으로 들어가는 걸 껄끄러워했는지 말이다.

'미치겠네.'

아니, 평생을 살면서 보기 힘들다는 괴물을 이곳에서 또 본다는 게 말이 되나. 염을 집중하자 손등의 점이 붉은빛을 냈다. 나는 허리춤에 있던 혈마검을 빼 들었다.

—운휘야, 전에 봤던 그 인면자안사보다 훨씬 커.

눈알 크기만 봐도 알 수 있었다. 전에 봤던 녀석보다 안광도 더 보랏빛을 띠고 있었다. 찰나에 머릿속으로 계산했다. 곧바로 몸을 날려서 저 밑으로 들어가는 게 나을까, 아니면 놈과 또 생사를 걸고 다퉈야 할까 하고 말이다.

'…확실하게 들어가지 못하면 당한다.'

돌바닥이 울퉁불퉁해서 미끄러지듯이 들어가지도 못한다. 그렇
다면 결론은 나왔다. 어차피 한 번 죽였던 놈인데 또 죽이지 못할
것이 있나. 나는 검병을 꽉 움켜쥐었다. 그런데 눈앞에서 전혀 예상
치 못한 일이 벌어졌다.

스르르르! 당연히 나를 먹어치우려고 달려들 거라 여겼던 인면
자안사의 보랏빛 안광이 점점 밑으로 내려오고 있었다. 그것이 마
치 고개를 숙이는 듯했다.

'…이건 또 뭐야?'

* * *

"이쪽입니다. 헤헤헤."

다리를 절뚝거리는 사내가 간사한 웃음소리를 내면서 누군가를
안내했다. 그의 뒤를 사내 두 명이 뒤따랐다. 그들의 손에는 돌로 갈
아 만든 무기가 아니라 제대로 된 검과 도가 들려 있었다. 심지어
복색도 낡고 해졌지만, 누더기를 걸친 사내에 비하면 그나마 깔끔하
기 그지없었다.

"그 말이 참말이겠지?"

사내들 중 도를 가지고 있는 자가 물었다. 이에 절뚝거리던 사내
가 답했다.

"당연하죠. 그 괴물 뱀이 방금 전에 포식을 했으니, 한동안은 나
타나지 않을 겁니다."

사내의 말에 검을 들고 있는 사내가 씨익 웃었다.

"오랜만에 물고기 맛을 보겠네그려."

"그러게나 말일세. 그 망할 괴물 뱀 때문에 물고기를 먹어본 지가 벌써 몇 달 됐어."

그런 그들에게 다리를 절뚝이는 사내가 말했다.

"패웅 님께는 잘 말씀드려주십쇼. 그리고 약조하신 나무뿌리 세 묶음은 꼭…."

"어허, 패웅 님께서 약조를 어길 것 같으냐."

"알겠습니다, 헤헤."

이윽고 그들은 못이 있는 동굴에 도착했다. 동굴 구멍 앞에 도착하자 검을 든 사내가 절뚝거리는 사내에게 말했다.

"네놈이 먼저 들어가라."

"네?"

"먼저 들어가라고."

"그, 그게…."

"네놈이 말하지 않았느냐? 놈이 포식했으니 괜찮을 거라고. 자, 횃불을 줄 터이니 겁먹지 마라."

그 말에 절뚝거리는 사내가 속으로 욕을 내뱉었다. 이 괴물 뱀 놈은 불빛을 싫어한다. 그래서 예전에는 횃불을 비추기만 해도 도망쳤는데, 지금은 그것도 위험하다. 석 달 전에 탈피를 한 번 하고 나서는 횃불에 어느 정도 내성이 생겼는지, 횃불을 들고 있는 자부터 노렸다.

"설마 우리에게 거짓말한 건 아니겠지."

"…그럴 리가요."

이에 결국 사내가 앞장서서 포복을 하여 동굴 안으로 기어들어 갔다. 사내가 몸을 일으켜서 횃불을 비추자, 앞에는 못 외에 아무것도 보이지 않았다. 사내가 속으로 가슴을 쓸어내렸다.

"괜찮습니다."

그의 외침에 동굴 바깥에 있는 두 명의 사내들도 기어서 안으로 들어왔다. 어찌나 신이 났는지 그들은 환호성을 질렀다. 이곳 봉림 곡 안에서 물고기는 호화로운 음식이자 가치를 환산할 수 없는 물건이었다.

"빨리 잡아서 나가세."

"흐흐흐. 이게 얼마만의 물고기야."

그들이 서둘러 못으로 다가갔다. 절뚝거리는 사내도 한몫 얻을 생각에 환한 얼굴로 그들을 뒤따랐다. 툭! 그때 뒤에서 뭔가 소리가 들렸다. 이에 세 사람이 고개를 돌렸다. 동굴 입구 앞에서 누군가가 팔짱을 끼고 서 있었다. 절뚝거리는 사내의 눈이 커졌다.

"너… 너? 어떻게?"

그는 바로 소운휘였다. 당연히 그 괴물 뱀에게 먹혔을 거라 여겼는데 멀쩡하게 살아 있었다. 검을 쥐고 있는 사내가 어처구니없다는 듯이 말했다.

"살아 있잖아."

"이 새끼 우리한테 거짓말을!"

"아, 아닙니다. 분명 그 괴물이 나타나는 걸 보고서…"

그 순간이었다. 촤아아아아! 못의 물이 위로 솟구치더니 거대한 무언가가 모습을 드러냈다. 뾰족한 송곳니에 네 개의 보랏빛 안광을 내뿜는 눈알이 다닥다닥 붙어 있는 괴물 같은 거대한 뱀이었다.

"히익!"

세 사람이 기겁을 하며 앞으로 내달리는데 괴물 뱀, 아니 인면자 안사가 입을 쩌억 벌리며 횃불을 들고 있던 검사를 단숨에 집어삼켰다. 순식간에 벌어진 일이었다.

"끄켁!"

우그적! 우그적!

"으아아아!"

뒤에서 끔찍한 소리가 들렸지만 그들은 살아남기 위해 뒤도 돌아보지 않고 소운휘를 향해 달려들었다. 이에 소운휘가 검을 겨냥하고서 가로막았다. 도를 든 사내가 소리쳤다.

"이게 무슨 짓이야! 같이 죽자는 거냐!"

발을 절뚝이며 달려온 사내도 애걸복걸하며 말했다.

"이, 일부러 그런 게 아니야. 밖에 나가면 이 빚을 갚을 테니 비키게. 자네도 이러고 있으면 죽어."

그런 그들에게 소운휘가 피식 웃으며 말했다.

"내가 왜 비켜줘야 합니까?"

"크아아! 이 새끼가 정말!"

사내가 소운휘를 향해 막무가내로 도를 휘둘렀다. 역시나 도 초식의 양상을 갖추고 있었지만 내공이 없어서 그 위력은 볼품이 없었다. 하나 소운휘는 아니었다. 채챙! 검광과 함께 사내의 도를 너무도 쉽게 쳐내버렸다.

도가 날아가자 사내는 당혹감을 감추지 못했다.

"내, 내공이?"

스르르르르! 그러는 사이 뒤에서 육중한 무언가가 기어오는 소리가 들렸다. 그들이 동시에 고개를 돌렸다. 입에서 피를 질질 흘리고 있는 인면자안사가 가까이 다가오고 있었다. 두 사람은 석고상이라도 된 것처럼 몸이 굳어서 아무 말도 하지 못했다. 그런데 다가온 인면자안사가 가만히 멀뚱하게 그들을 내려다보았다. 절뚝거리는 사내가 의아해하며 중얼거렸다.

"어째서?"

이에 대한 답변을 소운휘가 해주었다.

"이 녀석이 내가 하는 말을 잘 따르더군요. 신기하게도 말이죠. 야, 고개 숙여봐."

말이 끝나기가 무섭게 인면자안사가 스르르 움직이며 머리 쪽을 아래로 낮췄다. 그 광경에 두 사람의 눈이 휘둥그레졌다. 정말로 인면자안사가 소운휘의 말대로 움직였기 때문이다.

'저, 정말이다!'

절뚝거리는 사내가 다급히 소운휘를 향해 무릎을 꿇었다.

"이, 이보게! 살려주게. 여기서 내가 아는 모든 걸 가르쳐줄 테니 제발 목숨만 살려주게!"

이에 소운휘가 싸늘한 목소리로 말했다.

"당신 말고 여기 한 사람이 더 있는데."

'…?!'

그 말에 절뚝거리는 사내의 얼굴이 하얗게 질려버렸다. 뭐라 애원하려 하는데, 소운휘가 일말의 망설임도 없이 말했다.

"먹어."

순식간에 사내의 시야가 어둠으로 뒤덮였다. 콰직!

―신기하네. 어째서 네 말을 듣는 걸까?

나도 모르겠다.

인면자안사. 만사신의의 말에 의하면 영물이라기보다 요괴에 가까운 존재라고 했다. 괴물이라 불려야 마땅한 존재가 나를 따르고 있었다. 놀라운 것은 내가 하는 말을 알아듣는다는 점이었다.

─전에 봤던 그놈도 이렇게 말귀를 알아먹었다면 고생할 일이 없었을 텐데 말이야.

뭐 그때 고생하기는 했지만 나름 기연을 얻었기에 아쉽거나 하진 않았다. 오히려 지금이 더욱 행운처럼 느껴진다.

"제, 제발 이 괴물더러 조금만 뒤로 물러나라고 해주시오."

사내가 내게 애원했다.

두 명이나 인면자안사에게 먹히는 걸 보았기에 겁을 잔뜩 먹은 상태였다. 내가 인면자안사를 쳐다보자 녀석이 입을 실룩거리며 뒤로 슬그머니 물러났다. 정말 똑똑한 놈이다.

─얼굴만 보면 섬뜩한데 하는 행동이 멍멍이 같군.

─그러게 말이네.

─크하핫. 역시 네놈이랑 붙어 있으면 심심할 일이 없군.

언제는 백련하 곁에 남아 있어야 했다며 후회해놓고는. 태세 전환이 빠른 게 절로 혀를 차게 만든다.

인면자안사가 뒤로 물러나자 나는 도까지 바닥에 떨어뜨리고서 벌벌 떨고 있는 사내에게 물었다.

"묻는 말에 대답할 수 있겠죠?"

"그, 그렇습니다. 무엇이든 물어주십쇼."

편하네. 오히려 무력이나 말로 협박하는 것보다 효과가 좋았다.

"아까 나무뿌리 묶음 어쩌고 얘기하던데, 설마 이 안에서 물자를 서로 독점하면서 거래를 하고 그러는 겁니까?"

그들이 밖에서 나누는 대화에 귀를 기울이고 있던 나였다. 다리를 부러뜨렸고 이제는 죽은 사내는 이자들에게 상당히 비굴한 모습을 보였었다. 머뭇거리던 사내가 답했다.

"그렇습니다."

참 웃기는 상황이다. 이런 곳에서조차 거래가 오가다니.

—인간들은 참 특이해. 힘을 합쳐도 모자랄 판국에 이런 오지에서도 서로의 이익을 따지는 걸 보면 말이야.

어찌 보면 참 씁쓸한 일이다.

"물자로 장사를 한다는 거네요. 그 패옹이라는 자가 주도하는 겁니까?"

그런 나의 물음에 사내가 고개를 끄덕였다.

* * *

심문 끝에 나는 이곳 봉림곡의 상황을 알 수 있게 되었다.

봉림곡에 갇힌 자들은 크게 두 분류로 나뉜다. 첫째가 무쌍성에 의해 갇힌 자들이고, 둘째가 월악검 사마착에 의해 갇힌 자들이다. 가장 많은 수는 무쌍성에 의해 갇힌 자들이다. 월악검 사마착에게 잡혀왔던 자들 중 상당수가 악인들이라 이곳에 들어오는 족족 문제를 일으켜 자체적으로 해결했다고 한다. 여기 갇힌 주된 원인은 위와 같았고, 이 안에서의 세력 구도 상황은 이러했다.

봉림곡 내에는 크게 세 패가 있다고 한다.

첫 번째가 가장 오랫동안 이곳에 갇혀 있었던 월노(月老)라는 자가 중심이 된 기존 패거리.

—여덟 명이라고 했나?

아마 그랬을 거다. 그리고 두 번째가 가장 많은 인원을 데리고 있는 패웅의 패거리다.

패웅은 월악검 사마착이 떨어뜨린 악인이면서 들어온 지 일 년 하고도 석 달밖에 안 된 자이지만, 외공의 달인으로 빠르게 이곳을 장악해 나갔다고 한다.

—잔머리가 좋은 거겠지.

내 생각도 소담검과 같다.

녀석이 이곳을 장악해 나갈 때 가장 먼저 한 게 나무뿌리가 내려오는 공동을 노렸다고 한다. 듣기로 나무뿌리가 내려오는 장소는 오직 북쪽 공동 하나뿐이라고 한다. 물이야 이곳으로 빠지는 격류가 있기에 쉽게 구할 수 있지만 그보다 구하기 어려운 것이 불을 붙일 수 있는 나뭇가지이다.

—뭐가 필요한 건지를 파악한 거네.

맞다. 머리가 잘 돌아가는 놈이다. 어쨌거나 패웅이 그렇게 만든 패거리는 스물세 명으로 가장 많은 인원을 데리고 있다.

—거의 절반이네.

거의 패권을 장악한 셈이다. 그리고 마지막 패거리는 어느 쪽에도 붙지 않은 자들이라고 한다. 그들은 자급자족으로 사냥을 해서 먹을 것을 구한 다음 패웅의 패거리에게 바치고 나무뿌리 묶음을 얻어간다고 한다. 다가올 겨울을 버티기 위해서 말이다.

—이 정도면 그냥 패웅이 여기 우두머리네. 쯧쯧.

사실상 우두머리의 위치였다. 원래는 월노가 이끄는 무리가 이보다 많았다고 들었다. 그때만 해도 세력 구도가 서로 팽팽했다고 한다. 하나 월노의 무리가 봉림곡의 탈출구를 만들려다 수로가 터지는 사건을 겪으며 이 구도가 단숨에 역전되었다고 한다. 게다가 월노가 부상으로 앓아눕게 되면서 대세는 완전히 기울었다.

ㅡ뭐 지들끼리 지지고 볶든 너랑 상관없는 일이잖아.

맞는 말이다. 어차피 나는 여기서 한 달만 버티다 나갈 사람이다.

ㅡ인간, 네놈도 운이 좋군.

부정할 수 없네. 사실 사마착이 의도한 상황은 이런 것이 아닐 것이다. 아마도 내가 맨몸으로 피 터지게 이들과 대립하면서 살아남기를 바랐을 거다. 하지만 상단전의 존재와 인면자안사라는 요괴가 나를 따를 것이라고는 짐작이나 했을까? 잠자리가 불편하더라도 편하게 지낼 수는 있을 듯하다.

ㅡ한 달은 뭐 식은 죽 먹기네.

물고기가 들어오는 작은 못도 내 손에 들어왔으니 식수와 식량은 해결된 셈이다. 단 하나만 해결하면 된다. 한 달 동안 쓸 수 있는 나무뿌리 묶음만 있으면 금상첨화다.

"이봐요."

"네넵!"

"당신들 우두머리가 있는 곳으로 안내하시죠."

"아, 알겠습니다."

이건 패옹만 족치면 될 일이었다. 내가 나가려고 하자 내 곁으로 다가와 애교를 부리듯이 거대한 머리를 갖다 붙이는 인면자안사의 머리를 쓰다듬으면서 나는 말했다.

"여길 지키고 있어."

녀석의 보랏빛 눈동자가 아쉽다는 듯이 데굴데굴 굴렀다. 처음에는 징그럽게 느껴졌는데 보면 볼수록 영물 같은 느낌이었다.

—영물은 개뿔. 징그럽기만 하구먼.

소담검이 혀를 내둘렀다.

뭐 써먹을 수 있는 녀석이라면 달리 볼 수도 있는 거지.

—비위도 좋네.

"금방 올 거야."

데리고 나가면 더 쓸 만하겠지만 이 녀석의 몸통으로는 여길 나갈 수가 없다. 사내를 따라 미로처럼 얽힌 동굴 길을 걸었다. 나무뿌리가 내려오는 곳이 그들의 거처라고 했으니 아마도 북쪽 방향일 거다.

어디선가부터 와자지껄 떠드는 소리가 들려왔다. 그곳은 다른 동굴들보다 밝았다.

"다 왔습니다."

사내가 조심스럽게 내게 말했다.

"앞장서요."

그런 나의 말에 사내가 군말 없이 따랐다. 이미 내 무력을 확인했기에 굳이 인면자안사와 관계없이 상대가 안 된다는 사실을 인지하고 있어서였다. 동굴로 들어가자 여태까지보다 커다란 공동이 모습을 드러냈다. 천장 전체의 절반을 나무뿌리들이 칡넝쿨처럼 가득 메웠는데, 그것들이 공동의 반대편 벽을 타고 내려와 있었다. 그 반대편 벽 앞에 왕좌라도 되듯이 돌의자를 만들어 거만한 자세로 앉아 있는 근육질의 애꾸눈 중년인이 보였다.

"저자입니까?"

"그, 그렇습니다."

역시 예상대로 저놈이 패웅이었다. 바닥에 앉아 있던 사내들이 우르르 자리에서 일어났다. 그들이 의아해하며 물었다.

"뭐야, 갑찬? 물고기는 어디 있고 그놈은 뭐야?"

"신입 놈은 그 괴물 뱀에게 잡아먹혔다고 하지 않았어?"

"그, 그게…."

이자의 이름이 갑찬이었구나. 특별히 궁금하지 않아서 물어보지 않았다.

갑찬이라 불린 사내가 어쩔 줄 몰라 했다. 앞에는 자신이 따르는 우두머리와 동료들이 있고, 뒤에는 내가 지키고 있으니 좌불안석일 것이다.

"가져간 무기는 어쩌고?"

갑찬을 계속 몰아붙이기에 내가 앞으로 나서며 말했다.

"당신이 여기 우두머리인 패웅입니까?"

"이 새끼가 신입 주제에 여기가 어디라고!"

그런 나의 말에 사내들이 일제히 가지고 있던 병장기를 빼 들었다. 전부가 제대로 된 무기를 들고 있는 것은 아니었다. 절반 정도는 도, 검을 가지고 있었지만, 나머지는 처음 만났던 자들처럼 돌을 갈아 만든 도끼와 창 같은 것이었다.

갑찬이 식은땀을 흘리며 입을 열었다.

"저, 저라면 싸우지 않기를 권하고 싶습니다."

"뭐?"

"이분은 그 괴물 뱀을 다룰 수 있으십니다."

"무슨 얼토당토않은 얘기를 하는 거야?"

사내들이 내게 무기를 겨냥하고서 말했다.

"어이, 신입. 살고 싶으면 가지고 있는 그 검들이랑 단검 내려놔. 안 그러면 이 자리에서 확 찢어발겨버릴 테다."

"안 들려, 인마!"

당장에라도 달려들 기세였다.

나는 그들을 향해 빙그레 웃었다. 그리고 혈마검을 허리춤에서 뽑았다.

"오오. 완전 보검입니다, 패웅 님."

화려한 문양이 새겨진 혈마검의 화려한 자태에 사내들의 눈이 탐욕으로 들끓었다. 겉보기에는 여느 보검들과 다를 바가 없으니 말이다. 나는 이들을 무시하고서 돌의자에 거만하게 앉아 있는 패웅에게 소리쳤다.

"나와 거래합시다."

"뭐라는 거야? 이 새끼가 감히!"

사내들 중 한 사람이 내게 도를 휘두르려고 했다. 이에 나는 그자의 목에 번개처럼 혈마검의 검 끝을 갖다 댔다.

"헉!"

"아랫것들과 나눌 대화는 없습니다."

방금 전의 일 수에 사내들이 놀라서 당혹스러워했다. 왜냐하면 내공을 다루지 않고는 도저히 나올 수 없는 속도였기 때문이다.

"어, 어떻게 내공을?"

"잡혀 들어온 게 아니야?"

사내들이 술렁이며 내게서 슬금슬금 물러나기 시작했다. 역시 실력을 보여주는 게 가장 효과적인 방법이다.

"크하하하하핫."

그때 돌의자에 앉아 있던 패웅이라는 자가 고개까지 젖혀가며 호탕하게 웃었다. 그리고 자리에서 일어나더니, 이곳으로 다가오며 말했다.

"일계."

무슨 의미인가 싶었는데 벽 뒤쪽에 있던 사내들이 횃불을 들고서 공동 벽면에 칡넝쿨처럼 얽혀 있는 나무뿌리들에 갖다 댔다.

'…?!'

이건 전혀 예측하지 못한 상황이었다. 여섯 사람이 각 방향마다 횃불을 들고 있었는데, 혹여 나무뿌리에 불이 붙어버리게 되면 이곳 공동은 불바다가 될 것이다. 그렇게 된다면 내려오는 나무뿌리들을 전부 잃게 될 것이다.

—얍삽한 놈이네.

생각보다 머리가 잘 돌아간다. 자신이 가지고 있는 것을 활용할 줄 아는 놈이었다.

패웅이 피식 웃으며 말했다.

"조금이라도 움직이면 나무뿌리를 전부 불태울 거다. 그럼 같이 죽는 거다."

그렇게 말한 녀석이 내 앞으로 다가왔다. 열 보 정도 떨어진 거리였다. 어느 정도 간격을 유지한 걸 보니 검에 당하기는 싫은가 보다. 놈이 내게 물었다.

"네놈, 어떻게 내공을 쓸 수 있는 거지?"

"그건 당신이 알 바가 아니죠."

그런 나의 말에 패웅이 고개를 젓더니 입꼬리를 올리며 말했다.

"아니, 중요한 문제지. 내공을 쓸 수 있는 자라면 내 몸 속에 박힌

264

침들을 빼낼 수도 있을 테니 말이야."

아아… 그러고 보니 이자도 사마착의 손에 잡혔다고 했지. 나처럼 혈 곳곳에 침들이 박혀 있을 거다. 패웅이 기대감 넘치는 표정을 지으며 내게 말했다.

"네가 원하는 것은 나무뿌리겠지?"

"잘 아시는군요."

"이곳에 오는 이유야 하나뿐이거든."

"그럼 거래하시겠습니까?"

"좋다. 나도 원하는 바다. 단, 조건은 내 몸속에 박힌 침들을 빼주는 거다. 그렇다면 네놈이 원하는 것을 들어주도록 하지."

침을 빼달라…. 그런데 이거 어쩌지.

"미안하지만 그건 불가능합니다."

"뭐?"

"그게 가능했다면 이미 제 몸속에 박힌 침부터 뺐을 테니까요."

그런 나의 말에 패웅의 눈이 가늘어졌다.

"네놈… 월악검에게 붙잡혀온 것이냐?"

나는 아무런 부정도 하지 않았다. 어찌 보면 맞는 말이었으니 말이다. 실망스러운 눈빛을 하고 있는 놈에게 말했다.

"들어드리지 못해서 안타깝군요. 제 조건은 간단합니다. 못이 있는 동굴로 한 달 정도 쓸 수 있는 나무뿌리 묶음을 넉넉하게 가져오시면 됩니다."

그런 나의 말에 패웅이 어처구니없다는 표정을 지었다.

"그럼 네놈은 무엇을 줄 테냐?"

"물고기가 여기서는 나무뿌리 이상의 가치라고 들었습니다만."

패웅이 인상을 찡그리며 말했다.

"정말로 네놈이 그 괴물 뱀을 다룰 수 있는 게 맞나?"

"직접 확인해보시겠습니까?"

그런 나의 말에 패웅이 갑찬이라는 사내를 쳐다보았다.

"저, 정말입니다. 제 눈으로 똑똑히 봤습니다. 변정도 그 괴물 뱀에게 먹혔습니다."

사내의 그 말에 패웅이 자신의 턱을 쓰다듬었다. 고민을 하는지 나를 뚫어지게 쳐다보다 말했다.

"한 묶음에 물고기 열 마리다."

"과하군요."

"우리 인원을 봐라. 장정 스무 명이 넘는데 물고기 한두 마리로 될 것 같으냐?"

"구멍을 통해서 물고기가 들어오긴 해도 여덟아홉 마리 정도였습니다."

내가 과하다고 한 이유는 그것이었다.

그렇게 되면 물고기가 제때 유입되지 않을 경우 내가 먹을 양도 부족해진다.

"그건 내 알 바가 아니지. 나무뿌리 한 묶음에 물고기 열 마리다. 그렇지 않으면 거래는 없다."

패웅이 강경하게 나왔다.

"제가 들은 것과는 다르군요."

"뭐가 말이지?"

"저자에게 듣기로는 쥐 다섯 마리만 잡아와도 나무뿌리 한 묶음과 교환해줬다고 들었습니다."

그런 나의 말에 패웅이 씨익 하고 웃으며 말했다.

"가치라는 것은 늘 바뀌기 마련이지. 구하기 힘든 물건일수록 그 가격이 오르지만 물고기는 이제 네놈이 자유자재로 구할 수 있지 않나."

"제가 물고기를 풀지 않으면 구하기 힘든 물건일 텐데요."

"그럼 생으로 물고기를 먹든가. 어차피 물고기를 못 먹는다고 죽을 일은 없거든. 하지만 나무뿌리는 다를걸. 겨울은 어찌 날 테고 추위는 어찌 견딜 테냐?"

자신이 가진 이점을 정말 잘 알고 있었다. 그러니 이곳을 어떻게든 점령하려고 한 것이었고 말이다. 패웅은 자신이 이겼다는 듯이 능글맞게 웃으며 말했다.

"잘 알았으면 물고기 열 마리를 가져와라. 그럼 네놈이 그리도 간절히 바라는 나무뿌리 묶음을 줄 테니."

"이 모든 기준은 당신이 정한 거겠군요."

그런 나의 말에 패웅이 양팔을 활짝 펴고서 말했다.

"이 봉림곡 안에서는 내가 왕이다. 네놈도 조금이라도 편하게 지내고 싶다면 내 말에 따르는 편이 좋을 거다."

"그렇군요. 나무뿌리를 점령한 자가 왕이라…."

"크하하하핫. 알아들었으면 어서…."

"수하분들도 왕의 뜻에 따라서 죽을 용기가 있는지 확인해봐도 될까요?"

"뭐?"

푹!

"컥!"

혈마검이 패웅의 이마에 꽂혔다. 머리를 관통당한 놈이 꺽꺽대더니 이내 바닥에 쿵 하고 쓰러졌다. 열 보 정도 떨어져 있으면 검을 피할 수 있다고 자부한 건가. 던지면 그만이었다.

'…!!'

순식간에 벌어진 일에 공동 안에 있는 사내들의 어안이 벙벙해졌다. 자신들의 수장을 단번에 죽일 거라고는 예상하지 못했나 보다. 나는 횃불을 들고서 공동 벽에 서 있는 자들에게 소리쳤다.

"어서 태워보시죠."

"큭!"

그런 나의 말에 횃불을 든 사내들이 이도저도 못 하고 서로를 바라보면서 어쩔 줄 몰라 했다.

"같이 죽기는 싫은가 보군요."

그런 내 말에 사내들이 아무런 대답을 하지 못했다. 질긴 목숨 부지하려고 벌레, 쥐 같은 것까지 잡아먹으며 버텨온 자들이 알력 싸움 때문에 나무뿌리를 버리려고 하겠는가. 쑤욱! 나는 패웅의 이마에서 검을 뽑고서 빙그레 웃으며 말했다.

"왕이 제 손에 죽었으니 이제 제가 왕인가요? 이견 있으신 분은 제 앞으로 나오시면 됩니다."

피로 젖은 혈마검의 검면을 손바닥에 툭툭 내려치는 내 모습에 사내들이 입을 꾹 다물었다.

49화

월노

　봉림곡의 패권을 쥐고 있던 패웅이 죽자, 결과는 예상과 다를 바가 없었다. 내공을 쓸 수 없었던 이들은 전부 항복했다. 우두머리를 죽이니 만사가 일사천리로 해결된 것이었다. 이제 내가 왕으로 군림하겠다 어쩌고저쩌고했지만 이들과 붙어 지낼 생각이 없었기에 나는 못이 있는 동굴을 근거지로 삼았다. 녀석들이 엄청 좋아했다. 혹여 내가 같이 머물기라도 할까 봐 두려웠던 모양이다. 개중에는 패웅을 싫어했던 자들도 있었는지 노골적으로 내게 호의적으로 나왔다.

　─애네는 의리도 없구먼.

　소담검의 말에 코웃음이 절로 나왔다. 이 바닥에 의리 같은 게 있을 리가 있나. 여기 갇혀 있는 자들은 바깥세상보다도 더 작은 이익에 민감했다. 자신한테만 피해가 가지 않는다면 우두머리가 죽었다고 한들 슬퍼할 일도 갚아줘야 할 일도 아닌 것이다.

　─여차하면 네 뒤통수도 칠 수 있겠네.

　내가 조금만 빈틈을 보여도 충분히 그럴 위인들이었다. 그러니 못에 온 것이 아닌가. 적어도 언제 마음이 변할지 모르는 사람보다는 인면자안사가 나았다.

"이쪽으로 옮기면 됩니까?"

"네. 거기 두세요."

동굴로 사내들이 왔다 갔다 하며 나무뿌리 묶음을 옮기고 있었다. 물론 그것만이 다가 아니었다. 오랫동안 동굴에서 머문 이들이기에 별걸 다 만들었다. 나무뿌리를 엮어서 만든 바닥 깔개와 더불어 편의에 도움이 될 만한 물건들이 꽤 있었다. 사실 패옹이 쓰던 물건들을 모조리 챙겨왔다. 놈과 이런 걸 공유하고 싶은 마음은 없었지만 한 달 동안 맨바닥에서 웅크리고 자는 것보다는 낫지 않겠는가.

얼마 있지 않아 못은 그럴듯한 방으로 바뀌었다.

—살림을 차렸는데.

한 달 동안 사람답게 살 수 있을 만큼 준비되었다. 갑찬이라는 사내가 내게 고개를 꾸벅 숙이며 말했다.

"하명하실 일이 있으시면 언제든지 뿌리가 나는 동굴로 찾아주십쇼."

"그래요."

하명할 일이 생길지 모르겠다. 어차피 한 달만 버티다 나갈 생각이라 이젠 이들과 부딪칠 일이 없을 것 같았다. 이참에 동굴에서 외공 수련과 함께 염을 단련할 방법을 찾을 생각이었다. 그러면 시간도 빨리 가겠지.

'아쉽네.'

내공은 모르겠지만 선천진기를 쓸 수 있다면 천기로 혈마의 무공을 되새기며 심상 수련을 해도 좋았을 것 같았다.

―쟤는 믿을 수 있겠어?

소담검이 말한 자는 동굴 바깥으로 나가고 있는 갑찬이란 자였다. 나는 그를 내 대리인으로 삼았다. 처음에는 호들갑을 떨면서 못 하겠다고 했으나, 그가 죽는다면 그 책임을 다른 자들에게 묻겠다고 호언했더니 마지못해 받아들이는 척했다. 실은 좋았을 것이다.

'뭐, 알아서 잘하겠지.'

어차피 나무뿌리를 관리할 자들이 필요하긴 했다. 처음에는 우두머리였던 패웅의 존재가 무조건 불필요하다고만 여겼는데, 저들에게 들어보니 그의 존재로 나무뿌리의 무분별한 소모가 줄었다고 한다. 뿌리가 자라는 속도보다 인간이 소모하는 양이 많으면 빠르게 고갈될 텐데, 패웅이 여길 장악한 후로 그것의 조절이 가능해졌다고 했다. 그래서 나는 갑찬에게 지금처럼 그런 역할을 하되, 봉림곡 사람들을 상대로 말도 안 되는 폭리는 취하지 말라고 당부했다. 다 같이 살아남으려고 하는 처지에 박복하지 않은가.

―네가 나가면 원래대로 돌아갈걸.

그거야 알 바가 아니었다. 지금 당장에만 내 눈에 벗어나지 않으면 된다. 내가 있을 동안만이라도 지켜준다면야 사라지고 나서 벌어지는 일들은 내 책임이 아니다.

―하긴.

그렇게 닷새가 지났다.

"후우… 후우…."

나는 물구나무를 선 채 팔굽혀펴기를 하고 있었다. 내공이나 선천진기 그 어떤 힘도 빌리지 않고 육신을 단련하는 것은 산에 거꾸로 매달린 이후로 오랜만이었다. 크르르르르. 못 앞쪽에서 짐승의 울음소리 같은 것이 들렸다. 언뜻 들으면 위협하는 듯하지만 저게 고양이처럼 갸르릉거리는 소리라면 믿기겠는가. 인면자안사가 똬리를 틀고서 내는 소리였다. 관심을 가져달라고 말이다.

"기다려, 자소."

자소는 내가 인면자안사에게 붙인 이름이었다. 자색의 눈동자와 내 성을 붙여서 만들었다. 녀석도 마음에 들었는지 내가 이름을 부를 때마다 좋아했다.

—징그럽지도 않냐.

'적응해봐.'

크르르르르! 녀석이 특유의 소리를 내며 나를 보챘다. 요즘 물고기 구운 것을 던지면 받아먹는 놀이에 맛이 들린 녀석이었다.

"조금만 기다려."

아직 수련이 끝나지 않았다. 이 상태로 백 회가량 더 해야 한다. 온몸을 적신 땀방울이 동굴 바닥에 뚝뚝 떨어졌다.

'사마 소저는 잘 있나 궁금하네.'

의식주가 해결된 이후로 사마영이 잘 버티고 있나 궁금해졌다. 그녀의 성격이라면 아버지 몰래 뛰어들어도 이상하지 않지만 사마착이 곁을 지키고 있었는지 그런 일은 없었다.

'다행으로 여겨야 하나.'

—이것저것 걱정되긴 하나 보지.

걱정 안 될 리가 있나. 사마영뿐만이 아니라 누이동생인 소영영과 혈교 역시도 걱정되었다. 누이동생이야 형산파에 있으니 크게 불안하지 않았지만 혈교는 우두머리가 된 내가 사라져서 꽤 혼란스러운 상태일 것이다.

―그 여우 같은 계집애한테 당하는 거 아냐?

백혜향? 뭐 아직까지 그 정도는 아닐 거다. 스승님인 해악천도 있고 다른 존자인 난마도제 서갈마, 그리고 세 명의 혈성들이 전력으로 있는데 그리 쉽게 당하겠는가. 단지 내 부재가 길어질수록 이 대신 잇몸을 선택할 확률이 높아질 것이다.

―잇몸?

―그 계집을 말하는구나, 인간.

―그 계집?

―백련하라는 계집 말이다, 꼬맹아.

―뭐 인마!

둘이 또 아웅다웅한다. 혈마검의 말대로 사라진 내가 계속 나타나지 않는다면, 결국 원래의 우두머리였던 백련하를 대체재로 삼을 수밖에 없을 것이다. 그녀는 정통성을 가진 후계자이니까 말이다.

―퍽이나 그러겠다.

'응?'

―그 미친 노인네가 널 찾는다고 방방곡곡을 뛰어다니고 있을지도 몰라.

예전이라면 믿지 않겠지만 지금은 그럴 수도 있을 것 같다. 어쩌다가 이렇게 혈교와 떼려야 뗄 수 없을 만큼 질긴 인연으로 묶였는지 모르겠다.

―그것도 인연이다, 운휘.

남천철검의 감상적인 목소리에 피식 웃음이 나왔다. 악연이 강한 연이 된다는 게 쉬운 일이 아니다. 회귀를 했어도 운명은 알기 힘들었다. 그렇게 팔굽혀펴기를 하면서 생각에 잠겨 있는데, 동굴 바깥에서 인기척이 들렸다.

"소 공 계십니까?"

익숙한 목소리였다. 물구나무 자세에서 똑바로 선 내가 외쳤다.

"있습니다."

늘 여기에만 있는데 없을 리가 있나.

"소 공, 밖으로 나와주시면 안 되겠습니까?"

간청하는 목소리에 나는 쓴웃음을 지으며 몸을 숙였다.

밖에서 나를 소 공이라 부르는 사내는 인면자안사인 자소를 끔찍이도 두려워했다. 그래서 동굴 안에는 한 발짝도 들어오지 못했다. 동굴 바깥쪽으로 턱수염을 기른 사내의 얼굴이 보였다.

―자주 오네.

―물고기를 얻으러 온 거겠지.

녀석들의 말대로 저자와 연을 맺게 된 것은 이틀 전이었다. 동굴에도 사람이 사는 곳답게 나름 소문이라는 게 있었다. 내가 나무뿌리 동굴을 점령하고 있던 패옹을 죽였다는 것과, 이 동굴의 주인이 되었다는 것이 퍼지면서 몇몇 사람들이 나를 찾아왔다.

―귀찮게 굴었잖아.

소담검의 말대로 그들 중 몇몇은 내 산하로 들어오고 싶다는 의사를 밝혔는데 그냥 거절했다.

여기에 얼마나 있을 거라고 수하를 거둬들이겠나.

―걔네는 별거 아니지. 그 벌레를 갖고 온 인간 놈들에 비하면 말이다.

―으으.

검들 주제에 비위는 왜 이렇게 약한지…. 혈마검의 말대로 몇몇 사람들은 내게 물고기를 구하고 싶다며 물물 교환을 시도했는데, 죽은 쥐의 사체나 벌레를 꼬챙이로 잔뜩 끼워서 가지고 왔다. 이를 받고 싶은 생각이 전혀 없었기에 그냥 물고기를 공짜로 넘겨주었다.

'물고기야 넘쳐나니까.'

고개를 돌린 곳의 동굴 벽면에 불을 피워놓고 훈제를 하고 있는 물고기만 열 마리가 넘게 걸려 있었다. 물고기 유입을 걱정했었는데, 인면자안사인 자소가 못 속의 구멍으로 들어갔다가 나오자 몰이라도 한 것처럼 많은 수의 물고기들이 채워졌다. 덕분에 개체 수가 줄어들 걱정을 할 필요가 전혀 없어졌다.

나는 동굴 입구에 대고 외쳤다.

"물고기가 필요한 겁니까?"

저 턱수염의 사내도 물고기를 청했던 사람들 중 한 명이었다. 그런데 자신이 먹을 것을 원하는 자들과는 달리 저자는 월노라는 자를 위해서 왔다. 월노는 봉림곡의 또 다른 패거리의 우두머리였다. 턱수염의 사내는 자신들 우두머리의 병세가 악화되어 죽어가는데, 세상을 떠나기 전에 물고기가 먹고 싶다고 하여 찾아왔다고 했다. 그래서 나는 물고기를 넉넉하게 챙겨줬었다.

"안 그래도 물고기를 훈제하고 있는데, 다섯 마리 정도 챙겨드릴까요?"

이 정도 인심이야 언제든 베풀 수 있다.

"그래주신다면 감사하겠지만 그것 때문에 온 것이 아닙니다."

"네?"

그게 아니라고?

턱수염의 사내가 쓰라린 목소리로 내게 말했다.

"월노께서 임종 전에 은인의 얼굴을 뵙고 인사라도 드리고 싶다고 청해서 온 겁니다."

"아…."

아무래도 월노라는 자의 죽음이 임박한 듯했다.

* * *

그들이 머물고 있다는 동굴을 찾은 나는 인상을 찡그릴 수밖에 없었다. 창백한 얼굴로 죽은 듯이 누워 있는, 산발로 내려온 긴 흰머리에 눈을 가릴 만큼 내려온 백미와 수염이 덥수룩한 노인이 있었다. 그가 이들의 우두머리인 월노인 듯했다. 내가 놀란 것은 죽어가는 그 때문이 아니라, 그의 곁을 지키고 있는 세 명의 사내들 때문이었다. 하나같이 심각한 부상을 당한 상태였다. 어떤 이는 팔 한쪽이 없었고, 어떤 이는 얼굴이 짐승에게 당하기라도 한 듯 손톱자국으로 보이는 상처가 길게 그어져 있었다.

'원래 밑에 여덟 명의 수하가 있다고 하지 않았나?'

다른 자들은 보이지 않았다. 턱수염의 사내까지 합하면 절반뿐이었다. 자리를 비웠을 수도 있기에 뭐라고 물어보기도 어려웠다.

"하아… 하아…."

그때 월노라 불리는 노인이 힘겹게 몸을 일으키려 했다.

"어르신!"

곁을 지키던 사내들이 그를 만류하려 했지만 소용없었다. 이에 나 역시 다가가 만류했다.

"어르신, 누워 계십쇼."

그런 나의 말에 월노라 불린 노인이 창백한 얼굴로 옅은 미소를 지으며 말했다.

"쿨럭쿨럭. 어찌 은인께서 오셨는데, 노부가 누워서 맞이한단 말인가."

나는 내심 놀라웠다. 이게 죽어가는 자의 눈빛인지 모르겠다. 길게 내려오는 흰 눈썹에 눈이 반쯤 가려 있었지만 참으로 올곧은 눈빛이었다. 월노라는 노인이 내게 두 손을 모아 포권을 취하며 고개를 숙였다.

'아아….'

이런 곳에 이십여 년이 넘게 갇히고도 이렇게 품위를 갖추다니. 뭔가 존경스러운 자였다.

월노라는 노인이 내게 말했다.

"은공이 베풀어준 은혜 덕분에 노부가 세상을 떠나기 전에 입이 호강할 수 있었네. 기분 좋게 떠날 수 있게 해주어서 고맙네. 쿨럭."

월노의 입가에 피가 흘러내렸다. 피가 검은빛을 띠는 것을 보면 정말로 머지않은 듯했다. 나는 그에게 포권을 취하며 답했다.

"어찌 그런 말씀을 하십니까? 사해가 동도라고 하는데, 도울 수 있는 일이 있다면 도와야지요."

그런 나의 말에 월노의 입가에 미소가 감돌았다. 그가 웃으면서 말했다.

"허허허. 이렇게 세상을 떠나기 전에 훌륭한 젊은이를 보게 되어 참으로 기쁘이. 하나 안타깝기도 하네."

"어떤 것이 말씀입니까?"

"은공과 같은 젊은이가 밖에서 할 일이 많을 터인데 이런 곳에 갇혀 있다는 게 참으로 안타깝네그려. 노부야 이제 갈 날이 멀지 않았지만…. 쿨럭쿨럭."

말을 마치기도 전에 월노가 기침을 심하게 했다. 기침에 계속 피가 섞여서 나오는데, 많이 위독해 보였다.

"어르신!"

"누워 계셔야 합니다."

결국 월노가 주변 사람들의 권유를 이기지 못하고 자리에 누웠다. 죽음을 앞두고 있어서 그런지 그는 모든 것에 초연해 보였다. 그런 그가 성인(聖人)처럼 보여서 존경스러웠다.

'…'

나는 그의 곁으로 다가가 말했다.

"어르신, 혹시 밖에 가족이나 그런 분들이 있다면 남기고 싶으신 말씀이 있으십니까?"

그런 나의 말에 월노가 쓴웃음을 지었다.

"나갈 수 없는데 무에 의미가 있겠는가."

"혹시 모를 일이죠. 저도 그렇고 곁을 지키고 계신 분들이 천운으로 나가게 될지 어찌 알겠습니까?"

차마 한 달 뒤에 나가게 된다는 말은 하지 못했다. 그렇게 되면 괜히 소문이 퍼져 곤란한 상황이 일어날지도 모르기 때문이었다. 나는 호의를 갖게 된 월노의 유언을 밖에 전해주고 싶었다.

"말씀해주십쇼."

나의 말에 월노가 크게 숨을 들이쉬었다 내쉬었다. 그의 눈시울이 붉어졌다. 아무래도 가족이나 친지를 떠올린 모양이었다.

"허허허. 다 죽어가는 사람이 못난 꼴을 보이는군. 자네와 같은 젊은이는 참 오랜만에 보네그려."

"그런 말씀 마시고 이야기해주십쇼."

월노가 고개를 저으며 말했다.

"괜찮네. 그 마음이라도 고맙네."

"…어르신."

"노부는 이미 가족, 친지 들이 전부 죽었네. 하나 남은 딸아이를 피신시키기는 했지만 생사가 불투명하지. 애초에 그들 손에서 벗어났을 리도 없을 테고 말이네."

월노에게는 말 못 할 사정이 있어 보였다. 그래도 그가 떠나기 전에 응어리라도 풀어주기 위해 말했다.

"혹시 모르지 않습니까? 제가 이곳을 벗어나 어르신의 따님을 만나게 된다면 꼭 전해드리겠습니다."

그런 나의 말에 월노의 얼굴이 왈칵 일그러졌다. 하염없이 눈물이 흘러내리고 있었다. 내색하지 않았지만 그 하나 남은 여식이 천추의 한이었나 보다. 눈물을 흘리던 월노가 기침을 하며 말했다.

"쿨럭쿨럭. 고맙네. 고마우이. 자네가 그렇게 말해주니 노부가 가슴속에 안고 가려 했던 말을 하고 싶어지네그려."

"허심탄회하게 말씀해주십쇼."

나를 물끄러미 쳐다보던 월노가 눈물에 젖은 얼굴로 고개를 살짝 끄덕였다.

"이렇게 전해주게. 하령아, 못난 아비와 조상들 때문에 네가 그런 모진 수난을 겪게 해서 미안하구나. 만약 살아 있다면 아비가 죽어서라도 원령이 되어 너를…."

월노가 인상을 찡그렸다.

"자네 왜 그러나?"

그 이유는 내 얼굴을 보고서였다. 나는 방금 전에 월노가 내뱉은 이름에 충격을 받았다.

"…하령이라고 하셨습니까?"

"그렇네."

우연의 일치일까? 하령은 나의 어머니 이름과 같았다. 수많은 중원인들 중에 동성동명이 없을 리 없겠지만, 그의 입에서 나온 하령이라는 말에 머릿속에 월노가 했던 말들이 스쳐 지나갔다.

"하나 남은 딸아이를 피신시키기는 했지만 생사가 불투명하지."

갑자기 혼란스러웠다.

"왜 그러는 겐가?"

미심쩍은 눈으로 나를 바라보던 월노의 표정이 굳어져 있었다. 나의 반응 때문에 뭔가 이상하다고 느낀 모양이다. 월노의 눈빛이 경계심으로 바뀌던 찰나, 머릿속에 남천철검의 목소리가 들려왔다.

―운휘.

'…잠깐만, 지금은….'

―털이 전부 새하얗게 센 데다 병색이 완연하고 초췌해서 몰라봤는데, 나는 이자를 안다.

'뭐?'

의아해하는 나에게 남천철검이 놀라운 말을 해줬다.

―이 노인은… 비월영종의 종주인 비월검객 하성운이다.

'…!!'

방금 뭐라고 했어?

―비월검객 하성운이 틀림없다.

그 말에 충격을 금치 못하고 있는데, 월노가 미심쩍은 목소리로 내게 말했다. 마치 자신의 적일지도 모른다고 의심하는 듯했다.

"자네 뭔가? 혹시 내 딸을 알고 있는 건가?"

달라진 월노의 태도에 주위를 지키고 있던 사내들이 경계심을 보였다. 그때 나는 품속에 손을 넣어 옥패를 꺼냈다. 그리고 월노 앞에 내밀었다. 그것을 본 순간 월노의 두 눈이 터질 듯이 커졌다. 내가 꺼낸 옥패는 비학월패였다. 이를 보자마자 얼마나 놀랐는지 월노의 얼굴이 말로 형용하기 어렵게 바뀌었다. 그의 커다래진 두 눈은 옥패에서 떨어질 생각을 하지 않았다. 그런 그에게 물었다.

"이걸 아십니까?"

나의 물음에 월노가 혼란스러워하는 얼굴로 입을 열었다.

"어째서… 어째서 자네가 본 종의 비학월패를 가지고 있는 건가?"

역시 비학월패를 알아보았다. 남천철검의 말대로 비월영종의 종주 비월검객 하성운이 맞단 말인가. 그도 혼란스럽겠지만 나 역시 마찬가지였다.

"…어머니께서 가지고 계셨던 물건입니다."

"어머니?"

나의 말에, 흰 눈썹에 반쯤 가려진 월노의 눈동자가 떨려왔다. 큰 충격이라도 받았는지 말을 하지 못했다. 월노는 나와 시선을 마주치지 못한 채 혼잣말을 중얼거렸다.

"령이… 령이가 아이를 가졌었단 말인가."

'…?!'

이건 또 무슨 소리지? 의아해하고 있는데 월노가 떨리는 목소리로 내게 물었다.

"은공, 자네 모친의 코 오른쪽과 이마에 점이 있지 않은가?"

'아아아!'

어머니의 외모를 말하고 있었다. 나 역시 내가 기억하는 어머니의 특징을 말했다.

"어머니께서는 약지와 중지의 길이가 같으시고 왼쪽 눈에만…"

"쌍꺼풀이 있지."

정확했다. 월노의 그 말에 심장이 미친 듯이 뛰었다.

다시 눈시울이 붉어진 월노가 힘겹게 손을 내밀더니 우두커니 있는 내 손을 잡았다. 그러고는 눈물을 왈칵 쏟아내며 말했다.

"네가… 네가 내 외손주로구나."

그 말이 떨어지기가 무섭게 눈앞이 뿌옇게 흐려졌다. 눈물이 앞을 가린 것이다. 한눈에 알 수 있다는 그 말을 믿어본 적이 없었다. 하지만 대화를 나누면 나눌수록 가슴속 깊은 곳에서 월노가 나와 피로 맺어진 진한 연이라는 것을 강하게 느낄 수 있었다.

"월노…"

"이런 곳에서 혈육을 만나다니."

"하늘이 도왔어, 하늘이…"

"젠장, 비가 내리나. 눈에 습기가 차네."

월노의 곁을 지키고 있는 사내들도 감화되었는지 눈시울이 붉어졌다. 그들은 월노를 진심으로 모셔서 그런지 그가 임종 때가 되어 혈육을 만난 것에 진한 감동을 받은 것 같았다. 사람의 연이라는 것은 정말 모를 일 같았다. 사마착에게 납치당하듯이 끌려올 때만 하더라도 모든 일이 꼬였다고 생각했는데, 이런 곳에서 외조부를 만날 거라고 누가 알았겠는가.

"외손주였어, 내 외손주."

하염없이 눈물을 흘리는 월노, 아니 하성운. 손에 힘이 들어가지 않는지 바들바들 떨면서 잡고 있는 그의 손을 나는 꽉 붙잡았다. 다시는 놓고 싶지 않은 내 혈육의 손이었다. 하성운이 울먹이는 목소리로 말했다.

"하늘이 노부를 도와서 이렇게 그 아이의 분신과도 같은 너를 만나게 해주었구나."

머뭇거리던 나의 입에서 그 말이 나왔다.

"외조부…."

나의 부름에 눈물로 젖은 하성운의 입가가 실룩거렸다. 혈육의 정이란 정말 위대했다. 나 역시도 가슴이 뭉클해서 어찌할 바를 모를 정도였으니 말이다. 그런데 기뻐하던 하성운의 얼굴이 어두워졌다.

"아아아… 하늘이 노부를 도왔다고 생각했는데 그게 아니었구나."

"어째서 그런 말씀을 하시는 겁니까?"

"어쩌다가 이런 곳에 갇혔느냐? 하늘도 무심하구나. 노부로도 모자라 어찌 너를 이곳에 보냈단 말이더냐?"

하성운은 이곳에 갇히게 된 나를 걱정하고 있었다. 안타까워하는 그의 모습에 아무래도 사실을 밝혀야 할 것 같았다.

"그건 걱정하지 않으…."

그때 내 말이 끝나기도 전에 하성운이 없던 기운이 생겨난 사람처럼 자리에서 상체를 벌떡 일으켜 세우며 내게 말했다.

"네 어미… 네 어미는 무사하느냐?"

나도 할 말이 많고 묻고 싶은 게 많았지만 외조부인 하성운도 마찬가지인 모양이었다. 잔뜩 기대하는 얼굴로 쳐다보는 그의 시선을 나는 차마 마주할 수가 없었다. 어머니에 대한 그리움이 비치는데, 어머니가 하늘에 계시다는 말이 차마 떨어지지 않았다. 그런 나의 머뭇거리는 행동에 하성운의 표정이 급격히 어두워졌다.

"어찌… 어찌 이런 일이…."

"외조부…."

하성운의 떨리는 뺨 위로 눈물이 쏟아져 내렸다. 방금 전까지 기뻐하던 얼굴이 슬픔으로 얼룩져 고통스러워 보였다.

"어찌 자식이 부모보다 먼저 죽는단 말이더냐. 령아, 내 령아."

그런데 예상치 못한 일이 벌어졌다. 어머니의 이름을 애타게 부르던 하성운의 손에서 점점 힘이 약해져 갔다.

"외조부!"

하성운이 오른손으로 자신의 가슴을 움켜쥐었다.

"헉… 헉…."

창백했던 얼굴이 상기되다 못해 보랏빛으로 변해가고 있었다.

안 돼. 이럴 순 없다. 이제 겨우 내 진정한 혈육을 만났다. 그런데 보자마자 외조부를 떠나보내야 한다고?

"월노!"

"나와보게! 빨리 눕혀!"

주위에 있던 사내들이 다급히 외조부 하성운을 자리에 눕혔다. 그들의 빠른 조치를 보니 이런 일을 한두 번 겪어본 게 아닌 듯했다. 호흡이 거칠어지는 외조부의 고개를 뒤로 젖혀서 기도를 열게 한 후, 턱수염의 사내가 위로 올라가 두 손을 모으더니 가슴의 심장부를 일정한 간격으로 눌러댔다.

"하나… 둘… 셋!"

심장에 고동을 가해서 뛰게 하려는 것 같았다. 식은땀까지 흘려가며 가슴을 누르는 턱수염 사내의 얼굴이 점차 어두워져 갔다.

"시, 심장이 뛰질 않아."

"월노!"

"월노!"

사내들이 오열하면서 외쳤다.

"비키세요!"

말은 그리 해놓고 나는 거의 턱수염의 사내를 밀어내다시피 했다. 그리고 외조부 위에 올라타 심장 부위를 눌렀다. 혹시나 하는 마음에 염을 일으켜 눌렀지만 상단전은 정신적인 힘에 가까웠기에 외조부의 심장은 여전히 뛸 생각을 하지 않았다.

'빌어먹을!'

내공이나 선천진기만 쓸 수 있어도 이를 불어넣었을 거다. 나는 억지로 선천진기를 끌어내려고 했다. 하지만 체내에 박힌 침 때문에 그런지 중단전을 통제할 수가 없었다.

그때 머릿속으로 혈마검의 목소리가 들렸다.

—인간, 이 몸을 늙은이의 가슴에 올려놔라.

'뭐?'

—못 들었어? 어서!

녀석의 그 말에 나는 황급히 가슴에서 내려와 검을 빼 들었다.

"무, 무슨 짓을 하려는 겁니까?"

갑작스러운 나의 행동에 턱수염의 사내를 비롯해 모두가 막으려 들었다. 이에 나는 그들을 밀쳐내고서 혈마검을 외조부의 가슴에 올렸다. 반신반의하는데, 혈마검을 올려놓은 외조부의 가슴 부근이 불룩불룩해지며 혈맥들이 요동치는 것이 보였다.

ㅡ쟤 대체 뭘 하려는 거야?

ㅡ…설마 혈맥을 인위적으로 조절하려는 건가?

'…?!'

남천철검의 말에 나는 정신이 번쩍 들었다. 녀석의 말대로 혈마검은 자신을 쥐는 자의 혈맥을 강제로 폭주시키는 게 가능했다. 설마 그것을 이용하려는 건가?

그때였다.

"쿨럭!"

외조부 하성운의 입에서 피 기침이 터져 나왔다.

"윌노!"

허리가 활처럼 위로 올라간 하성운의 몸이 꼿꼿하게 다시 펴졌다. 그러더니 멈췄던 호흡을 다시 하기 시작했다.

"수, 숨을?"

그 광경에 나는 다급히 외조부 하성운의 가슴에 손을 얹었다.

쿵! 쿵! 쿵!

"뛰어."

"네?"

"심장이 뛴다고요!"

나의 그 말에 모두가 놀라움을 금치 못했다.

"어, 어떻게 이런 일이?"

모두가 보고도 믿지 못했다. 죽어가던 하성운이 극적으로 살아난 것이다. 나 역시도 너무 기쁜 나머지 눈물이 왈칵 올라오려고 했다. 그런 나의 머릿속에 혈마검의 목소리가 들렸다.

—…인간, 임시 조치에 불과하다. 이자의 혈맥을 움직여 피가 강제로 순환되도록 만들어서 심장까지 어떻게 뛰게 했지만 내가 떨어지면 곧장 목숨을 잃을 거다.

'…!!'

죽은 거나 마찬가지라고? 나는 외조부 하성운의 얼굴을 쳐다보았다. 숨을 내쉬고 있었지만 여전히 얼굴색은 보랏빛을 띠었다. 턱수염의 사내가 내게 물었다.

"소 공, 어떻게 한 겁니까? 검을 올려놓았을 뿐인데 어찌 월노께서?"

나는 힘이 빠진 목소리로 답했다.

"…임시 조치일 뿐입니다. 아무것도 달라진 건 없습니다."

외조부의 상태는 누가 봐도 죽기 일보 직전의 모습이었다. 그때 팔 하나가 없는 사내가 분통을 터뜨렸다.

"젠장! 하늘도 무심하시지. 외손주를 보자마자 이렇게 목숨을 걸어가려 하시다니!"

그의 말에 턱수염의 사내가 나무랐다.

"그런 소리 말게. 이렇게라도 혈육을 본 게 어딘가."

"안타까워서 하는 소리일세. 사화초만 구했어도 월노가 이렇게까지 될 일은 없었을 텐데!"

지금 무슨 말을 하는 거지? 사화초가 뭐기에 이런 말을 하는지 모르겠다.

"사화초? 그게 뭡니까?"

그런 나의 물음에 외팔의 사내가 무거운 목소리로 말했다.

"월노를 살릴 수 있는 약초일세."

"약초? 이런 곳에 그런 약초가 있을 리가…."

"있네! 저 지하 밑으로 내려가면 구할 수 있는데…. 빌어먹을!"

외팔의 사내가 거칠게 욕을 내뱉었다. 나는 그가 가리킨 곳을 쳐다보았다. 이곳 거처 공동으로 들어오는 통로 말고도 다른 동굴로 향하는 통로가 하나 더 있었다.

"저곳에 정말 약초가 있는 겁니까?"

그런 나의 물음에 외팔의 사내가 고개를 끄덕였다. 그런데 턱수염의 사내가 황급히 만류했다.

"안 되오. 그곳에 들어가는 것은 자살 행위입니다."

"자살 행위?"

턱수염의 사내가 주위 사내들을 가리키며 말했다.

"이들이 왜 이렇게 심한 부상을 당한 것 같습니까? 저 안으로 들어가 약초를 구하려다가 이 꼴이 된 것입니다."

"…그게 무슨 소리죠?"

이곳에 왔을 때 이상하다고 생각하긴 했다. 부상을 당한 흔적들이 사람들과의 다툼으로 생긴 상처와는 사뭇 달랐다. 턱수염의 사내가 두려움이 가득한 눈빛으로 말했다.

"저 안에는 인외의 존재가 있습니다."

"인외의 존재?"

대체 무슨 말을 하는지 모르겠다. 설마 인면자안사 같은 요괴나 요물이 있다는 소리일까? 그때 외팔의 사내가 소리쳤다.

"그렇다고 손 놓고 월노께서 돌아가시게 내버려두자는 건가!"

"일곱이 가서 고작 셋만 겨우 살아남았네. 수로를 터뜨려 겨우 막고 있어서 그렇지, 그 괴물 같은 것과 조우해서 살아남을 수 있을 것 같은가!"

수로를 터뜨렸다고? 뭔가 내가 알고 있는 것과 달랐다. 갑찬이라는 자에게 듣기로는 봉림곡을 벗어나는 탈출 통로를 만들려다가, 수로를 건드려서 터졌다고 했다.

"수로를 터뜨려 겨우 막았다니 그게 무슨 말이죠?"

그런 나의 물음에 턱수염의 사내가 답했다.

"그 괴물 같은 것을 막을 방법은 오직 그것뿐이었습니다."

무엇인지는 모르겠지만 그것을 막기 위해 수로를 터뜨렸단 말인가? 답답했지만 사실 중요한 것은 그게 아니었다. 나는 물었다.

"그것만 얘기하십쇼. 저 안에 약초가 있는 게 확실합니까?"

"소 공… 월노의 외손주라고 들었습니다. 월노께서도 소 공이 저곳으로 들어가려 한다면 필사적으로 막으실 겁니다."

"후우."

나는 자리에서 일어났다. 그리고 외조부 하성운의 가슴 위에 올려놓은 혈마검을 쳐다보았다. 검이 떨어지는 순간 외조부는 죽는다. 그리고 유일하게 외조부를 살릴 수 있는 약초가 저 통로 안쪽에 있다. 그렇다면 내가 할 일은 단 하나다.

"여러분은 여길 지키세요. 제가 다녀오겠습니다."

"소 공!"

"제 소문을 듣지 않았습니까? 저는 무공을 쓸 수 있습니다."

"그런 문제가 아닙니다!"

턱수염의 사내가 나를 붙잡으려 했다. 이에 그의 팔을 뿌리치며 말했다.

"당신 같으면 겨우 만난 소중한 핏줄이 죽어가는데 포기할 수 있겠습니까?"

"그건…."

그런 나의 말에 턱수염의 사내의 말문이 막혔다. 나는 외조부의 가슴 위에 있는 검을 가리키며 말했다.

"검이 절대로 외조부의 가슴 위에서 떨어지지 않도록 해주십쇼. 그리고 혹시나 해서 드리는 말씀인데, 여러분도 검에 절대 손을 대면 안 됩니다."

"그게 무슨?"

"죽기 싫으면 제 말을 꼭 들으시기 바랍니다. 저는 분명히 경고했습니다."

아무 이유도 알려주지 않고 이렇게만 말하니 모두가 의아함을 감추지 못했다. 그렇다고 저 검이 혈마검이라고 말할 수는 없는 노릇이었다.

그때 외팔의 사내가 다가왔다.

"나도 함께 가겠소."

"네?"

사내가 공동 어딘가에서 뭔가를 주섬주섬 챙기며 말했다. 나무 뿌리로 만든 횃불에 가죽 같은 것을 조잡하게 이은 무언가를 감싸고 있었다.

"저 혼자 가도 괜찮습니다."

"안에 들어간다고 약초가 어디 있는지 찾을 수 있을 것 같소?"

"…알려주신다면…."

"무리요. 시급한 상황이 아니오. 같이 갑시다."

외팔의 사내는 만류해도 따라올 기세였다.

"그 몸으로 어찌 간다는 것인가! 하면 내가 소 공을 따라가 안내하겠네!"

턱수염 사내의 말에 외팔의 사내가 고개를 저었다.

"한 사람이라도 멀쩡한 사람이 월노를 지켜야 하지 않겠나. 이걸 보게."

외팔의 사내가 누더기 같은 상의를 걷어 올렸다. 그러자 복부에 있는 네 개의 날카로운 상흔이 드러났는데, 그 상처 부위가 곪아서 썩어들고 있었다.

"자, 자네?"

외팔의 사내가 굳은 결의를 보이며 말했다.

"이건 내가 완수해야 할 일일세."

* * *

어두운 통로를 외팔의 사내와 내가 뛰어가고 있었다. 달리면서 물었다.

"정말 괜찮겠습니까?"

상처 부위가 썩어들고 있지만 불로 지지고 안정을 취한다면 모를 일이었다. 그런데도 저렇게 자신을 희생하려는 이유를 모르겠다. 그런 나의 의문을 풀어주기라도 하듯 외팔의 사내가 말했다.

"월노는 내게 아버지 같은 분이시네. 팔 년 전에 저분이 아니었다면 나는 죽은 목숨이었네."

"…"

"월노께서 주신 목숨을 월노를 위해서 쓸 수 있다면 나는 언제라도 나 자신을 던질 걸세."

그에게서 강한 보은의 마음이 느껴졌다. 어째서 저런 강한 결의를 보이며 나를 따라온 건지 알 것 같았다. 이런 척박한 곳에서조차 인망이 두텁다니. 외조부가 존경스러웠다.

그때 외팔의 사내가 품속에서 무언가를 꺼내 내게 넘겼다. 녹색의 작은 구슬이었다. 그런데 신기하게도 은은한 빛을 내고 있었다.

"이걸 가지고 있게."

"이게 뭡니까?"

"야광주일세."

"야광주?"

"어두운 곳에서 밝게 빛을 내주는 구슬이네."

이런 귀한 것을 어떻게 그가 가지고 있는 것일까? 의아해하고 있는데 그가 말했다.

"월노와 우리들은 이곳 봉림곡을 벗어나기 위해 수로가 가까운 통로를 찾았네. 물이 흘러가는 곳의 끝에는 출구가 있을 거라 확신해서였지."

일리가 있는 말이었다. 지금도 동굴 통로 옆에서 격류와도 같은 물소리가 났다. 이 벽을 뚫고 들어간다면 수로일 것이다.

"그렇게 동굴 통로를 따라 내려가던 우리는 그 끝에 도달하게 되었네. 그런데 그곳은 벽으로 막혀 있었지."

"그곳이 수로가 있는 곳입니까?"

"아니네. 그곳은 월노께서도 그렇고 우리도 전혀 예상치 못한 곳이었지."

"무엇이 말입니까?"

"그 벽은 인위적으로 막혀 있었네."

"네?"

슉! 외팔의 사내가 동굴 벽면을 손으로 만지며 말했다.

"이렇게 오랜 시간에 거쳐 만들어진 동굴의 벽이 아니라, 진흙 같은 것을 말려서 굳혀놓은 듯했네."

"…누군가 일부러 만들었다는 겁니까?"

"틀림없네. 왜냐하면 그 야광주는 벽을 뚫고 지나간 공동에서 찾은 것이니까 말일세."

놀라운 말이었다. 그가 말한 것이 사실이라면 이 봉림곡 안에 강제로 갇힌 자들이 아닌 또 다른 누군가의 손길이 닿아 있었다는 말이 된다. 그런 나의 머릿속에 남천철검의 목소리가 울렸다.

—사마착이 그렇게 말하지 않았나? 이곳은 잊힌 한 문파의 성지였다고.

'아….'

그렇다면 가능성이 충분했다. 외조부와 이들이 찾은 것은 옛 문파의 흔적일 수도 있었다. 그런데 한 가지 걸리는 게 있다면 인위적으로 벽을 만들어 막았다는 것이다. 그것은 애초에 다른 누군가가 들어오지 못하게 막았다는 의미였다.

"그 안에 들어간 우리는 그곳에서 먼 옛날의 흔적들을 발견했네. 모두가 흥분을 감추지 못했지."

기연과도 같은 일이니 충분히 그럴 만도 했다. 나라도 그랬을 것이다.

"동굴 안에는 마치 방처럼 수십 개의 공동들이 있더군. 그 공동들도 인위적인 벽에 막혀 있었네. 우리는 시간을 들여서 그곳을 부쉬서 살폈네. 그중 한 곳에 햇볕을 쬐지 않아도 자라는 약초가 있는 동굴이 있었네."

"그곳에 사화초라는 게 있는 겁니까?"

"그렇네."

"당신의 상처를 치료할 만한 약초도 있지 않겠습니까?"

"…그랬으면 좋겠군."

목숨을 걸었지만 살고 싶어하는 속내를 감추진 않았다. 누가 자신의 목숨을 헛되이 포기하고 싶겠는가. 그렇게 동굴 통로를 내려가고 있는데, 눈앞에 물이 차오른 곳이 나타났다.

"여기입니까?"

"그렇네. 여기 고인 물을 헤엄쳐서 통과하면 그 공동들이 있는 동굴 통로로 들어갈 수 있네. 단, 여기서부터는 조용히 해야 하네."

"…그 인외의 존재가 있습니까?"

"그렇네."

외팔의 사내의 목소리에서 두려움이 느껴졌다. 그 존재가 그렇게나 두려우면서도 이곳까지 쫓아왔다는 게 대견했다.

"옛 흔적을 발견한 우리는 흥분한 나머지 열지 말아야 할 벽 하나를 허물었네. 그곳에서 그 괴물 같은 것이 튀어나왔네."

"요물이나 영물 같은 겁니까?"

"아니네. 그런 유형의 것이 아니네. 그건 인간과는 동떨어진 존재일세. 죽은 자나 다름없었어."

"죽은 자?"

―겁을 주는 것도 아니고 무슨 말이야?

나도 모르겠다. 이렇게 말하니까 대체 무엇인지 알아듣기가 힘들었다.

"그 존재를 상대할 방법이 없습니까?"

"…그게 가능했다면 수로를 터뜨리거나 하지 않았을 걸세."

외팔의 사내가 가지고 있던 짐을 몸에 동동 매고서, 횃불을 동굴 벽면에 세워놓은 뒤에 물이 고인 곳으로 다가갔다. 그리고 내게 말했다.

"무공을 쓸 수 있다고 해서 방심하지 말게. 피치 못할 상황이 아니라면 싸우지 말고 도망치게. 그게 최상의 방법이네."

풍덩! 그가 앞장서서 물로 들어갔다. 이에 나 역시도 물에 뛰어들었다. 야광주 하나를 더 가지고 있었는지, 녹색의 은은한 빛이 앞에서 보였다. 그것을 따라서 헤엄쳤다. 한참을 헤엄쳐 들어가자 그 끝에 뿌옇게 수면 같은 것이 보였다. 그곳으로 녹색의 은은한 불빛이 나아갔다. 뒤따라가고 있는데 물속으로 뭔가 잠음 같은 것이 들려왔다. 퐁! 그리고 녹색의 은은한 무언가가 수면 밑으로 내려왔다. 무슨 일인가 싶어 발길질을 하며 위로 오르는데, 위에 붉은 무언가가 수면에 흩뿌려졌다. 그것을 통과해서 나간 순간, 비명을 지르는 외팔의 사내가 보였다.

"끄아아아아!"

흉측하면서도 길고 날카로운 손톱이 있는 손이 사내의 어깨와 허벅지를 우악스럽게 잡아당기고 있었는데, 그의 허리가 찢겨 나가려 했다.

"끄아아아…. 도, 도망쳐!"

"젠장!"

물 밖으로 튀어나온 나는 천권의 기운을 일으켰다. 그리고 외팔의 사내의 몸을 반으로 찢으려는 존재를 향해 검을 찔렀다. 푹!

"크카아아아아!"

소름 끼치는 괴상한 비명과 함께 그 존재가 외팔의 사내에게서 손을 놓았다.

나는 앞으로 야광주를 내밀었다. 어둠으로 가려져 있던 존재가 모습을 드러냈다.

'사람?'

그것은 다름 아닌 사람이었다.

'이게 정말 사람인가?'

온몸이 나신이었는데, 피골이 앙상하면서 파란 핏줄이 보이는 새하얀 피부, 손과 발은 짐승처럼 날카로운 손톱이 자라 있었다.

"크르르르르."

흡사 맹수의 울음소리가 이자의 입에서 흘러나왔다. 입을 살짝 벌리고 있었는데, 톱을 연상케 할 만큼 날카로운 이빨들이 보였고 눈동자의 동공이 노란색이었다.

—뭔가 징그러운데?

내가 하고 싶은 말이다. 사람과는 동떨어진 모습이었다. 외양도 괴이했지만 시체 썩은 냄새까지 진동하고 있었다.

"그건 인간과는 동떨어진 존재일세."

그 말이 이런 의미였나.

은유적으로 하는 말이라 여겼는데, 말 그대로였다. 바로 그때였다.

"크와아아아아!"

괴인이 나를 향해 달려들었다. 그 몸놀림이 굉장히 빨랐다. 이에 나는 보법을 펼치며 놈의 공격을 피한 뒤 남천철검으로 갈비뼈를 찔렀다. 검이 괴인의 피부를 뚫고 들어갔다.

'됐다.'

검이 제대로 파고들었다 싶었는데, 괴인이 마치 통증을 느끼지 않는 것처럼 나의 안면으로 날카로운 손톱을 휘둘렀다.

"큭!"

나는 뒤로 몸을 던지며 이를 피해냈다. 갈비뼈 안쪽을 파고들었는데 이 고통을 이겨내다니. 괴인이 연달아 두 손을 휘두르며 나를 흉측한 손톱으로 베려들었다. 이에 검을 위로 쳐올려 손톱을 갈랐다. 챙!

'단단하다.'

그냥 날카로운 것이 아니라 손톱이 단단했다. 가르려고 했는데 오히려 막아냈다. 나는 변초를 펼쳐 검의 방향을 틀어 이내 놈의 미간을 찔렀다. 푹! 머리를 꿰뚫린 이상 무조건 죽음이다.

바로 그 순간이었다.

'…?!'

촥! 가슴을 날카로운 손톱이 스치고 지나갔다. 옷의 상의 부분이 붉게 물들었다. 이마를 관통했는데 괴인은 전혀 아랑곳하지 않고 내게 손톱을 휘둘렀다.

'젠장… 이게 뭐야?'

어처구니가 없었다. 죽지를 않았다.

괴인

—이게 대체 뭐야?

—나도 처음 본다. 미간을 꿰뚫렸는데 살아 있다니….

소담검과 남천철검 역시도 놀란 것 같았다. 대체 이 괴물의 정체가 뭘까? 놈의 손톱에 스친 가슴 부위가 화끈거렸다.

—우리 중에 가장 오래 살아온 혈마검이라면 알 수 있을지도 모르겠다.

남천철검의 말도 일리가 있었다. 혈교의 개파 시절부터 존재해온 녀석은 많은 것을 봤을 것이다. 그런데 지금은 그게 문제가 아니었다.

"크와아아아!"

촥!

"큭!"

재빨리 고개를 옆으로 젖히자 녀석의 손톱이 위로 스치고 지나갔다. 몸놀림이 무공을 익힌 자들과 별 차이가 없었다. 무공처럼 정형화된 몸놀림은 아니었지만 반사신경이나 근접했을 때의 움직임은 내 속도를 거의 따라잡고 있었다.

'거의 일류 고수에 육박한다.'

이러니 외조부를 비롯한 사내들이 상대 될 리가 있나. 일류 고수에 육박하는 속도와 움직임을 가진 이 괴인을, 내공을 쓸 수 없는 평범한 몸으로 막을 수 있을 리가 만무했다.

―운휘! 차라리 목을 베어라.

―맞아. 머리가 없는데도 움직이나 보자!

마침 나도 그 생각을 했다. 미간을 뚫는 것만으로 죽지 않는다면 아예 목을 베어보자. 나는 보법을 펼치며 난폭하게 손톱을 휘두르는 놈에게로 파고들었다. 그리고 녀석의 목을 향해 검을 휘둘렀다. 그 순간, 놈이 갑자기 뒤로 몸을 날렸다. 파팟! 그리고 자신의 목을 보호하듯이 두 손으로 가슴 앞쪽을 가렸다.

―약점이 맞나 봐!

처음으로 공격을 피한 것을 보면 목이 약점 같았다.

'그렇다면!'

나는 녀석을 향해 매처럼 몸을 날렸다. 신형이 은반 위를 미끄러지듯이 앞으로 뻗어 나갔다.

"크르르르!"

괴인이 거칠게 두 팔을 휘두르며 뒤로 몸을 날렸지만, 애초에 이 초식은 상대를 향해 매처럼 파고드는 수법이었다. 단숨에 놈에게로 파고든 나는 크게 원을 그리며 놈이 휘두르는 팔의 공백을 노렸다.

'혈라검천.'

교묘하게 그 틈을 파고든 검이 궤적을 틀며 놈의 목을 비스듬하게 베어냈다. 촥! 검이 목의 절반을 파고들었다. 그런데 뼈를 베어내지 못하고 도중에 멈춰 섰다.

'단단해.'

뼈가 이렇게 단단할 줄은 몰랐다. 휘두르는 공간이 좁았다고 해도 보통 사람의 뼈보다 강도가 강했다.

"크케켁!"

목이 완전히 베이는 것에 두려움을 느끼기라도 했을까. 괴인이 다급히 두 손으로 검날을 붙잡았다. 힘이 무식할 정도로 굉장했다. 검날이 떨리며 박혀 있던 부위에서 떨어지려 했다.

"젠장!"

나 역시도 검병을 두 손으로 쥐고 목을 베기 위해 더욱 힘을 가하려고 하는데, 누군가 멈춰 있는 검날을 돌도끼로 쳤다.

"흐아아압!"

그 힘 덕분에 검날이 단단한 뼈를 파고들더니, 이내 괴인의 목을 베어냈다. 촥! 괴인의 머리통이 데굴데굴 바닥을 뒹굴었다. 머리가 떨어진 괴인의 몸이 팔을 허우적거리며 움직였다.

'머리가 없는데도 움직이다니?'

기이할 정도로 강한 생명력이었다.

"좀 죽어!"

팍! 나는 그런 괴인의 몸통을 발로 걷어찼다. 발길질을 맞은 괴인의 몸이 비틀거리며 밀려나더니, 이윽고 바닥에 대(大) 자로 쓰러졌다. 꿈틀대고 있었지만 더 이상 일어나진 못했다.

—정말 질기다. 저런 게 하나가 아니라 여럿이면….

재수 없는 소리 하지 마라. 괜히 불안해지니까.

"후우…."

나는 고개를 돌려 외팔의 사내를 쳐다보았다. 허리가 저렇게 찢기는 부상을 당하고도 나를 도왔다. 나는 옷자락을 길게 찢어서 피가 흐르는 그의 허리 부근을 감아주었다.

"끄윽! 살살… 살살 하게."

고통스러운지 오만상을 찌푸리던 외팔의 사내가 말했다.

"하아… 하아… 확실히 무공을 쓸 줄 아니까 다르군. 저 괴물 같은 놈이 쓰러진 것을 보게 되다니 말일세."

"목을 베려고 해봤습니까?"

"목은커녕 녀석이 휘두르는 손톱을 피하기도 버거웠네."

하긴 일류 고수에 육박하는 힘과 속도를 가진 괴인이다. 그런 존재를 상대로 무공도 없이 버틴다는 것은 자살 행위나 마찬가지였다.

"대체 이 괴인은 뭡니까? 겉모습만 보면 사람과 다를 바 없는 것 같은데."

"…모르겠네. 이런 괴물은 우리도 처음 보네."

"외조부께서도 모르십니까?"

"월노께서도 모르셨네. 다만 죽은 동료들 중 도사 출신이 있었는데, 그자가 죽기 전에 호들갑을 떨면서 강시라고 외치더군."

"강시?"

—그게 뭐야?

강시(僵尸). 말 그대로 해석하면 서 있는 시체라는 뜻이다. 그저 어르신들이 아이들을 겁주기 위해 이야기하는 옛 전설로만 알고 있었다. 그 유래가, 용한 도사들이 먼 곳으로 나온 사람이 죽으면 그 시체를 죽은 이의 집으로 운반하기 위해 직접 걸어갈 수 있도록 강시로 만들었다고 들었다.

─기억난다. 그러고 보니 전 주인께서 형산파 도사들과의 술자리에서 농담 삼아 강시 이야기를 했던 적이 있다.

'들어본 적이 있다고?'

─어쩌다 그 이야기가 나왔는지는 모르겠다. 그때 형산파 도사가 이르기를 예전에 실제로 술법이나 방술에 능통한 도가 문파가 있었다고 했다. 그들이 부적 같은 것으로 죽은 시체마저 다뤘었다고 들었다.

'그게 정말이야?'

─진실인지는 모르겠다. 술자리에서 나왔던 이야기라.

그래. 술자리에서는 별의별 이야기가 나오긴 한다. 실제로 그런 문파가 존재했다니 신기하긴 하다.

'그 문파가 뭔데?'

─…기억이 맞다면 모산파(茅山派)라고 들었던 것 같다.

모산파라고?

─알고 있나?

모를 리가 있나. 모산파는 도가에서 유명한 문파 중 하나였다. 그들 역시도 무림의 문파였다. 지금은 존재하지 않지만 내가 그들을 기억하는 이유는 모산파가 멸문한 이유 때문이었다.

─멸문한 이유?

금상제의 무림 박해 당시 황실의 편에 서서 도왔던 몇몇 문파가 있는데, 그중 하나가 바로 모산파였다.

─응? 아군이 뒤통수를 친 격이네.

그래, 그게 원인이 되었다. 성공했다면 달라질 수도 있겠지만 금상제의 무림 박해는 실패로 돌아갔다. 결국 무림인들에게 제대로 밉

보인 모산파는 공적으로 낙인이 찍혀 멸문의 길을 걸었다. 비록 멸문했다지만 모산파가 괴이한 술법이나 방술에 능했다는 이야기는 처음 듣는 바라 쉽게 믿기지 않았다.

—아닐 수도 있으니 한 귀로 흘려도 된다. 그리고 애초에 강시란 것들은 우스꽝스럽게 두 발로 뛰어서 움직인다고 들었다.

나 역시도 그렇게 알고 있었다. 도사들의 술법에 의해 강제로 움직이는 시체라 그런 움직임을 가졌다고 들었다. 그런데 저 목이 잘린 괴인은 거의 맹수나 다름없었다.

'모르겠다.'

지금은 이 괴인의 정체를 파악하는 것이 중요하지 않았다. 나는 혹시나 하는 마음에 물었다.

"혹시 저놈 외에 다른 괴인도 있었습니까?"

"없었네. 저 한 놈에게 쫓긴 게 다일세."

안도의 숨이 나왔다. 그렇지 않아도 벌써 염을 이 할 가까이 소모했다. 저런 게 더 있다면 나라고 해도 어찌해볼 방법이 없었다.

"움직일 수 있겠습니까?"

"갈 수 있네."

그리 말은 했지만 움직이는 게 쉬워 보이지 않았다. 비틀거리며 걷고 있었다. 나는 그의 어깨를 부축하고서 말했다.

"안내해주시죠."

＊ ＊ ＊

화르륵!

그가 챙겨온 물건 중에는 나무뿌리 횃불이 있었다. 왜 저렇게 조잡하게 연결한 가죽으로 동여매놓았나 싶었는데, 물에 젖는 것을 막기 위함이었다. 한쪽으로 그를 부축하면서 횃불을 든 나는 안내대로 통로를 이동했다. 반 각 정도 안으로 들어가자 거대한 공동이 나왔다.

—꽤 넓네?

꽤 넓은 정도가 아니었다. 나무뿌리가 내려와 있던 공동의 세 배는 되는 듯했다. 이 정도면 수많은 사람들을 수용할 수 있었다.

'많긴 하네.'

확실히 공동을 통해 들어갈 수 있는 동굴 통로가 많았다. 저 안에서 또 나뉜다고 하니, 안내 없이 혼자서 찾으려면 상당히 시간이 걸렸을지도 모른다.

"저곳이네."

외팔의 사내가 손으로 북서쪽 방향에 있는 한 동굴 통로 입구를 가리켰다. 그를 부축해서 그곳으로 향했다. 가는 도중 외팔의 사내가 그 우측에 있는 두 번째 동굴을 눈짓하며 말했다.

"저곳으로는 들어갔으면 안 되었네."

"…저기서 그 괴인이 튀어나온 겁니까?"

"그렇네."

외팔의 사내가 씁쓸하게 답했다. 저곳으로 들어갔다가 동료들도 잃었으니 이해는 됐다.

"명복을 빕니다."

나는 작게 고개를 숙였다. 그런 나의 행동에 외팔이 사내가 고마웠는지 자신도 고개를 숙였다. 그렇게 동굴로 들어가려던 찰나였다.

타타타타타! 귓가로 다수의 발소리가 들려왔다. 나와 외팔의 사내가 동시에 고개를 옆으로 돌렸다. 그때 우측 편의 두 번째 동굴에서 새하얀 피부에 노란 눈동자를 가진 괴인들이 우르르 튀어나왔다.

'…?!'

나온 녀석들만 다섯이었다. 저쪽 동굴 안에서 들리는 인기척만 보면 숫자가 더 많았다. 어처구니가 없어서 따지듯이 말했다.

"하나라면서요?"

"부, 분명 하나였네."

젠장. 저렇게 많으면 자칫하다가 내가 당할 수도 있다. 외팔의 사내를 데리고 저 많은 수의 괴인들을 감당하는 것도 무리였다. 나는 그의 허리 쪽을 힐끔 쳐다보았다. 감아놓은 천이 피로 얼룩져 있었다.

"도망치세!"

외팔의 사내가 내게 말했다. 이에 나는 고개를 저었다. 그리고 그를 동굴 안쪽으로 밀쳤다. 팍!

"이, 이게 무슨 짓인가?"

"주의를 끌 테니 약초를 꼭 가져오십쇼!"

그 말과 함께 나는 소리를 버럭버럭 지르며 공동 한가운데로 뛰었다.

"여기다! 여기다!"

그런 나의 머릿속에 소담검의 목소리가 울렸다.

—멍청아! 죽고 싶어 환장했어.

그럼 별수 있나. 저자를 데리고 들어가도 금방 따라잡힐 게 뻔했다. 그렇다고 내 한 목숨 구하고자 버리고 가도 약초를 찾기는커녕 놈들에게서 도망쳐야 하는 상황이 되어버린다. 차라리 주의를 끌어서 그가 약초를 찾아오도록 시간을 끄는 게 나았다.

"크와아아!"

"크르르르!"

소리를 지른 여파 때문일까. 동굴에서 튀어나온 괴인들이 일제히 나를 향해 달려들었다.

"그래! 여기다 여기!"

그나마 공동의 공간이 넓어서 다행이었다. 나는 경공을 펼치며 나를 쫓아오는 괴인들을 상대로 술래잡기를 하듯이 도망쳐 다녔다. 뒤를 힐끔 쳐다보니 괴인의 숫자만 여덟이었다.

"크와아아아!"

그것도 모자라 동굴에서 또 다른 녀석들이 계속 튀어나왔다.

'이런 미친! 계속 늘어나잖아. 하나는 무슨!'

저것들을 전부 상대하는 건 무리였다. 적어도 선천진기만 쓸 수 있다면 그나마 상대하는 건 일도 아닐 텐데.

—열둘… 열셋… 열넷….

남천철검이 녀석들을 세는 소리가 들렸다. 그걸 들을 때마다 심장이 미친 듯이 뛰었다.

—열다섯.

'그만 세!'

안 그래도 심란해 죽겠는데. 이러다간 약초를 가지고 나오기 전에 내가 먼저 잡히는 게 아닐까 싶었다.

—조심해! 위를 봐!

파파파파파! 소담검의 외침에 위를 보니, 괴인 둘이 천장에 달라붙어서 거꾸로 사족보행을 펼치며 달려오고 있었다.

'…!!'

당황한 나는 위로 뛰어올라 검초를 펼쳤다.

'회룡승검!'

진성명검법 사초식 회룡승검(回龍昇劍). 내 몸이 빠르게 회전하며 검초가 회오리바람처럼 전후좌우 할 것 없이 사방을 베었다. 천장으로 달려와 몸을 날리던 괴인 두 명이 검초에 맞고 튕겨 나갔다. 그런데 그 찰나에 괴인 중 한 명이 뛰어올라 허공에 있는 내 몸을 낚아챘다. 팍!

"어억!"

덕분에 나는 들고 있던 횃불도 떨어뜨린 채 괴인과 몸이 얽혀서 한바탕 바닥을 굴러야 했다.

"크와아아아!"

그 순간을 놓치지 않고 사방에서 괴인들이 몰려들었다. 마치 먹이를 노리는 맹수들처럼 말이다.

"젠장!"

파팍! 나는 두 발을 동시에 밀어내며 괴인의 복부를 걷어찼다.

괴인은 고통을 느끼지 않는지 공중에 뜨면서도 손톱을 마구 휘둘렀다.

'헉!'

놀라서 발을 더욱 세게 차올렸다. 괴인의 몸이 떠올랐지만 손톱이 내 뺨을 후려갈겼다. 촥!

"으아악!"

뺨이 찢겨 나갔다. 아니, 거의 살점이 뜯겨 나간 것 같았다.

―정신 차려!

너무 아팠지만 달려드는 괴인들의 아우성에 정신이 번쩍 들었다. 나는 두 다리에 힘을 주고서 머리 쪽으로 달려드는 괴인들을 향해 발 위에 있는 괴인을 밀쳐냈다. 그리고 두 손으로 땅을 미는 것과 동시에 허리를 튕겨 용수철처럼 몸을 위로 박차 올랐다. 어느새 괴인들이 나를 포위하고 있었다.

—대갈통! 대갈통을 밟아!

소담검이 급했는지 마구잡이로 소리쳤다.

'그럴 참이었어!'

팍! 정면에서 달려드는 괴인의 머리통을 밟았다. 그러자 괴인이 팔을 들어 내 다리를 잡으려고 했는데, 나는 다른 괴인의 머리통으로 넘어갔다. 팍! 팍! 괴인들의 손이 지옥에서 올라온 것처럼 넘실거리는데, 이를 아슬아슬하게 피하며 나는 다른 머리통으로 훌쩍훌쩍 옮겨갔다. 그러나 괴인들도 멍청하진 않은 것 같았다. 개구리처럼 위로 튀어 올라 머리통을 밟으며 피해 다니는 나를 낚아채려 했다.

"큭!"

픽! 나는 뛰어올라 놈을 발로 걷어차면서, 그 힘의 반동을 이용해 몰려든 괴인들에게서 멀찌감치 떨어진 곳으로 착지했다.

"크와아아아아!"

"크워어어어!"

착지한 곳을 향해 괴인들이 미친 듯이 달려들었다. 나는 냅다 앞으로 경공을 펼쳤다.

'염이…'

거의 반 정도밖에 남지 않았다. 이런 식으로는 얼마 못 버틸 게 뻔했다. 뭔가 다른 방법이 필요했다.

'물… 물에는 다가오지 못했지?'

격류 소리가 들려오던 방향의 동굴로 들어가서 놈들을 떨어뜨릴 방법을 찾는 게 나았다. 우리가 들어왔던 동굴에서 좌측에 있던 곳으로 몸을 날렸다. 저곳이 수로가 있는 곳에 가까울 것이다.

"이쪽이다! 이쪽!"

나의 외침에 괴인들이 소리를 지르며 쫓아왔다.

"크와아아아!"

쫓아오는 놈들을 피해 동굴로 들어갔다. 그리고 통로를 따라 달렸다. 예상대로 동굴은 점점 아래로 내려가고 있었다. 물소리가 들리는 곳을 찾기 위해 계속해서 달렸는데, 어느 지점을 지나자 격류 소리로 짐작되는 것이 들려왔다. 솨아아아! 최대한 낮은 위치로 놈들을 끌어들여야 했다. 한참을 달리는데, 우측 부근에 또 다른 동굴 입구가 보였다. 이곳에서 벽을 부수면 동굴로 물이 다 빠질 거다. 더 밑으로 내려가서 벽을 부숴봐야겠다. 그렇게 내려가는데….

"헉!"

순간 나는 제자리에서 멈춰야만 했다. 바로 코앞의 바닥이 밑으로 함몰되어 있었는데, 마치 절벽처럼 끝없이 밑으로 이어졌다. 야광주를 비춰도 그 밑이 보이지 않았다.

―큰일 날 뻔했어.

야광주가 없었다면 앞을 보지 못하고 그대로 뛰어내릴 뻔했다. 하필 여기에 이런 절벽이 있을 줄은 몰랐다. 그때 뒤에서 섬뜩한 노란 안광들이 보였다.

'젠장!'

제대로 사면초가였다. 뒤에는 낭떠러지가 있고 앞에는 괴인들이 막아섰다.

'…싸워야 하나.'

방법이 없었다. 낭떠러지에서 떨어지면 그대로 죽음이었다. 팔에 은연사가 있었지만 천권의 힘이나 염으로는 줄을 다룰 수가 없어서 매달리거나 할 방법이 없었다. 그때 소담검이 외쳤다.

—운휘야! 환의안을 써봐!

'환의안?'

—1단계는 그냥 쓸 수 있다며?

녀석의 말에 솔깃해졌다.

'통할까?'

—밑져야 본전 아냐!

그 말이 맞다. 나는 환의안의 구결을 외우며 녀석들을 바라보았다. 염을 쓰는 상태라 집중이 잘되지 않았다. 녀석들이 앞으로 다가오고 있는데, 초조했다. 환의안이 통하지 않으면 어떡하지? 수로를 터뜨려서 녀석들을 수장시키려던 계획만 잘됐어도 이런 일이 벌어지진 않았을 텐데. 그때였다. 노란 안광들이 흔들리는 게 보였다.

"크워어어어어!"

"크와아아!"

앞쪽에서 성큼성큼 다가오던 괴인들이 갑자기 뒤돌아서는 동굴 안쪽으로 도망가려 했다. 덕분에 뒤에 있던 괴인들이 뭣도 모르고 뒤로 밀렸다. 이게 무슨 현상인지 알 수 없었다. 마치 뭔가를 본 것처럼 기겁해서 도망치는 듯했다.

—왜 저러는 거야?

내겐 두려워할 만한 것이 없는데 저렇게 뛰는 게… 아! 잠깐 설마

저 괴인들 환상을 본 걸까?

─환상?

환의안 3단계에 이르면 상대로 하여금 원하는 환상을 보게 할 수 있다고 했다. 너무 초조한 나머지 나는 환의안의 구결을 외우면서 온갖 잡념을 떠올렸다. 그중 하나가 저놈들을 수장시키는 것이었다.

─오! 그럴 수도 있겠다.

─운휘, 일단 놈들을 따라 절벽에서 멀어지는 게 좋겠다!

남천철검의 말이 맞았다.

녀석들이 언제 환상에서 풀려날지 모르니 절벽에서 멀어져야 했다. 나는 앞줄에서 뒤에 있는 괴인들을 밀고 있는 놈들을 따라갔다. 오래 지속돼서 동굴 바깥까지 밀어내면 좋겠지만….

"크르르르?"

'…젠장.'

얼마 지나지 않아 도망치려 하던 괴인들이 정신을 차렸다. 그리고 뒤로 고개를 돌리더니 나를 노려보았다. 너무 빨리 풀렸다.

─운휘야! 저 옆에 동굴이 있어!

'아!'

이곳으로 달려오면서 봤던 그 동굴이었다. 나는 고함을 지르면서 달려드는 괴인들을 피해 그곳으로 들어갔다. 동굴 통로가 길게 안쪽으로 이어지고 있었다.

"크와아아아아!"

괴인들이 나를 잡으려고 안달이 나서 쫓아왔다. 다행히 전력으로 경공을 펼치니 내가 더 빨랐다. 그들보다는 훨씬 앞서갔다. 그렇게 계속 통로를 따라 들어가는데 안쪽에서 녹색 빛이 보였다. 그곳에 들어가니 벽에 야광주들이 다닥다닥 붙어 있는 작은 공동이 모습을 드러냈다.

'여기서 야광주를 찾은 건가?'

외팔의 사내가 말했던 공동이 여기인가 보다.

'따뜻하다.'

이곳은 다른 동굴들보다 비교적 따뜻했다. 그런데 야광주에 정신이 팔려서 미처 몰랐는데, 공동 안에는 사각의 석관 같은 것들이 여러 개 놓여 있었다. 두껍고 무게가 있어 보였다.

"크와아아아아!"

동굴 쪽에서 괴인들의 소리가 들려왔다. 곧 도착할 것 같았다. 마음이 조급해진 나는 이를 어찌해야 하나 싶어 석관을 쳐다보았다.

'열 수 있을까?'

혹시나 하는 마음에 그중 하나를 있는 힘껏 밀어보았다. 정말 많이 무거웠다.

"끄으으으!"

전력을 다해 석관을 밀자 사람이 누울 만한 공간이 보였다.

'아!'

여기 숨는다고 놈들을 속일 수 있을까? 석관 안쪽이 뚜껑을 직접 손으로 닫을 수 있게 살짝 파여 있었다. 나는 그것을 잡고 옆으로 당겼다.

"끄으으으!"

누워서 잡아당기니 더 무거웠다. 그러나 석관의 뚜껑이 움직이면서 서서히 앞을 가려갔다. 놈들의 소리가 점점 가까워졌다.

'제발! 제발!'

쿠르르르! 석관이 옆으로 밀려나며 이내 완전히 닫혔다. 바깥쪽
에서 놈들의 소리가 들렸다. 막 주변을 두드리고 난리도 아니었다.
내가 들어간 석관 쪽에서도 놈들의 발걸음과 소리가 가까워졌다.
쿵! 쿵! 석관 뚜껑을 치는 소리가 들렸다. 다행히 열어볼 생각 같은
것은 못 하는 듯했다.

지금까지 지켜봤던 것을 토대로 혹시나 했었는데, 생각하는 능력
이 거의 동물 수준이었다. 이놈들이 물러날 때까지만 버티면 될 것
같았다. 그렇게 여기고 있던 차였다. 달칵!

'…?!'

이게 무슨 소리지? 뭔가 걸어 잠그는 듯한 소리가 들렸다. 그 소리
가 굉장히 마음에 걸렸다. 아직까지 바깥에서 들리는 괴인들 소리
때문에 차마 석관의 뚜껑을 열지 못하는데, 방금 그 소리는 대체 뭘
까? 바로 그때였다. 끼기기기기긱! 쿠르르르! 석관에서 소리가 나
며 뭔가 장치음 같은 것이 들렸다. 심지어 석관에서 진동이 느껴졌다.

─운휘야, 너 머리 쪽에 구멍 같은 게 열렸어.

소담검의 말에 고개를 위로 올려서 쳐다보니 정말 석관 머리 쪽
으로 구멍이 열렸다. 처음 들어왔을 때는 보지 못한 것이었다. 위쪽
에서 뭔가 물이 흐르는 듯한 소리가 들려왔다.

'뭐야?'

당황한 나는 석관 뚜껑의 파인 곳을 잡고서 열려고 했다. 그런데
석관 뚜껑이 꿈쩍도 하지 않았다. 마치 잠긴 것처럼 말이다.

"왜 안 열리는 거야!"

물소리가 점점 가까워지자, 조급해진 나는 방법을 바꿔 석관을
주먹으로 쳤다. 쾅! 있는 힘을 다해 쳤는데도 석관에 작은 흠집 외

에는 아무것도 생기지 않았다. 포기할 수 없기에 나는 쉴 새 없이 석관 뚜껑을 주먹으로 쳤다.

"으아아아!"

쾅! 쾅! 쾅!

석관은 보통 돌로 만든 게 아닌 듯했다. 아무리 쳐도 미세하게 갈라지기만 할 뿐, 꿈쩍을 하지 않았다. 바로 그때였다. 콸콸콸콸!

"헉!"

머리를 통해서 액체 같은 것이 쏟아져 들어왔다. 물이라고 하기에는 고약한 약 냄새가 진동했는데, 빠르게 석관 안을 채우고 있었다. 이러다 석관 안에 갇혀 수장되게 생겼다. 나는 주먹에서 피가 나는 것을 개의치 않고 미친 듯이 석관 뚜껑을 두드렸다. 그러나 석관 뚜껑은 부서지지 않았다.

"흐읍!"

이윽고 석관 안을 액체가 가득 메웠다. 앞이 뿌옇게 바뀌어서 보이지가 않았다. 물보다 더 끈적거리는 장력 때문에 주먹에 힘을 가할 수가 없었다. 시간이 길어지니 콧구멍과 입으로 이 독한 약 내음이 나는 액체가 들어왔고 속이 메스꺼워졌다.

"끄르르르."

'이렇게 죽는다고?'

너무 허무했다. 회귀 전보다도 더 어처구니없는 죽음이었다.

'죽을 수 없어!'

남은 염을 최대한 발휘해 온몸을 비틀며 발길질도 하고 이곳저곳을 쳐댔다. 그 순간 예상치 못한 일이 벌어졌다. 달칵! 석관의 밑이 반으로 열리더니, 내 몸이 그대로 떨어졌다. 화들짝 놀라 손을 허우적거리며 뭐라고 잡으려고 하는데, 벽면에 묻은 액체 때문에 너무 미끄러웠다. 촤르르르! 미끄러지듯이 밑으로 빠진 나는 어딘가로 떨어졌다.

"끄윽! 쿨럭쿨럭!"

기도로 들어갔던 액체가 조금 게워져 나왔다. 토하듯이 그것을 뱉어내고서 주위를 둘러보았다. 방금 전에 있던 석관보다는 넓었지만 몸을 전부 일으켜 세우기도 힘든 좁은 공간이었다.

─구멍 같은 게 많은데?

소담검의 말대로 벽면에 많은 구멍이 나 있었다.

─운휘, 벽을 부수고 나가라!

나 역시도 그럴 생각이었다. 무슨 일이 벌어질지 모르는 상황이라 불안하기 짝이 없었다. 나는 벽을 향해 발길질을 했다. 쾅! 벽면이 흔들거렸다. 아니, 공간 전체가 흔들거린다고 하는 게 맞았다. 마치 뭔가가 이곳을 고정해놓은 것처럼 흔들거리는데, 느낌이 이상했다. 공간이 좁기는 했지만 아까 전 석관만큼 좁은 것은 아니니 검으로 해야겠다. 스릉! 나는 남천철검을 뽑았다. 바로 그때였다. 슈우우우우우! 벽면에 있던 구멍들에서 뿌연 연기가 흘러들어왔다.

"뭐, 뭐야?"

구멍들마다 연기가 들어오는데, 순식간에 이 좁은 공간을 가득 메웠다. 옷소매로 입과 코를 막았다. 독무(毒霧)일지도 모른다는 생각에서였다.

'젠장!'

쾅! 당황한 나는 흔들리는 벽을 발로 걷어찼다. 발길질에 공간 전체가 더욱 흔들리며 균형을 잃고서 넘어지고 말았다.

"큭!"

다시 일어난 나는 남천철검으로 벽면을 찔렀다. 깡! 벽면에서 파란 불꽃과 함께 검이 튕겨 나갔다. 아까 그 석관처럼 단단한 재질로 만들었는지 작은 흠집 외에는 멀쩡하기만 했다.

'대체 여긴 뭐야?'

다시 한 번 검을 휘두르려는 순간이었다. 몸이 간지러웠다. 그냥 간지러운 정도가 아니라 긁고 싶을 만큼 간지러웠다. 참다못한 나는 손톱으로 긁어대기 시작했다. 처음에는 한 곳만 긁다가 몸 전체를 박박 긁었다.

그때 소담검이 말했다.

—너, 너 피부가 이상해. 빨개져서 막 갈라지는데?

'뭐?'

—긁지 마라, 운휘.

녀석들이 그렇게 말했지만 온몸이 너무 간지러워서 참을 수가 없었다. 심지어 몸이 점점 화끈거렸다. 마치 뜨거운 불에 달구는 듯하여 이내 몸을 긁다 말고 옷을 훌러덩 벗어버렸다.

—정신 차려!

—운휘! 운휘!

쩌저저적! 손등을 보니 피부가 작게 조각이 나서 갈라져 내리고 있었다. 내 몸이 부서지는 것처럼 보였다. 그때 척추 쪽을 비롯해 몸 곳곳에서 강한 통증이 느껴졌다.

"끄아아아아아!"

자지러질 만큼 고통스러워 나는 바닥을 데굴데굴 굴렀다. 참을 수 있는 정도의 고통이 아니었다.

―운휘!

―야!

녀석들의 목소리가 머릿속을 울렸지만 고통 때문에 죽을 것만 같아서 대답조차 할 수가 없었다. 이러다 죽을지도 모른다는 생각이 들려던 찰나였다. 파앙! 그때 척추 쪽에서 뭔가가 살점을 뚫고 나가는 것이 느껴졌다. 그것만이 아니었다. 등에서도 날카로운 무언가가 내 몸속에서 밖으로 강제로 배출되었다. 파파팡!

"하아… 하아…."

단전 쪽과 가슴 심장부로 통증이 이어졌다. 그러더니 이내 심장부 쪽에서 살점을 뚫고서 무언가가 튀어나왔다. 작은 침 같은 것이었다.

'…!!'

침이 튀어 나가자 곧바로 중단전에서 뜨거운 기운이 치솟았다. 선천진기였다. 팍! 이어서 단전 쪽에서 작은 침이 튀어나왔다. 그러자 그동안 없던 것처럼 느껴지지 않던 단전이 소생이라도 한 듯 요동을 치며 움직였다. 하단전과 중단전이 동시에 개방된 것이었다. 영문을 알 수 없었지만 내공과 선천진기가 느껴지자 나는 본능적으로 가부좌를 틀었다. 그리고 선천심법을 운기했다.

"후우… 후우."

심장에서 나온 따뜻한 기운이 온몸으로 퍼져 나갔다. 그런데 움직이는 것은 선천진기만이 아니었다. 의도치 않았는데, 내공이 움직이면서 전신의 혈맥으로 같이 퍼져 나가고 있었다. 두 기운이 동시에 운용된 것은 처음 있는 일이었다.

'이상하다.'

연기 속에서 운기를 하는데, 두 단전이 호응하듯이 강해지고 있었다. 영문은 알 수 없지만 이 기회를 놓칠 수 없었다. 나는 연기를 받아들이며 운기에 박차를 가했다. 그때 머릿속에 소담검의 목소리가 들려왔다.

―갈라진 피부에서 검은 액체 같은 게 나오고 있어!

* * *

"하아… 하아…."

외팔의 사내가 피로 젖은 허리를 붙잡고 동굴을 힘겹게 걸어 나왔다. 가슴에 동여매고 있는 보따리에는 약초로 보이는 풀잎들이 튀어나와 있었다. 챙길 수 있는 대로 전부 챙겨온 것이었다.

"빌어먹을."

벽에 기대서 조심스럽게 공동 쪽으로 얼굴을 내민 그의 입에서 거친 소리가 튀어나왔다. 그곳에 다수의 괴인들이 멀뚱히 서 있었다.

'설마 죽은 건가?'

보이지 않는 소운휘의 모습에 그는 억장이 무너지는 듯했다.

'월노….'

그를 살리려다 그의 손주를 죽인 셈이 되어버렸다. 무공을 쓸 수 있기에 제발 버텨주기를 바랐는데, 최악의 상황이 되었다. 외팔의 사내가 자신의 손등을 깨물었다. 괴로움을 견디기 위해서였다.

"후! 후!"

그렇게 손등을 깨물던 그가 호흡을 가다듬었다. 그리고 결의에 찬 눈으로 보따리를 꽉 조여 맸다.

'반드시 월노를 살리겠네. 자네의 희생이 절대 헛되지 않도록 하겠네!'

뿌득! 이를 악문 외팔의 사내가 반대편 남쪽에 있는 출구를 쳐다보았다. 그리고 이내 공동으로 뛰었다. 그가 동굴 바깥으로 튀어나오자, 공동에 멀뚱히 서 있던 괴인들의 시선이 일제히 외팔의 사내에게로 향했다. 섬뜩한 광경이었지만 외팔의 사내는 앞으로 무조건 달렸다. 허리와 복부에서 강한 통증이 느껴졌지만 이를 악물고 출구를 향해 내달렸다.

"크와아아아아!"

"크워어어!"

괴인들이 공동을 가로지르는 외팔의 사내를 향해 달려들었다.

'제발! 제발!'

외팔의 사내는 있는 힘을 다해 달렸다. 귓가로 놈들이 가까워지는 소리가 들렸다. 금방이라도 잡힐 것만 같았다. 바로 그때였다.

착! 착! 뭔가를 베는 듯한 소리와 함께 뒤에서 달려오던 소리가 멈췄다.

"크워어어어!"

"크와아아!"

괴인들이 뭔가를 향해 울부짖는 소리가 들렸다. 의아해진 외팔의 사내는 출구 쪽으로 달리며 고개를 뒤로 돌렸다. 그때 공동 한가운데에서 누군가 검을 들고 우두커니 서 있는 모습이 보였다. 그의 주변에선 세 괴인이 목이 갈라져서 피를 분수처럼 뿜어내고 있었다.

"이, 이게 대체…."

하나의 붉은 안광이 보였다. 피 분수 사이에서 붉은 안광의 누군가가 거침없이 앞으로 걸어 나왔다. 마치 피로 머리를 적시기라도 한 것처럼 붉은 머리카락을 흩날리며 검을 들고 걸어오는 남자는 바로 죽었다고 생각했던 소운휘였다.

"소 공!"

살아 있는 소운휘를 발견한 외팔의 사내의 눈시울이 붉어졌다. 그가 죽은 줄 알고 마음에 큰 짐을 지웠던 그였다. 그러나 기쁨도 잠시였다. 처음에는 피 분수 때문에 착각했나 싶었는데, 붉게 물든 소운휘의 머리카락에 그는 경악을 금치 못했다.

"저, 저 모습은?"

오랫동안 이곳에 갇혀 있었지만 그는 정사 대전을 겪은 세대였다. 그렇기에 혈교주의 외양을 잘 알고 있었다.

'혈마?'

붉은 머리카락에 시뻘건 저 눈은 혈마를 상징하는 모습이었다.

'어째서 소 공이 저런 모습으로?'

혈마를 연상시키는 소운휘의 모습에 그는 의구심이 들 수밖에 없었다. 그저 월노의 손주라고만 생각했는데 그의 진짜 신분이 궁금해졌다. 하지만 지금은 그게 중요한 게 아니었다.

"소 공!"

외팔의 사내가 보따리에 튀어나와 있던 사화초 한 뿌리를 위로 높이 치켜들었다. 소운휘에게 보여서 안심시키기 위해서였다.

검을 들고 걸어오는 소운휘의 시선이 그에게로 향했다.

'응?'

그런데 미처 몰랐는데 소운휘가 한쪽 눈을 감고 있었다.

'눈을 다친 건가?'

* * *

'아!'

외팔의 사내가 무사히 약초를 구한 모습에 안도가 되었다.

'다행이다.'

겨우 따라잡았다. 허공에 매달려 연기가 뿜어져 나오던 괴이한 석실에서 나온 나는 최대한 서두르기 위해 혈마화까지 펼쳤다. 여기까지 오면서 무수히 많은 괴인들의 목을 베었다. 나의 선택은 옳았다. 조금만 늦었다면 외팔의 사내가 목숨을 잃었을지도 몰랐다.

—너 눈은 괜찮아?

소담검의 물음에 나는 살짝 고개를 저었다. 석실에서 나오고 나서부터 계속 왼쪽 눈이 아팠다. 못 버틸 정도는 아니었지만 눈을 뜰 때마다 바늘로 콕콕 찌르는 것처럼 아파서 감고 있는 것이었다.

"크와아아아아!"

흉포한 짐승의 울음소리를 내는 괴인들. 그들이 나를 향해 달려들었다. 혀가 내둘릴 만큼 대단한 놈들이었다. 자신들의 동료나 다름없는 괴인 셋이 목이 베인 모습을 보았음에도 전혀 두려워하는 기색이 없었다. 하지만 나 역시도 이제 이놈들이 두렵지 않았다. 내공과 선천진기가 봉해진 상태라면 모를까 그것이 풀리다 못해 전보다 더 강해졌다.

촥! 나는 단숨에 달려드는 괴인의 허리를 통째로 베어냈다. 혈마화까지 했기에 그들의 단단한 뼈마저도 평범한 나무처럼 느껴질 정도였다. 촥! 허리를 베는 것과 동시에 곧바로 쓰러지는 상체의 머리까지 잘랐다. 나는 파죽지세와 같은 기세로 괴인들을 베어냈다. 특

별한 초식도 필요 없었다. 그들이 일류 고수의 움직임을 가졌다고
한들 지금의 내게는 범인들을 상대하는 것과 별반 차이가 없었다.

"크와아아아아!"

천장으로 달라붙어서 뛰어내리는 놈의 얼굴을 맨손으로 붙잡았
다. 어디서 이빨을 들이밀어. 나는 입을 벌리지 못해 안달이 난 놈
을 달려드는 다른 괴인들을 향해 냅다 던져버렸다. 퍼퍼퍼펔! 놈을
받아낸 괴인 둘이 같이 뒤엉켜서 넘어지고 말았다. 달려가 넘어진
놈들의 목을 베려는데….

—뒤다!

머릿속을 울리는 남천철검의 외침에 나는 몸을 회전하며 검을 비
스듬히 쳐올렸다. 베이는 감각과 함께 뒤에서 달려들던 괴인의 팔이
잘려 나갔다.

"크워어어어어!"

팔이 잘려 나갔는데도 괴인은 나를 부둥켜안고서 날카로운 이빨
로 물어뜯으려 했다. 그런 놈의 턱을 무릎으로 차올렸다. 우두둑! 턱
이 으스러지는 소리와 함께 부러진 이빨들이 후두둑 떨어졌다. 이런
데도 괴로워하지 않는 게 신기했다. 나는 괴인의 목을 그대로 베어
버렸다. 촥!

'이제 남은 건 세 놈인가.'

몸을 일으켜 세우고 있는 놈들을 향해 신형을 날리려고 하던 찰
나였다. 쿠르르르르! 뭔가 바닥을 질질 끄는 소리가 들렸다. 자연스
럽게 그곳으로 시선이 갔다. 소리가 점점 가까워지는 곳은 다름 아
닌 한 동굴이었다.

'저건?'

괴인들이 튀어나왔던 그 동굴이었다. 육중한 무언가를 돌바닥에 끄는 듯한 소리와 함께 누군가가 밖으로 나오고 있었다. 괴인들과는 느낌이 사뭇 달랐다.

'뭐지?'

마치 절세강자를 앞에 두고 있는 것처럼 심장이 두근거렸다. 그곳에서 시선을 떼지 못하는데 세 괴인이 나를 향해 달려들었다.

"크와아아아아!"

귀찮은 녀석들. 이에 나는 달려드는 괴인들 목을 차례로 베어버렸다. 놈들을 상대하는 건 힘든 일이 아니었다. 다시 고개를 돌리니 동굴 밖으로 나온 존재가 보였다.

—저게 대체 뭐야?

소담검이 이런 말을 하는 이유는 간단했다. 동굴에서 나온 것은 지금까지 보았던 괴인들과 달랐다. 아니, 괴인인지도 알 수 없었다. 머리 전체를 철가면 같은 것으로 씌워놔서 얼굴이 보이지 않았고, 양손에는 사람 몸통만 한 커다란 흑색 철구를 달고 있어서 꼽추처럼 허리를 숙이고 있었다. 그런데 이게 끝이 아니었다. 두 다리와 허리에도 검은 쇠고랑 같은 것을 차고 있었는데, 연결된 쇠사슬을 따라가면 손에 달린 것의 두 배나 되는 철구들을 달고 있었다. 철컹! 쿠르르! 이 정체를 알 수 없는 자가 한 발짝 움직이자, 철구들이 따라서 바닥을 끌었다. 그런데 어찌나 무거운지 돌바닥이 부서지면서 흙바닥처럼 파이고 있었다.

—저런 걸 어떻게 끌고 다니는 거야?

나도 알 수 없었다. 십성 공력을 발휘한다면 움직일 수 있을까 의문이 들 정도였다.

철컹! 철컹! 쿠르르르! 철가면을 쓴 괴인이 내가 있는 곳으로 다가왔다. 저자의 정체를 알 수 없던 나는 혹시나 말귀를 알아들을까 싶어 물었다.

"누구십니까?"

그때 철가면의 괴인이 고개를 갸웃거렸다. 그리고 정확히 내가 있는 쪽으로 얼굴을 돌리더니, 이내 꼽추처럼 굽히고 있던 허리를 쭈욱 폈다. 그러자 우두둑거리는 소리와 함께 괴인의 근육이 부풀었다. 뭔가 이상하게 여기고 있는 순간이었다. 쿠르르르!

'설마?'

괴인이 부풀어서 팽배해진 다리를 움직이는데, 쇠사슬처럼 매달려 있던 거대한 흑색 철구가 살짝 뜨더니 이내 내가 있는 곳으로 날아왔다. 엄청난 괴력이었다. 속도가 붙은 철구가 나를 부술 기세였기에 나는 땅을 박차고서 위로 뛰어올랐다.

콰콰콰콰쾅! 이를 피하자 날아온 철구가 공동 바닥을 부수며 돌바닥을 한껏 파헤쳤다. 제대로 맞으면 몸이 완전히 짓이겨질 판국이었다. 무슨 영문인지는 모르겠지만 저 괴인이 나를 공격한 것만큼은 틀림없었다.

'적인가!'

어차피 저렇게 철구로 몸이 봉해져서 움직임이 굼뜨다면 그 빈틈을 노리면 그만이었다. 나는 놈을 향해 신형을 날렸다. 그러자 괴인이 반대 다리를 내게 휘둘렀다. 쇠사슬이 펴지는 소리와 함께 거대한 철구 하나가 또다시 내가 있는 방향으로 날아왔다. 어차피 단순한 경로라 못 피할 것도 없었다. 팟! 위로 박차고 오른 나는 날아오는 철구를 뛰어넘었다. 그리고 단숨에 괴인의 목을 베기 위해 검을 휘둘렀다.

그 순간, 괴인이 오른손에 있는 철구를 들어 올려 이를 막아냈다. 까아아아앙! 다리를 묶고 있는 철구보다 가벼웠는지 더욱 빠른 몸놀림을 보였다.

'단단하다.'

철구의 강도는 내가 갇혔던 석관보다도 단단했다. 그나마 석관은 내공과 선천진기가 회복되다 못해 늘어나면서 부술 수 있었다. 그러나 철구는 너무 단단해서 손이 찌릿할 지경이었다.

'뭘로 만든 거지?'

그게 중요한 게 아니었다. 괴인이 반대 손에 있는 철구로 나를 내려찍으려 했다. 이에 뒤로 몸을 날렸다. 팟! 콰앙! 돌바닥이 거의 함몰되다시피 하며 내려앉았다. 공력인지 괴력인지는 알 수 없으나 말도 안 되는 힘이었다. 애초에 이런 쇠로 움직임을 구속당했는데도 이렇게 움직일 수 있다는 것 자체가 기이할 정도이지만… 부웅!

"큭!"

나는 머리를 숙이며 철구를 피했다. 앞을 보지도 못하면서 잘도 나를 공격하고 있었다. 이를 피한 뒤에 놈의 가슴을 찌르려고 했는데, 반대 손의 철구로 막아냈다. 채앵! 철구를 찔렀던 나의 신형이 뒤로 밀려났다. 남천철검의 검신이 파르르 떨렸다.

'너무 단단해.'

철구의 재질이 뭔지는 알 수 없지만 저것으로 방패처럼 막아댄다면 목을 베기는커녕 아무것도 할 수가 없었다. 그때 남천철검의 목소리가 울렸다.

—철구가 있는 손목을 먼저 벤 후에 목을 베어라.

일리가 있었다. 저걸 방패처럼 활용하지 못하도록 하는 게 관건이었다. 나는 다시 한 번 놈에게로 파고들었다. 놈이 내게 철구를 휘둘렀다. 팟! 뒤로 허리를 젖히며 철구를 피함과 동시에 다른 철구가 날아오는 그 짧은 틈에 놈의 손목을 검으로 베었다. 촥! 손목을 베면서 나는 다른 철구를 피하며 놈의 뒤로 넘어갔다. 그리고 재빨리 놈의 목을 향해 검을 날렸다. 그 순간 놈이 허리를 틀며 잘려 있는 손목으로 검을 위로 쳐내려 했다.

'늦었어.'

손목과 함께 목을 베면 그만이었다…. 그렇게 여기던 찰나였다. 차앙!

'앗!'

검이 위로 튕겨 나갔다. 잘린 손목을 베지 못한 것이다. 그런데 놈이 그 상태에서 앞으로 손을 뻗자 피가 얼굴로 튀었다. 눈동자가 피로 얼룩졌다.

부웅! 그와 동시에 철구가 날아왔다.

"젠장!"

나는 경신법을 펼치며 뒤로 이를 피하려 했으나, 결국 철구가 워낙 커다래서 일부가 몸에 부딪치고 말았다. 어깨로 묵직한 통증이 느껴지며 몸이 튕겨 나갔다. 쿠당탕!

"크윽!"

바닥을 몇 바퀴 구르고서야 멈출 수 있었다. 어깨가 욱신거렸다. 선천진기로 몸을 보호하지 않았다면 어깨뼈가 부서졌을지도 몰랐다.

"소 공!"

외팔의 사내의 외침 소리에 그 방향으로 손을 내밀었다. 소리를 내지 말라는 의미였다. 그에게로 시선이 돌아가면 저 철가면이 노릴 수도 있었다.

'눈이…'

놈이 뿌린 피가 눈동자에 맺혀서 앞이 붉고 뿌옇게 보였다. 눈을 비볐는데도 여전히 그렇게 보였다. 할 수 없이 아직 통증이 가시지 않았지만 감고 있던 왼쪽 눈을 떴다.

"윽!"

앞이 보였지만 눈동자에 바늘로 찌르는 듯한 통증이 찾아왔다. 억지로 참아가면서 놈을 공격해야 할 것 같았다.

―운휘야, 저걸 봐!

소담검의 말에 놈을 쳐다보았는데, 믿기지 않는 광경이 보였다.

'…?!'

잘려 나갔던 놈의 손이 자라나고 있었다. 잘린 부위에서 뼈가 튀어나오며 손의 형태로 바뀌더니 이내 핏줄이 감기고 살점이 붙어 나갔다.

―이게 대체 무슨?

남천철검마저도 그 광경에 어처구니없어했다. 눈앞에서 보고도 믿기 힘들었다. 잘린 손이 자라나기까지 그리 오랜 시간이 걸리지 않았다.

'어떻게 이런 일이…'

그때 놈이 자라난 손으로 반대 손목을 내리쳤다. 그러자 날카로운 도로 내려친 것처럼 놈의 손목이 잘려 나갔다.

―자기 손목을 베었어?

소담검의 그 말에 남천철검이 이어 말했다.

―그런 게 아니다. 철구로부터 벗어나려고 저러는 거다.

남천철검의 짐작이 맞았다. 잘려 나간 손목은 다른 손과 마찬가지로 자라났다. 놈은 자신의 기이할 정도로 빠른 재생 능력을 믿고서 손목을 베어낸 것이었다. 다른 손까지 자라나자, 놈이 자신의 머리에 씌워진 철가면을 더듬거렸다. 왜 저러는지 알 수 없었다. 그런데 갑자기 철가면 안에서 웃음소리가 들려왔다.

"크하하하하하하하핫!"

그러더니 이내 놈이 두 손으로 철가면 위에 있는 이음새 부분을 붙잡고서, 그것을 과격하게 뜯어내 버렸다. 이윽고 놈의 얼굴이 드러났다. 그 순간 나는 놀라움을 금치 못했다. 새하얗고 창백한 얼굴의 미남자였는데, 두 눈동자에서 금빛 안광이 흘러나오고 있었다.

'금안!'

금안의 사내가 내게 고개를 돌렸다. 그러고는 철가면을 두드리며 말했다.

"네가 여기 붙어 있던 부적을 뗀 것이냐?"

보는 것만으로도 신비로울 정도의 눈동자였다. 두 눈동자가 금빛인 사람은 처음 봤다.

―금안이라니….

머릿속에서 남천철검의 놀라는 목소리가 들렸다.

나 역시도 그렇게 말로만 들어왔던 금안의 존재를 여기서 보게 되자 놀랄 수밖에 없었다. 나는 남천철검에게 물었다.

'저자가 남천검객과 겨뤘다던 그놈이야?'

그런데 그 물음에 뜻밖의 답이 나왔다.

―아니다.

'아니라고?'

—그때 보았던 그 얼굴이 아니다. 생김새가 완전히 다르다.

그렇다면 대체 저놈은 누구란 말인가? 의아해하고 있는데 남천철검이 내게 말했다.

—그때 보았던 자는 한쪽 눈동자만 금안이었다. 저자처럼 저렇게 두 눈동자가 전부….

"어이!"

남천철검의 말이 끝나기도 전에 금안의 사내가 나를 불렀다. 놈이 들뜬 얼굴로 내게 말했다.

"네가 부적을 떼었냐고 물었다."

말할 수 있다는 건 이성적인 존재임을 의미했다. 괴인들과는 완전히 다른 듯했다. 남천검객을 죽인 그 금안의 사내가 아니라면 저자는 대체 누구란 말인가? 의문이 들었지만 나는 놈의 물음에 답했다.

"…그게 무슨 소리인지 전혀 알 수가 없군요."

"그럼 너냐?"

금안의 사내가 고개를 돌리고서 외팔의 사내를 쳐다보며 물었다.

"무, 무슨 말인지 도통…."

나 역시도 그런데 그라고 영문을 알 리가 없었다.

금안의 사내가 고개를 갸웃거리며 혼자 중얼거렸다.

"아무도 떼지 않았는데 저절로 떨어지기라도 했단 건가? 아무렴 어때. 크하하하하하핫."

그러더니 혼자서 광소를 내뱉었다. 미남의 얼굴이었는데 말투나 행동은 거칠고 호탕하기 그지없었다. 저자의 정체가 뭔지는 모르겠지만 본능이 위험한 자라고 말하고 있었다.

―내 생각도 그렇다. 나와 전 주인이 겪었던 그자만큼이나 위험해 보인다.

―어떡할 거야?

녀석들의 말에 나는 놈의 다리를 구속하고 있는 쇠사슬을 보았다. 거대한 철구가 달려 있는 쇠사슬이었다. 두 손에서 철구가 벗겨지기는 했지만 저게 있는 이상 빠르게 움직이는 것은 불가능할 것이다.

'싸우는 건…'

저자의 역량이 가늠되지 않았다. 내공과 선천진기가 더 강해졌는데도 상대의 전력이 파악되지 않는다는 것은 확실하게 나보다 우위라는 의미였다.

'도망칠 수 있을까?'

머리를 굴려가며 계산했다. 하지만 외팔의 사내를 데리고 도망칠 수 있을지 확신이 서지 않았다. 두 팔과 마찬가지로 만약 두 다리도 자른다면 쫓아오는 데 그리 오랜 시간이 걸리지 않을 것이다.

'큭!'

고민하고 있는데 갈수록 왼쪽 눈이 더 아파왔다. 오른쪽 눈을 뜨니 여전히 뿌옇다. 저자에게서 시선을 떼면 어떤 불상사가 일어날지도 모르는데 참으로 진퇴양난이었다. 그때 금안의 사내가 말했다.

"어이, 그거 빌릴 수 있나?"

나의 말이 미처 끝나기도 전에 금안의 사내가 손을 내밀며 말했다. 무슨 소리인가 싶었는데 그의 시선이 내가 들고 있는 남천철검에게로 향해 있었다.

―안 된다, 운휘.

남천철검이 강하게 거부했다. 나도 그럴 생각이 없었다. 검을 줬다가 대체 무슨 사달이 벌어지라고 빌려주겠는가.

"이걸 말하는 겁니까?"

나는 남천철검을 들어 보였다. 금안의 사내가 고개를 끄덕였다.

"그래, 그 검."

'…널 모르고 있어.'

금안의 사내는 남천철검을 전혀 몰랐다. 만약 남천검객과 겨뤘던 자라면 남천철검을 알아봤을 것이다. 한데 아예 모르는 눈치였다. 남천철검의 말대로 정말로 완전히 다른 사람일까?

"달라는 것도 아닌데 뭘 그리 망설이지?"

"제가 왜 검을 빌려줘야 하는지 모르겠군요."

경계심이 담긴 내 목소리에 금안의 사내가 피식 웃으며 말했다.

"두 손이 벗어난 이상 강제로 자르고도 이 철구에서 벗어날 수 있다. 그 정도는 생각할 수 있을 텐데."

"그럼 뭐하러 검을 빌리려는 겁니까?"

"회복이 빠르다고 해서 상처가 나도 아프지 않은 건 아니거든."

'통증은 느끼는 건가?'

중요한 정보 같은데 선뜻 이야기하는 금안의 사내였다.

그런데 문득 의아해졌다. 검을 빌려달라는 건 저 단단한 쇠사슬을 자를 수 있다는 말이기도 하다. 검과 철구가 부딪쳤을 때 흠집조차 나지 않았었다. 정말로 벨 수 있다고 확신하는 건가. 잠시 망설이던 나는 그에게 말했다.

"약조를 해주시면 빌려드리죠."

—운휘!

남천철검이 기겁했다. 잠시만 나를 믿고 있어봐.

"약조?"

"어찌 보면 당신의 두 손이 자유로워진 데는 제 도움도 있지 않았습니까?"

"네 도움?"

"그렇습니다."

그런 나의 말에 금안의 사내가 입술을 실룩거리더니 광소를 터뜨렸다.

"크하하하하하핫. 재미있는 녀석이구나."

"무엇이 말이죠?"

"의도대로 움직였던 주제에 나와 흥정하려 들다니 말이야."

'…역시였나.'

그 말에 나는 알 수 있었다. 처음 손목을 베었던 것이 저자가 사전에 의도했음을 말이다. 그랬기에 두 번째 검을 막아냈던 거다.

"큰 흥정도 아닐 텐데요. 저는 그저 은원 관계도 아닌데 당신과 싸울 이유가 없기에 약조를 받으려는 겁니다."

"위해를 가하지 말라는 것이냐?"

"그렇습니다."

나를 물끄러미 쳐다보던 금안의 사내가 웃으며 답했다.

"뭐, 좋다. 나도 도의라는 게 없지는 않거든. 어찌 되었든 네 덕분에 풀려난 것은 맞으니 약조하도록 하지."

다행히 이를 받아들였다. 아직 안도할 수는 없지만 거짓말할 위인으로 보이지는 않았다. 어차피 억지로 상해를 입힌다면 풀려날 수도 있는데, 굳이 이런 약조까지 할 필요도 없을 테니 말이다.

휙! 나는 남천철검을 그에게 던졌다. 금안의 사내가 자연스럽게 손을 뻗어 검을 능숙하게 받아냈다. 검을 다루는 손동작이나 파지법만 보더라도 그가 뛰어난 검객임을 알 수 있었다.

"오랜만에 잡아보는 검이로군."

검을 받아 든 그가 허공에 남천철검을 몇 번 휘둘러보더니, 이내 자신의 발목을 구속하고 있는 쇠사슬에 망설임 없이 내리쳤다. 채앵!

'아!'

가볍게 휘두른 검에 철구와 같은 재질로 보이는 쇠사슬이 잘려 나갔다. 철과 철이 부딪친 것이었는데 불꽃조차 튀지 않았다. 대단한 검의 고수였다.

"보기보다 괜찮은 검이로군."

검을 칭찬한 금안의 사내가 오른 발목의 쇠사슬과 허리를 감고 있는 구속구의 쇠사슬까지 전부 베었다. 그 휘두르는 손동작을 나는 유심히 지켜보았다. 그것은 부드러움의 극치였다. 검에 부드러움을 가미하려면 휘두르는 힘을 최대한 빼기 마련인데, 아무리 힘을 빼도 약간의 긴장이 있을 수밖에 없다. 한데 금안의 사내는 그런 것이 전혀 없었다.

"후우."

우두두둑! 모든 구속구에서 완전히 풀려난 금안의 사내가 고개를 돌리며 몸을 풀었다. 상쾌한 표정을 짓고 있었다. 반면 나는 긴장을 풀지 않았다. 혹여 이 사내가 예상과 달리 마음을 바꿀지도 모르기 때문이었다.

그러나 금안의 사내는 내게 곧바로 남천철검을 던졌다. 휙! 탁!

—약조를 지키려나 보네.

소담검도 다행스럽다는 듯이 말했다. 그때 왼쪽 눈의 통증이 더욱 강해졌다.

"크윽."

결국 참지 못한 나는 왼쪽 눈을 감아버렸다. 눈이 화끈거렸다. 그때 바로 앞에서 기척이 느껴졌다. 핏물에 얼룩진 오른쪽 눈을 떴는데, 앞에 인영이 다가와 있었다. 금안의 사내였다. 당황해서 뒤로 물러나려 하는데, 그가 금나수의 수법을 펼치는 것처럼 내 오른 손목을 붙잡으려 했다. 나는 붙잡으려는 방향의 반대 방향으로 손목을 뒤틀어 뿌리치려 했다. 그러나 그의 손이 방향을 틀어 어깨를 붙잡았다. 꽉! 손이 얼음장처럼 차가웠다. 나는 어깨를 낮췄다가 위로 튕기며 반탄력으로 손을 튕겨내려 했지만, 금안의 사내는 더욱 강한 힘으로 이를 억눌렀다.

"제법이구나. 이 정도면 무림에서 꽤나 이름을 날렸을 법한데."

금안의 사내 입에서 칭찬이 흘러나왔다. 하지만 지금 이 상황에서는 전혀 달갑지 않았다.

"약조하시지 않았습니까?"

"누가 약조를 어긴다고 했나."

"한데 어째서 이러시는 겁니까?"

나의 물음에 금안의 사내가 동문서답을 했다.

"그 왼쪽 눈 좀 떠보지 그래."

"어째서?"

의아해하는데 그가 갑자기 얼굴을 가까이했다. 그러고는 뭔가 향을 맡듯이 코를 킁킁거렸다.

"무슨 짓입니까?"

나는 정색하며 그를 밀쳐내려 했다. 그런데 금안의 사내가 전혀 알 수 없는 말을 지껄였다.

"이놈 봐라. 재밌는 녀석이네."

"네?"

"너 살아 있는 몸으로 금상지체의 시술을 받은 거냐?"

"금상지체?"

"너 그놈과 무슨 관계지?"

도무지 알 수 없는 말만을 해댔다. 안 그래도 앞이 뿌옇게 보여서 답답했는데, 나는 억지로 통증을 참아가며 감았던 왼쪽 눈을 떴다. 그러자 금안의 사내 얼굴이 코앞까지 다가왔다.

'엇?'

그의 금빛 눈동자가 내 왼쪽 눈에 꽂혀 있었다. 금안의 사내의 입꼬리가 위로 올라갔다.

"시술을 받았네. 그런데 놈을 모른다고?"

"분명히 말합니다. 저는 귀하께서 무슨 말씀을 하시는지 도저히 모르겠습니다."

"하긴 그놈이 이제 와서 여기에 있을 리가 없겠지."

"대체 그놈이 누굴 말하는 겁니까?"

"모르면 됐고. 너 혹시 야광주가 가득한 방에 들어갔었냐?"

"그걸 어떻게?"

그는 내가 그 공동에 들어갔던 것을 알고 있었다. 뭔가를 아는 것일까? 의아해하고 있는데 금안의 사내가 이해할 수 없다는 듯이 말했다.

"그런데 어째서 안 죽고 버틴 거지? 아니면 저 꼴이 되었어야 할 텐데."

사내가 눈짓으로 가리킨 것은 다름 아닌 목이 잘려 죽어 있는 괴인들이었다. 이게 대체 무슨 말이지?

금안의 사내가 고개를 갸웃거렸다.

"그놈과 똑같은 체질이라도 되는 거냐? 아니면 이 심장에 있는 기운과 관계있는 거냐?"

'…?!'

놀랍게도 선천진기를 알아차렸다.

그때 금안의 사내가 반대 손으로 내 심장 쪽에 손을 얹으려 했다. 이에 나는 반사적으로 그의 손을 쳐내려 했다. 그러나 도리어 내 손을 쳐내고서 번개처럼 심장부에 손을 얹었다. 그의 손에서 차가운 기운이 밀려들어 왔다.

"흐헉!"

소름끼칠 정도로 오싹한 기운이었다. 당혹스러워하는데, 대항이라도 하듯 중단전에 있던 선천진기의 뜨거운 기운이 일어나 차가운 기운을 밀어내려 했다. 금안의 사내가 손바닥을 떼고서 말했다.

"그럼 그렇지. 이게 널 보호했군."

"보호하다니 무슨 말입니까?"

"운이 좋은 녀석이구나."

내 말에는 도통 답변하지 않고 자기 할 말만 해댔다.

"하지만 이래서야 시술을 받은 의미가 없지."

갑자기 사내가 나의 심장부에 있는 혈 자리들에 점혈법을 가했다. 타타타타타탁! 너무 순식간에 벌어진 일이라 막을 방도도 없었다. 손가락이 닿을 때마다 가슴이 관통당하는 것처럼 차가운 기운이 파고들었다.

"허억!"

속이 역류할 것만 같았다. 헛구역질이 났다.

"으웩!"

신물과 침만 입 밖으로 흘러나왔다.

금안의 사내가 어깨에서 손을 떼고서 뒤로 물러났다. 그러고는 내게 말했다.

"기운을 통하게 했으니 이제 무리가 없을 거다."

"으웩… 내게 무슨 짓을… 한 겁니까?"

"하하하하하핫. 무슨 짓은 무슨 짓이야. 네놈은 평생 나한테 감사해야 할 거다."

"네?"

"네놈에게 빚진 건 이것으로 갚았다."

볼일이 끝난 사람처럼 금안의 사내가 털레털레 공동의 어딘가로 걸어갔다. 헛구역질이 멈추지 않아 고통스러워하던 나는 소리쳤다.

"잠깐… 으웩."

금안의 사내가 뒤를 슬쩍 돌아보더니, 자신의 금빛 눈동자를 손가락으로 가리키며 말했다.

"혹시나 해서 하는 말인데, 한쪽 눈만 이런 녀석을 보면 지체하지 말고 도망쳐라."

"그게 무슨?"

"나처럼 이런 데 갇혀 지내기 싫으면 말이야."

팟! 그 말을 마지막으로 금안의 사내가 서쪽 방향에 있는 한 동굴로 들어가 버렸다. 스승님 이후로 이렇게 제멋대로이고 신출귀몰한 자는 처음이었다.

"소 공! 괜찮나?"

외팔의 사내가 그제야 내게 달려왔다. 그가 걱정스러운 듯이 물었다.

이에 나는 헛구역질을 하면서도 괜찮다며 손을 휘저었다. 헛구역질은 얼마 지나지 않아 멈췄다. 그리고 신기하게도 헛구역질이 멈추자 감고 있던 왼쪽 눈의 통증이 사라졌다.

'아프지 않아.'

심지어 피로 젖어서 뿌옇던 오른쪽 눈도 제대로 보였다. 한바탕 신기루에서 벌어졌던 일처럼 말이다. 의아해하고 있는데, 갑자기 천둥이라도 치는 것처럼 커다란 굉음 소리가 들려왔다. 콰아아앙! 쿠르르르르! 그리고 공동 전체가 심하게 흔들렸다. 대체 무슨 일인가 싶어 몸을 일으켜 세웠는데, 어디선가 불길한 소리가 들려왔다. 금안의 사내가 들어갔던 동굴 쪽에서 들려오는 소리였다.

외팔의 사내가 그곳을 바라보며 떨리는 목소리로 말했다.

"지금 이건…."

그때였다.

촤아아아아아!

"무, 물이!"

동굴에서 물이 범람하듯이 콸콸 쏟아져 들어왔다. 물살이 얼마나 센지 격류처럼 옆에 있는 동굴 벽까지 때려 부수며 들어오고 있었다.

―도망쳐!

"젠장!"

나는 낚아채듯이 외팔의 사내를 안아 들었다.

"소, 소 공!"

"이게 더 빠릅니다."

당황해하는 그의 의견을 묵살하고서 동굴 입구를 향해 신형을 날렸다. 금안의 사내가 뭘 했는지는 모르겠지만 동굴 옆의 수로가 터져서 안으로 급속히 물이 밀려들고 있는 듯했다. 기세로 봐선 금방 물이 차오를 것 같았다.

—서둘러!

알고 있다고. 뒤에서 물살이 몰아치는 소리가 무섭게 들려왔다. 단숨에 경공으로 동굴 안으로 들어간 나는 통로를 따라 빠르게 이동했다. 그리고 물이 고여 있는 곳에 몸을 던졌다. 풍덩!

물속에 들어오자마자 나는 앞의 시야를 확보하기 위해 눈에 선천진기를 집중했다. 물속인데도 눈앞이 훤해졌다. 헤엄을 치는데 소담검의 목소리가 머릿속을 울렸다.

—운휘야, 너 왼쪽 눈이….

'눈이 왜?'

그러고 보니 급한 나머지 아무 생각 없이 두 눈을 뜨고 있었다. 바늘로 찌르는 듯한 고통은 이제 없어서 괜찮았다.

—그게 아니라 눈 색깔이 변했어.

'무슨 소리야? 아직 혈마화를 풀지 않았으니….'

—아니, 왼쪽 눈이 금색으로 바뀌었다고!

'뭐?'

순간 헤엄치는 도중에 입이 벌어져서 물을 먹을 뻔했다.

탈출

갑찬을 비롯한 사내들이 하염없이 동굴 입구를 지켜보고 있었다. 솔직한 심경으로 그들은 반쯤 자포자기했다. 내공을 쓸 수 없다고는 하나 일곱 명의 장정들이 들어가 세 명만 살아남을 만큼 그 괴물은 너무 강했다. 아무리 무공을 쓸 수 있다고 해도 감당하기 어려울 거라 여겼다. 그러나 그 불안한 예감이 깨졌다.

저벅저벅! 동굴을 울리는 소리에 그들이 자리에서 일어났다.

'설마?'

누구 할 것 없이 동굴로 뛰어갔다. 동굴에서 물기에 젖은 누군가가 걸어오는 모습이 보였다. 왼쪽 눈을 감고서 외팔의 사내를 안고 당당히 걸어오는 그는 바로 소운휘였다.

"소 공!"

"저, 정말로 성공했어!"

"둘 다 살아 돌아오다니!"

모두가 그 순간만큼은 기쁨으로 어쩔 줄 몰라 했다.

* * *

    사흘이 지났다. 사화초라 불린 약초를 찧고 달여서 마시게 한 지 나흘째. 확실히 약초는 효과가 있었다. 사화초는 심장을 다스리는 약초라고 하였다. 첫날에는 미세하게 오던 경련이 사라지고 이틀째에는 보랏빛이었던 피부색이 다시 살색으로 변하였다. 그럼에도 외조부 비월검객 하성운은 아직 깨어나지 않았다. 내공과 선천진기를 회복한 나는 주기적으로 외조부 하성운에게 기운을 주입하여 몸이 회복되도록 신경 썼다.

    '살아나셔야 합니다.'

    나는 그가 살아나길 간절히 기원했다. 누이동생인 소영영을 제외하고 남은 핏줄이었다. 그를 죽게 할 수 없었다.

    주위에 인기척이 없는지 재차 확인한 나는 중단전을 개방했다. 그러자 심장에서 따스한 기운이 올라왔다. 그와 동시에 왼쪽 눈이 간지러웠다.

    ―보면 볼수록 신기하네.

    소담검이 이런 말을 하는 이유가 있었다. 중단전을 개방하면 왼쪽 눈동자가 금색으로 바뀌었다. 처음에는 많이 당황했었다. 이를 숨기기 위해 계속 왼쪽 눈을 감고 있어야 할 정도로 말이다. 하지만 진기를 불어넣기 위해 사람들을 바깥으로 내보내고 나서야 눈의 색이 평소에는 원래대로 돌아온다는 사실을 알게 되었다.

    ―왜 그런 걸까?

    글쎄. 나도 궁금하다. 금안의 사내가 내 가슴의 혈들을 타통했던 것과 관련 있다고 짐작만 할 뿐이었다.

―참 괴이한 눈이로군. 그거로 보면 정말 기운의 흐름이 보이나?

혈마검의 물음에 나는 살짝 고개를 끄덕였다. 눈이 이렇게 변했다는 것을 알고 나서 대체 왜 이런 걸까에 대한 고민만 했었다. 그러다 외조부의 호전을 위해 선천진기를 불어넣으려고 중단전을 개방하면서 알게 되었다. 오른쪽 눈과 왼쪽 눈으로 보는 세상이 달랐다. 왼쪽 눈으로 보면 사람의 몸에 흐르는 기운들이 정확하게 보였다.

기운들은 일종의 빛의 형상을 하고 있었다. 내공은 흰빛. 선천진기는 푸른빛. 이걸 통해서 알게 된 것은 확실히 평범한 사람들도 심장 부근에 원기라 불리는 선천진기를 지니고 있다는 점이었다. 외조부의 심장에도 선천진기가 존재했다. 나와 다른 점이 있다면 아주 작은 점에 불과할 정도로 그 양이 미미했다. 스르르르! 등을 통해서 주입하는 선천진기가 혈을 따라서 움직였다. 내 왼쪽 눈에는 그것이 보였다.

―신기하네. 그 말은 어떤 사람이든 그 눈으로 상대의 운기 경로를 볼 수 있다는 말이잖느냐.

그렇네. 생각해보니 그렇게 활용할 수도 있을 것 같다.

―운휘, 잘만 활용하면 굉장한 능력인 것 같다!

남천철검이 흥분한 목소리로 말했다. 녀석의 말대로 상대의 운기 경로를 알게 된다는 것은 어떤 초식을 쓸지 예측하는 게 가능해진다는 말이 된다. 물론 이게 실제로 가능할지는 확인해봐야 알겠지만 말이다.

―나가서 확인해보면 되지.

'…함부로 쓸 수 있을지나 모르겠다.'

―왜?

왜긴 왜겠나. 혈마화를 하는 것 이상으로 조심스러운 일이었다. 괜히 섣불리 금안을 드러냈다가는 나 역시도 그자와 엮여버릴 수 있었다.

—아!

기밀로 하고 있었지만 무림연맹 장로급 이상의 인사들은 금안의 사내를 알고 있다고 했다. 그런 상황에 내가 금안을 드러낸다면 무슨 사달이 벌어지겠는가. 함부로 드러낼 수 없는 능력인 것이다.

—곤란하게 되었네. 그럼 중단전을 쓸 때는 한쪽 눈을 감아야겠네?

그래야 할 판국이다.

—쯧쯧. 웃기네. 힘이 있어도 숨겨야 한다는 게.

혈마검이 혀를 찼다.

녀석은 놀려댔지만 중단전도 그렇고 혈마화도 그렇고, 함부로 드러낼 수 있는 힘이 아니었다. 그나마 다행인 것은 그 석실에 갇혔을 때, 환골탈태와 비슷한 일이 벌어지면서 선천진기보다도 내공이 진일보했다는 점이다. 지금 하단전의 내공은 초절정 초입에 이르렀다. 중단전의 힘이 아니더라도 이곳에 들어오기 전과 비슷한 역량을 펼칠 수 있게 된 것이다.

—그래 봐야 제대로 된 깨달음 없이는 그게 한계일 거다.

혈마검이 아픈 곳을 꼬집었다.

녀석의 말대로 기연을 얻어서 내공이나 선천진기가 진일보했지만 깨달음을 얻어서 이룬 것이 아니라 그런지 혈마화를 해도 그때 배 위에서 펼쳤던 역량을 끌어낼 수 없었다. 마치 벽에 막힌 기분이었다. 무(武)라는 것은 위로 오르면 오를수록 더욱 어려워지고 광범 위해지는 것 같다.

외조부에게 진기를 불어넣는 것을 마쳤을 때였다.

—그런데 운휘야, 나 궁금한 게 있어.

'응?'

—그 금안의 남자가 순식간에 손이 자랐잖아.

'너 설마…'

—너도 반쪽뿐인 금안이라고 해도 그 남자랑 같은 체질이 되었다면 한번 시험해보는 게 어때? 될 수도 있잖아.

'…손이라도 잘라보라는 거냐?'

—실패하면 큰일 나겠지?

본인 손이 아니라고 무서운 소리를 해대네. 황당해하고 있는데 혈마검이 말했다.

—그냥 가벼운 상처 같은 걸 내도 알 수 있지 않나?

가벼운 상처라…. 나는 억지로 내 몸에 상처 내는 걸 좋아하지 않는데.

—쫄았지?

'아니거든.'

—겁쟁이.

하여간 놀려대는 데엔 일가견이 있다. 잠시 고민하던 나는 소담검을 뽑아서 손바닥에 살짝 그어보았다. 손바닥이 따끔했다. 금안의 사내가 회복 능력이 빠르다고 나 역시도 가능할까? 손바닥을 물끄러미 쳐다보고 있을 때였다.

'엇?'

손바닥에서 개미가 기어가는 것처럼 간질거리는 느낌이 나더니,

이내 핏줄이 스멀거리며 올라와 연결되기 시작했다. 눈에 보일 만큼 상처가 나아가고 있었다.

'…이럴 수가.'

솔직히 반신반의했었다. 그런데 정말로 상처가 이 정도로 빨리 나을 줄은 몰랐다.

―그 남자보다는 느린 것 같은데.

―음. 내 눈에도 그렇게 보이는데, 인간.

녀석들의 말대로 상처가 낫는 게 확연하게 보였지만 금안의 남자만큼은 아니었다. 그자는 거의 괴물이라는 생각이 들 만큼 엄청난 속도로 나았지만 나는 천천히 회복되었다.

―이 정도도 충분히 괴물 같다, 운휘.

남천철검의 말대로 보통 사람과 비교한다면 충분히 괴물이라 불릴 만큼 경이로운 회복 속도인 것은 확실했다. 혈마화도 그렇고 회복 속도까지 점점 인간 수준을 벗어나는 것 같다.

'내 회복 속도를 이 두 사람한테 주고 싶네.'

나는 외조부 하성운의 맞은편에 누워 있는 외팔의 사내를 쳐다보았다. 그는 공동을 탈출하자마자 탈진해서 정신을 잃었다. 그리고 지금까지 깨어나지 못하고 있다. 뜨거운 물로 상처 부위를 계속 소독하고 그가 챙겨온 다른 약초들을 붙여서 이만큼 버티고 있지만 위중하기 짝이 없었다.

'버틸 수 있을까?'

―치료를 제대로 받지 않으면 힘들 것 같은데.

정말 짜증 나는 상황이었다. 무공을 회복하고 나서 동굴을 헤집으며 출구를 찾아보려 했다. 그러나 이곳을 나갈 방법이 없었다. 혹시나 하는 마음에 은연사로 몸을 고정하고서 격류에 몸을 던져보았다. 그런데 끝없는 수렁으로 빠져들 뿐이었다.

혈마검이 내게 말했다.

—인간, 어차피 운기도 되는데, 호흡을 조절해서 버틴다면 나갈 수 있지 않나?

'…나만 버틸 수 있잖아.'

외조부나 외팔의 사내는 불가능했다. 그들은 애초에 단전이 파훼되어 운기할 수가 없었다. 아무리 무공이 강해진다고 해도 극한의 자연환경 앞에서 인간 수준은 한없이 나약한 존재에 불과했다.

'젠장, 어떻게 해야 하지.'

외조부를 위해서 목숨을 건 사내였다. 한 달이 다 될 동안 사마착을 마냥 기다리기에는 그가 언제 숨을 거둘지 알 수 없는 노릇이었다. 답답해하고 있을 때였다.

"애야."

쉰 목소리가 들려왔다. 고개를 돌리니 외조부 하성운이 눈을 게슴츠레 뜨고 날 바라보고 있었다.

"외조부!"

나는 그에게로 부리나케 달려갔다. 언제 깨어날까 오매불망으로 기다렸는데 드디어 정신을 차렸다.

"괜찮으십니까?"

"쿨럭쿨럭. 어찌 된 영문인지 모르겠구나. 노부가 아직 살아 있다니?"

어머니의 비보를 듣고 나서 충격으로 쓰러진 그였다. 당연히 그 이후의 일들을 알 리가 없었다. 나는 그때의 일들과 약초가 있는 공동에서 벌어졌던 일들을 간략히 설명해주었다. 고민하다가 한쪽 눈이 금안이 된 것은 숨겼다.

"강부, 이 못난 놈."

외조부가 머리를 들어 올리며 누워 있는 외팔의 사내를 씁쓸하게 바라보았다. 그의 이름이 강부였나 보다. 외조부 하성운이 다시 내게 고개를 돌리며 말했다.

"강부도 그렇고 너도 어찌 그런 위험한 짓을 한 게야."

"혈육을 살리기 위한 일에 위험의 경중을 어찌 따지겠습니까?"

하성운이 눈물을 글썽였다.

"녀석아, 네가 그러다 어찌 되기라도 한다면 노부는 죽어서도 네 어미를 볼 낯이 없어진다."

그런 그의 손을 잡고서 다짐하듯이 말했다.

"외조부를 두고 먼저 갈 생각은 없습니다."

"…네가 못난 할아비 때문에 고생이 많구나."

감동에 겨워했다.

"그런 말씀 하지 마십쇼. 꿋꿋하게 살아남으셔야 외손녀도 볼 것이 아닙니까?"

"외손녀?"

"여동생이 있습니다."

친아버지가 다르기는 했지만 영영이에게도 외조부였다. 하성운이 인상을 찡그리며 말했다.

"령이가 재혼을 한 게냐?"

'아….'

외조부의 입장에서는 꽤 놀랄 만한 일일 것이다. 비월영종은 무쌍성에서 축출되었다. 도망친 어머니에게 또 다른 자식이 있다고 하니 어떻게 살았었는지 많이 궁금한 모양이다.

"재…혼이라면 재혼이죠."

나는 내가 알고 있던 어머니의 이야기를 전부 말해주었다. 그동안 어머니가 어떤 삶을 살아왔는지 말이다. 이를 들은 외조부의 표정이 어둡다 못해 착잡함으로 번져 나갔다.

"하아, 그 아이가 그렇게 살다 갔다니…. 너희 남매를 볼 낯이 없구나. 이 모든 게 노부의 업이다."

"그런 말씀 하지 마십쇼."

자책하고 슬퍼하라고 한 이야기가 아니었다. 그의 기분이 나쁘지 않게 어머니가 행복한 삶을 살았던 것처럼 말할 수도 있었지만, 내게 유일한 어른에게 자식에 대한 진실을 숨기고 싶지 않았다.

착잡한 얼굴을 하던 외조부 하성운이 나의 손을 꽉 잡고 말했다.

"아니다. 어른들의 잘못이다. 네가 어떤 삶을 살다가 이곳까지 왔을지 잘 알겠구나."

외조부 하성운이 힘겹게 상체를 일으켜 세웠다.

"외조부, 누워 계십…."

나의 말이 끝나기도 전에 하성운이 나를 끌어안았다. 그리고 목이 메는 소리로 말했다.

"어미의 정도 모르고 자랐을 너희를 생각하니 이 할아비의 가슴이 찢어진다. 너무 찢어져서 파이는 것만 같구나."

"외조부…."

속이 울컥 올라왔다. 나를 꽉 껴안던 외조부가 몸을 떼고서 두 팔을 잡고 말했다.

"불쌍한 녀석, 어떻게 이곳에 떨어지게 된 것이냐?"

외조부의 물음에 이걸 어찌 설명해야 하나 망설여졌다. 어머니에 관한 것보다 내가 겪은 이야기를 하는 게 더욱 복잡했다. 내가 머뭇거리자 외조부가 말했다.

"이야기하기 껄끄러운 것이라면 말하지 않아도 된다. 월악검 그 악독한 작자의 손에 붙잡혀서 내려왔다면 별 이유 같지 않은 것이 겠지."

'어… 음….'

약간의 오해가 있는 듯했다. 그러고 보니 동굴 사람들은 내가 그저 월악검 사마착의 손에 붙잡혀서 이곳에 갇힌 정도로만 알았다. 외조부 역시도 그렇게 알고 있는 듯했다. 사실대로 이야기해줘야겠다. 내가 입을 열기도 전에 외조부 하성운이 먼저 입을 뗐다.

"네 아비가 네 존재를 알고 있다면 이곳에 빠질 일은 없었을 텐데 정말 안타깝구나."

"제 아버지요?"

그 말에 외조부가 탄식을 내뱉으며 답했다.

"너 역시 친부가 누군지 모르고 자랐겠구나. 참으로 기구한 부자의 연이로다."

그렇지 않아도 어머니가 비월영종이라면 친부가 누구인지 궁금했었다. 외조부가 안타깝다는 듯이 말했다.

"네 친부가 지금과 같은 확고한 위치였다면 네 어미나 너도 이렇게 모진 세월을 보내지 않았을 게다."

무슨 말인지 모르겠다. 그럼 비월영종이 무쌍성에서 축출될 당시 확고한 위치가 아니었다는 건가. 무쌍성의 일원이라고는 짐작하고 있던 차였다.

"외조부… 혹시 제 친부도 무쌍성의 일원입니까?"

"그렇단다."

"누구인지 알려주실 수 있습니까?"

나도 모르게 목소리가 떨렸다. 사실 어머니가 비월영종의 사람인 것을 알게 된 후로 친부라는 자도 그리 달갑게 느껴지진 않았었다. 아무리 공적으로 몰려서 축출되었다고는 하나 어머니를 끝까지 보호하지 못했으니 말이다. 그런 내 마음을 읽기라도 했는지 외조부가 고개를 저으며 말했다.

"네 마음을 잘 알겠구나. 하나 네 친부 역시도 당시에는 소종주에 불과했다. 그도 본종을 보호하기 위해 최선을 다했지만 혈교의 후예로 낙인찍힌 것은 어쩔 수가 없더구나."

"…그래도 사람 마음이란 게 어쩔 수 없군요."

"그 심경 충분히 이해한다."

외조부가 내 어깨를 토닥였다. 그리고 진지한 목소리로 말했다.

"그래도 네 친부에 대해서 모르고 있을 수야 있겠느냐. 네 아비의 이름은 진성백, 당대 풍영팔류종의 종주이다."

'…!!'

순간 나는 어안이 벙벙했다.

―왜 그러는 거야?

소담검의 그 말에 나는 곧바로 대답할 수가 없었다. 친부가 무쌍성의 일원일 거라고는 어느 정도 예측했었다. 그런데 풍영팔류종의 종주라고?

―답답해. 도대체 누구길래 그렇게 놀라는 거야?

'무정풍신 진성백… 팔대 고수의 일인이야.'

─뭐어!

놀랄 일은 그것만이 아니었다. 무정풍신 진성백의 미래도 문제였다. 그는 머지않아 죽음을 맞이할 운명이기도 했다. 나라고 회귀 전의 일들을 모두 기억하는 것은 아니다. 하나 무림을 뒤흔들 만한 굵직한 사건들은 정확하게 기억하고 있다. 그중 하나가 팔대 고수 중 한 사람인 무정풍신 진성백의 죽음이었다. 팔대 고수 중 한 사람이 내 친부라는 것도 놀라웠지만 그 사람이 머지않아 죽을 운명이라는 것을 안다는 게 더 충격적이었다.

─어쩌다가 죽게 되는데?

그건 나 역시 알 수 없다. 무쌍성에서 갑자기 진성백의 사망 소식을 공표했는데, 내부적으로 일이 생겼다는 것만 짐작할 뿐이었다.

"…많이 놀란 모양이구나. 그럴 만도 할 테지. 노부 역시 이곳에 떨어졌던 자들로부터 그 친구가 팔대 고수가 되었다는 사실을 듣고서 많이 놀랐었다."

외조부는 이십여 년 전에 이곳에 떨어졌다고 했다. 그런 그가 바깥세상의 근황을 아는 것은 간간이 봉림곡으로 떨어지는 자들로부터 귀동냥을 했던 것 같다.

─와… 그런데 너 알고 보니 완전 금수저였네?

소담검이 혀를 내둘렀다.

─그런데 회귀 전에는 왜 그렇게 산 거냐?

놀리는 거냐?

친부가 팔대 고수의 일인일 거라고 누가 상상이나 했겠는가. 하지만 그런다고 달라졌을까? 회귀 전에 나는 단전이 폐해져서 무공도 익힐 수 없는 몸이었다.

—네 친부가 알았다면 달라졌을 수도 있지 않을까, 운휘?

친부가 알았다면 달라졌을 거라고? 그가 내 존재를 알았다면 단전을 치료해주고 후계자라도 삼았을 거라 생각하는 거야? 그런데 솔직히 모르겠다.

—왜?

방금 전에는 친부의 존재나 그 미래를 알기에 놀라서 미처 생각하지 못했다. 그런데 조금 진정되고 나니 그런 의문이 들었다. 당시에는 소종주였다고는 하나 무쌍성을 이끄는 사대 무종 중 하나인 풍영팔류종 출신이다. 그런 그가 종주가 되고 팔대 고수가 되었다.

—그래서?

뭐가 그래서야. 그 정도로 막강한 힘을 가지게 되었는데 어째서 이렇게 봉림곡에 유폐된 외조부를 외면하는지 알 수 없었다.

—응? 그건 그렇네. 그 정도 능력이 있다면 찾아볼 만도 할 텐데.

심지어 어머니도 그렇다. 자세한 이야기는 듣지 않아서 모르겠지만, 지금까지의 상황만 보면 아버지로 알고 있던 양아버지 소익헌과 별반 차이가 없어 보였다. 그 역시도 자신만을 위해 살아온 걸지도 몰랐다. 잠시 고민하던 나는 외조부께 말했다.

"…팔대 고수까지 되었다는 분이 어째서 외조부가 유폐된 것을 그냥 내버려두고 있는 건지 알 수 없군요."

그 말에 외조부 하성운의 표정이 어두워졌다. 그가 깊은 한숨을 내쉬며 말했다.

"네 아비라는 사람은 그런 남자가 아니다."

"어째서 확신하시는 거죠? 저라면 힘을 가졌을 때 가장 먼저 이곳에 유폐되어 있는 외조부를 찾았을 겁니다.”

“뭔가 오해가 있었구나.”

“네?”

“나는 이곳에 유폐된 것이 아니란다.”

“그게 무슨 말씀이시죠?”

“나 역시 강부나 다른 아이들을 통해 들었지만, 무쌍성에서는 노부가 본종이 축출될 때 가신들과 함께 죽은 줄로 알고 있더구나.”

“…그 말씀은 그들에 의해 갇힌 게 아니란 겁니까?”

나는 무쌍성에서 외조부를 이곳에 유폐한 거라 여겼다. 그런데 뭔가 다른 진실이 있는 듯했다.

“무림연맹에서 동맹으로 요구한 것은 본종의 말살이었느니라. 아무리 이곳 봉림곡에서 탈출한 자가 전무하다고 할지언정 후환의 씨를 남겨뒀겠느냐?”

그 말과 함께 외조부가 누더기 같은 상의를 들어 올렸다. 그러자 상체에 수많은 상처의 흔적들이 보였다. 등 쪽을 보여주는데 화살이 꽂혔던 상처의 흔적들로 보이는 것이 아홉 곳이나 되었다.

‘하…’

이런 상처를 입고도 살아남았다니, 말문이 막혔다.

“무쌍성을 탈출해 도망치면서 당한 흔적들이란다. 화살 소나기에 맞고 격류에 빠졌을 때 이 할아비 역시도 죽은 목숨이라 여겼었지.”

격류라면 봉림곡의 폭포에 떨어지기 전에 빠진 것인가?

상의를 내린 외조부가 고개를 돌리더니 공동 한구석에 쌓여 있는 돌무더기를 바라보았다. 마치 무덤처럼 쌓아 올려져 있었다.

“중상을 입고서 떨어진 나를 조제 형이 구해줬다. 그가 아니었다면 노부도 목숨을 잃었을 게다."

조제. 돌무덤 속에 있는 이의 이름인 듯했다. 그런데 듣고 보니 참 대단한 자였다. 화살을 한 무더기나 등에 맞고 중상을 입은 자를 별다른 도구 없이 회생시키다니 말이다.

외조부가 돌무더기 위를 가리켰다. 그곳을 바라보니 낡은 패 하나가 올라가 있었다.

"이 할아비도 조제 형이 죽기 전에 알게 되었는데, 그는 만사신의와 같이 동문수학한 사형이라고 하더구나."

"만사신의의 사형이라고요?"

놀라운 일이었다. 만사신의의 의술 동문이 이곳에 있었다니.

"조제 형이 임종 전에 저 각패를 이 할아비에게 줬단다. 만약 이 지옥 같은 곳에서 나간다면 자신의 사제에게 도움을 청하라고 말이다. 만사신의라면 이 할아비의 단전조차도 회생시켜줄 거라고 하더구나."

외조부가 반신반의하듯이 뒷말을 흐렸다. 단전이 회복된다는 말을 믿지 못하는 듯했다. 그래서 저 보물이 될 수도 있는 각패를 무덤의 이름 대신 올려놨었구나.

나는 그런 그에게 말했다.

"가능합니다. 저도 단전이 폐해졌었는데 만사신의 어르신께서 도움을 주셨습니다. 외조부께서도 다시 회복하실 수 있을 겁니다."

거짓말은 아니었다. 실제로 고칠 수 있다고 만사신의가 말했었으니 말이다.

"그, 그게 정말이냐?"

"정말입니다."

확신에 찬 내 목소리에 외조부의 눈동자가 흔들렸다.

무림인에게 있어서 단전과 내공은 생명이나 다름없다. 그런 것을 회복할 수 있는 기회가 생긴다면 누가 흔들리지 않겠는가. 그러나 잠시 환한 기색을 보였던 외조부의 얼굴이 어두워졌다.

"하나 그게 무슨 소용이 있겠느냐? 여기서 나갈 방도가 없는데."

나갈 방도가 없지는 않았다. 남은 기간을 버틴 후에 나를 데리러 올 사마착을 설득하는 방법이 있었다. 다만 문제는 외조부를 모시던 이들까지 전부 살려달라고 부탁한다면 과연 사대 악인이라 불리는 그가 도움을 줄까 하는 것이었다. 사마착에 관한 것을 이야기할까 고민하던 찰나, 외조부가 먼저 말을 이어갔다.

"어찌 됐든 무쌍성에서는 이 할아비가 죽었다고 공표했다더구나."

사정을 들으니 무쌍성뿐만 아니라 친부도 외조부가 죽었을 거라 여길지도 모른다는 생각이 들었다. 온갖 부상에 화살을 아홉 발씩이나 맞는 중상을 입고서 격류에 휩쓸렸는데 여전히 살아 있다고 생각하는 것도 이상하긴 했다.

'…정말로 그런 거라면.'

친부라는 작자가 어머니의 생사도 모르고 있었던 걸까? 문득 궁금해졌다.

—모를 일이다, 운휘. 네 모친께서 살아 있는 것을 알았다면 그래도 친부인데 마냥 내버려뒀겠나? 이미 죽은 줄 알았을 수도 있다.

—남천, 넌 너무 긍정적이야. 운휘 양부도 잘 돌봐주겠다는 식으로 운휘 어머니한테 약조해놓고서 나중에는 거의 방치하다시피 했잖아.

—그건 친자식이 아니라서 그런 것도 있지 않나.

─친자식이 아니면 약조를 어겨도 좋다는 거야! 지금이야 나를
만나서 그나마 팔자가 피었지만 애가 전생에는 얼마나 비루하게….

후우, 얘들아, 의견 다툼을 하는 것은 좋은데, 당사자 앞에서 너
무 대놓고 하지는 마라. 안 그래도 심란해 죽겠는데. 응?

잠깐만, 그러고 보니 외조부가 했던 말이 생각났다.

"령이… 령이가 아이를 가졌었단 말인가."

그때도 의아하게 생각했었다. 그런 말이 나왔다는 것 자체가 어
머니가 아이를 가졌다는 사실을 전혀 몰랐다는 게 된다. 나는 혹시
나 하는 마음에 물었다.

"외조부께서는 어머니가 저를, 아니 임신했었다는 것을 모르고
계셨습니까?"

그런 나의 물음에 외조부 하성운의 얼굴이 어두워졌다. 눈빛에서
쓸쓸함이 묻어났다. 외조부가 내 손을 꽉 잡으며 입을 열었다.

"미안하구나. 할아비도 네 어미가 너를 가졌다는 사실을 이제
야 알았단다. 외할아버지로서는 실격이로구나."

'아아아….'

외조부인 그조차 몰랐다면 친부라는 작자도 몰랐을 확률이 너무
높았다. 아니, 어머니조차 도망치면서 알게 됐을 수도 있다. 내 인생
은 어째서 태어나기 전부터 이렇게 꼬였던 걸까?

"얘야, 이 할아비는 네게서 네 어미가 어떻게 살아왔는지에 대해
들으면서 생각했단다. 네 어미가 너를 보호하기 위해 얼마나 많은
희생을 했는지 말이다."

"…."

그 말에 가슴이 울컥해졌다. 어머니의 숨겨진 과거. 혈마의 피를

이은 후손이라는 이유만으로 모든 가족을 잃었다. 그 정도 충격이라면 자신의 목숨을 던질 수도 있는 상황이었는데, 어머니는 끝까지 살아남아서 나를 낳았다. 심지어 여시종이 익양 소가 가주의 아이를 뱄다는 오명까지 들으면서 말이다. 어머니는 어떤 상황에서도 나를 포기하지 않았다.

꽉! 외조부의 손에 더욱 힘이 들어갔다.

"너는 네 어미의 분신이다. 나는 네가 태어난 것을 축복으로 여긴단다."

"외조부…."

"네 친부를 너무 미워하지 말거라. 그 사건이 터진 후로 네 친부는 지금껏 누구와도 혼인하지 않고 혼자 살아왔다고 들었다. 그런 그가 만약 네 존재를 알고 있었다면 어찌 가만히 내버려뒀겠느냐?"

'혼인하지 않았다고?'

그건 처음 듣는 이야기였다.

—네 양부랑은 좀 다른데?

이건 생각지도 못했다. 어머니조차 나를 보호하기 위해 살아가면서 양부인 소익헌에게 마음을 열었었다. 그런데 친부는 이십여 년이 넘는 세월 동안 혼자 살아왔을 줄은 몰랐다.

—평생 한 여자만 바라봤다는 거잖아.

—지조가 있는 사람이로군. 전 주인이 살아 있었다면 벗으로 삼고 싶어했을 거다.

—이야, 처음인데. 네 전 주인이 모르는 사람도 있었냐?

—…크흠.

처음에는 친부라는 작자도 양부와 다를 바가 없다고 생각했었다.

그러나 이렇게까지 말하니 생각이 달라졌다. 정도에 가까울 만큼 곧은 외조부다. 그런 외조부가 사위로 인정하고 딸을 맡겼던 사람이라면… 이토록 척박한 곳에서 모진 고생을 하면서도 끝까지 믿을 정도라면 친부가 정말 어떤 사람일지 궁금해졌다. 비월영종의 축출 사건 때 어떤 사정이 있었는지 알고 싶어졌다.

─만날 건가 보네.

만나야 진실을 알 수 있지 않나. 이십여 년이 지날 동안 정말로 어머니와 내 존재를 몰랐는지도 궁금하고 말이다.

─인간, 다 좋은데 네 아비라는 작자가 죽으면 말짱 도루묵이 아니냐?

가만히 듣고 있던 혈마검이 날카롭게 이를 지적했다.

생각해보니 그것도 문제였다. 그냥 내버려두면 친부인 진성백은 죽게 될 것이다.

'젠장!'

이래저래 일이 꼬인다. 한 달을 버텨야만 이곳에서 벗어날 수 있다. 그런데 계속해서 일들이 터지고 있었다. 친부를 만나 그의 죽음을 막는 것도 그렇지만, 당장 외팔의 사내 강부의 상태도 위급했다. 게다가 외조부도 제대로 된 치료가 필요했다.

"고민이 생긴 게냐? 이 할아비가 한 말 때문에 그런 것이라면…"

"그것 때문에 그런 게 아닙니다."

"그럼 왜 그렇게 심란한 얼굴을 하고 있는 게야?"

혼자 끙끙 앓아서 될 문제가 아닌 듯했다. 아무래도 내가 겪고 있는 사정을 말해서 머리를 맞대봐야 할 것 같다.

"후우… 실은 외조부께 아까 말씀드리려고 했는데, 제가 이곳에 떨어진 것은 다른 사람들과 같은 이유가 아닙니다."

"같은 이유가 아니라고? 그럼 대체 무엇이냐?"

"저는 월악…."

미처 말이 끝나기도 전이었다. 누군가 공동으로 급히 뛰어 들어왔다. 턱수염의 사내였다.

"소, 소 공! 큰일… 앗! 월노!"

뭔가를 알리려던 턱수염의 사내가 외조부가 깨어난 것을 보며 화들짝 놀랐다.

"괜찮으신 겁니까?"

기쁨은 아주 잠시에 불과했다. 뭔가 다른 급박한 상황이 일어났는지 턱수염의 사내가 동굴 바깥쪽을 가리키며 말했다.

"아차! 큰일입니다, 월노, 소 공!"

"미염, 그게 무슨 말인가?"

외조부가 인상을 찡그리며 물었다.

"동굴 벽들이 부서지기라도 했는지 안쪽 동굴들이 점점 침수되고 있습니다."

'…!!'

나는 깜짝 놀라 자리에서 일어났다. 그 말인즉, 동굴들로 물이 차오르고 있다는 소리였다.

'설마 그것 때문인가?'

금안의 사내가 동굴 벽을 부수고 나간 후 약초와 괴인 들이 있던 대공동이 침수되고 파괴되었었다. 물이 너무 거세게 들어오는 바람에 동굴 일부가 무너져서 불안한 감이 없지 않았는데, 이런 일이 터지다니.

외조부가 다급히 그에게 소리쳤다.

"얼마나 침수된 건가? 물이 빨리 차고 있나?"

봉림곡 내의 동굴 규모는 굉장히 크다. 미로처럼 얽혀 있는 그 넓은 동굴에 물이 차오를 정도면 속도가 얼마나 빠른지 가늠하기 어려웠다.

"지금 차오르는 것만 봐서는 이틀 내로 전부 침수될 것 같습니다!"

'이런!'

정말 최악의 상황이었다. 어림잡아 이틀이라는 거지 더 빨라질지 느려질지는 누구도 모를 일이었다. 나갈 방법도 모르는데 동굴이 침수된다면 대체 어찌해야 할지 앞길이 막막했다.

외조부가 힘겹게 몸을 일으켰다.

"일단 동굴에서 가장 높은 지대로 가자꾸나. 미염의 말이 사실이라면 여기도 머지않아 물이 들어찰 게다."

그 말이 맞았다. 마냥 가만히 앉아 있을 수만은 없었다. 나는 서둘러 외조부를 등에 업었다. 미염이라 불린 턱수염의 사내도 다급히 잠들어 있는 외팔의 사내를 안아 들었다.

"아! 얘야, 저것도 챙기거라."

외조부의 말에 나는 돌무덤에 있는 각패를 챙겼다.

그래, 이게 있어야 나중에 외조부가 만사신의한테 치료받을 명분이 생긴다. 외조부를 업은 나는 앞장서 가는 미염을 따랐다. 동굴에서 가장 높은 지대라면 아마도 폭포수가 떨어져서 격류가 생기는 부근일 것이다. 가는 도중에 다른 사내들도 합류했다. 그들과 함께 급히 가고 있던 차였다.

'응?'

멀리서 낮익은 목소리가 들려왔다. 동굴이 울려서 그런지 나만 들은 게 아니었다. 업혀 있는 외조부가 중얼거렸다.

"어디서 여자 목소리가 들리는 것 같구나."

"저도 들었습니다."

"저도요, 월노."

여자 소리라는 것 정도만 구분되는 듯했다.

점점 소리가 가까워졌다.

"제대로 길 안내해요. 허튼수작 부리면 그 자리에서 귀를 날려버릴 테니까 그렇게 알아요."

"히익! 아, 알았다고 하지 않소."

그 목소리를 듣는 순간 나는 알 수 있었다.

'설마?'

나는 미염을 지나쳐서 앞으로 달렸다.

"소 공!"

등에 업혀 있는 외조부도 영문을 모르겠는지 내게 말했다.

"대체 왜 그러느냐?"

"지금 들린 그 목소리, 제가 아는 목소리입니다."

내가 앞으로 달려가자 들려오던 목소리가 갑자기 조용해졌다. 누군가 달려오는 소리가 나니, 혹시나 하는 마음에 기척을 죽이는 듯했다. 그러나 이곳은 통로가 하나라서 만날 수밖에 없었다. 어두운 동굴 앞쪽에 꺼진 불씨 위로 두 사람의 인영이 보였다.

"사마 소저!"

나의 외침에 두 사람 중 한 사람이 외쳤다.

"공자님!"

목소리의 주인은 다름 아닌 사마영이었다.

—오! 사마영이다!

소담검이 신이 나서 외쳤다. 아직 기일이 다 되지도 않았는데 그녀를 보게 될 줄은 몰랐다. 그녀가 붙들고 있던 누군가를 놓고서 부리나케 내가 있는 곳을 향해 달려왔다.

"공자니이이임!"

어찌나 목소리가 해맑은지 모르겠다. 달려온 그녀가 내게 안기려다 업고 있는 외조부를 발견하고서 살짝 당혹스러워했다. 사마영이 내게 물었다.

"공자님, 업고 계신 노인분은 대체 누구신지?"

공교롭게도 외조부도 멈춰 선 그녀를 보고서 동시에 물었다.

"아는 소저인 게냐?"

"어… 그게…."

뭐라고 설명해야 할지 모르겠다. 갑작스레 맞닥뜨릴 거라고 누가 예상이나 했겠는가. 그녀의 반가워하는 모습에 뭔가 짐작하기라도 했는지 외조부가 엷은 미소를 지으며 말했다.

"이 고운 규수와 무슨 관계이기에 그러는 게야?"

그녀의 부친이 누군지 설명하기도 전에 만나서 난감했다. 언제까지 이러고 있을 수도 없기에 일단은 두 사람에게 서로가 누군지 정도는 간단히 알려줘야 할 듯했다.

"외조부, 여기 소저는 사마영이라고… 으음… 월악검 사마착의 여식입니다."

"뭐엇? 워, 월악검?"

순간 고막이 터지는 줄 알았다. 외조부의 표정을 보아하니 가관도 아니었다. 그런데 그 와중에 사마영이 나를 보고서 동그래진 눈으로 물었다.

"공자님의 외조부시라고요?"

"그렇습니다. 나도 여기 내려와서야…."

"어머!"

'어머?'

사마영이 갑자기 두 손을 모아 예를 갖췄다. 그러고는 부끄럽다는 듯이 붉게 상기된 얼굴로 쑥스러운 미소를 지으며 말했다.

"할아버님, 손주며느리가 될 사마영이라고 합니다."

'…?!'

업혀 있는 외조부의 턱이 내 머리에 닿은 듯했다.

─푸하하하하핫. 네 외할아버지 얼굴 좀 봐. 턱 떨어지겠다.

소담검이 자지러졌다. 놀랄 거라고는 생각했지만 정말 많이 놀랐나 보다. 턱까지 벌리고서 입을 다물지 못하던 외조부 하성운이 당혹스럽다는 듯이 말했다.

"손주며느리라니? 이, 이게 대체 무슨 말이냐, 얘야?"

그런 외조부의 물음에 나는 한숨을 푹 내쉬고 말했다.

"사마 소저, 아직 그 단계는 아니지 않습니까?"

"네에? 아니었나요?"

사마영이 눈이 휘둥그레져서 내게 물었다.

"아직 제대로 교제도 안 했는데 손주며느리라뇨."

"아버지께 허락을 구했잖아요. 그때 공자님 너무 멋졌어요."

"…."

너무 앞서 나가고 있었다. 그녀가 좋기는 했지만 정략혼인도 아니고 너무 빠르잖아.

"소저를 만나도 되는지 허락을 구한 거고⋯ 아직 허락조차 받지
못했잖습니까?"

그런 나의 말에 사마영이 칫 하고서 입술을 실룩 내밀었다.

그런 표정을 지으면 반칙입니다. 이상하게 사마영이 저렇게 토라
지는 모습을 보이면 마음이 약해졌다.

그때 외조부가 말했다.

"허락이라니? 애야, 설마 월악검더러 여기⋯ 이 처자를 만나게 해
달라고 부탁했다는 것이냐?"

"⋯네."

눈을 살짝 돌리니 외조부가 어쩌자고 그런 짓을 했냐는 눈빛으
로 쳐다보고 있었다.

맞다. 제정신이 아닌 이상 누가 사대 악인의 딸과 만날 생각을 하
겠는가.

"그럼 여기 떨어졌다는 그 말은?"

"⋯그분의 시험입니다."

"아니, 만나는 걸 허락해달라고 했다고 봉림곡에 내 손주를 떨어
뜨려?"

외조부가 노여움으로 몸을 파르르 떨었다. 화를 내는 것은 당연
한 일이었다. 손주를 삼대 금지 중 하나라 불리는 봉림곡에 떨어뜨
렸는데 어느 외할아버지가 좋게 받아들이겠는가. 하지만 중재를 해
야 옳았다.

"외조부, 이건 제가 자처한 겁니다."

"네가 자처해?"

"사마 소저의 부친께서 제게 기회를 줬습니다."

"아무리 그렇다고 해도 이게 말이 된다고 생각하느냐! 죽을 수도 있었어, 이놈아."

그런 외조부의 격한 반응에 사마영이 갑자기 바닥에 무릎을 꿇었다. 쿵!

"소저?"

이건 또 무슨 짓인지 모르겠다. 사마영이 바닥에 이마까지 박아가며 말했다.

"제 아버지의 무례함을 할아버님께 사죄드리겠습니다. 할아버님의 말씀이 옳습니다. 이번 일은 제 아버지께서 저를 아끼시는 마음에 너무 과하셨던 게 맞아요. 차라리 저를 꾸짖어주세요."

'…?!'

아… 눈치 빠르게 대처하는 그녀였다. 그녀가 눈을 동그랗게 뜨고서 외조부를 올려다보았다. 효과가 없진 않았다.

"하아…."

화를 내던 외조부의 입에서 탄식이 흘러나왔다. 그녀가 선수를 쳐서 납작 엎드리면서까지 전부 자신의 잘못이라고 하니, 차마 더 화를 내기 어려운 모양이었다.

—사대 악인의 딸이라 그런 건 아니고?

그렇진 않을 거다. 외조부의 올곧은 성정을 보면 사람을 가려서 두려워할 위인이 아니었다. 그저 사마영의 면전에서 부친인 월악검을 욕할 수 없기에 탄식으로 대신하는 것 같았다.

나는 그녀를 돕기 위해 살짝 사족을 붙였다.

"그렇지 않아도 말씀드리려고 했습니다. 소저의 부친께서 한 달만 이곳에서 버티면 만나는 것을 허락해주기로 하셨습니다."

"그게 무슨 소리냐?"

"한 달 뒤에 이곳에서 빼내주시겠다고 약조했기에 들어온 겁니다."

"여, 여기서 말이냐?"

"저를 영원히 가두려고 그런 것이 아니니 너무 걱정하지 않으셔도 됩니다."

그 말과 함께 나는 슬쩍 사마영을 쳐다보고서 눈을 찡긋했다. 이때 사마영도 기회를 놓치지 않았다.

"공자님의 할아버님을 어찌 이곳에 남겨둘 수 있겠어요. 제가 아버지께 말씀드려 꼭 밖으로 나가실 수 있도록 부탁드릴게요."

"이곳에서 나간다고?"

외조부의 표정이 묘해졌다. 자그마치 이십여 년이 넘게 갇혀 있던 외조부였다. 이곳에서 빠져나간다는 말만 들어도 감회가 남다른 모양이었다.

"아니면 할아버님만이라도 지금 당장…."

나는 그녀의 말이 끝나기도 전에 끼어들었다.

"소저, 그런데 문제가 생겼습니다. 아무래도 기한을 다 채우지 못하고 나가야 할 것 같습니다."

"네?"

"동굴의 일부가 무너졌는지 지금 안쪽이 침수되고 있어요."

"정말요?"

"안쪽부터 물이 차오르는데 기세만 봐서는 이틀 내로 침수될 것 같습니다."

외조부가 고개를 끄덕이며 동의하는 모습을 보였다. 당장 나갈 수 있는 기회가 생겨서 그런지 눈빛에 생기가 가득했다. 사마영이 잘됐다는 듯이 말했다.

"정말요? 이거 어쩔 수 없겠는데요. 이런 불의의 사고가 터졌는데 한 달 내내 여기서 지내는 건 말이 안 되죠."

그녀의 입술을 실룩거리고 있었다.

—…많이 좋아하는데.

기간을 채우지 않아도 될 적당한 명분이 생겨서 그런 듯했다. 때마침 뒤쪽에서 외팔의 사내를 업은 미염과 사내들이 헐레벌떡 뛰어오고 있었다.

"월노! 소 공!"

"저들은?"

"외조부를 따르고 돌봤던 자들입니다."

될지는 모르겠지만 상황이 여의치 않은 것을 이용해서 저들까지 데리고 나가야겠다. 도착한 그들은 아름다운 사마영의 모습에 놀라움을 금치 못했다. 그러고 보니 동굴에 여자는 단 한 사람도 없었다. 이들이 이렇게 놀라면서도 들뜬 반응을 보이는 것도 당연했다.

하지만 그것은 외조부의 경고로 금방 끝이 났다.

"월악검의 여식이다. 행여나 허튼 생각은 하지 말거라."

"워, 월악검?"

그녀의 정체를 알게 된 미염과 사내들은 경기를 일으키듯이 놀랐다. 그런 그들의 반응을 뒤로하고 나는 사마영에게 물었다.

"부친께서도 내려오신 겁니까?"

"아니요. 혼자 왔어요."

혼자서 내려왔다고? 그럼 어떻게 내려왔다는 거지? 의아해하는데 사마영이 배시시 웃으며 말했다.

"공자님을 보려고 제가 밧줄을 얼마나 많이 구해서 매듭을 지었는데요. 따라오세요."

그녀를 따라 우리는 동굴을 이동했다. 가는 도중에 나는 궁금해서 물었다.

"혼자 내려왔다고 했는데 부친께서 허락하신 겁니까?"

"…아니요. 아버지께서 자리를 비우셔서 몰래 내려온 거예요."

아아아, 그러면 그렇지. 월악검 사마착이 그녀가 이곳에 내려오게 허락할 리가 없었다.

"들키면 어쩌려고 그랬어요?"

"하지만 보고 싶은 걸 어떡하라고요. 혼나면 혼나고 말죠."

사마영이 몸을 배배 꼬면서 부끄럽다는 듯이 말했다. 늘 느끼지만 참 자신의 감정에 솔직한 그녀였다. 이에 등에 업혀 있는 외조부가 괜히 기침 소리를 냈다.

"크흠."

솔직한 그녀가 격이 없다고 느껴졌나 보다. 이를 의식했는지 그녀가 고개를 돌리고서 외조부를 향해 해맑게 웃으며 말했다.

"손주분이 너무 좋거든요. 그래서 할아버님도 좋아요."

"뭐?"

조심스러워할 만도 한데 오히려 허물없이 대하는 사마영의 태도에 외조부의 눈에 이채가 띠었다.

"허 참."

이내 고개를 절레절레 흔들었다. 기세를 탔는지 사마영이 옆으로 다가와 찰싹 붙으며 말했다.

"할아버님, 눈썹이 앞을 가려서 불편하시죠? 나중에 제가 깎아드릴까요? 저희 아버지 눈썹도 길면 제가 종종 깎아드렸는데."

"허어, 다 큰 처자가 어찌 이렇게 달라붙어 경박스럽게 구는 겐가."

"에이, 그런데 왜 얼굴은 빨개지세요."

"노, 노부가 왜 얼굴이 빨개진다는 게야?"

"예쁜 손주며느릿감이 눈썹 깎아드린다고 하니까 속으로 좋으셨죠?"

"아니래도."

─완전 넉살 좋은데.

소담검이 혀를 내둘렀다.

나도 이렇게 넉살 좋은 그녀의 모습에 내심 대단하다 싶었다. 외조부의 목소리나 표정을 보니 처음에는 못마땅해했지만 살갑게 구는 사마영의 태도를 그리 나쁘게 보지 않는 것 같았다.

그때 남천철검의 목소리가 울렸다.

─운휘, 전 주인께서 말씀하셨다. 어른들에게 대하는 태도만 봐도 좋은 배우자인지 아닌지를 알 수 있다고.

─야! 나 알 것 같아.

─응?

─네 전 주인이 왜 혼인 못 했는지 말이야. 아는 게 하도 많아서 이것저것 따져대니까 혼인 못 한 거 아냐? 딱 여자가 질색할 유형인데.

─….

소담검의 놀림에 남천철검은 대답을 회피했다. 혈마검은 그저 혀를 찰 뿐이었다.

문득 한 가지가 궁금해졌다. 나는 외조부 곁에 붙어서 살갑게 구는 사마영에게 전음을 보냈다.

[소저.]

전음을 들은 그녀가 놀란 듯이 쳐다보았다.

[공자님, 설마 했는데 정말 내공을 회복하셨네요?]

[네, 운이 좋았습니다.]

[어떻게 회복하신 거예요?]

[사연이 있었습니다. 나중에 설명해드릴게요. 한데 혹시 나흘 전쯤 누군가 봉림곡 안쪽에서 나오지 않았습니까?]

그런 나의 물음에 그녀의 눈이 동그래졌다.

[그걸 어떻게 아셨어요?]

[혹시 그자의 두 눈이 금빛이지 않았습니까?]

[맞아요. 갑자기 계곡에서 튀어나왔는데 아버지께서 그자를 보시더니 붙잡으려고 하셨어요.]

[붙잡으려 하셨다고요?]

그럼 사마착과 그 금안의 사내가 부딪친 건가. 그리 오래 겨루진 않았지만 금안의 사내는 괴물이라고 해도 과언이 아닐 만큼 강했다. 무거운 철구를 달고도 나를 가뿐히 상대했을 정도이니 말이다.

[…부친께서는 괜찮으신 겁니까?]

그런 나의 말에 사마영이 빙그레 웃으며 답했다.

[저희 아버지가 다른 건 몰라도 얼마나 강하신데요. 그런데 그보다도 그 금안의 남자 이상했어요. 아버지와 겨루다가 팔이 잘렸는데 도마뱀처럼 자라났어요.]

그 말도 안 되는 회복력을 봤구나.

그보다 놀라운 것은 사마착이었다. 정말 사대 악인의 명성은 명불허전이었다. 겨루다가 상대의 팔까지 잘랐다는 건 그가 더 우위라는 것을 의미했다.

[믿기지 않겠지만 정말이에요. 막 순식간에….]

[저도 만났었습니다.]

[만났었다고요?]

[네. 여기에 갇혀 있던 자입니다. 기이할 정도의 회복력을 지녔더군요. 어쨌거나 그럼 월악검께서 그자를 붙잡으신 겁니까?]

무위에서 우위라면 충분히 제압했을 수도 있었을 거다.

[아뇨. 아버지의 검에 팔이 잘리더니, 갑자기 도망을 쳤어요.]

[쫓아가신 겁니까?]

[네. 꼭 잡을 거라고 하시더니 쫓아가셨어요. 그런데 그자가 무공에서는 아버지께 밀렸는데, 경공 하나는 기가 막히게 빨랐어요. 아버지께서 따라잡지 못할 정도였어요.]

그자를 잡으러 간 거였구나. 부친이 자리를 비웠다는 말이 이런 의미였다.

금안의 사내를 쫓아간 아버지가 걱정될 만도 한데 날 보기 위해 이런 위험한 곳까지 내려온 게 용했다. 나의 생각을 읽기라도 한 듯이 사마영이 말했다.

[아버지께서는 강하시지만 공자님은 내공이 금제되셨잖아요. 혹시나 무슨 일이 있을까 봐 걱정했다고요.]

[사마 소저….]

이렇게 말해주니 고마웠다. 이런 여자가 나를 좋아해주는 게 정말 행운인 것 같다.

[부친께서 별일 없으시길 바라야겠군요.]

[만약 놓치더라도 기한이 되기 전까지는 돌아오신다고 약조하셨으니 괜찮을 거예요.]

그 사이에 그건 물어봤나 보다.

—지극정성이네.

소담검이 키득거렸다.

그나저나 월악검 사마착이 사흘이나 지났는데도 붙잡지 못했을 정도면 금안의 사내는 대체 얼마나 경공이 빠르다는 거지?

—네 앞가림이나 해라, 인간. 그 괴물 같은 것들은 걱정하지 말고.

'……'

하여간 혈마검 이 녀석은 입만 열면 촌철살인이다. 어쨌거나 녀석의 말이 옳았다. 일단 여기서 벗어나야 목숨을 건지든 말든 할 것이다.

동굴을 따라 이동한 지 얼마 되지 않아 폭포수와 격류 소리가 들려왔다.

"그네 다리에 밧줄을 고정하고 뛰어내려서 돌 모퉁이에 묶어놨어요. 그곳으로 올라가면 될 거예요."

"밧줄이 많이 들었겠군요."

"그래서 밧줄들을 전부 매듭짓는 데 꼬박 하루나 걸렸어요."

하긴 그네 다리에서 폭포수 밑까지 내려올 정도의 길이라면 밧줄이 꽤나 많이 필요했을 것이다. 관건은 내공이 없는 이들이 오를 수 있느냐였다. 나나 사마영은 내공이 있어서 밧줄만 있으면 위로 올라가는 데 무리가 없었다. 다만, 다른 이들은 그게 쉬운 일이 아니었다.

—네가 먼저 올라가서 잡아당기는 식으로 하면 되지 않을까?

그것도 좋은 방법인 것 같다. 동굴 밖으로 나가면서 그것을 말하려고 했는데, 순간 나는 말문이 막히고 말았다.

'…?!'

격류가 쏟아져 내리는 계곡을 앞둔 지대 안쪽에 몇몇 사람들이 쓰러져 있었다. 그중에는 나무뿌리 공동을 맡긴 갑찬도 포함되어 있었다.

"이봐요!"

나는 달려가서 그를 깨워보려 했다. 그러나 이미 그는 절명한 상태였다.

"앗!"

사마영이 어딘가를 손으로 가리켰다. 열두 명의 사내들이 밧줄에 매달려서 위로 올라가고 있었다. 나무뿌리 공동에 있던 다른 사내들이었다.

"저들이 밧줄을 발견했나 보구나."

등에 업혀 있는 외조부가 혀를 내둘렀다. 하긴 동굴이 침수되고 있는데 저들도 살길을 모색하기 위해 이곳저곳을 돌아다녔을 것이다. 운이 좋은 녀석들이다. 사마영이 준비해둔 밧줄을 발견하다니 말이다. 그런데 다 같이 탈출해도 모자란 판국에 이들을 죽인 이유가 뭘까?

그때 밧줄을 타고 올라가 거의 폭포수 근방까지 도달한 사내들 중 한 사람이 우리가 있는 곳을 쳐다보며 소리쳤다.

"하하하하핫! 우리들은 나간다. 네놈들은 물고기나 실컷 처먹고 살거라."

'뭐? 설마?'

"이것들이!"

사내들 중 한 사람이 놈의 도발에 화가 나서 바위에 묶어놓은 밧줄로 달려갔다. 그리고 그들을 따라잡으려고 하는지 밧줄에 매달려서 올랐다. 기세 좋게 오르고 있는 찰나였다.

"하하핫! 멍청한 놈!"

폭포수 근방까지 오른 사내들 중 가장 밑에 있던 자가 밧줄을 검으로 내려쳤다. 팍! 물에 젖어서인지 밧줄이 한 번에 잘리지 않았다.

미염이 앞으로 달려가 소리쳤다.

"종백! 돌아와! 밧줄을 자르려고 하네!"

"뭐?"

위를 쳐다본 사내가 식겁해서 다시 밧줄을 타고 내려오려 했다. 그러나 이미 늦었다. 세 번째 내려치는 검에 밧줄이 잘려 나가고 말았다. 그와 동시에 탄력을 잃은 밧줄을 잡고 있던 사내가 그대로 급류 속에 빠져버렸다.

"종백!"

미염이 물에 뛰어들려고 했다.

"멈춰요!"

하지만 내가 다급히 왼손을 뻗어 이를 제지했다. 그러고는 은연사의 실이 빠르게 뻗어 나가 급류에 휩쓸려 내려가고 있는 사내의 손목에 휘감겼다. 팍! 공력을 가하자 사내의 몸이 쭈욱 잡아당겨졌다. 조금만 늦었어도 급류에 휩쓸려 저 물구멍으로 빨려 들어갔을 것이다.

"헉헉! 고, 고맙소, 소 공."

뭍으로 올라온 사내가 새파랗게 질린 얼굴로 내게 말했다.

"괜찮습니다."

문제는 그게 아니었다. 우리가 탈출할 수 있는 경로를 저들에게 빼앗겼다는 것이었다. 화가 나는 것은 나만이 아닌 모양이었다.

"저런 못된 놈들!"

"제 놈들만 살겠다고 이런 짓을 벌이다니."

사내들이 분통을 터뜨렸다. 그때 사마영이 혀를 차며 말했다.

"저 밧줄, 그네 다리에다 묶어놔서 저만한 인원이 동시에 올라가면 못 버텨요. 더군다나 아래쪽을 고정도 안 해놔서 폭포 때문에 더 위험할 텐데."

그녀의 말이 끝나기가 무섭게 위쪽에서 비명 소리가 들려왔다.

"으아아아악!"

"아악!"

폭포수 아래로 밧줄에 매달려 있던 사람들이 전부 떨어졌다. 물에 빠진 그들이 허우적대며 급류에 휩쓸려 아래쪽으로 쓸려 내려왔다. 헤엄을 치며 어떻게든 살려고 이쪽으로 오려 하는데, 이윽고 위쪽에서 나무 판목 같은 것들이 우수수 떨어졌다. 파파파파팡! 그네 다리가 끊긴 판목들이었다.

"헉!"

"피, 피해!"

떨어진 판목들은 생각보다 무게가 되었는지 물에 휩쓸리는 사람들보다 더욱 빠르게 내려와 헤엄치는 그들을 그물처럼 감싸버리고 말았다.

"으억!"

"제, 젠장!"

"살려줘!"

그네 다리의 판목들과 함께 급류에 휩쓸린 사내들이 우리를 향해 소리쳤다. 그러나 자신들만 살겠다고 밧줄을 끊고 도망친 이들을 누가 구하려고 하겠는가. 모두가 냉정한 얼굴로 급류에 휩쓸리는 그들을 바라보았다.

"칫!"

그때 나는 급류가 있는 뭍 쪽으로 뛰어갔다.

"저들을 도우려는 게냐?"

외조부가 의외라는 듯이 물었다. 그 역시도 올곧은 성품을 지녔지만 무림인답게 은원 관계에는 맺고 끊음이 분명했기에 저들이 벌을 받아야 한다고 여긴 모양이었다.

"여기야! 여기!"

"고, 고마워!"

물에 휩쓸려 내려가는 이들이 그런 내 모습에 희망을 품기라도 했는지 소리쳤다.

나는 급히 저들이 있는 곳을 향해 손을 뻗었다. 그리고 은연사로 쏘았다. 촥! 뭔가가 은연사의 줄에 걸렸다. 공력을 주입하자 이쪽으로 딸려온 것은 다름 아닌 밧줄이었다.

"너, 너!"

급류에 휩쓸리던 사내들이 그 모습에 어처구니없어했다. 실망시켜서 미안한데, 나는 남은 밧줄이라도 어떻게든 건지려고 했던 것뿐이다. 혹시나 저들을 도우려는 건가 실망의 기색을 보이던 사내들이 속 시원하다는 표정을 지었다. 그런데 인과응보를 당하는 놈들한테 신경 쓸 때가 아니었다.

"밧줄을 건지기는 했는데, 위로 오를 방법이 없군요."

그 말에 모두의 얼굴이 어두워졌다. 한순간에 밖으로 탈출할 수 있다는 희망을 잃었기 때문이다. 사마영이 내게 다가와 물었다.

"공자님, 혹시 전에 처음 만났을 때처럼 그 줄에 단검을 매달아서 벽면에 박아 올라갈 수는 없을까요?"

"이미 한 번 해봤는데, 물에 닿을 때마다 줄이 약해지더군요."

"아…."

단전을 회복하자마자 가장 먼저 시험해봤다. 폭포수 너머에 있는 벽에 단검을 박고 올라갈 수 있는지 말이다. 그런데 은연사의 줄은 물에 닿으면 닿을수록 탄력을 잃었다. 시간이 지나 원상 복구되기는 했지만 이런 상황에서는 아무짝에도 쓸모없는 셈이었다.

"하아…."

"이를 어쩐단 말인가."

모두가 망연자실해 있었다. 동굴로 물이 점점 차오르는데, 탈출할 방법이 없었다. 막막해하던 찰나였다.

"공자님, 저기 물속에 뭔가가 있어요."

사마영이 내게 뭔가를 가리키며 물었다. 급류가 내려가는 곳이었는데, 뭔가가 역방향으로 물을 거슬러서 엄청난 속도로 올라왔다. 물 자체도 어두워서 검은 그림자처럼 보였는데, 그 크기가 매우 컸다. 그리고 굉장히 길었다. 모두가 뭔가 싶어 의아한 표정으로 다가갔는데, 그 순간이었다. 촤아아아아아! 수면을 뚫고서 거대한 무언가가 뭍으로 튀어나왔다.

"히익!"

"배, 뱀 괴물!"

어�찌나 놀랐는지 미염을 비롯한 사내들이 뒤로 자빠지고 난리도 아니었다. 그것은 다름 아닌 인면자안사 자소였다.

—이 요괴 녀석이 어떻게 여기까지 온 거야?

내가 하고 싶은 말이다. 못이 있는 공동으로만 들어올 수 있는 줄 알았던 녀석이다. 그런데 이곳까지 올 수 있을 줄은 몰랐다. 뭍으로 나온 자소가 보랏빛 눈동자를 데굴데굴 굴리며 다가왔다.

"얘, 얘야!"

이에 당황했는지 등에 업혀 있는 외조부의 팔과 다리에 힘이 들어갔다. 내가 이 녀석과 친하다는 사실을 들었을 텐데, 막상 앞에서 보니 그 사실을 잊은 모양이었다.

"괴, 괴물이에요, 공자님!"

사마영이 나를 보호라도 하듯이 앞을 가로막았다. 그런 그녀에게 말했다.

"괜찮아요. 위험하지 않아요."

"이게 위험하지 않다고요?"

나는 이를 증명이라도 하듯 자소를 향해 다가갔다.

"공자님!"

사마영이 놀라서 내 옷자락을 붙들었지만 괜찮다고 그녀를 안심시켰다.

자소가 머리를 숙이며 내게 반가움을 표했다.

"자소."

그런 녀석의 이마에 손을 갖다 댔다.

'음.'

비늘의 끈적거리는 느낌은 썩 좋지 않았다. 이마에 손을 갖다 대자 녀석이 애교라도 부리듯이 머리를 비벼댔다. 그 모습에 사마영의 눈이 휘둥그레졌다.

"괜찮다고 했죠? 만져볼래요?"

사마영이 빠르게 고개를 좌우로 저었다.

크르르르르! 그때 자소가 갑자기 머리 방향을 돌려 자신이 거슬러왔던 물구멍을 쳐다보았다. 왜 그러는지 알 수가 없었다. 녀석이 눈알을 굴리면서 내게 뭔가를 말하고 싶어했다. 머리를 움직여가며 물구멍을 가리키다가 이내 갑자기 바닥으로 스멀거리더니 다리 사이로 파고들었다.

"자소! 이, 이게 무슨 짓이… 헛?"

크우우우! 다리 사이로 파고든 녀석이 머리를 일으켜 세웠다. 마치 내가 자소에게 목마를 탄 형태가 되어버렸다.

"…내리고 싶구나."

얼떨결에 등에 업혀 있던 외조부 역시도 인면자안사의 머리 위에 타버린 꼴이 되었는데, 몸이 경직되었는지 잔뜩 굳었다. 사내들이 걱정스러운 듯이 월노, 월노, 하며 쳐다보았다.

"잠깐만요, 외조부! 왜 그러는 거야, 너?"

나의 물음에 자소가 눈알을 움직이며 또다시 물구멍을 가리켰다.

'…!!'

그제야 나는 녀석의 의도를 알 수 있었다.

"너… 설마 바깥으로 데려다주겠다는 거야?"

그러자 녀석이 눈을 깜빡거리며 머리를 위아래로 움직였다. 녀석의 머리 위에 타고 있으니 말을 탄 것과는 비교가 안 되는 울렁임이 느껴졌다. 나는 자소와 급류가 흘러 내려가는 물구멍을 번갈아 쳐다보았다.

'…'

한참 고민에 빠져 있던 나는 자소의 머리 위에서 밑을 내려다보며 입을 열었다.

"어차피 여기 있으면 모두 죽습니다. 이렇게 된 거 모험 한번 하시겠습니까?"

그런 나의 말에 모두가 한마음이라도 된 듯이 사색을 띠었다.

무쌍성으로

촤아아아아!

물살을 가르며 앞으로 나아가는데 피부가 밀려 나갈 정도였다. 빠를 거라고 예상은 했지만 인면자안사 자소가 이렇게 헤엄을 잘 칠 줄은 몰랐다.

'잘 버티시네.'

외조부 하성운은 자소의 머리 쪽에 사마영이랑 타고 있었다. 사마영이 밧줄을 동여매고 외조부가 혹시나 떨어지지 않도록 잘 막고 있었다. 나는 바로 뒤쪽에서 외팔의 사내 강부를 앞에 태우고 잠시 호흡하지 않더라도 버틸 수 있게 내공으로 심맥을 보호하며 받치고 있었다.

―푸하하하핫! 네 뒤에 매달려 있는 사람들 좀 봐라.

그런데 소담검의 자지러지는 소리에 고개를 돌려보았다. 순간 입을 열고서 물을 먹을 뻔했다.

"끄르르르르르!"

"꺼거거거!"

미염을 비롯한 사내들은 거의 죽어 나가고 있었다. 그렇게 질색하면서 자소의 몸에 닿는 것만으로도 경기를 일으키더니, 지금은 서로 살겠다고 꽉 매달려서는 얼굴에 있는 힘껏 인상을 쓰고 있었다. 그 모습을 보니 살짝 웃음이 나왔으나 이해는 됐다. 살고자 하는 의지가 있으니 봉림곡의 동굴에서도 버티지 않았겠나.

'제발.'

그들의 의지에 나는 간절히 바랐다. 자소가 우리를 무사히 봉림곡 바깥으로 이끌기를 말이다. 조금만 더 길어지면 모두가 버틸 수 없게 된다.

'우린 너와 다르게 물속에서 호흡할 수가 없어.'

이 녀석이 그걸 제대로 인지해줬으면 좋겠다. 그렇게 초조한 마음으로 어두운 물속을 헤엄쳐 나가고 있을 때였다.

─운휘, 저기 위쪽을 봐라.

'아!'

남천철검의 말에 위를 바라보았는데, 그곳에 작은 빛이 보였다. 한참 동안 어둠 속을 가로지르다 만난 저 물속의 빛은 심장을 두근거리게 하기에 충분했다. 자소가 위쪽을 향해 빠르게 올라갔다. 팟!

"하아!"

자소의 몸이 수면 위로 치솟으며 상쾌한 공기가 폐부를 자극했다. 오랜만에 보는 밝은 햇빛에 눈살이 찌푸려졌다.

'밝다.'

그러나 선천진기 덕분인지 금방 앞이 보였다.

넝쿨과도 같은 풀들이 몸에 엉켜 있었고 주변에는 녹음으로 가득한 수풀들이 보였다.

'밖이야!'

어둡고 축축하던 동굴과는 확연하게 다른 광경에 밖으로 나왔다는 사실이 새삼 실감되는 찰나였다.

쿠르르르르! 제대로 기분을 만끽하기도 전에 자소가 격렬히 몸부림을 쳤다. 그 덕분에 녀석의 몸을 붙잡고 있던 사람들이 모두 튕겨 나갔다.

"우왓!"

"으헉!"

쿠당탕! 튕겨 나간 이들이 질퍽한 바닥을 뒹굴었다. 그나마 내공을 익힌 나와 사마영의 경우엔 각자가 맡은 사람들이 있었기에 튕겨 나갔어도 안정적으로 착지할 수 있었다.

"자소!"

녀석이 왜 그러나 싶었는데 우리를 전부 튕겨내고는 급히 물속으로 들어갔다. 짧은 찰나에 불과했지만 녀석의 미끈거리는 비늘이 화상이라도 입은 것처럼 붉게 물든 것이 보였다.

'햇빛을 못 버티는 건가?'

생각해보니 인면자안사는 극도로 밝은 빛을 싫어한다고 했다. 그런데 저렇게 몸에 무리가 갈 정도일 줄은 몰랐다. 나는 묶고 있던 밧줄을 풀어 외팔의 사내 강부를 내려놓고서, 넝쿨 같은 풀로 뒤덮인 못 안으로 머리를 집어넣었다. 녀석이 빛이 들어오지 않는 그림자 속에서 기다란 몸을 파르르 떨고 있는 것이 보였다.

'햇빛은 더더욱 상극이구나.'

비늘이 빨갛게 달아올라 있었다. 역시 보았던 것이 맞았다.

'우리를 밖으로 내보내려고 무리를 했구나.'

나는 물속으로 손을 뻗었다. 그러자 녀석이 머리를 내밀어 내 손바닥에 비벼댔다. 떨림이 느껴지는 게 많이 아픈 모양이었다.

'고마워.'

녀석의 몸을 쓰다듬자 특유의 소리를 냈다. 쿠르르르! 생김새는 사람들이 꼼짝할 수 없게 무섭게 생겨서 하는 짓은 무슨 강아지처럼 군다. 내게 몇 번 정도 머리를 비비적거리던 녀석이 이내 물 밑으로 들어갔다. 아쉬운 듯이 보랏빛 눈알을 데굴데굴 굴리고 있었는데, 간접적이더라도 계속 햇볕을 쬐는 게 힘든가 보았다.

'더 들어가. 들어가서 쉬어. 나중에 다시 올게.'

자소를 향해 손을 흔들자, 녀석이 내 마음을 읽기라도 한 듯이 좀 더 밝은 울음소리를 내며 점점 멀어져갔다. 녀석에게 진심으로 고마웠다. 어떤 면에서는 인간보다도 의리가 좋았다. 물 밖으로 머리를 내밀자 사내들이 축축한 땅 위를 뒹굴뒹굴 구르며 감격하는 모습이 보였다.

"으아아아아!"

"평생 못 나올 줄 알았는데…."

"밖이다! 밖에 나왔어!"

저렇게나 좋아할 줄이야. 오랜만에 쬐는 밝은 햇볕에 눈도 제대로 뜨지 못하면서 기쁨을 주체하지 못했다. 저들이 저 정도라면 이십 년 넘게 갇혔던 외조부는 얼마나 감격스러울까?

"외조부?"

다른 사람들도 눈을 제대로 뜨지 못한 채 눈살을 찌푸리고 있었지만 외조부는 눈을 아예 뜨지 못하고 있었다. 심지어 인상마저 찡그리는 게 꽤 아파 보였다. 그의 곁에 있는 사마영이 내게 말했다.

"너무 오랜만에 햇빛을 봐서 눈이 아프신가 봐요."

외조부가 손을 휙휙 저으며 말했다.

"할아비는 괜찮다. 금방 적응될 터이니 걱정하지 말거라."

그렇게 말은 했지만 눈물까지 흘리고 있었다. 사마영이 자신의 옷자락 일부를 찢어서 외조부의 머리에 감아 눈 쪽을 가려줬다.

"괜찮아질 때까지 이렇게 하고 있는 게 좋겠어요."

젖은 천으로 묶어 눈이 시원해서 그런지 한결 나아 보였다.

"…크흠. 고맙구나."

외조부의 말에 사마영이 나를 보며 활짝 웃었다. 조금이라도 인정받은 것 같아서 기분이 좋은가 보았다.

"이런 순간이 오다니…"

눈도 제대로 뜨지 못해 가리고 있으면서도 새삼 감격스러운지 외조부가 계속 그 말을 되풀이했다.

'외조부…'

가족들을 전부 잃고 봉림곡에서 그 오랜 세월 동안 고생했던 것을 생각하면 내가 겪었던 인생만큼이나 외조부도 파란만장한 생을 살아왔다는 생각이 들었다.

"끄으으."

그런데 어디선가 끙끙 앓는 소리가 들렸다. 소리의 진원지는 바닥에 눕혀놓은 외팔의 사내 강부였다. 그가 고통스러운지 신음을 흘리고 있었다.

"강부?"

혹시 깨어났는가 싶어서 불렀는데, 계속 신음성을 냈다. 물기가 묻어서 그런가 싶었는데 자세히 보니 식은땀을 뻘뻘 흘리고 있었다. 그의 몸에 손을 대보았다.

'뜨거워.'

몸에 열이 심했다. 나는 혹시나 하는 마음에 그의 상의를 걷어서 복부와 허리 쪽을 보았다.

'이런!'

—심각한데.

상처 부위가 보랏빛으로 물들어 퉁퉁 부어 있었다. 이곳으로 나오는 도중에 계속 물이 닿아서 그런 듯했다. 내버려뒀다간 숨이 넘어갈 것만 같았다.

"소저! 여기가 어딘지 알겠어요?"

사마영은 봉림곡 밖에 있었으니 이곳의 지리를 어느 정도 알 것이다. 나의 물음에 주위를 둘러본 그녀가 말했다.

"봉림곡 동북쪽에 있는 숲 같아요."

"혹시 이 근방에 마을이 있습니까?"

"있어요! 제가 밧줄을 구했던 마을인데, 북서쪽으로 조금만 올라가면 돼요."

서둘러서 가야 할 것 같았다.

* * *

사마영의 말대로 북서쪽으로 한 시진이 넘게 올라가자 꽤 큰 규모의 마을이 보였다. 산등성이에서 보니 마을이 훤히 들여다보였다. 서둘러 내려가 마을로 들어가려는데, 사내들이 이를 거부했다. 왜 그런가 물어봤는데….

"저 마을은 무쌍성의 영향력 아래 있네."

"무쌍성?"

의아해하는데 미염이 마을 한복판에 있는 한 건물에 꽂힌 깃발을 손으로 가리켰다. 검과 도가 교차한 문양이 그려진 검은 깃발이었다.

'아!'

저 표식은 나도 안다. 무쌍성의 표식이었다. 섬서성 북쪽에 무쌍성이 있다는 사실은 알았지만, 인근 마을에도 그 영향력을 행사하고 있을 줄은 몰랐다.

'하긴.'

이들이 어째서 저곳에 들어가는 것을 꺼리는지 알 것 같았다. 무쌍성과 척을 지고 봉림곡에 갇혔으니, 누가 그들 영역에 들어가고 싶겠는가.

"월노, 저희는 마을 바깥에서 기다리고 있겠습니다."

그런 그들의 말에 외조부가 고개를 저었다.

"괜찮다. 밖으로 나와서 기껏 자유를 찾았는데, 애써 노부를 따라다닐 필요는 없다. 갈 길을 가도록 하거라."

"월노…."

배려에 감격해서 계속 따르고 싶다고 했지만, 외조부는 그들을 보냈다. 이에 그들은 자신들이 가지고 있던 소지품을 하나씩 넘기면서 언젠가 외조부께서 도움을 청하면 돕겠다는 약조와 함께 떠났다. 유일하게 남은 자는 외팔의 사내 강부와 함께 오랫동안 외조부를 모셨다는 미염이란 자뿐이었다.

마을로 향하면서 나는 걱정에 물었다.

"외조부, 괜찮으시겠습니까?"

이들도 그랬겠지만 외조부도 어찌 보면 무쌍성과 악연 관계였다. 이에 외조부가 고개를 저으며 말했다.

"벌써 이십여 년이 넘은 데다 죽은 줄로 알고 있는데, 누가 이 할아비를 알아보겠느냐. 그리고 지금은 저 친구의 생사가 달려 있지 않느냐."

외조부의 말대로 강부의 상태는 좋지 않았다. 언제 숨이 넘어가도 이상하지 않을 정도였기에 다른 마을을 찾을 여력이 없었다.

"그렇다면 옷부터 해결하는 게 어떨까요?"

"아…."

사마영의 말에 일리가 있었다. 동굴 생활을 하면서 옷에 때가 많이 탔다. 게다가 외조부도 그렇고 미염, 강부는 거의 누더기를 걸치고 있어서 행색이 거지꼴이나 다름없었다. 딱 이목을 사기 좋은 복색들이었다.

"적당한 걸로 부탁드립니다."

"헤, 맡겨주세요."

* * *

"어… 음."

미염은 사마영이 구해다 준 옷을 보고서 뭔가를 말하려다 입을 다물었다. 나와 외조부의 것은 고급 천으로 만들어져 꽤나 멋들어진 경장의 옷이었는데, 미염과 강부가 입을 옷은 싸구려 재질의 평범한 옷이었다.

　—티 나게 차별 대우하는데.

　'…'

　뭐라 할 말이 없었다. 어쨌거나 그녀가 구해온 옷을 입은 우리들은 곧장 마을 안으로 들어갔다. 가는 도중에 느낀 건데 생각보다 무림인들이 많았다. 길목마다 도검을 착용한 무림인투성이였다.

　"이상하죠?"

　사마영의 물음에 고개를 끄덕였다. 얼핏 기감으로 느껴지는 자들만 수십 명이 넘었다. 의아했지만 지금은 강부를 먼저 의원에 데려가는 게 먼저였다.

　"복안현이 맞느냐?"

　업혀 있던 외조부가 내게 물었다.

　"어떻게 아셨습니까?"

　눈을 가린 상태로 이곳으로 들어온 외조부였다. 그런데 마을 이름을 알고 있었다.

　"이십 년이 넘었다 해도 무쌍성에서 살아온 세월이 있지 않느냐."

　"기억력이 좋으시네요."

　"원 녀석도. 아무튼 복안현이 맞다면 마을의 동남쪽으로 가자꾸나. 그곳에 실력이 괜찮은 의원이 있단다."

　"아직 있을까요?"

　"삼대나 이어온 곳이니 지금도 있을 게다."

　외조부의 말대로 우리는 마을 동남쪽으로 갔다. 골목을 지나 넓은 길목에 들어서자 '의원'이라 적혀 있는 문패가 붙은 건물이 보였다. 그런데 의원 앞에서 한 유생 복장을 한 청년이 실랑이를 벌이고 있었다.

'뭐지?'

"이 큰 의원을 전세 낸다는 게 말이 되는 소리입니까?"

이건 또 무슨 헛소리지? 그러고 보니 의원 입구를 회색 장포를 입은 두 명의 사내들이 가로막고 있었다. 청년은 그들과 실랑이를 벌이는 것 같았다.

"험한 꼴 보기 싫으면 당장 꺼져라."

스릉! 사내들 중 한 사람이 허리춤에 차고 있던 유엽도를 뽑아서 위협을 가하듯이 청년에게 말했다. 그러자 청년이 기가 찬다는 듯이 웃더니 이내 그들을 향해 손을 뻗었다.

"이놈이!"

회색 장포의 사내들이 동시에 청년을 향해 합공을 가했다. 청년이 빠른 발놀림으로 그들이 휘두르는 유엽도를 피하고서 한 사내의 손목을 그대로 꺾어버렸다.

─금방 끝나겠네.

내가 봐도 그랬다. 유생 청년의 무위는 저들을 동시에 상대할 수 있을 만큼 강했다. 예상대로 손목을 꺾은 청년의 발차기가 또 다른 사내의 턱에 꽂혔다.

"으억!"

턱을 맞은 사내가 의원의 문을 부수고 안으로 날아갔다. 청년이 속이 시원하다는 표정을 지으며 손바닥을 탁탁 치면서 의원 안으로 들어가려 했다. 그때 입구에 반쯤 발을 걸쳤던 청년이 뒤로 튕겨 나갔다. 두 손목을 교차하고 있는 청년의 몸에서 뜨거운 김 같은 것이 모락모락 올라왔다. 유생 청년이 인상을 찡그리며 입을 열었다.

"은백호리!"

'은백호리?'

— 왜 알아?

은백호리 여성은… 산서성 무림에서 꽤나 악명을 떨치는 흑도의 고수였다. 워낙 위쪽에서 활동하는 자라 직접 볼 기회는 없었지만 듣기로는 한기를 다루는 무공을 대성한 여걸이라 들었다. 의원 입구 밖으로 회색 여우털이 달린 궁장을 입은 한 백발의 여인이 걸어 나왔다. 매서운 눈매에 보통 성격이 아닌 것 같은데, 겉모습으로는 삼십 대 초반 정도로밖에 보이지 않았다.

"정말 은백호리가 맞느냐?"

외조부가 내게 물었다.

"그런 것 같습니다."

"난처하게 되었구나. 은백호리가 왜 여기 있는지는 모르겠다만 이십여 년 전에도 악명을 떨치던 고수란다. 지금까지도 건재하다면 보통 실력이 아니겠구나. 젊은 네가 상대하기에는 손속이 매우 악독한 자란다."

외조부의 말에 나는 은백호리 여성은을 물끄러미 쳐다보았다. 그녀에게서 풍기는 기세가 확실히 보통 고수가 아님을 알려주고 있었다. 여성은이 오만한 표정으로 걸어 나와 청년에게 말했다.

"내 부하들에게 손을 뻗었으니 각오는 했겠지, 애송아."

여성은의 오른손에서 하얀 김이 흘러나왔다.

"서, 선배님이 계신 줄 몰랐습니다."

"늦었단다."

그녀가 손을 들어 올려 유생 청년을 향해 살수를 펼쳤다. 유생 청

년이 입술을 질끈 깨물더니, 허리에서 연검을 뽑아 그녀의 공격에
대항했다.

'후우.'

그 틈에 나는 슬며시 발걸음을 옮겼다. 내가 향한 곳은 다름 아
닌 의원의 입구 방향이었다.

"소, 소 공! 방금 월노께서 하신 말씀 잊으셨습니까?"

"다른 의원을 찾을 시간이 없습니다."

"네?"

"가시죠."

나는 아무렇지 않게 의원을 향해 걸어갔다. 사마영이 피식 웃으
며 내 뒤를 따랐다.

"얘야, 무리라고 하지 않았느냐."

업혀 있는 외조부가 당황해서 나를 만류하려 했지만 이미 의원
입구를 눈앞에 두고 있었다. 유생 청년을 몰아붙이고 있던 은백호
리가 소리를 버럭 지르며 내게 신형을 날렸다.

"오늘따라 애송이 놈들이 죽고 싶어 환장했구나!"

한기로 가득한 그녀의 손이 무섭게 내 머리를 노려왔다. 나는 외조
부를 업은 상태로 가볍게 몸을 뒤로 젖혀 그녀의 수공을 피해냈다.

"피해?"

자신의 수공을 가볍게 피하자, 보통이 아니라고 생각했는지 그녀
가 절초를 펼치려 했다. 바빠 죽겠는데 시간 끌 여유가 없었다. 나는
왼쪽 눈을 감고서 중단전을 개방하여 선천진기를 끌어올렸다.

"내 앞에서 건방지게 한쪽 눈을 감아!"

말과 달리 흑도가 아니랄까 봐 은백호리가 눈을 감은 쪽으로 손

을 뻗어왔다. 그런데 놀라운 일이 벌어졌다.

'어?'

감고 있는 눈동자로 그녀의 기운이 흰빛으로 움직이며 운기 경로가 희미하게 보였다. 중단전을 개방하면 금안이 보일까 봐 눈을 감은 것이었는데, 눈을 감은 상태에서도 거리가 가까우니 기운이 보일 줄은 몰랐다.

'하! 이 정도였나.'

경로가 보이니 어떤 식으로 공격해올지 어느 정도 짐작이 갔다. 휙! 휙! 휙! 나는 가만히 서 있는 상태로 그녀가 펼치는 초식을 상체만 움직여서 피해냈다.

"어, 어떻게?"

심지어 외조부에게조차 공격이 닿지 않자 그녀의 눈동자에 당혹감이 서렸다.

"빈틈이 있네요."

"뭐?"

나는 싸늘한 한기가 몰아치는 초식의 틈을 파고들어 번개처럼 그녀의 복부에 주먹을 꽂았다. 픽!

"아악!"

주먹을 맞은 은백호리 여성은의 신형이 뒤로 열 보 넘게 튕겨 나갔다. 그녀의 비명 소리를 들은 외조부가 어처구니없다는 목소리로 말했다.

"이, 이게 어찌 된 일이야?"

"은백호리가 날아가서 기절했네요."

"…?!"

의원 안의 별실 앞에 앉아 나는 기다렸다. 머릿속이 조금 복잡했다. 외조부 하성운에게 이걸 어찌 설명해야 하나 난감했다.

[정말 익양 소가의 무공을 익힌 게 맞느냐?]

악명이 두터운 흑도의 고수를 일격으로 쓰러뜨리는 바람에 외조부가 무공의 진원을 궁금해했다. 처음에는 그저 남천검객의 무공을 전수받았다고 이야기할까 하다가, 비월영종의 맥을 이은 외조부에게마저 혈교에 관한 것을 숨길 이유가 있을까 하는 생각이 들었다.

—어차피 알게 될 일이잖아.

소담검 네 말도 맞다. 단지 외조부가 혈교의 맥을 이었다는 이유만으로 무쌍성에 팽을 당한 것이 마음에 걸려 그랬다. 어쩌면 뿌리라 할 수 있는 혈교를 증오할지도 몰랐다.

—재밌겠네. 네가 혈마가 되었다는 사실을 알게 되면 저 늙은 인간이 어떤 반응을 보일까?

하여간 혈마검 이 녀석은 늘 이런 식이다. 일단 의원의 진맥을 받고 이야기하자고 둘러댔지만 참 고민되었다.

'아!'

중년의 의원이 대나무 발 밖으로 나왔다. 대나무 발 사이로 별실 침상에 누워 있는 외조부와 외팔의 사내 강부가 보였다. 두 사람 모두 전신에 침을 꽂고 뜸을 뜨고 있었다. 걱정스러운 마음에 의원에게 물었다.

"어떻습니까?"

"두 사람 모두 이 지경이 되도록 치료를 받지 않고 살아 있는 것이 용하더이다."

내 잘못은 아니지만 내 탓처럼 느껴졌다.

"많이 안 좋은 겁니까?"

"외조부분께서는 노환으로 심장이 좋지 않지만 사화초를 쓴 약재들로 다스리면 호전되실 겁니다."

사화초가 정말 도움이 되긴 하는구나. 무리해서 구했기에 망정이지 아니었다면 큰일 날 뻔했다.

"눈은 괜찮으신지?"

"오랫동안 햇빛을 보지 못하셨던 것 같은데, 낮에는 약물을 쓴 천으로 눈을 가리고 닷새에서 엿새가량 꾸준히 치료를 받으시면 문제가 없을 거요."

아아, 정말 다행이다. 앞을 계속 보지 못할까 봐 걱정했었다.

"하나 외팔이신 분은 지금으로선 생사를 가늠할 수가 없소이다."

"그게 무슨 말씀이신지?"

"상처 부위가 많이 곪은 것도 그렇지만 살이 괴사해서 썩어 들어갔소. 외복약과 내복약으로 다스리기는 하겠지만 생사는 하늘에 맡겨야 할 것이오."

"하아."

모든 게 뜻대로 풀리지는 않았다. 상처 부위가 많이 심각해 보였는데, 생사마저 가늠할 수 없을 줄이야. 외조부께서 상심이 클 것 같았다.

"…어떻게든 살릴 방법이 없겠습니까?"

"회생할 수 없는 부위는 도려냈지만 환부가 오장육부로 침투했소이다. 환자분이 얼마나 버틸 수 있느냐가 관건이 될 게요."

"당장으로서는 알 수 없겠군요."

"그렇소."

"별실 안에 들어가 봐도 되겠습니까?"

"두 분 모두 마비산을 복용하고 잠들었으니, 지금은 내버려두는 게 좋을 거요."

"알겠습니다."

의원이 가고 나서 사마영이 나를 달래주기 위해 말했다.

"공자님, 괜찮을 거예요."

"그러길 바라야죠."

외조부의 곁을 끝까지 지켜주었던 남자였다. 그런 그가 이렇게 허무하게 죽기를 바라지 않았다.

"아무것도 못 드셨을 텐데, 식사라도 하러 갈까요? 안 그래도 의원을 보조하던 의녀분이 근처에 국수를 맛있게 하는 객잔이 있다고 했거든요."

"그러도록 하죠."

종일 아무것도 먹지 못하기는 했다.

"헷. 가요."

사마영이 내 손목을 잡고 의원 밖으로 이끌려고 했다.

'…?!'

같이 앉아 있던 미염이 자신에게는 묻지도 않고 나가려 하자, 눈이 커져서 사마영을 쳐다보다 이내 뚱한 얼굴로 뒤따랐다. 밖으로 나가려던 차에 의원의 다른 별실 안에서 누군가 의원에게 포권을 취하며 걸어 나왔다. 유생 복장의 청년이었다. 의원에게 인사한 후에 나온 청년이 나를 발견하고 황급히 달려왔다.

"대협, 감사드립니다. 이 은혜를 어찌 갚아야 할지…"

청년이 연신 허리를 굽혀가며 인사했다. 그도 그럴 것이 은백호리 여성은과 그 일당들 때문에 의원에 들어가지도 못할 뻔했는데, 내가 그녀를 쓰러뜨린 덕분에 위기도 넘기고 의원의 진맥도 받을 수 있게 되었기 때문이다.

—대협이란다. 기분이 좋나 봐. 입꼬리가 올라가네.

아니거든. 나도 이런 호칭은 부담스럽다. 대협이라는 칭호를 받으려면 그만큼 정도의 협객으로 인정받아야 할 일이다. 물론 지금에 와서는 상대를 높여주는 말로도 쓰이지만 말이다.

—당대 혈마가 대협 소리를 듣다니. 쯧쯧.

혈마검이 혀를 찼다. 나는 애써 그 말을 못 들은 척하며 청년에게 말했다.

"저도 의원에 볼일이 있어서 그런 것이니 개의치 마십쇼. 그리고 대협 소리를 듣기에는 부족한 것도 많고 나이도 아직 어립니다."

나의 말에 청년이 빙그레 웃으며 답했다.

"나이가 어찌 중요합니까? 공맹께선 세 살 아이에게도 배울 것이 있다고 하였습니다. 하물며 이렇게 뛰어난 무재를 지니셨는데 마땅히 존중받아야죠."

—말을 되게 잘하네.

겉보기만 유생은 아닌 모양이었다. 아부성이 짙기는 했지만 진심이 담겨 있어서 기분이 나쁘진 않았다. 방글방글 웃는 상이라 호감 가는 얼굴이기도 했다.

"그리 말씀하시니 감사합니다. 진료는 잘 받으셨는지 모르겠군요."

그런 나의 말에 청년이 씁쓸한 얼굴로 고개를 저었다.

"의원분도 어찌할 방도가 없다고 하더군요."

"안 좋게 된 겁니까?"

뭔가 잘못되었나 싶어 물었는데 청년이 잠시 동안 머뭇거리더니 말했다.

"어차피 아시게 될 테니 말씀드려도 괜찮겠군요. 금제당한 곳의 침이 전부 녹을 때까지 기다릴 수밖에 없다고 하더군요."

"금제?"

무슨 소리인지 알 수가 없었다. 나의 반문에 청년이 한숨을 푹 내쉬며 말했다.

"모르시는 게 당연하죠. 시험에 떨어지면 금제를 당합니다. 어느 정도 각오는 했지만 삼 년 동안 무쌍성에 얽매이게 생겼습니다."

"얽매이다니 그게 무슨 말씀이시죠?"

청년이 의아해하며 물었다.

"대협도 무정풍신의 후계자가 되기 위해 온 게 아닙니까?"

"네?"

순간 나는 귀를 의심했다. 무정풍신의 후계자라니?

―무정풍신이면 네 친부의 별호 아냐?

맞아. 팔대 고수 무정풍신 진성백. 그런데 그의 후계자가 되기 위해 온 것이 아니냐니, 이게 무슨 소리인지 모르겠다.

"실례가 되지 않는다면 그게 무슨 말씀이신지 여쭤봐도 되겠습니까?"

"허어. 저는 대협께서도 무정풍신의 후계자가 되기 위해 무쌍성을 찾아가시는 줄 알았는데, 그게 아니었나 보군요."

"보시다시피 외조부께서 편찮으셔서…."

"아아, 죄송합니다. 괜히 혼자 지레짐작한 것 같습니다."

그 말과 함께 청년이 의원의 창문을 가리켰다. 그곳으로 거리를 지나는 무림인들의 모습이 보였다. 다섯에 한두 명꼴로 병장기를 착용하고 있었다.

"마을에 이렇게 무림인들이 많은 것도 전부 풍영팔류종의 후계자가 되기 위해 모여든 겁니다."

"풍영팔류종의 후계자?"

"네, 보름 전에 무쌍성에서 공표했습니다. 정사를 막론하고 무정풍신의 시험에 통과한 자는 풍영팔류종의 모든 무공을 전수하고 후계자로 삼겠다고 말이죠."

'하!'

말도 안 되게 파격적인 조건이었다. 시험에 통과하는 자는 팔대 고수의 제자가 될 뿐만 아니라 무쌍성의 사대 무종 중 하나인 풍영팔류종의 차기 종주가 될 수 있다는 소리였다.

"아무 조건도 없어요?"

사마영도 꽤 놀랐는지 갑자기 끼어들었다. 그러자 유생 청년의 얼굴이 살짝 상기되었다. 그렇지 않아도 그녀의 아름다운 미모 때문인지 힐끔거리며 살펴보고 있었는데, 그녀가 말을 거니 뭔가 수줍어하는 느낌이었다. 그때 남천철검의 목소리가 머릿속을 울렸다.

─잘 방어해라, 운휘.

'뭐?'

─전 주인께서 말씀하시길 임자가 있다고 방심하면 안 된다고 했다. 여심이란 언제든지 풍전등화처럼 흔들린다고 말이다.

'…'

그런 식으로 흔들린다면 벌써 옛적에 흔들렸겠지. 요즘 들어서 이게 정말 남천검객의 생각인지 네 생각인지 궁금하다. 어찌 되었든

399

사마영의 외모에 눈을 떼지 못하던 유생 복장의 청년이 내 눈초리를 의식했는지 겨우 입을 뗐다.

"참가하는 데 제약도 없습니다. 연령, 정사를 불문한다고 공표했으니까요."

그래서 이렇게 많은 무림인들이 모였던 건가. 확실히 거리의 무림인들을 보면서 느낀 건데, 젊은 후기지수들만 있는 것이 아니라 중장년층도 꽤나 많았다. 흑도에서 악명 높다는 은백호리도 이곳을 찾은 걸 보면 정말 참가에 어떠한 제약도 두지 않은 모양이었다.

"다만 조건은 있습니다."

"조건이라면?"

"시험에 참가해서 탈락할 경우 삼 년 동안 풍영팔류종의 식객이 되어야 합니다. 말이 식객이지 풍영팔류종의 산하에 삼 년 동안 있으라는 말이죠."

"거부할 순 없고요?"

"그랬다면 애초에 참가도 하지 않았겠죠."

"어쨌든 대가가 없는 게 아니네요."

사마영의 말에 청년이 자신의 혈 곳곳을 짚으며 말했다.

"총 여덟 개의 혈에 침이 박혀 금제를 당했습니다. 체내에서 서서히 녹아내린다고 들었는데, 막상 박히고 나니 불안하더군요."

그래서 의원을 찾았던 것이구나. 그렇다면 그 은백호리도 의원들을 닦달해서 금제를 풀려고 했던 걸까? 아마도 그럴 확률이 높아 보였다.

'대체 무슨 생각인 거지?'

이런 식으로 후계자를 뽑겠다고 공표하는 것은 정사를 막론하고

드문 일이었다. 사마영도 이해되지 않는지 중얼거렸다.

"무정풍신에게는 제자나 자식이 없는 걸까요? 왜 이런 방법을 취하는지 모르겠네요. 아니면 후계자는 구실이고 세를 늘리려는 방법일까요?"

음… 그 자식이 바로 여기 있습니다만. 물론 진성백은 내가 자식인지 아는지는 모르겠지만 말이다.

"세를 늘리고 안 늘리고를 떠나서 이런 좋은 기회를 누가 놓치겠습니까? 팔대 고수의 제자가 될 수 있는 기회인데, 이런 기회가 살면서 얼마나 있겠습니까?"

하긴 그 말도 맞았다. 무림의 정점이라 불리는 열두 고수 중 한 사람이다. 팔대 고수인 진성백이 조그마한 가르침을 내린다고 해도 수많은 사람들이 몰릴 판국에 풍영팔류종의 후계자로 삼는다고 하니 이렇게 몰리는 것도 당연했다. 삼 년간의 식객 생활은 충분히 감안할 만한 조건이었다.

나는 유생 복장의 청년에게 포권을 취했다.

"알려주셔서 감사합니다."

"감사라뇨. 어차피 들으실 소문이었는걸요. 그나저나 아쉽게 되었군요."

"무엇이 말입니까?"

"대협만큼 뛰어난 무재를 지닌 고수라면 어쩌면 무정풍신의 시험을 통과할 수 있을지도 모른다고 생각했는데 헛다리를 짚었네요."

그 말과 함께 유생 복장의 청년이 품속에서 무언가를 꺼내 들었다. 그것은 자신의 이름이 적혀 있는 각패였다.

"이건?"

"강호의 도리라는 것이 있는데, 은혜를 입고서 어찌 그냥 넘어가 겠습니까? 후에 제가 도울 일이 있다면 언제든지 찾아주십쇼."

유생 복장의 청년이 준 각패를 본 나는 내심 놀랄 수밖에 없었다.

주예빈(朱睿彬)

'소소공자?'

—아는 이름이야?

소소공자 주예빈. 늘 웃는 얼굴로 다닌다고 하여 붙여진 별호다. 훗날 정파에서 명성을 날리게 될 신진 고수인데, 정작 내가 놀란 이 유는 이 청년이 나중에 백흑쌍귀라 불리는 송좌백, 송우현 형제와 호적수로 대립하게 될 자라는 것이다.

—얘가 걔네랑 싸우게 된다고?

회귀 전의 기억이 맞다면 확실하다. 지금 실력만 봤을 때는 송좌 백이 훨씬 우위로 보이는데, 사람 일은 정말 알 수 없는 것 같다.

'네 진짜 호적수를 만났다, 좌백아.'

"저도 대협의 존성대명을 들을 수 있을지?"

주예빈의 물음에 나는 잠시 망설였다. 하지만 각패까지 줄 정도 로 호의적인 자이기에 굳이 속이고 싶지 않았다. 나는 정중하게 포 권을 취하며 말했다.

"소운휘라고 합니다."

"소운휘? 소운휘?!"

주예빈의 눈이 휘둥그레졌다. 설마 나를 아는 건가?

의아해하던 주예빈이 갑자기 포권을 취하고 있는 손을 덥석 잡더니 반짝이는 눈으로 말했다.

"정말 영광입니다!"

"…무슨 말씀이신지?"

"정도 무림의 이신성 중 한 사람을 여기서 보게 되다니!"

"네?"

이신성(二新星)? 이건 대체 무슨 소리야?

부산을 떠는 주예빈에게서 손을 억지로 떼어내고서 말했다.

"뭔가 오해가 있으신 것 같은데…."

"남천검객의 후인인 소운휘 대협이 아니십니까?"

"…후인이 맞긴 한데."

"맞네요, 맞아! 사라졌던 남천검객의 후인으로 무림 대회에 혜성처럼 등장해 다른 이신성 중 한 사람인 팔대 고수의 공동 제자 이정겸과 함께 혈교의 잔당들이 벌인 계략을 간파하여 수많은 무림인들을 구하시지 않았습니까?"

'…!!'

―이게 어찌 된 일이냐?

…내가 묻고 싶은 말이다.

훗날의 소소공자 주예빈이 한 말에 의하면 이렇다. 무림연맹에서 개최한 무림 대회에서 혈교의 잔당들이 계략을 펼쳤다. 그것을 남천검객의 후인인 내가 알아채고 두 팔대 고수의 공동 제자인 이정겸이 무림연맹 성내에 있는 수많은 무림인들을 구했다는 것이다. 그일로 인해 나와 이정겸은 이신성이라는 칭호까지 생겨 무림 전체에 명성을 떨치게 되었다고 한다.

'하.'

기가 막힌 이야기였다. 고작 한 달 사이에 정파 무림의 차세대 영웅으로 각광받게 된 셈이었다. 회귀 전의 역사와 완전히 달라졌다. 원래 이정겸만 각광을 받아야 하는데 말이다.

—너 북영도성한테 대체 뭘 부탁한 거야?

'…북영도성이 아니야.'

—뭐?

내가 그에게 부탁한 것은 의심받지 않도록 증언을 해달라는 것과 누이동생인 소영영에게 걱정하지 않도록 소식을 전달해달라는 것뿐이었다. 나를 돕기로 했다지만 대협이라 불릴 만큼 정도를 걸어온 그가 이런 식으로 일을 처리할 리가 만무했다.

'…무림연맹이야.'

—무림연맹이 그런 거라고?

'그래.'

이런 짓을 벌일 만한 것은 무림연맹뿐이다.

—걔들이 왜?

왜 그런 짓을 했겠나. 이번 일로 인해 무림연맹은 자신들의 성지에서 혈교인들에게 혈마검을 빼앗겼다는 오명을 쓰게 생겼다. 그들 입장에서는 이로 인한 피해를 최소화할 필요성이 있었을 거다. 그중 하나가 원래 목적이었던 정파의 새로운 구심점을 내세우는 것이었을 터다.

—그 구심점에 네가 들어간 거야?

'…그런 것 같네. 젠장.'

공동 제자인 이정겸만 내세웠어도 될 일이었다. 그런데 나까지 내세운 것은 후기지수 논무에서 폭약을 발견한 게 큰 듯했다. 의심을 피하기 위해서 벌인 행동이었지만 그것을 이용해 새로운 후기지수의 영웅이 생겼다는 식으로 내세운 것 같았다.

─제갈 군사인가 걔가 죽었는데도 머리가 잘 돌아가네.

'그렇네.'

제갈 군사의 죽음으로 혼란이 더 클 줄 알았다. 한데 이런 식으로 수습할 줄이야. 제일군사가 죽었으니 당연히 제이군사 사마중현이나 제삼군사 백위향의 머리에서 나온 작품일 것이다. 누구인지는 모르겠지만 꽤나 상황이 꼬였다.

─크하하하하핫. 이 몸이 살다 살다 혈마가 정파의 신성 소리까지 듣는 걸 보게 되다니. 정말이지 인간, 너와 있으면 심심할 날이 없구나.

'좀 닥쳐줄래.'

꼬이고 꼬이는 상황에 안 그래도 골이 아팠다.

* * *

덜그럭! 덜그럭!

짐마차 위에 눈이 반쯤 풀린 한 청년이 드러누워서 육포를 질겅질겅 씹어대고 있었다. 그의 맞은편에는 훤칠한 외모의 청년이 못마땅하다는 얼굴로 검은 천으로 감싼 비파 형태의 무언가를 만지작거리고 있었다. 한참을 그러던 청년이 누워서 육포를 먹고 있는 청년에게 말했다.

"그만 좀 처먹어라. 그놈의 질겅질겅 소리를 듣는 것도 이젠 짜증 나니까."

육포를 씹어 먹던 청년이 고개를 슬쩍 들어 올리더니, 손에 쥐고 있는 육포를 내밀며 말했다.

"하나 줄까요?"

"필요 없다!"

"까칠하기는."

그 말과 함께 다시 누워서 육포를 질겅질겅 씹어 먹는 청년이었다. 이에 얼굴까지 상기된 청년이 짜증을 내며 말했다.

"넌 양심이란 것도 없냐?"

"양심?"

"그래, 팔대 고수 두 사람의 진전을 이어받아 놓고서, 그것으로도 모자라 거길 찾아가는 이유가 뭐냐? 혼자서 독식이라도 하겠다는 거냐, 이정겸?"

육포를 씹어 먹는 청년의 이름은 이정겸. 팔대 고수인 무한제일검 백향묵과 태극검제 종선 진인의 공동 전인이었다. 이정겸이 한숨을 폭 내쉬며 말했다.

"저라고 좋아서 가는 건 아니랍니다. 이렇게 위에서 시키는 대로 움직이는 것도 귀찮거든요."

태생부터가 귀찮음으로 점철되어 있는 이정겸이다. 그런 그의 태도가 한시도 마음에 들지 않는 청년이었다.

"그럼 안 가면 되지 않느냐!"

"에휴. 노인네가 무쌍성과의 관계를 위해서 가라는데, 난들 어쩝니까? 정사 어디에도 껴 있지 않은 진용 당신이랑은 사정이 다르다고요."

으득! 그 말에 진용이라 불린 청년이 이를 갈았다.

"갖다 붙이는 건 잘도 하는구나."

"그러는 당신도 도의 일인자라 불리는 조부의 무공까지 전수받 아놓고서 뭐하러 무정풍신의 무공까지 탐낸답니까?"

진용, 그는 팔대 고수 중 한 사람인 열왕패도 진균의 손자였다. 정 곡을 찔린 진용의 표정이 무섭게 일그러졌다.

'전부 네놈 때문이 아니냐. 팔대 고수 두 사람의 진전을 이어받아 서 강해진 주제에 나더러 욕심을 부린다는 것이냐!'

눈빛만으로는 수십 번을 죽였을 것처럼 노려보던 진용이 입을 열 었다.

"나는 연맹이나 무쌍성의 이권 다툼 따위엔 관심 없다. 그저 더 강해지고 싶을 뿐이다."

"예이, 예이, 그러시겠죠."

"이 자식이 정말!"

진용이 마차에서 벌떡 일어나 비파 형태의 검은 천을 벗기려 했다. 이에 이정겸이 들고 있던 육포를 던졌다. 휙! 진용이 이를 낚아챘다.

"진정하고 그거나 먹어요. 무쌍성까지 얼마 남지도 않았는데, 무 정풍신의 시험을 받기도 전에 힘을 뺄 참인가요?"

그런 이정겸의 말에 진용이 이를 갈며 부르르 떨었다. 화를 겨우 억누른 그는 다시 자리에 주저앉았다. 그리고 마차 밖으로 육포를 던져버렸다.

"안 먹는다고 했다."

이에 이정겸이 혀를 찼다.

"쯧쯧. 성질머리하고는."

"흥!"

진용은 꼴도 보기 싫은지 뒤돌아 앉았다. 고개를 절레절레 흔든 이정겸이 대 자로 누워 구름 한 점 없는 파란 하늘을 쳐다보며 중얼거렸다.

"남천검객의 후인, 그 친구도 온다면 심심하지 않을 것 같은데 말이야."

*　*　*

서지에 적힌 것을 읽고 있는데 소담검의 목소리가 울렸다.

—얘네도 대단한데. 여긴 무쌍성의 영역이라고 하지 않았어?

네 말대로 무쌍성의 영역에 속한다. 나 역시도 혹시나 하는 마음에 마을을 돌아다녔는데, 하오문의 지부를 찾게 될 줄은 몰랐다. 검은 차양막이 쳐져 있는 객잔. 하오문의 지부일지도 모른다고 생각하여, 위층으로 올라 암호를 댔는데 역시나였다.

다만 결과물은 실망스러웠다. 그들이 준 정보는 이미 내가 알고 있는 것들이 태반이었다.

'무쌍성 내부의 일만큼은 정보 단체인 하오문도 어찌할 수 없는 것인가.'

그들이 알아낸 정보는 정사 대전 당시에 비월영종이 혈교의 후예임이 드러나 무쌍성에서 축출되어 전부 사살되었다는 것뿐이었다. 비월영종의 가계도 외부에 알려진 비월검객 하성운, 즉 외조부에 관한 것 외에는 어떠한 정보도 알아내지 못했다.

—사실 이제 의미 없잖아.

그 말도 맞았다. 어차피 비월영종에 관한 것은 외조부를 통해 들으면 될 일이었다.

"정보가 마음에 드실지 모르겠군요."

맞은편에 앉아 있는 염소수염의 중년인은 객잔의 주인이자 하오문의 지부장이었다.

애써 티를 낼 필요가 없기에 나는 웃으며 답했다.

"나쁘지 않군요. 혹시 다른 정보도 의뢰할 수 있겠습니까?"

"저희는 정보를 파는 단체, 합당한 가격만 치러주신다면야 얼마든지 내어드릴 수 있지요."

지부장이 두 손을 비비며 말했다. 흑현정의 주인인 조호경수 곽경이 어떻게 이야기했는지 모르겠지만, 내 정체를 알고 나서부터는 상당히 호의적이었다.

"후후후. 어떤 것을 의뢰하시겠습니까?"

"하오문에서 알고 있는 무쌍성에 관해 전부 알고 싶습니다."

"전부… 말입니까?"

"네."

"그 정도로 광범위한 정보라면 매기는 등급과 상관없이 꽤 비쌀 텐데요."

가격을 치를 수 있느냐는 표정으로 바라보고 있었다. 그런 그의 말에 나는 품속에 있던 무언가를 꺼내놓았다. 그것은 바로 야광주였다.

"이건?"

"이 정도면 충분히 값을 치르고도 남을 거라 생각합니다만."

녹색의 은은한 빛을 내는 야광주를 쳐다보는 지부장의 눈동자가 희열로 가득 찼다.

* * *

이번 정보는 꽤 쓸모가 있었다. 회귀 전에 알고 있던 정보와 비교
해도 충분히 가치가 있었다. 정사 대전 이후 무림은 정도 무림연맹
과 무쌍성이 양분하게 되었다. 혈교라는 공동의 적이 없어지면서
긴 평화가 찾아오나 싶었지만 권력과 힘이라는 것은 그리 쉽게 양분
되는 것이 아니다. 무림연맹과 무쌍성은 동맹과 상관없이 자연스럽
게 부딪치는 일이 많아졌다. 정도를 표방하는 무림연맹과 달리, 무
쌍성은 정사에 속해 있지 않고 지향하는 바가 달랐기에 부딪침은
가속화되었다.

그리고 동맹을 위한 결속 혼인이 깨진 것이 결정적인 계기가 되었
다. 무림연맹주 백향묵의 사촌동생인 백철은 평소 주사가 심하고 품
행이 단정치 못한 것으로 유명했다. 하지만 두 세력의 동맹을 위해
무쌍성의 사대 무종 중 하나인 해왕성종의 종주 왕처일의 여식 왕
양하와 혼인을 하게 되었다. 그러나 그의 여성 편력으로 인한 외도
와 주사는 결국 사건을 터뜨리고 말았다. 부인인 왕양하가 끝내 자
결하고 만 것이다. 이 일로 인해 무림연맹과 무쌍성은 끝내 동맹을
파기하게 된다.

—이게 좀 더 빨라진 거네.

'백혜향 측에서든 백련하 측에서든 손을 썼겠지.'

여기까지는 나도 알고 있는 정보였다. 그런데 하오문에서 정리한
정보에는 꽤 흥미로운 내용이 있었다. 무림연맹의 맹주 백향묵이 이

사건에 크게 대노하여 사촌동생의 오른팔을 잘라서 무쌍성에 보내 사죄를 청했다는 것이다.

―팔 하나로 보상이 될까?

'그러니 목을 달라고 했겠지.'

정보에 따르면 해왕성종의 종주 왕처일이 백철의 머리를 요구했다고 한다. 아무리 무림연맹주 백향묵이 공명정대하다고 해도 혈육의 머리를 달라는 요구까지 받아들이겠는가. 이를 거절하면서 사대무종 중 하나인 해왕성종과 완전히 틀어져 버렸다. 하지만 하나의 종파가 틀어졌다고 동맹 전체가 틀어지는 것은 쉬운 일이 아니다. 전부터 동맹 파기를 주장하던 종파가 있었으니 바로 풍영팔류종이었다. 정보대로라면 무정풍신 진성백은 풍영팔류종의 종주가 된 이후부터 무림연맹과의 동맹 파기를 주장해왔다고 한다.

―…네 어머니 때문일까?

만약 그런 것이라면 진성백 역시도 안에서 나름의 싸움을 해왔다는 게 된다. 어찌 되었든 사대 무종 중 두 종파가 뜻을 같이하면서 결국 무림연맹과 무쌍성은 동맹 파기로까지 흘러온 것 같다. 여기서 중요한 것은 그 후 무쌍성은 두 파로 나뉘어 싸우고 있다는 점이다.

―이것 때문에 네 친부가 머리를 쓴 게 아닐까, 운휘?

―그렇네. 세력을 늘리려고 그런 것일 수도 있겠다.

'그럴지도 몰라.'

원래 무쌍성은 한 명의 우두머리가 있지 않았다. 사대 무종의 종주들이 협의를 통해 그 방향을 정했는데, 회귀 전 무정풍신의 죽음 이후 무천정종의 종주 무천검제 천무성이 무쌍성의 성주가 되었다. 모든 걸 종합해볼 때 분명 무쌍성 내부에서 알력 다툼이 있는 것은 확실했다.

─혹시 그 천무성이란 놈이 네 아버지를 죽이는 거 아냐?

그것까지는 알 수 없다. 회귀 전에도 그저 공표만 했을 뿐이니 말이다. 하지만 지금으로서는 같은 팔대 고수이자 서로 대립하고 있는 무천검제 천무성이 가장 유력하긴 했다.

─아무튼 간에 네 아버지가 죽게 내버려둘 순 없잖아.

─그래. 낳아준 부모를 외면하는 것은 도리에 어긋나지 않겠나, 운휘.

도리? 솔직히 그런 건 모르겠다. 과연 그를 만났을 때 외조부 때처럼 그런 감정이 들지도 의문이었다. 하지만 확실한 것은 그를 만나고 싶다는 것이다.

─그럼 서둘러. 가만히 있다가 후계자라도 덜컥 정해지면 원래 네가 가졌어야 할 자리를 빼앗기는 거 아니야.

내가 가졌어야 할 자리라…. 그건 친부를 만났을 때 알게 되겠지. 그 자리가 나의 것인지 아닌지 말이다. 그 전에 먼저 할 일이 있다.

─뭔데?

외조부한테 혈교와 얽힌 모든 사실을 알려야지. 이게 더 긴장된다.

* * *

사흘 후. 섬서성 북쪽의 연안시.

연안시 서남쪽에는 거대한 성이 자리하고 있다. 성 자체만으로도 웅장한데, 이 성 안에는 네 개의 높은 탑이 존재한다. 이를 두고 무쌍성에서는 사대 무종의 성탑이라고 불렀다. 네 개의 탑 남동쪽에 위치한 풍영팔류종의 성탑 앞에는 수백 명의 무림인들이 몰려와 있었다. 바글거리는 인파 사이로 두 명의 청년이 걸어가고 있었다. 바로 팔대 고수 두 사람의 공동 제자 이정겸과 열왕패도의 손자 진용이었다. 이들을 알아본 사람들이 웅성거렸다.

"이신성 중 한 명인 이정겸이야."

"열왕패도의 손자 진용도 있어."

"하! 팔대 고수의 후인들이 어째서?"

"설마 저 두 사람도 풍영팔류종의 후계자 자리에 도전하려는 거야?"

"씨발. 진짜 너무한 거 아냐?"

그리 좋은 쪽으로 술렁이는 분위기가 아니었다. 모두가 무정풍신의 후계자가 되기 위해 온 것이었기에 오히려 그들의 등장에 질색을 표했다.

"이거 제대로 악역을 도맡았네요."

"네놈은 욕을 먹어도 싸다. 양심이 있어야지."

"피차일반인 거 아시죠?"

"짜증 나게 하지 마라."

옥신각신하며 인파를 헤쳐나간 그들은 풍영팔류종의 성탑 앞에서 위를 올려다보았다. 여덟 층으로 이루어진 탑의 위세는 보통이 아니었다.

"높기도 하네."

"저길 전부 통과해야 무정풍신을 만날 수 있다는 거네요."

여기에 오면서 그들은 시험이 어떻게 치러지는지에 대해 알아보았다. 풍영팔류종의 후계자가 되기 위한 시험을 치르려면 성탑의 꼭 대기까지 올라가야 한다고 한다. 성탑의 층계마다 풍영팔류종의 무공을 전수받은 고수들이 기다리고 있는데, 그들과 겨뤄서 이겨야만 올라갈 수 있다고 들었다.

"쉽게는 후계자가 될 수 없다 이건가."

"…정말 귀찮네요."

"귀찮으면 포기해라."

"그럼 노인네가 저를 달달 볶겠죠."

"핑계는."

진용이 콧방귀를 뀌며 성탑 앞으로 걸어갔다. 그들이 입구 쪽으로 걸어가자 그 앞에 몰려 있던 무림인들이 이내 빠져나가며 자리를 피했다. 그 이유는 그들과 같이 시험을 치르는 것을 피하기 위해서였다.

"알아서들 주제 파악을 하니 다행이군."

오만한 진용의 말투에 주변에 있던 무림인들 얼굴이 무섭게 일그러졌다. 그러나 쉽사리 나서는 자는 아무도 없었다. 워낙 많은 무림인들이 몰려든 터라 한 번에 같이 탑을 오르나, 이번만큼은 모두가 이를 피하고 싶어했다. 그만큼 팔대 고수의 위명은 무시하기 어려웠다.

'흥. 결국 이놈과의 결판이 되겠군.'

진용이 하품을 쩌억 하고 있는 이정겸을 보며 전의가 담긴 눈빛을 빛냈다. 그런데 뒤에서 사람들이 웅성거리는 소리가 들려왔다.

"설마 저들이랑 같이 겨루려는 건가?"

"저 청년은 누구지?"

"허어. 팔대 고수의 후인들인 걸 모르는 건가?"

의아함에 진용이 뒤돌아보았다. 인파들 사이로 두 자루의 검집과

한 자루 단검을 허리에 차고서 왼쪽 눈에 안대를 하고 있는 한 평범한 인상의 청년이 걸어 나오는 게 보였다.

'하! 이놈, 배짱 봐라.'

〈5권에 계속〉

절대 검감 4

초판 1쇄 인쇄일 2022년 7월 4일
초판 1쇄 발행일 2022년 7월 11일

지은이 한중월야

발행인 윤호권
사업총괄 정유한

편집 김지연 **디자인** 김지연 **마케팅** 명인수 **일러스트** 스튜디오이너스
발행처 ㈜시공사 **주소** 서울시 성동구 상원1길 22, 6-8층(우편번호 04779)
대표전화 02-3486-6877 **팩스(주문)** 02-585-1755
홈페이지 www.sigongsa.com / www.sigongjunior.com

글 ⓒ 한중월야, 2022

ISBN 979-11-6925-029-0 04810
      979-11-6925-025-2 (SET)

*시공사는 시공간을 넘는 무한한 콘텐츠 세상을 만듭니다.
*시공사는 더 나은 내일을 함께 만들 여러분의 소중한 의견을 기다립니다.
*잘못 만들어진 책은 구입하신 곳에서 바꾸어 드립니다.